Le Second Avènement d'Angela

Par

George Thomas S.

Par George Thomas S.

Ce livre est dédié à Leo. Pour tout vous dire, Léo est un chien, et comme c'est un chien, il ne sait pas lire. Par conséquent, il n'a aucune idée de cette dédicace, et quand je lui en ai parlé, il m'a juste regardé fixement. Mais cela n'a pas d'importance. Tant qu'il reçoit ses multiples friandises chaque jour, qu'il aboie à tous ceux qu'il voit dehors et qu'il peut dormir sur les genoux de ma fille, la vie est belle pour lui. J'ai de l'affection pour lui, donc il a droit au dévouement. C'est un chien sauvé d'un refuge et nous nous demandons souvent qui l'a sauvé. Alors sérieusement, si vous voulez un chien, sauvez-en un. Vous recevrez en retour toute une vie de gratitude canine.

.

Par George Thomas S.

CHAPITRE 1

UN RÉVEIL BRUTAL

Il est trois heures du matin à Huntsville, une petite ville touristique du centre de l'Ontario, à environ deux heures de Toronto. Thomas DeAngelo avait été réveillé en sursaut par la sonnerie incessante du téléphone. Lorsqu'il s'est rendu compte que ce n'était pas un rêve, il a fait quelques gestes erratiques sur la table de nuit et a réussi à attraper le récepteur, à le placer contre son oreille et à grogner un "Hello" à peine audible. Il savait que quelqu'un lui parlait, mais son esprit était dans le brouillard et il marmonnait sans savoir ce qu'on lui disait. Soudain, la voix à l'autre bout du fil est devenue forte et implacable.

"Thomas, veux-tu bien te réveiller et m'écouter ?"

Maintenant, il s'est redressé. Cette voix lui semblait trop familière, mais c'était impossible. Ce n'est pas possible. Elle appartenait à quelqu'un qui était mort depuis presque cinq ans. L'air frais du matin qui flottait à travers la fenêtre ouverte lui donnait la chair de poule sur les bras alors qu'il demandait "Qui est-ce ?", presque effrayé par la réponse.
"C'est Angela", répond la voix à l'autre bout. Il est resté assis dans un silence total, le corps enveloppé d'un froid étrange, tandis que la brise constante à travers la fenêtre devenait encore plus forte et plus froide.

Il s'était à moitié attendu, au son de la voix, à entendre ce nom et pourtant, il n'arrivait toujours pas à se faire une idée de la réalité. Il est resté assis sans bouger, confus et totalement incrédule. Cela ne pouvait pas être vrai. Ce n'était pas le moins du monde possible. Non !

5

Le Second Avènement d'Angela

C'était plus que cruel. Il pouvait sentir la colère monter en lui et, maintenant bien réveillé, sa voix ferme et dure, il a finalement parlé. "Quel genre de personne malade êtes-vous ? Angela est morte."

La voix à l'autre bout a commencé à répondre, mais elle a été coupée par sa tirade continue.

"Je ne sais pas pourquoi vous faites ça, mais que Dieu vous aide si je découvre qui vous êtes. Vous êtes une personne malade."

Un clic distinct à l'autre bout du fil ne laissait aucun doute sur le fait que l'appelant avait raccroché. Le téléphone reposant sur son socle, Thomas s'allongea sur le lit. "Sale con", marmonna-t-il en tirant les couvertures sur lui et en essayant de retrouver ce qui avait été un sommeil bien nécessaire.

Malgré tous ses efforts, le sommeil était désormais impossible. Cet interlocuteur malveillant avait fait remonter à la surface des souvenirs longtemps enfouis sous une profonde armure qu'il s'était lui-même imposée. Isolé de tout ce qui est douloureux dans la vie, Thomas avait poursuivi son chemin jusqu'à la fin ultime, certain qu'il ne permettrait plus jamais à rien ni à personne de lui causer une telle douleur. Le sommeil n'était pas une alternative à ce stade.

Lorsqu'il avait caché un paquet de cigarettes non ouvert dans son tiroir à chaussettes, il n'était pas sûr que ce soit une si bonne idée. Arrêter de fumer avait été une lutte sérieuse. Maintenant, il savait que la cachette avait été une mauvaise décision. Assis sur le bord du lit, il a déchiré le paquet et l'a allumé.

Cigarette à la main, les poumons exténués par cette invasion qui ne lui est plus familière, il se dirige vers la cuisine. Ayant désespérément besoin d'un café, il se versa une

Par George Thomas S.

tasse de la cafetière d'hier matin et la mit dans le micro-ondes. Un peu de lait et de sucre devraient le rendre agréable à boire, pensa-t-il. Il a repensé au jour où sa voiture a été retrouvée. Ils s'étaient séparés il y a plus de six ans, alors que leurs filles avaient dix, douze et quatorze ans. La raison de son départ pour un autre homme était qu'il y avait autre chose dans la vie qu'être une épouse et une mère. Thomas s'est retrouvé soudainement parent isolé, élevant seul ses trois filles. Un an après leur séparation, alors que Thomas avait presque surmonté la douleur de celle-ci, Angela a disparu sans laisser de trace.

Son véhicule a été découvert, des semaines plus tard, dans le fleuve Saint-Laurent. Des plongeurs récréatifs étaient tombés dessus alors qu'ils exploraient d'anciennes épaves de navires. La porte était ouverte, et le pare-brise brisé. Un petit fragment de son chemisier était accroché à la poignée de la porte. Son corps n'a jamais été retrouvé. Le fleuve Saint-Laurent est très profond et très rapide, et on a supposé qu'elle avait été emportée en aval, peut-être empêtrée dans le fond ou même emportée dans l'Atlantique. Après deux semaines, les recherches ont été interrompues. Elle est finalement déclarée morte et des funérailles, avec un cercueil vide, sont organisées par la famille en deuil, dont Thomas et ses filles.

La porte du micro-ondes s'est à peine refermée que le téléphone sonne à nouveau. Debout, figé sur place, il fixe le mur de la cuisine. Il n'était pas d'humeur à subir une autre intrusion de cet énergumène. "Autant en finir", marmonne-t-il en décrochant le combiné. Avant qu'il puisse parler, il a entendu la même voix.

"Février 1999, toi et moi, un lit à eau, une guitare et ta chanson, 'Early Morning Sunshine'. Tu te souviens, Thomas ? C'était notre première fois."

Le Second Avènement d'Angela

L'esprit de Thomas s'est engourdi, et ses jambes se sont affaiblies sous lui. Très peu de gens connaissaient cette histoire. Il y avait un tremblement dans sa voix quand il a parlé.

"Angela ? C'est vraiment toi ? Ce n'est pas possible."

Son esprit fait des allers-retours entre l'exaltation et, étrangement, la déception. Il était ravi, pour le bien de ses enfants, qu'elle soit en vie, mais déçu qu'elle ait été réintroduite dans sa vie. Après tout, il avait passé tellement de temps à nettoyer les blessures de leur relation que c'était comme les rouvrir et y ajouter du sel pour faire bonne mesure. Si la séparation avait été difficile, accepter sa mort avait été encore pire.

"Je sais à quel point cela peut paraître incroyable, mais c'est vrai", répondit-elle d'une voix qui était presque un gémissement d'impuissance. "C'est une longue histoire et je n'ai pas le temps de l'expliquer. J'ai désespérément besoin

votre aide. Je vous en prie, croyez-moi. Aidez-moi, je vous en prie !"

"Quel genre d'aide ? Avez-vous des problèmes ?"

"Oui ! J'ai peur et je suis inquiet et tu es la seule personne vers qui je peux me tourner."

Il était difficile pour Thomas d'effacer le soupçon de son esprit lorsqu'il répondit. "Comment as-tu pu disparaître comme ça et laisser tout le monde croire que tu étais mort ? Que dois-je penser ?"

"Thomas, je te promets, je t'expliquerai tout quand je pourrai, mais pour l'instant j'ai besoin que tu viennes au Brésil. Vite !"

"Brésil ?", a-t-il crié alors que la tasse de café lui tombait des mains et se brisait sur le sol.

"São Paulo, pour être exact", a-t-elle dit.

8

Par George Thomas S.

Il y eut un silence complet alors qu'il réfléchissait à la folie de tout cela. "São Paulo, Brésil ?" murmura-t-il en allumant une autre cigarette. Dans quel pétrin pouvait-elle se trouver pour qu'il doive se rendre au Brésil ?

"Thomas" ? Tu es toujours là ? Réponds-moi, s'il te plaît." Finalement, il a réussi à parler.

"São Paulo ?" dit-il avec sarcasme, sa voix de baryton étant dramatiquement forte. "Pas São Paulo ! Tu n'aurais pas pu choisir un endroit plus excitant pour avoir un problème ? Rio ? Curitiba ? Bon sang, femme, Manaus aurait été un plaisir total. São Paulo ? C'est une blague. Et pourquoi moi ? Pourquoi pas ta soeur ou ton frère ?

"Ça doit être toi, Thomas. Vous êtes la seule clé de mon retour en toute sécurité à la maison. Je vous promets que vous comprendrez quand vous serez ici."

Thomas était allé deux fois au Brésil, en vacances. São Paulo était la ville qu'il préférait le moins. La criminalité et la pollution sont horribles, et le trafic est encore pire. Ce n'était pas un endroit agréable à vivre, et il était certain que cette situation le rendrait encore moins agréable.

"São Paulo, Thomas. C'est là que j'ai besoin de toi. Je te prie de prendre ça très au sérieux. Je suis désolé de te faire ça, mais je n'ai pas le choix. Ma vie en dépend."

À présent, il arpente le sol sans relâche, essayant d'éviter les morceaux de verre éparpillés qui menacent de déchiqueter ses pieds nus. Presque hébété, il a répondu : "São Paulo alors. Je vais voir ce que je peux faire. Je dois vérifier les vols, et" il a été interrompu par sa réponse.

Le Second Avènement d'Angela

"Toronto Pearson International, Delta Airlines, départ sur le vol dix-neuf à 18h45 ce soir, correspondance à Atlanta et arrivée à São Paulo juste après 8h du matin. Je sais que l'attente entre les vols est longue, mais c'est la meilleure correspondance possible dans un délai aussi court."

"Angela ! Tu es folle ? Ce soir ? C'est un peu rapide, tu ne crois pas ? Et mon visa de voyage ? J'ai besoin d'un visa pour le Brésil ! Ça prend au moins une semaine ou deux."

"Tu étais au Brésil il y a deux ans. Tu te souviens ? Tu étais à Fortaleza."

Ses yeux s'écarquillèrent de surprise et les poils de sa nuque se hérissèrent lorsqu'il demanda,

"Comment tu sais ça ?"

"Je vous ai vu là-bas, devant votre hôtel !"

Ses mots étaient une blessure qu'il s'infligeait en se demandant pourquoi elle l'ignorait.

"Tu m'as vu et tu ne m'as pas parlé ? Tu ne m'as pas contactée ? Tout cela est très confus, Angela. Presque follement."

"Je t'ai vu mais je n'avais aucun souvenir de toi. Cela m'a hanté pendant des mois, essayant désespérément de me rappeler qui tu étais. J'avais une amnésie résultant d'une blessure à la tête. On m'a dit que c'était un accident de voiture. Puis, un jour, je me suis souvenu. C'est là que j'ai compris que j'étais en grand danger."

"Angela, je suis un peu dépassé par les événements. C'est trop étrange. Où à São Paulo ? Vous avez l'adresse ?"

"Non, Thomas. Je ne suis pas autorisée à te donner l'adresse. Tu le sauras quand tu seras là."

10

Par George Thomas S.

À présent, son cœur bat la chamade et il se sent plus nerveux qu'il ne l'a jamais été. Pendant un bref instant, il a envisagé de contacter l'ambassade des États-Unis à São Paulo pour qu'ils règlent le problème. Le problème, c'est qu'il n'a aucune idée de l'endroit où elle se trouve à São Paulo, et c'est une ville de vingt-deux millions d'habitants. Ajoutez à cela le fait qu'elle appelait d'un numéro masqué. Si elle était vraiment en danger, le temps que l'ambassade se mette à sa recherche, il pourrait être beaucoup trop tard. Il semblait qu'il était seul.

"Prends cet avion, Thomas. Le vol dix-neuf-dix. Tu es déjà réservé. Enregistre-toi deux heures avant ton vol. J'ai besoin de toi ici rapidement. Tout deviendra clair alors."

Il ne semblait y avoir aucun espoir de débattre davantage de la question et finalement, avec un ton de résignation dans la voix, il a accepté : "OK, très bien, mais je vais devoir chercher un hôtel."

"Hôtel Transamerica" ! Vous êtes déjà réservé là aussi. C'est sur l'Av Nacoes Unidas. Il y a un bus de l'aéroport qui te déposera devant la porte. Ne me laisse pas tomber. S'il te plaît ! Et Thomas, pas une âme, pas une personne ne doit savoir à ce sujet. Pas ma famille, personne. Promets-le moi."

Il ne pouvait pas s'empêcher de se demander pourquoi elle insistait sur un tel secret, mais il décida de ne pas débattre de la question. Elle a dit que sa vie en dépendait, et il a choisi de la croire. Un grand saut dans la foi, compte tenu de leur histoire. En vérité, il ferait cela pour leurs filles, ne serait-ce que pour une seule raison.

"D'une certaine manière, je savais que je pouvais compter sur toi. Il n'y a personne en qui j'ai plus confiance. Je te verrai à São Paulo."

Le Second Avènement d'Angela

Sur ces mots, elle a raccroché, le laissant se demander dans quel pétrin il s'était fourré. Il s'appuya, faiblement, contre le mur alors qu'une boule se logeait dans sa gorge et que son rythme cardiaque battait alternativement de façon incontrôlable puis se calmait.

Thomas était directeur commercial chez un concessionnaire automobile et avait accumulé quelques jours de vacances. Il avait un patron compréhensif qui ne lui refusait jamais de prendre des congés lorsqu'il en avait besoin. Il appelait le concessionnaire à l'ouverture et lui faisait savoir qu'il serait absent pendant une semaine environ.

"Putain de merde ! Il est quatre heures," les mots étaient presque un cri quand ils ont quitté ses lèvres. Plus que douze heures avant qu'il ne doive s'enregistrer pour son vol. Et où était son putain de passeport ? Pas de problème, pensa-t-il. Il devait bien être quelque part. Il le trouverait en faisant ses bagages. Il n'avait aucune idée de la durée de son séjour et ne savait pas combien de choses il devait emporter. Comme d'habitude, il entassait environ une semaine de vêtements dans un seul bagage à main. Il détestait enregistrer ses bagages. Cela lui facilitait la tâche lorsqu'il arrivait à destination et lui évitait de perdre ses bagages. Prendre un bagage à main, l'enlever, et éviter toutes ces personnes qui se battent au carrousel à bagages.

"Le Brésil ? Pour l'amour du ciel, j'espère que je me réveillerai et que je découvrirai que tout ceci n'était qu'un mauvais rêve..." dit-il à voix haute en balayant les morceaux de verre sur le sol de la cuisine. Puis il est retourné dans la chambre et s'est écroulé sur le lit. Quelques heures de sommeil lui laisseraient encore suffisamment de temps pour prendre son vol, malgré les deux heures de route jusqu'à Toronto. En ce moment, ce dont il a le plus besoin, c'est de dormir, mais quelques minutes plus tard, le téléphone sonne à nouveau. La voix d'Angela était presque hystérique.

Par George Thomas S.

"Mon Dieu, et les filles ? Comment vont-elles ? Que vas-tu faire d'elles ?" demande-t-elle. Dans la confusion de leur conversation précédente, ils avaient négligé toute discussion sur leurs trois filles. Toutes les trois vivaient avec Thomas, et ce depuis la séparation.

"Ne vous inquiétez pas. Ils vont bien. Je vais prendre des dispositions pour eux", a-t-il dit.

"Que vas-tu leur dire ? Ils seront curieux !"

"Je trouverai bien quelque chose. Même si vous ne m'aviez pas demandé de garder ce secret, je ne leur dirais jamais rien avant d'en savoir plus que le simple fait que vous êtes toujours en vie. Je suis sûr que tu comprends la logique de tout ça."

"Oui. Bien sûr, je comprends", a-t-elle dit, avec un léger frémissement dans la voix. "Je comprends vraiment. C'est le choix le plus sage. Faites un bon voyage. Je t'attendrai."

Thomas avait senti dans sa voix que la pensée de ses filles avait ouvert un puits d'émotion et, certainement, de douleur. Il était rare que l'on découvre un quelconque degré de vulnérabilité chez Angela. Assez rare pour que cela ait un effet immédiat et entraîne un degré de sympathie qui n'est pas normalement associé à des sentiments envers elle. Soudainement, tout doute dans son esprit a été balayé. Oui, c'était Angela, sans aucun doute. C'était la seule chose pour laquelle il y avait une certitude.

La question de ce qu'il faut dire aux filles sera traitée simplement. Elles avaient demandé à rendre visite à leur tante à Mississauga, la sœur d'Angela, Theresa. Ce serait le moment idéal. Il serait assez facile de les déposer là-bas, puis de faire un court trajet en voiture jusqu'à l'aéroport. Pourquoi partait-il si vite et pour aller où ? Pour quelle raison ? Cela pourrait nécessiter une explication créative. Il aurait eu le temps de penser à quelque chose pendant qu'il était sous la douche.

Debout sous le massage de la douche qui battait sur sa nuque, il était perdu dans un état de confusion totale sur les événements de la matinée. Le mort ressuscité et réinséré dans sa vie. Qu'est-ce qui pourrait être plus déconcertant ? Finalement, alors que le temps passe, il termine sa douche, se rase, trouve son passeport et fait ses bagages du mieux qu'il peut. Il n'avait toujours pas réveillé les filles ni appelé leur tante. Il était sept heures du matin, et il devait les réveiller maintenant pour qu'elles aient le temps de préparer leurs affaires et de faire leur toilette rituelle.

Thomas a appelé Theresa, réalisant qu'à cette heure matinale, il ne la réveillerait probablement pas. À cette heure, ses deux jeunes fils, Marc et Julien, devaient être levés et à la recherche d'un petit-déjeuner. Il expliqua seulement qu'il avait reçu un appel urgent d'un ami et qu'il devait partir pour quelques jours, voire une semaine. Malgré la curiosité de la jeune femme, il évite de donner plus de détails. Comme toujours, il était clair que les filles étaient les bienvenues dans sa famille aussi longtemps que nécessaire. Bien sûr, il y a eu des questions et Thomas a insisté sur le fait qu'il ne savait pas grand-chose, mais qu'un ami avait besoin de son aide. À son crédit et malgré son désir d'en savoir plus, elle n'a pas été indiscrète.

Tant qu'il n'en savait pas plus sur la situation de sa sœur, il ne pouvait pas se résoudre à lui dire qu'Angela était vivante. Il a informé Theresa qu'il arriverait vers midi, et la conversation était terminée. Il était maintenant temps de réveiller les filles.

Il avait décidé à ce moment-là de ne rien dire de plus que le fait qu'ils allaient rendre visite à leur tante. Cette explication servirait à éliminer toute question pour le moment et il pourrait s'occuper du reste plus tard. Alors que tout le monde était maintenant réveillé et prêt à se préparer, Thomas s'est assis avec une tasse de café fraîchement préparé et a réfléchi à la situation. Le fait de réaliser qu'Angela était toujours en vie a fait remonter trop de souvenirs à son esprit. Pas tous agréables. Tout sentiment romantique pour elle s'était évanoui depuis des années et il n'était pas question de le ressusciter. L'amitié était tout ce qu'il pouvait offrir. Il n'avait aucune idée de ce qui l'attendait au Brésil et s'était résigné à un voyage d'incertitude. La longueur et la difficulté du voyage, ainsi que la façon dont il se terminerait, étaient une question ouverte.

Le Second Avènement d'Angela

CHAPITRE 2

UNE NOUVELLE CONNAISSANCE INTÉRESSANTE

Thomas est très reconnaissant à Angela de lui avoir réservé un siège côté couloir. Il y avait peu de choses qu'il détestait plus que d'être à l'étroit contre la cloison d'un avion. Même dans les sièges spacieux de première classe, cela aurait été intolérable. Il avait toujours eu un peu de claustrophobie dans certaines situations, et dans un avion, ce n'est pas une bonne chose. Il rangea son sac, s'installa dans son siège et commença à observer les autres passagers qui montaient à bord. L'un d'entre eux, en particulier, a attiré son attention.

Les cheveux bruns ont toujours été l'une de ses faiblesses et les siens étaient d'une belle couleur brune avec cette boucle naturelle serrée également commune au Brésil. Les yeux foncés étaient un autre de ses points faibles et ils étaient encore plus foncés que les longs cheveux lustrés qui tombaient en cascade de façon si sensuelle sur ses épaules. Sa jupe jusqu'aux genoux mettait en valeur une incroyable paire de jambes, typique des nombreuses Brésiliennes qu'il avait vues, et dans trois cas, fréquentées lors de ses précédentes visites. Une chose est sûre. Son esprit n'était pas, du moins temporairement, préoccupé par les doutes et les incertitudes liés à son besoin soudain d'aller au Brésil, ni par les mauvaises surprises qui pouvaient l'attendre.

Après s'être lentement dirigée vers l'allée, en souriant continuellement, elle est arrivée à côté du siège de Thomas et a rangé son sac dans le compartiment supérieur. Il se rendit compte qu'elle devait être l'occupante du siège côté fenêtre et se leva pour lui donner accès. Alors qu'il se reculait, elle s'est retournée pour se glisser devant son siège et rejoindre le sien. Thomas trouve que la vue de l'arrière est aussi étonnante que celle de l'avant. C'était un

16

atout supplémentaire qu'il trouvait commun à de nombreuses Brésiliennes. C'était une femme magnifique. Malgré les événements de la journée, pendant quelques instants, son esprit était certainement ailleurs. Peut-être, pensa-t-il, que ce serait un voyage intéressant après tout. Si cela lui permettait de ne plus penser à ses problèmes, tant mieux.

Installé dans son siège pour le court vol vers New York, Thomas essayait soigneusement d'éviter de regarder la vision à sa gauche. Le problème, c'est qu'il était impossible d'éviter de voir ces belles jambes à moins de regarder le plafond. Peu importe à quel point il essayait, il ne pouvait pas détourner ses yeux. Alors qu'il cherchait dans sa tête les mots pour entamer une conversation, elle l'a devancé. Soudain, ce visage étonnant s'est tourné et s'est légèrement penché vers lui.

"Bonjour, je m'appelle Sofia", dit-elle très gentiment et pas de la manière formelle que l'on pourrait attendre d'un étranger. Comme Thomas se demandait pourquoi il n'avait pas pensé à cette approche simple, il balbutia sa réponse.

"Salut, euh... je m'appelle Thomas."

"Oh, c'est un très joli nom", a-t-elle répondu d'une manière presque flirteuse. "J'aime beaucoup ce nom. Vous allez à São Paulo ?" Son anglais était presque parfait, avec juste ce qu'il faut d'accent merveilleux. Thomas avait toujours trouvé intéressant que les Brésiliens, et la plupart des Sud-Américains en général, ne raccourcissent pas le vocabulaire comme le font les anglophones. Il était sûr de ne jamais en avoir entendu un utiliser une contraction. C'était toujours "it is" au lieu de it's, "we are" au lieu de we're et de même pour toutes les autres combinaisons possibles. Le verbe anglais souvent mal placé était aussi quelque chose que Thomas trouvait agréable à l'oreille.

"Oui, je vais à São Paulo. Et toi ?"

Le Second Avènement d'Angela

"Je suis en route pour Fortaleza."

"Fortaleza" ? J'adore Fortaleza. J'y étais il y a deux ans."

"Vraiment ? Tu étais là et je ne t'ai jamais rencontré ? Je suis très déçu." Sur ce commentaire, ses merveilleuses lèvres pleines se sont ouvertes et elle lui a offert le plus beau des sourires. "Eh bien, maintenant que nous nous sommes rencontrés," dit-elle en haussant doucement les épaules, "alors plus besoin d'être déçu."

"Pourquoi allez-vous à Fortaleza ?" demande-t-il, espérant qu'il n'est pas trop curieux.

"Je dois négocier un contrat. C'est un voyage d'un jour. Je dois négocier un autre contrat à São Paulo quand j'y retournerai."

Le vol de Toronto à Atlanta a duré environ quatre heures. Pendant ce temps, ils ont réussi à échanger quelques informations personnelles. Elle a trouvé inhabituellement intéressant qu'il soit directeur des ventes chez un concessionnaire automobile, bien qu'il ne puisse pas imaginer pourquoi. Lui, en revanche, était très impressionné par le fait qu'elle était apparemment un génie de l'informatique, spécialisé dans la conception de logiciels et la sécurité informatique. Heureusement, à part une brève explication de ce qu'elle faisait, elle n'avait aucune envie de l'ennuyer avec des choses qui dépassaient largement sa capacité de compréhension. Il lui en est très reconnaissant. Il aurait détesté rester assis là, l'air confus et en pleine démonstration de son ignorance du sujet.

Pendant l'escale à Atlanta, ils ont décidé de dîner ensemble et d'engager une conversation informelle en attendant leur vol de correspondance. Thomas a jugé préférable d'éviter toute conversation sur la véritable raison de son voyage à São Paulo, d'autant plus qu'il connaissait si peu cette nouvelle connaissance. Il a simplement dit que c'était des vacances. Le vol de correspondance devient l'occasion pour chacun d'eux de dormir quelques heures.

Par George Thomas S.

Malheureusement, la préoccupation de Thomas pour ce qui l'attend à São Paulo lui interdit toute possibilité de dormir. Sofia, en revanche, était dans les vapes.

Alors que l'avion entamait sa descente vers l'aéroport de São Paulo, Thomas ne pouvait s'empêcher de se souvenir de sa précédente visite. C'était il y a quelques années et pourtant c'était comme si c'était hier. Seul l'avenir lui dirait ce qu'il verrait au cours de cette visite. Sofia se réveilla, s'étira et regarda par la fenêtre la ville en contrebas.

"Eh bien, Thomas, notre temps ensemble sera bientôt terminé. Ce fut un plaisir. Si vous le voulez bien, je vais vous donner ma carte de visite. Vous connaissez peut-être quelqu'un qui a besoin de mes services de sécurité. Ou, peut-être, quand je rentrerai à São Paulo demain, vous pourrez m'appeler et nous pourrons à nouveau dîner ensemble."

"Ce serait très gentil, Sofia. Je doute que demain soit possible, mais quand je saurai quel jour je serai libre, j'appellerai à coup sûr. C'est une promesse."

Sofia se rend à sa porte d'embarquement pour le vol vers Fortaleza et Thomas sort du terminal pour prendre la navette de l'hôtel. Il était assez tôt dans la matinée pour que la circulation soit encore pire que d'habitude. Malgré cela, le bus a fait un bon temps et il est arrivé à l'hôtel vers dix heures. Après avoir jeté un coup d'œil à l'endroit, Thomas comprit qu'il devait être cher. Il espérait certainement qu'il avait été prépayé aussi. Il n'a pas été déçu. Quel que soit le problème d'Angela, jusqu'à présent, elle lui offrait un voyage de première classe à tous points de vue. Il n'avait tout simplement aucune idée de la façon dont elle pouvait se permettre d'en assumer le coût.

Quand il est arrivé à laréception, c'était comme s'ils avaient découvert une célébrité venue pour un séjour. Il n'avait jamais, nulle part, été traité aussi royalement. Il a supposé que c'était la courtoisie normale affichée à tous leurs invités. Cependant, il a rapidement remarqué

19

que les autres ne recevaient que le service normal mais poli auquel on peut s'attendre dans n'importe quel hôtel. Il commençait à se demander quelle sorte d'influence avait la résurrection d'Angela à São Paulo.

Malgré son insistance sur le fait qu'il était plus que capable de porter son seul sac jusqu'à l'ascenseur, puis jusqu'à sa chambre, il s'est retrouvé avec un groom comme compagnie. Cela ne le dérangeait pas vraiment. Il n'en voyait pas l'utilité. Lorsqu'ils sortirent de l'ascenseur et que le groom ouvrit la porte de son logement, Thomas découvrit que c'était bien plus qu'une simple chambre. Ses yeux se sont ouverts en grand lorsqu'il est entré et a vu la taille et le luxe de sa suite.

Il a proposé ce qu'il pensait être un pourboire raisonnable et, à son grand étonnement, il a été refusé. Il a insisté pour savoir pourquoi, craignant qu'il soit trop petit et donc insultant. On lui dit que tous les employés de l'hôtel ont reçu l'ordre de ne rien accepter de lui et que son hôte s'occupera d'eux. Il semblerait qu'il soit épargné de toute dépense. Maintenant, il était très curieux de la richesse apparente d'Angela. Après des années de lutte pour subvenir seul aux besoins de ses filles, il était quelque peu agacé de constater qu'elle pouvait se permettre autant de luxe en son nom. Il était certain que juste le coût des billets d'avion et la facture d'hôtel auraient pu faire vivre ses enfants pendant un an.

Une fois installé dans son nouvel environnement, il téléphone à la réception pour voir s'il y a des messages. Il n'y en a pas. Il n'avait jamais pensé à la façon dont Angela et lui entreraient en contact une fois qu'il serait à São Paulo. Il suppose qu'il n'a plus qu'à attendre qu'elle le contacte. N'ayant que du temps à tuer, une douche semblait être un choix parfait, suivie d'une sieste. Il avait cette sensation collante et inconfortable qui vient avec l'endurance d'une journée entière de voyage. Il serait très rafraîchissant de s'en débarrasser sous l'une de ces merveilleuses douchettes brésiliennes à effet pluie qu'il aimait tant. Elles lui donnaient

Par George Thomas S.

l'impression de se baigner sous la pluie. En fait, il avait tendance à passer trop de temps sous l'une d'elles.

Une fois sa douche terminée, il lui a fallu environ deux minutes pour s'endormir sur le lit. Toujours enveloppé dans l'une des serviettes de bain en coton remarquablement douces de l'hôtel, il lui était impossible d'essayer de rester éveillé. Il n'avait pas beaucoup dormi pendant le vol, et certainement pas le sommeil profond dont on a besoin pour être bien reposé.

Le Second Avènement d'Angela

CHAPITRE 3

UN ADVERSAIRE DE TAILLE

La sieste de Thomas fut brève car le téléphone sonna peu après qu'il se soit assoupi. La voix à l'autre bout ne s'est pas avérée être celle d'Angela. C'était le bureau d'accueil disant à Thomas qu'un chauffeur

était là pour le prendre. Ne sachant que penser, il a simplement dit qu'il avait besoin de temps pour s'habiller et qu'il descendrait sous peu. Toujours pas de contact avec Angela elle-même, et cela devenait de plus en plus étrange.

Dès son arrivée dans le hall, il s'est dirigé directement vers la réception. La réceptionniste, une très jolie jeune fille brésilienne, aux yeux sombres typiques, lui indique un homme qui se tient devant la porte d'entrée. Sa simple apparence a fait réfléchir Thomas. Ce type était énorme. Il mesurait au moins 1,80 m et pesait environ 90 kg. Si Thomas ne le savait pas, il aurait pensé qu'il avait été taillé dans un bloc de granit. Ses cheveux noirs et un peu gras étaient coiffés en queue de canard dans le style des années 50. Son physique rappelait à Thomas celui de Babe Ruth avec sa poitrine en tonneau et tout le reste s'affinant jusqu'à des jambes à peine plus grandes que des fuseaux. Thomas ne pouvait s'empêcher de sourire en se demandant comment des jambes aussi fines pouvaient supporter un poids aussi énorme. Il était vêtu d'un costume qui avait l'air d'avoir été retiré du présentoir de l'Armée du Salut, puis laissé en tas pendant une semaine environ. Thomas n'était pas sûr qu'un costume de quelque qualité que ce soit aurait pu aller à ce type. Il était juste trop énorme et étrangement proportionné. Plus intéressant encore, il n'avait pas l'air d'un Brésilien, ce que Thomas remarqua tout de suite. Finalement, Thomas s'est approché de lui.

22

Par George Thomas S.

"Je m'appelle Thomas, et je crois comprendre que vous êtes là pour me conduire quelque part ?" C'était quelque peu intimidant pour lui d'être éclipsé par cet homme énorme.

"Ouais, comment ça va. Sortons d'ici", a-t-il répondu en se tournant vers la porte.

Dès qu'il a parlé, il était clair pour Thomas que les apparences ne trompaient pas. Ce type était New Yorkais jusqu'au bout des ongles. Il aurait pu être du Bronx, de Brooklyn, ou même du Queens. C'était difficile à dire. Il supposa qu'il apprendrait lequel assez tôt. "Ça vous dérange si je vous demande où nous allons ?"

"On va rencontrer Rico. Il en faut quinze ou vingt."

"Quinze ou vingt ?"

"Oui, les minutes. Vous savez, ces petites lignes sur votre montre Mickey Mouse ?" Apparemment, ce type avait un sens de l'humour insultant pour aller avec son apparence presque humoristique. Thomas rit un peu nerveusement et ne dit rien.

Sur le trottoir devant l'hôtel se trouve une longue limousine Mercedes noire. Cette montagne d'homme se dirige vers la voiture, ouvre la porte arrière et Thomas monte à l'intérieur. Installé dans le siège en cuir somptueux, il essaya de ralentir les battements de son cœur qui témoignaient désormais de son inquiétude face à sa situation. Il essayait encore d'absorber la gravité de la situation lorsqu'il réalisa qu'il ne connaissait pas le nom du conducteur. Non pas que cela ait vraiment de l'importance, mais l'idée lui est venue, alors pourquoi ne pas demander ?

"Je n'ai pas saisi votre nom", a-t-il dit.

"Ouais, et bien tu n'as pas demandé. C'est Antonio, si vous voulez vraiment savoir."

23

Le Second Avènement d'Angela

Thomas a essayé d'être poli, "Ok, ravi de vous rencontrer, Antonio."

La réponse est venue avec un rire presque sinistre, "Ouais ? La plupart des gens qui me rencontrent ne peuvent pas dire ça." Thomas ne fut même pas tenté de demander ce que cela signifiait.

Ils n'étaient pas à plus de quelques rues de l'hôtel lorsqu'un de ces conducteurs brésiliens typiques a klaxonné et s'est rangé si près devant eux qu'il a failli heurter le pare-chocs avant. Antonio était, pour le moins, énervé.

"Putain de conducteurs brésiliens. Et les gens dans le Queens pensent qu'ils conduisent comme des fous là-bas. Ils n'ont pas la moindre idée."

Donc, c'était Queens. Que faisait ce géant du Queens à São Paulo ? Il valait mieux ne pas demander. Il était bien plus sage de se taire et de découvrir au fur et à mesure que les choses avançaient. Ce qu'il savait, c'est que toute cette entreprise venait probablement de prendre une mauvaise tournure. Il ressentait un frisson dans le dos, et il devait admettre, finalement, qu'une certaine peur pouvait s'installer.

Une vingtaine de minutes se sont écoulées avant que la voiture ne s'engage dans une allée fermée. Il y avait une cabine de sécurité et Antonio s'est arrêté pour attendre que le garde ouvre le portail et leur fasse signe de passer. Une fois à l'intérieur, la limousine a continué à monter une longue allée sinueuse bordée d'arbres et de feuillages typiques d'une forêt tropicale brésilienne. La maison elle-même était un magnifique manoir qui, selon Thomas, devait dater du milieu des années 1800. Elle avait été fidèlement restaurée pour retrouver sa gloire d'origine. Antonio se gara devant un escalier en pierre d'environ trente mètres de large en bas et qui s'incurvait des deux côtés pour atteindre environ vingt pieds à la dernière marche. En sortant de la limousine, les yeux de Thomas ne pouvaient s'empêcher d'admirer cet endroit magnifique. Il est resté là, bouche bée devant la splendeur de l'ensemble,

Par George Thomas S.

alors qu'Antonio était déjà en haut de l'escalier. Alors que Thomas continuait d'admirer son environnement, Antonio s'est retourné vers lui.

"Hé, remets tes globes oculaires dans ta tête et essaie de monter les escaliers. Rico n'aime pas qu'on le fasse attendre. Et crois-moi, tu ne veux pas que je doive venir te chercher."

Sur ce point, Thomas était entièrement d'accord. Alors qu'il montait l'escalier en direction de la porte d'entrée, Antonio était déjà à l'intérieur. Dans l'encadrement de la porte se tenait une femme de chambre, peut-être âgée d'une trentaine d'années. Elle sourit timidement, referma la porte derrière lui et commença à lui faire traverser l'immense hall d'entrée. Il ne doutait pas que sa maison entière tiendrait à l'intérieur et qu'il resterait de la place. Le sol était une mosaïque de carreaux colorés, rouges, bleus, jaunes, verts, et chaque pièce faisait partie d'une scène qui semblait être une représentation des danses traditionnelles brésiliennes. C'était assez fascinant à regarder. Le plafond s'élevait à au moins trente-cinq pieds au-dessus du sol et était suspendu à un énorme lustre orné de cristal et contenant ce qui semblait être quarante ou cinquante bougies. Il était évident qu'il s'agissait de la source originale de lumière pour cet immense espace et qu'il avait été préservé pour sa beauté. L'escalier, environ trente pieds après l'entrée, était une œuvre d'art. N'étant pas familier avec le bois brésilien typique, Thomas n'était pas sûr de ce dont il était fait. Les rampes et les marches de l'escalier lui rappelaient le cerisier noir, tandis que les fuseaux étaient beaucoup plus clairs et plus proches de la couleur du frêne. Le contraste était magnifique à regarder. Ce magnifique escalier menait à un hall à balcon qui entourait le niveau intermédiaire du foyer. Il n'avait jamais rien vu de comparable. Il a pu compter douze portes donnant sur le balcon supérieur avant que son attention ne soit attirée par la servante qui essayait désespérément de le faire suivre.

Le Second Avènement d'Angela

Enfin, il a été conduit dans une grande pièce qui semblait être à la fois une bibliothèque et un bureau. C'était certainement une pièce masculine et, à bien des égards, froide. Les meubles étaient tous en cuir et le sol était un bois dur qui ressemblait beaucoup à celui de la rampe de l'escalier. Quelques têtes d'animaux étaient accrochées au mur, un jaguar peut-être, un lion, quelque chose qui rappelait la famille des cerfs, et quelques oiseaux empaillés, mais pas grand-chose sur lequel Thomas puisse mettre un nom. Un mur entier était constitué d'une énorme bibliothèque pleine à craquer. Au premier coup d'œil, certains des volumes semblaient être assez vieux.

La femme de chambre l'a conduit à l'un des fauteuils en cuir et lui a demandé s'il voulait une boisson. Il s'est contenté d'un simple Pepsi pour l'instant. Il a essayé d'engager la conversation avec elle et a seulement réussi à déterminer que son nom était Paola. Elle semblait avoir peur de parler et plus il essayait de le faire, plus elle devenait timide. Une voix provenant de la porte ouverte a brisé le silence.

"Paola sait qu'il ne faut pas devenir trop amical avec mes invités."

Thomas se retourna pour voir un homme plutôt moyen, rien de plus, mais immaculé dans un costume Armani bleu, une chemise blanc cassé et une cravate à fleurs. Il pensait qu'il était un peu tard dans la journée pour porter un costume, mais ce n'était que son propre goût. Alors que l'homme se dirigeait vers Thomas, il a regardé Paola d'un air plutôt sévère et a dit : "Vous avez sûrement du travail à faire ! S'il te plaît, occupe-t'en."

La petite bonne, apparemment embarrassée, quitta la pièce tandis qu'il se retournait et marchait pour s'asseoir en face de Thomas. Une fois installé dans cet immense fauteuil, il semblait presque perdu. Ce n'était pas un grand homme, peut-être un mètre soixante tout au plus. Ses cheveux étaient courts et d'une sorte de brun cendré avec juste une touche de gris. Ses yeux, plus gris que bleus, avaient un regard très froid. Plus que froids, ils semblaient cruels.

Par George Thomas S.

Il était un contraste très différent d'Antonio. S'il était aussi du Queens, ils n'avaient pas seulement fréquenté des écoles différentes, mais aussi des tailleurs différents. Il s'est assis là, les jambes croisées, les mains fermement posées sur chaque bras de la chaise, et a simplement fixé Thomas pendant ce qui n'aurait été que quelques instants et qui lui a pourtant semblé une heure. C'était vraiment très inconfortable d'avoir ces yeux fixés sur lui.

"Comment s'est passé ton voyage, Tommy ?"

Il détestait qu'on l'appelle Tommy, à de rares exceptions près.

"Le nom est Thomas, et pour être parfaitement honnête, jusqu'à présent le voyage a été une douleur dans le cul. Je suis ici uniquement parce qu'Angela a soi-disant besoin de mon aide. Quant à savoir qui vous êtes, et pourquoi je suis dans votre maison, je n'en ai aucune idée. Peut-être pourriez-vous me renseigner ?"

Thomas fut surpris par le ton agressif de sa propre voix, mais il avait eu une longue journée et était fatigué d'attendre les détails de la raison de sa présence. S'il avait pensé que les yeux de cet homme étaient cruels auparavant, il voyait maintenant à quel point ils pouvaient être effrayants. Il était évident que son hôte essayait de contrôler sa colère. Ses mains serraient les bras de sa chaise au point que ses doigts devenaient blancs, tandis que son visage prenait cette teinte rougeâtre que Thomas savait synonyme de problèmes. Lorsque la couleur normale de son visage est revenue, il a relâché sa prise sur la chaise et a tendu la main vers la boisson que portait Paola. Thomas n'avait même pas remarqué son retour dans la pièce. Aussi rapidement, elle était partie.

"Je vous ai fourni un hébergement de première classe tout au long du voyage. Et pour cela, vous me parlez de cette manière ? Mais je vais pardonner votre impolitesse ", ricana-t-il en prenant soin de prononcer son nom correctement. " Thomas ", dit-il avec un léger sourire qui n'était manifestement pas sincère.

"Quant à qui je suis ? Je suis le mari d'Angela." Sur ce, il porta le verre à ses lèvres et chercha attentivement une réaction. Il en a certainement eu une.

"Eh bien, c'est très intéressant. En vérité, comme nous n'avons jamais divorcé, je serais toujours son mari légal. Un sacré dilemme, vous ne trouvez pas ?" Peu importe ses efforts, Thomas ne pouvait pas enlever le sarcasme de sa voix. Il ne semblait jamais savoir quand contrôler sa bouche. Il a remarqué que ce personnage s'est presque étouffé avec son verre quand il a entendu qu'Angela et lui étaient toujours mariés.

"Vous n'avez jamais divorcé ?"

"Non. Jamais. Nous ne pourrons jamais nous mettre d'accord sur les termes de ce contrat."

"Oh, Tommy, c'est riche. Je ne m'y attendais pas. Non pas que ça ait une quelconque importance. Mais je dois admettre que c'est plutôt drôle."

"Ça n'a pas d'importance ? Ils doivent avoir des lois différentes au Brésil concernant la bigamie."

Le verre de Pepsi de Thomas était vide et, comme par enchantement, Paola est apparue avec un nouveau verre. Elle ressemblait beaucoup à un fantôme qui apparaissait sans prévenir ni faire de bruit.

"Tu comprendras bien assez tôt, mon petit Tommy. Je pense que tu trouveras l'histoire fascinante."

"Je vous l'ai dit, je m'appelle Thomas."

Par George Thomas S.

"Dans ma maison, vous êtes ce que je dis que vous êtes. Bientôt, je pense, il sera temps pour vous et Angela de vous voir", et sur ce, il se leva de sa chaise et se dirigea vers un téléphone qui trônait, avec un ordinateur, sur un très grand bureau en noyer à l'autre bout de la pièce. Pour une fois, Thomas a préféré ne pas laisser sa bouche s'emballer.

"Nous descendons dans vingt minutes", furent les seuls mots que l'homme prononça au téléphone avant de retourner à sa chaise.

C'est à ce moment-là que Thomas a commencé à remarquer diverses photos sur les murs. Il y en avait beaucoup avec Angela et certaines, pour une raison ou une autre, lui semblaient très familières. Si elles étaient récentes, Thomas pensait qu'elle se portait bien pour quelqu'un qui avait maintenant quarante-huit ans. Elle a toujours eu l'air plus jeune que son âge.

"Vous avez cru pendant des années qu'Angela avait été tuée dans un accident de voiture", a dit son hôte en se repositionnant dans son fauteuil.

"Ouais ! Moi et tous les autres dans sa vie."

"Eh bien, elle a eu un accident, mais, évidemment, elle n'est pas morte. Je suis sûr que vous allez trouver cela confus. Mais croyez-moi, chaque mot est vrai. Donc, je vais vous expliquer."

"C'est pour ça que je suis là. Une sacrée explication."

"Je suis sûr que vous serez d'accord pour dire qu'il est qualifié. Pour commencer, je ne voyage pas souvent hors du Brésil. Il y a de sérieuses raisons à cela, des raisons qui ne vous concernent pas, mais lorsque j'ai besoin de mener des affaires hors du pays, je choisis des endroits peu connus où je suis assuré de la confidentialité. À une occasion, j'ai choisi Cornwall, en Ontario. Quoi qu'il en soit, alors qu'Antonio et moi retournions à notre motel, nous avons vu cette femme marcher, quelque peu hébétée, le long de la route à deux voies qui longeait la rivière. Au début, nous sommes passés devant, pensant qu'elle était simplement ivre, mais, pour une raison quelconque, j'ai dit à Antonio de faire demi-tour et de revenir en arrière. Là, nous avons trouvé cette belle femme dans un chemisier déchiré, saignant du front et trempée. Nous avons arrêté la voiture, pensant que nous allions faire preuve de considération et la déposer à l'hôpital où elle pourrait recevoir des soins médicaux, et nous en aurions fini. Il n'y avait que quelques problèmes avec cette idée."

"Des problèmes ?" À ce moment-là, Thomas était penché en avant sur sa chaise, accroché à chaque mot.

"Oui, Tommy. Des problèmes. Elle était presque le portrait craché de quelqu'un qui avait volé mon coeur il y a longtemps. Nous avons été ensemble pendant dix ans. La similitude d'apparence était étonnante. Malheureusement, elle est décédée dans des circonstances moins agréables plusieurs années auparavant et je ne m'en suis jamais vraiment remis. Quant à Angela, elle ne savait pas son propre nom, ni où elle vivait, ni même ce qui lui était arrivé. Elle a lâché ce fait avant même que je lui pose une seule question. Elle souffrait manifestement d'amnésie à la suite de sa blessure à la tête. Je ne saurai jamais pourquoi j'ai fait ce que j'ai fait ensuite. Enfin, je le sais, mais ça défie toute explication logique."

Thomas le regarda avec une curiosité totale et demanda : "Quoi ? Qu'est-ce que tu as fait ?"

"Je lui ai dit qu'elle était ma femme."

Thomas a fait un bond en avant sur sa chaise en cherchant à respirer. "Pourquoi diable avez-vous fait ça ?"

Par George Thomas S.

"Oh, Tommy, tu sais ce que tu as vu quand tu as regardé dans ces yeux. C'était le même sort que Carla avait jeté sur moi il y a douze ans. Tu sais que tu aurais fait n'importe quoi pour l'avoir. N'importe quoi ! Dis-moi que ce n'est pas vrai. Dis-moi qu'elle n'était pas comme une sorcière qui jette un sort auquel tu ne pourrais pas échapper même si tu essayais."

Thomas était incrédule : "Quel que soit l'effet qu'elle ait pu avoir sur moi, je n'aurais jamais fait quelque chose d'aussi stupide. C'est complètement malade. Tu es fou ?"

"Des noix ? Je suis cinglé ?" Il y avait de nouveau ce regard effrayant sur son visage. "Je peux vous assurer que je ne le suis pas. Maintenant, si ça ne vous dérange pas, je vais finir l'histoire."

"Par tous les moyens. Je ne peux pas attendre. C'est de mieux en mieux. Que pourrait-il y avoir ensuite ?"

"Nous avons rebroussé chemin jusqu'à ce que nous trouvions sa voiture partiellement submergée dans une zone peu profonde près de la rive de la rivière. Apparemment, elle avait quitté la route, heurté un arbre et était tombée dans l'eau. Antonio a récupéré son sac à main, vérifié son identité, puis l'a caché dans sa chemise. Avec ses informations personnelles en main, Antonio, le taureau qu'il est, a réussi à pousser la voiture plus loin dans la rivière pour que le courant commence à l'emporter en aval avant qu'elle ne coule complètement. Cet homme est comme un bulldozer humain".

"Bon Dieu. C'est trop bizarre. Vous ne pouvez pas être sérieux."

"Oh, je suis très sérieux, Tommy. A présent, j'avais un plan complet. J'ai toujours été un bon planificateur. Je crée des solutions aux problèmes très rapidement. Cette femme revenait avec moi au Brésil pour vivre comme mon épouse."

Le Second Avènement d'Angela

Thomas se renverse dans sa chaise, "Non, ok, je suis désolé, vous êtes fou. Comment avez-vous pu faire ça ? Et des documents ?"

"Les documents ne sont pas un problème, et si tu n'arrêtes pas de me traiter de cinglé, tu vas perdre les tiens. Que ce soit au Brésil ou ailleurs, l'argent vous achète ce dont vous avez besoin. Nous sommes retournés au motel et étant très groggy de sa blessure à la tête, Angela s'est endormie. Médicalement, ce n'est probablement pas la meilleure idée quand on a une commotion cérébrale, mais on n'a pas vraiment le choix. J'avais besoin qu'elle dorme pour que nous puissions mener à bien le début du plan. En fait, je lui ai donné un sédatif léger pour faciliter le processus."

À présent, Thomas s'agite sur sa chaise. C'était trop loin pour qu'il puisse même comprendre. Il était temps de boire quelque chose de différent.

"Je crois que j'ai besoin d'un truc plus fort que du Pepsi, là."

"Que voulez-vous ? Un scotch ? Du rhum ? Une bière ? Votre choix."

"Un bon Caipirinha serait parfait, je pense."

"Bon choix. Superbe boisson. "Paola ? Tu as entendu ?"

Elle était encore là, la femme de chambre fantôme avec non seulement un verre, mais aussi un pichet de caipirinha, et puis elle est repartie.

"Dois-je continuer ?"

"S'il vous plaît. Je ne peux pas attendre de voir où ça va finir."

"Où tout cela se termine dépend de vous. Bref, pendant qu'Angela dormait, le fidèle Antonio s'est rendu chez elle à Ottawa. Là, il a récupéré juste assez de vêtements pour faire croire qu'elle avait effectivement voyagé et séjourné dans le motel avec moi. Il a rassemblé quelques photos qui seraient nécessaires pour créer des copies numériques dans des scènes brésiliennes, ainsi que des photos avec moi. Il a également cherché toutes les informations qu'il pouvait découvrir sur sa famille."

Alors que l'histoire devenait encore plus alambiquée, Thomas s'est retrouvé incapable de rester silencieux. "Je dois dire que j'ai presque voulu croire que c'était une sorte de gag, une blague de mauvais goût, mais c'est pour de vrai ?"

"Maintenant, sérieusement, je ne suis pas de ceux qui ont le temps de jouer. Tout ceci est très réel. Maintenant, où en étais-je ? Oh oui. J'ai passé un coup de fil à une connaissance qui lui a délivré un nouveau certificat de naissance. On l'a fait américain pour qu'elle ne se souvienne pas d'une connexion canadienne. Puis il y a eu un passeport et, bien sûr, un visa brésilien. Ces documents ont été antidatés à quelques années auparavant, tout comme le faux certificat de mariage. J'ai demandé à ma banque d'émettre des cartes de crédit sous sa nouvelle identité et j'ai demandé à mon personnel de maison de préparer la maison, avec une garde-robe basée sur ses vêtements et ses chaussures, du maquillage et tout ce qu'ils pouvaient imaginer pour donner l'impression qu'elle avait vécu là pendant un certain temps. Les photos ont été scannées et envoyées par courrier électronique à quelqu'un au Brésil qui en a créé de nouvelles pour les exposer dans la maison. Lorsque nous sommes arrivés là-bas, elle se voyait dans les lieux et les photos brésiliennes avec moi. Tout cela s'est fait pendant la nuit et le lendemain matin, pendant qu'elle dormait."

Soudain, Thomas a compris pourquoi certaines de ces images lui semblaient si familières. Il les avait déjà vues auparavant. Il avait même pris certaines d'entre elles lui-même. Il était sûr maintenant qu'il entendait la vérité.

"Votre personnel de maison est vraiment d'accord avec ça ?"

Le Second Avènement d'Angela

"C'est le Brésil, mon ami. Le bon travail est difficile à trouver et, à vrai dire, ils ont un peu peur des conséquences si jamais ils ne font pas ce que je leur dis. Je sais où vivent leurs familles."

Il y avait un regard très désagréable sur son visage quand il a prononcé ces mots. Si Thomas ne l'avait pas réalisé avant, il était soudainement conscient que c'était un homme dangereux. Il commençait à se demander s'il serait capable d'aider Angela. Tout semblait trop impossible, voire désespéré.

"Quoi qu'il en soit, tout s'est arrangé, Angela a accepté mon histoire sur nous, et nous sommes retournés au Brésil. Mon seul espoir était qu'elle ne retrouve pas la mémoire dans l'avion. Cela aurait été légèrement inconfortable. Une fois de plus, un sédatif a permis de dissiper cette inquiétude. Lorsque nous sommes arrivés ici, un ami psychologue lui a fourni des conseils. Plutôt que de l'aider à retrouver sa propre mémoire, son travail consistait à lui en donner une nouvelle. La mémoire que je voulais qu'elle ait. Tout allait bien. Jusqu'à ce jour."

"Ce jour-là ? Quel jour ?"

"Il fallait juste que tu sois à Fortaleza ce jour-là, au même moment que nous. Comment aurais-je pu prévoir qu'elle te verrait au Brésil ? Bon sang, je ne savais même pas pour toi. Il n'y avait aucun moyen d'anticiper cette possibilité. En tout cas, elle vous a vu, devant votre hôtel. Elle n'a plus jamais été la même après ça. Elle n'arrêtait pas de parler de vous, de dire qu'elle vous connaissait. C'était une préoccupation quotidienne pour elle de se rappeler qui vous étiez. Je l'entendais se parler à elle-même à ce sujet. J'ai envoyé Antonio à Fortaleza et à l'hôtel où vous étiez. Il a soudoyé un employé et a découvert un seul client canadien à l'époque. Bien sûr, c'était toi.

Je n'ai rien fait de cette information, je l'ai simplement conservée pour le moment. Malgré les conseils plus intensifs de mon amie psychologue, presque deux ans plus tard, elle

Par George Thomas S.

s'est souvenue de tout. Elle était totalement livide. Elle s'est même approchée de moi avec un couteau de boucher. Elle était furieuse et voulait retourner au Canada. Je lui ai donné une vie d'enfer ici. Tout l'argent qu'elle pouvait demander, des vêtements, des fourrures, des bijoux, tout. Elle n'a montré aucune reconnaissance."

"Appréciation" ? Pour avoir été kidnappé ? Vous êtes sérieux ? Mon Dieu ! Quoi qu'il en soit, je suis sûr que vous voyez la nécessité pour elle de rentrer à la maison maintenant. Le chat est à peine sorti du sac."

"Oh, elle peut y aller, Tommy. Mais ça ne sera pas sans prix. Définitivement pas sans un prix. Tout a un prix."

"Quel prix ? Qu'est-ce que je pourrais bien avoir que vous pourriez vouloir ? Je n'ai rien et vous semblez tout avoir."

"Bien au contraire, vous avez exactement ce dont j'ai besoin."

Avant que Thomas ait eu l'occasion de demander ce que cela pouvait être, Antonio est entré dans la pièce.

"C'est l'heure, patron."

Thomas n'a pas pu retenir ses mots et s'est levé de sa chaise : "Rico, quel prix ? Dis-le-moi."   Son hôte se retourna et le regarda avec un visage crispé sur lequel était inscrit un point d'interrogation.

"Rico ? Pourquoi tu m'as appelé Rico ?"

35

Le Second Avènement d'Angela

"Parce que c'est votre nom, n'est-ce pas ?" La vérité est qu'il ne s'était jamais présenté.
Thomas a juste supposé qu'il était Rico. Il n'avait jamais vu quelqu'un de si petit gabarit
déclencher un fou rire d'une telle ampleur.

"Je ne suis pas Rico, espèce d'idiot. Qu'est-ce qui t'a fait croire ça ?

"Antonio. Il a dit qu'on allait voir Rico."

"Parfois, j'admire son sens de l'humour. Vous allez en effet voir Rico. Je ne suis pas sûr
que vous aimerez l'expérience, mais vous le verrez."

"Alors qui est Rico, bon sang ?"

"Disons simplement qu'il est un outil que j'utilise dans certaines situations. Il y a des
choses que je ne demanderais même pas à Antonio de faire. Le gros bœuf idiot qu'il est les
ferait volontiers, mais Rico est bien meilleur pour certaines tâches."

"Qu'est-ce que ce Rico a à voir avec tout ça ?"

"En fait, au début, quand tout ça a explosé, j'ai envisagé de lui donner Angela. Un
cadeau pour service fidèle peut-être."

"La lui donner ? Mais de quoi tu parles ?"

"Rico n'est pas très bon avec les femmes. Vous allez voir pourquoi. Elles n'ont pas
tendance à durer très longtemps avec lui. Le fait qu'elles n'aient aucune envie d'être près de lui
a tendance à accélérer l'acte final. Ça aurait été une bonne façon de se débarrasser d'elle."

Thomas était maintenant debout pour suivre ce malade hors de la pièce et ses genoux
ont failli se dérober sous lui en entendant ces mots. Dans quoi Angela s'était-elle fourrée ?
Sans parler de ce qu'elle lui avait fait subir ? Il était sûr que sans Angela, il aurait cherché un
endroit où s'enfuir. D'une certaine manière, son esprit restait concentré sur elle et sur ce qui

pourrait arriver s'il échouait dans ce qu'il était censé faire pour sa libération. Une chose le faisait avancer. Le fait de savoir qu'il ne pourrait plus jamais regarder ses enfants en face s'il n'essayait pas au moins d'aider leur mère.

"Alors, pour le compte rendu, pourriez-vous me dire quel est votre nom ?" a demandé Thomas.

"Je m'appelle Carlo", a-t-il répondu sans se retourner.

Thomas suivit Carlo et Antonio dans le foyer et jusqu'à une porte située derrière l'escalier principal. Antonio l'ouvrit et Carlo s'approcha de l'escalier, suivi de près par Thomas. Il n'avait aucune idée de l'endroit où ils allaient, mais il n'avait pas le choix.

CHAPITRE 4

LA REUNION

Au bas de l'escalier se trouvait un long couloir. Son sol en pierre de couleur ardoise était entouré de murs de ce qui semblait être des briques fabriquées à la main, d'aspect quelque peu rugueux et irrégulier et d'une teinte rouillée. Thomas a pu voir qu'il y avait quatre portes accessibles depuis le couloir. Alors qu'il examinait son environnement, il entendit le bruit le plus inquiétant de cris étouffés et de sanglots incontrôlables. Sa première pensée a été que c'était Angela, et son cœur a bondi dans sa gorge, étouffant presque sa respiration. Il a été temporairement soulagé quand il a découvert que ce n'était pas du tout elle. Son soulagement n'a été que de courte durée car ce qu'il a vu ensuite était horrible.

Lorsqu'ils s'approchèrent de la première porte à gauche, il put constater qu'elle était légèrement entrouverte. Carlo, affichant un regard d'extrême mécontentement, poussa la porte en grand. C'est alors que Thomas vit quelque chose qu'il était sûr de ne jamais oublier, quelle que soit la durée de sa vie. Là, contre le mur, se trouvait une jeune fille qui semblait avoir seize ou dix-sept ans. Elle était, pour le moins, crasseuse. Ses vêtements n'étaient guère plus que des chiffons sales qui pendaient mollement sur son corps. Devant elle, nu à partir de la taille et tâtonnant avec son pantalon alors qu'il la maintenait contre le mur par le cou, se tenait l'humain le plus dégoûtant que Thomas ait jamais vu. Son torse était tellement couvert de poils bruns foncés que la pensée immédiate de Thomas fut qu'on pourrait le dépecer et en faire ce qui passerait pour un tapis en peau d'ours. Vu son apparence, il pensa qu'il serait bien

38

Par George Thomas S.

avisé de lui tirer dessus quarante ou cinquante fois pour être absolument certain qu'il était mort. Cette bête d'homme a entendu le bruit de la porte qui s'ouvrait et s'est retourné pour regarder dans leur direction. S'il y avait un endroit sur son visage répugnant qui n'était pas cicatrisé ou affligé d'une quelconque tache horrible, Thomas ne pouvait pas le voir en un coup d'œil rapide. Ses dents étaient vertes, ou quelque chose d'approchant, et semblaient être recouvertes d'années de tartre accumulé. Le visage de certaines personnes indique clairement qu'elles sont très simples d'esprit. Ce visage démentait toute trace d'intelligence. Thomas était encore figé par cette image alors que les vêtements restants étaient arrachés du corps de la fille. Incapable de crier avec une main serrant sa gorge, elle ne pouvait que regarder la porte dans l'espoir que quelqu'un vienne la sauver. Elle a été déçue.

C'est à ce moment-là que Carlo a beuglé.

"Combien de fois t'ai-je dit de ne pas amener tes satanés joujoux ici ? Tu te rends compte du risque que tu me fais courir ? Pourquoi ? Pourquoi le fais-tu encore ? Espèce de crétin. Toi et ces petites choses dégoûtantes des favelas êtes un fléau."

Il y a eu une réaction instantanée à la réprimande de Carlo qui a totalement surpris Thomas. Immédiatement, cette bête était comme un chien grondé par son maître autoritaire pour avoir sali le tapis.

"J'en ai assez de cette merde, Rico. Maintenant, finis ce truc. Va jusqu'au bout. Maintenant !"

"Alors, c'était Rico ?" pensa Thomas. Carlo avait raison. Ce n'était pas du tout une expérience bienvenue. Pas le moins du monde. Il était certain qu'il aurait préféré presque tout autre chose à sa place.

Le Second Avènement d'Angela

À peine ces mots avaient-ils quitté la bouche de Carlo que Rico se tournait vers la pauvre fille effrayée et, tout en la tenant toujours par la gorge, son autre main lui tordait la tête jusqu'à ce que Thomas entende le claquement distinct de son cou alors qu'elle s'effondrait sur le sol. La fille était morte, et Thomas faisait tout pour ne pas vomir. Malgré le goût inimitable de la bile dans sa gorge, il parvenait à conserver, du moins le croyait-il, l'apparence de quelqu'un qui n'était pas totalement effrayé. Il n'aurait jamais pu imaginer qu'il verrait quelque chose d'aussi horrible de toute sa vie.

La voix de Carlo était presque un écho quand il parlait. "Donc, maintenant, vous avez rencontré Rico. Tu imagines si je lui avais donné Angela ?" dit-il avec un rire cruel. "Il aurait aimé ça. Il a toujours eu une sorte de passion maladive pour elle. Je jure qu'il baverait à sa vue. Je ne peux qu'imaginer les idées dégoûtantes qui lui traversaient l'esprit quand il la regardait. Elle, d'un autre côté, était effrayée à l'idée de le voir dans la propriété. Pétrifiée ! Pas difficile de comprendre pourquoi elle avait si peur de lui. Je suis sûr qu'il vous effraie aussi."

Sur cette remarque, il a levé les yeux vers le visage de Thomas, figé dans l'incrédulité de ce qu'il venait de voir.

"Il en faut beaucoup pour me faire peur, Carlo", dit-il avec un air de confiance forcée qui n'était pas tout à fait honnête.

"La peur se lit dans les yeux d'un homme, Thomas. Je peux la voir dans les vôtres en ce moment. En fait, je crois que je vois plus que ça. Je vois de la panique."

Il y avait un ton d'autosatisfaction dans la voix de Carlo, qui pensait pouvoir lire Thomas si bien. Ou du moins, c'est ce qu'il croyait. Il avait raison à propos de la peur. Mais la panique ? Pas du tout ! La panique était quelque chose que Thomas n'avait jamais connu. D'une certaine façon, il avait toujours semblé comprendre que la peur pouvait être votre amie si vous la compreniez. Il savait que la peur vous fait prendre conscience du danger et vous donne la possibilité d'y faire face. La panique, en revanche, vous fait perdre toute possibilité d'évaluer la situation et de réagir de manière appropriée. Plus que probablement, elle peut vous faire tuer. Non ! Il n'y avait rien de tout ça.

Son esprit faisait déjà des heures supplémentaires. Il réalisait que cette situation entraînerait leur mort à tous les deux, quel que soit le prix à payer pour la libération d'Angela et la sienne. Il n'y avait aucun moyen que Carlo puisse se permettre de les laisser vivre. S'il pensait que Thomas croyait le contraire, alors il n'était pas aussi intelligent qu'il l'imaginait. Tout ce qui restait à faire pour Thomas était de déterminer ce que Carlo voulait et de l'utiliser contre lui. Il ne pouvait qu'espérer qu'il y ait une réponse à cette question. Pour le moment, laissez Carlo croire ce qu'il veut. Laissez-le croire qu'il y avait de la panique. Laissez-le se convaincre que Thomas aurait bien trop peur de faire autre chose que ce qu'il exigeait. Laissez-le se sentir à l'aise pendant que Thomas élaborait un plan.

Carlo a donné une dernière instruction à Rico, "Débarrasse-toi de ça. Fais vite et ramène ton cul ici."

Carlo a commencé à marcher dans le couloir tout en continuant à parler, "Je ne peux pas imaginer pourquoi cette merde prend mon abus. En vérité, il me fait même un peu peur. Peut-être qu'il le tolère parce que j'ai sorti son pauvre cul des taudis et que je lui ai donné l'occasion de pratiquer sa passion apparente, tuer des gens, et d'être bien payé pour ça. Si on se fie aux normes brésiliennes, bien sûr. En termes de ce que vous et moi considérons comme de l'argent, il est une énorme affaire. Je ne suis jamais sûr qu'il se retournera contre moi un jour. Je suppose qu'à un moment donné, il aura fait son temps et que je devrai y faire face avant de perdre ma capacité à le contrôler. C'est dommage, vraiment ! Il peut être tellement utile.

Le Second Avènement d'Angela

Thomas n'était pas d'humeur à parler, son esprit tentant toujours de surmonter la terreur de ce qu'il avait vu, il suivit donc tranquillement Carlo. Antonio, toujours présent, n'était pas loin non plus. Lorsqu'ils sont arrivés au bout du couloir, Carlo a tapé les clés d'une serrure codée et a ouvert la porte.

"La voilà, Tommy. Je suis sûr que tu as beaucoup de choses à rattraper." Antonio a poussé fermement Thomas dans la pièce et a fermé la porte.

Ce qui se trouvait devant lui était une chambre très simple. Elle semblait avoir été construite récemment et les matériaux n'étaient pas ceux que l'on associerait au reste de la maison. Les murs étaient d'un jaune tendre et le sol était recouvert d'un tapis berbère vert menthe et blanc cassé. Il remarque immédiatement qu'il n'y a pas de fenêtres. Sur un côté, il y avait un canapé, une table basse et deux tables basses assorties. Il y avait une télévision, une chaîne stéréo, un ordinateur et un petit réfrigérateur de bar contre un autre mur.

A l'autre bout se trouvait un lit à baldaquin. Dans ce lit, sous une couette blanche, était couchée Angela. Elle était soit endormie, soit droguée et n'avait pas entendu son arrivée. Il s'est approché et s'est assis côté d'elle. C'était étrange de la regarder là. Il n'avait pas vu ce visage depuis cinq ans et pourtant il trouvait que le souvenir qu'il en avait était impeccable. Elle était exactement comme dans son souvenir. Des larmes coulaient sur ses joues alors que sa main se tendait pour toucher son visage. Ce n'était pas l'émotion de retrouver un amour perdu, ou un amour romantique. Ce qu'il ressentait, c'était un sentiment pour quelqu'un qui, parce qu'elle avait été une partie si importante de sa vie pendant tant d'années, avait encore au moins un certain droit à sa compassion. Pas à la même place dans ses sentiments, mais à une place quand même. Il imaginait les tourments qu'elle avait subis depuis qu'elle avait retrouvé la mémoire et s'inquiétait de savoir comment tout cela allait se terminer. Son seul espoir était que, d'une manière ou d'une autre, il parvienne miraculeusement à les sauver tous les deux. Il se contenterait cependant de pouvoir la sauver, et de rendre leur mère à ses enfants.

Par George Thomas S.

Après quelques instants où sa main a caressé sa joue, elle s'est progressivement réveillée. Au début, elle le regarda à travers des yeux endormis et fit une grimace d'incrédulité. Puis, les yeux soudainement écarquillés par la reconnaissance, elle a jeté ses bras autour de lui et a commencé à pleurer. Ses larmes coulaient si abondamment qu'en un rien de temps, l'épaule de sa chemise était plus que mouillée. Elle le tenait si fort qu'il avait du mal à respirer. Il fallut attendre plusieurs minutes avant qu'elle ne parle. Thomas se contenta de la tenir dans ses bras, en silence, jusqu'à ce qu'elle puisse retrouver son souffle pour parler.

"Thomas, tu es venu pour moi. J'avais tellement peur que vous ne le fassiez pas. Je suis si heureuse de te voir. Merci beaucoup", et les larmes coulent à nouveau alors qu'elle se remet à le serrer dans ses bras.

C'était comme si elle avait peur qu'il disparaisse si elle le lâchait. Thomas savait que c'était une personne remplie de peur et désespérément en quête d'espoir. Il n'était pas sûr de ce qu'il devait dire et n'avait pas encore prononcé un seul mot. Finalement, il l'a éloignée de son épaule pour pouvoir la regarder dans les yeux.

"Angela, je suis content d'être là, mais je ne sais pas ce qu'ils attendent de moi."

Il l'a attirée contre lui pour pouvoir lui murmurer à l'oreille. Il n'était pas assez fou pour penser qu'ils seraient laissés seuls sans que quelqu'un les écoute. Il ne doutait pas que la pièce était sur écoute. Tout doucement, il dit : "Je suis sûr qu'ils écoutent. Faites attention à ce que vous dites. Je trouverai un plan quand je saurai ce qu'ils attendent de moi. Nous ne pouvons pas les laisser entendre quoi que ce soit qui pourrait les aider."

Angela s'est penchée en arrière et a hoché la tête.

Le Second Avènement d'Angela

Au cours des quatre heures suivantes, ils ont discuté longuement de ses expériences au Brésil et de sa famille au pays. Au début de la conversation, il est devenu évident qu'elle n'avait pas complètement retrouvé la mémoire. Il semblait qu'une fois qu'elle avait retrouvé le souvenir de Thomas, tout ce qui suivait était perdu. Dans son esprit, ils étaient toujours un couple, et elle n'avait aucun souvenir apparent du fait qu'ils avaient rompu. Il ne pensait pas que c'était le bon moment pour lui dire la vérité. Il supposait qu'elle finirait par retrouver le reste de sa mémoire et que tout deviendrait clair. Pour l'instant, sa principale préoccupation était de la garder calme et de lui donner l'espoir que tout irait bien, même s'il n'avait aucun moyen de le savoir.

Angela posait tant de questions sur leurs filles et absorbait tous les détails qu'il pouvait lui fournir. Elle ne les avait pas vues depuis qu'elles étaient devenues adolescentes. Thomas avait une petite photo d'elles dans son portefeuille qu'il lui montra. Elle l'a tenue dans sa main et l'a fixée pendant un long moment en souriant puis en pleurant. Après ce qui lui a semblé une heure, elle a supposé qu'il voulait la récupérer et la lui a remise. Il l'a remis dans sa main et lui a dit de le garder. Elle sourit et le serra contre son cœur. Thomas n'avait aucun moyen d'empêcher les larmes de s'accumuler dans ses propres yeux. Il commença à réaliser qu'Angela avait effectivement eu une belle vie au Brésil. Il y avait des bijoux coûteux, des vêtements, des fêtes et de nombreux voyages dans ce beau pays. Elle n'avait jamais manqué de rien de ce qu'elle souhaitait, sauf de retrouver son passé. Quant à sa relation avec Carlo, elle admet qu'elle n'a jamais pu comprendre comment elle s'est retrouvée mariée à lui. Il n'y avait aucune attirance, ni physique ni émotionnelle. Elle a dit qu'elle acceptait simplement les faits tels qu'ils apparaissaient et supposait qu'elle finirait par se souvenir de ce qu'elle voyait en lui. Elle savait seulement qu'il travaillait dans le secteur de l'importation.

Il semblait qu'il travaillait surtout à la maison et ne quittait que rarement le pays pour une raison quelconque. Il pouvait, disait-elle, être tour à tour gentil et cruel. Bien qu'il ne l'ait

44

Par George Thomas S.

jamais frappée, elle a craint plus d'une fois qu'il ne le fasse. Ils se disputaient, et souvent les choses finissaient par se briser. À un moment donné, elle lui a dit qu'elle souhaitait peut-être divorcer. Il lui a lancé un regard furieux et lui a dit de ne plus jamais mentionner cette idée. Elle avait vu dans ses yeux la même cruauté que Thomas, alors elle a suivi ce conseil et s'est contentée de profiter des bonnes choses de sa vie.

Après plusieurs heures de conversation assise sur le lit, ils se sont simplement allongés et se sont serrés l'un contre l'autre. Il est maintenant plus de trois heures du matin. Thomas était totalement épuisé et s'est endormi avec Angela qui posait sa tête contre son épaule. Il se réveille quelques heures plus tard en sentant Angela respirer chaudement sur son oreille.

"Thomas ? Tu es réveillé ?"

Il était encore à moitié endormi mais a réussi à répondre, "Euh, ouais. En quelque sorte."

"Faire l'amour avec moi ? Ça fait tellement longtemps qu'on n'a pas été ensemble."

Maintenant, il était soudainement bien réveillé. Il semblait que le moment était venu de faire face à la vérité. Il n'aurait jamais profité de son manque de mémoire pour le plaisir du sexe.

"Je pense que nous devons parler, Angela."

"Qu'est-ce qu'il y a ? Tu as l'air confus."

"Non, je ne suis pas confus. Je ne sais pas comment te dire tout ça, mais tu dois savoir.

Angela, nous n'étions plus ensemble depuis presque deux ans avant ta disparition."

Le Second Avènement d'Angela

Elle avait l'air totalement choquée lorsqu'elle a parlé : "Quoi ? Je ne comprends pas. De quoi parlez-vous ?

"Angela, tu m'as quitté. Tu nous as tous quittés. Il y a plus de six ans."

"Non ! Tu me mens. Je m'en souviendrais. Pourquoi dites-vous cela ? C'est cruel, Thomas."

"Parce que c'est vrai. Je ne doute pas que vous vous souviendrez de tout, tôt ou tard."

"Mais pourquoi ? Pourquoi suis-je parti ?"

"Je suppose pour la même raison que la plupart des gens quittent une relation. Tu n'étais plus heureuse dedans. La vérité, c'est qu'aucun de nous ne l'était. C'était vraiment pour le mieux."

"Je n'arrive pas à y croire. Je t'appelle, tu viens ici pour moi, et pourtant nous n'avons plus de relation ? Pourquoi est-ce que tu te donnes la peine ?" a-t-elle demandé en se mettant à pleurer.

"Nous avons une relation, Angela. C'est juste que ce n'est pas la même que celle qu'on avait avant."

"Eh bien, je ne me souviens pas, alors oublions que la rupture a eu lieu. On peut tout recommencer."

"Je ne peux pas faire ça."

"Pourquoi ? Dites-moi pourquoi."

"D'abord, ça ne me rendrait pas meilleur que Carlo. Je serais juste une autre personne qui a profité de ta perte de mémoire. D'autre part, tôt ou tard, je suis sûr que tout s'écroulerait à nouveau. Une fois est suffisante pour ce genre de douleur. Nous ne sommes tout simplement pas faits pour être ensemble."

"Non ! Il ne tomberait pas en morceaux. Nous ferions en sorte que ce ne soit pas le cas. Pourquoi faire tout ce chemin si tu ne t'en soucies plus ?"

"Je n'ai jamais dit que je ne m'en souciais pas. Je m'en soucierai toujours, d'une certaine façon. Je n'aurais jamais pu te tourner le dos dans ce genre de situation."

"Je ne comprends toujours pas pourquoi tu ne veux pas essayer."

"Eh bien, nous pourrons en discuter plus tard." Thomas lui chuchota alors à nouveau à l'oreille pour lui rappeler qu'ils étaient sûrement écoutés. Angela a pris l'avertissement.

"OK. Comme tu veux. Peut-être que tu changeras d'avis. Je suis toujours très heureux que tu sois venu."

"Moi aussi. Peu importe le passé, je ne pourrais jamais vivre avec moi-même si je te tournais le dos dans une situation comme celle-ci. Toutes ces années comptent pour quelque chose. De plus, les filles me tueraient si je te laissais ici", a-t-il dit en riant.

"Je suis heureuse que tu ressentes cela", dit-elle en posant à nouveau sa tête sur son épaule.

À ce moment précis, la porte s'est ouverte et Carlo a refait son apparition. Antonio et ce dégoûtant Rico étaient juste derrière. Quand Angela a vu Rico, elle s'est recroquevillée derrière Thomas. Sa peur était évidente dans la façon dont son corps tremblait de façon incontrôlée contre son dos."

Carlo a ricané en parlant, "Tu sens sa peur, Tommy ? Elle sait que Rico est son destin si tu ne m'aides pas à obtenir ce que je veux. Elle sait quel sera son avenir après qu'il se soit amusé avec elle."

La réponse de Thomas a été sévère.

"Et si on allait droit au but et qu'on sautait le drame. Ne pensez-vous pas qu'il est temps que vous me disiez ce que vous attendez de moi ?"

"Oui, ça l'est", dit Carlo en s'asseyant sur le canapé et en posant ses pieds sur la table basse. "Quand j'ai découvert ce que vous faites dans la vie, l'idée m'a frappé."

"Quelle idée était-ce ? Qu'est-ce que mon travail pourrait bien vous apporter ?"

"Réfléchis, Tommy. Réfléchis ! Savez-vous la valeur des véhicules importés au Brésil ? Leur coût élevé ?"

"Ils sont très chers. Ça, je le sais. J'ai même étudié la possibilité d'exporter des véhicules d'occasion ici, mais ce n'était pas possible. Il y avait trop de restrictions et les droits d'importation étaient énormes. J'ai abandonné l'idée très rapidement."

"Au moins, vous comprenez à quel point cela peut être lucratif. Mais il faut penser en termes de nouveaux véhicules."

"Il y a toujours le problème des presque 40 % de droits de douane."

"La redevance ne me dérange pas. Ce n'est certainement pas important quand les véhicules ne me coûtent rien, pour commencer."

"Je vous demande pardon ?"

"C'est là que vous intervenez. Vous avez l'accès et les moyens d'acquérir ce dont j'ai besoin sans frais pour moi."

Par George Thomas S.

"Vous essayez de me dire que vous voulez que je vole des véhicules pour vous ? Tu ferais mieux de plaisanter !"

"Voler" ? Acquérir, Tommy. Je suis sûr qu'il y a des moyens. Et non, je ne plaisante pas du tout. Vingt camions F350, 4x4 XLT diesel à cabine d'équipage et Angela est libre, de retour au Canada, auprès de ses filles. C'est un arrangement simple."

Thomas a rapidement compris le motif. En dollars américains, ces camions vaudraient au moins soixante ou soixante-dix mille chacun aux États-Unis. Au Brésil, plutôt plus de cent mille chacun. Probablement même plus. Même après la réduction des droits de douane que Carlo peut obtenir par la corruption, plus les frais d'expédition, il y aurait un profit appréciable d'au moins un million et demi de dollars. Carlo avait des signes de dollars dans son esprit, et parfois cela aveugle une personne. Thomas ne pouvait qu'espérer qu'il émousserait suffisamment les sens de Carlo pour lui laisser le temps d'élaborer un plan définitif. Il était en bonne voie de savoir exactement comment le tromper complètement. Carlo avait raison, il y avait certainement des moyens pour Thomas de lui faire croire qu'il obtenait ce qu'il voulait. Une fois cela accompli, il pouvait se concentrer sur ce qu'il fallait faire ensuite. Gagner du temps était la seule option à ce stade.

"Écoutez, même si je fais ce que vous demandez, comment puis-je vous faire confiance pour tenir votre part du marché ?"

"Quel choix as-tu ? Vous pouvez être d'accord, ou vous pouvez vous asseoir et regarder pendant que je donne à Rico ce qu'il veut. Vous pouvez assister à toute cette histoire de malade. Et crois-moi, je te ferais regarder. Tu devras juste me croire sur parole, Tommy. Ma parole vaut quelque chose."

Sa parole ne valait que dalle, mais Thomas devait lui laisser croire qu'il le croyait.

49

Le Second Avènement d'Angela

"Bien, je ferai ce que tu veux, mais crois-moi, si tu ne tiens pas ta parole, je trouverai un moyen de me venger. Tu peux compter là-dessus."

"Alors nous nous comprenons. Maintenant, j'ai besoin de savoir comment vous allez accomplir ce que je demande. J'ai besoin d'une preuve que vous êtes capable de le faire."

À ce moment-là, Thomas a pensé qu'il pouvait aussi donner quelques détails pour que Carlo soit convaincu qu'il avait les connaissances et les capacités nécessaires pour réussir.

"Avez-vous un moyen d'établir une société fictive en Ontario, Carlo ? Tu sembles être doué pour les faux papiers. J'ai besoin d'une société enregistrée en Ontario pour les faux actes de vente. Ensuite, avec l'aide de quelques amis, je peux arranger les détails de l'expédition et des douanes. Je vous fournirai des copies des contrats d'achat, des titres de propriété et des documents d'expédition. Le problème est qu'il faudra au moins un peu de temps pour accomplir tout cela. Je ne peux pas le faire depuis le Brésil".

"Je suis très conscient que vous ne pouvez pas le faire d'ici. Ma plus grande crainte est qu'une fois autorisé à rentrer au Canada, vous laissiez Angela à son sort. Vous pourriez commencer à ne penser qu'à vous sauver."

"Tu ne me connais pas, sinon tu ne croirais jamais ça."

"En fait, j'étais sur le point de dire que je vois dans la façon dont vous êtes ensemble que je n'ai pas à m'inquiéter à ce sujet. Je suis certain que vous ne pourriez jamais la laisser à ce sort. Donc maintenant, il ne nous reste plus qu'à parler du calendrier et à vous ramener au Canada pour que vous puissiez commencer votre travail. Plus vite ces véhicules arriveront, plus vite elle pourra rentrer chez elle. Je vais faire envoyer un petit déjeuner et nous pourrons continuer plus tard."

Par George Thomas S.

Ayant mis fin à la discussion, Carlo se leva et sortit par la porte, suivi d'Antonio et de Rico. Ils sont à nouveau seuls, et Thomas peut lire les questions dans les yeux d'Angela.

"Tu ferais ça pour moi ? Tu risquerais tout ça pour moi ?"

"Tu as cru une minute que je ne le ferais pas ? Ce n'est pas seulement pour toi. Je le ferai pour les filles aussi."

"Oui, j'avais peur que tu ne le fasses pas. Tu aurais tout gâché, tu serais peut-être allé en prison, tout ça à cause de moi."

Thomas a émis un petit rire en déclarant fermement,

"Je ne vais pas aller en prison ! Ne t'inquiète pas pour ça."

"Comment pouvez-vous faire ça ? C'est peut-être impossible."

"J'ai fait ce métier assez longtemps pour en connaître tous les tenants et aboutissants. Ayez juste la foi."

"Je te fais confiance, mais ce sera une torture d'être laissé ici sans savoir ce qui se passe. Je serai pétrifiée chaque jour à l'idée de découvrir que tu n'as pas pu faire ce qu'il veut."

Thomas l'a prise dans ses bras et lui a murmuré : " Ne t'inquiète pas, tout va s'arranger. N'en parlons plus de manière négative. Pas la peine de lui faire douter. N'en parlons que positivement. D'accord ? Agis comme si tu savais que je suis tout à fait capable de faire ce qu'il demande."

Elle l'a regardé, et a acquiescé en parlant, "Je ne devrais pas douter de vous, Thomas. Je sais que si quelqu'un peut le faire, c'est vous. J'ai foi en cela."

Le Second Avènement d'Angela

"Bien. Quand le petit-déjeuner arrive, détendons-nous et ne pensons pas à cette situation pendant un moment."

Presque à la seconde où il a mentionné le petit déjeuner, la porte s'est ouverte. C'était Paola, avec un chariot de nourriture, suivie d'Antonio. Elle l'a placé au pied du lit et est partie. Antonio referma la porte, et ils furent de nouveau seuls. L'odeur du bacon fraîchement cuit fit réaliser à Thomas à quel point il avait faim. Il n'avait pas mangé depuis la veille au soir, pendant l'escale à Atlanta, et son estomac lui disait qu'il était tout à fait prêt à trouver quelque chose pour le satisfaire.

Il a déplacé le chariot sur le canapé et Angela et lui ont commencé un petit déjeuner tranquille. Lorsqu'il a terminé son bacon et ses oeufs, sa tomate, son riz et ses fruits frais, il prend sa serviette. En l'ouvrant pour s'essuyer le visage et les mains, un petit bout de papier est tombé sur ses genoux. Il le ramasse et lit les mots maladroitement griffonnés : "Je t'aiderai si tu as besoin. Je le déteste. Paola." S'il ne s'agissait pas d'une sorte de ruse, alors il semblerait que la petite servante fantôme en avait plus qu'assez supporté avec Carlo. Thomas avait le sentiment qu'elle pourrait être très utile. Il y avait maintenant une autre pièce du puzzle à construire. Il a laissé Angela voir le mot, puis est allé dans sa salle de bains et a tiré la chasse d'eau. Il commençait à se sentir encore plus sûr de lui. La question était de savoir si cette confiance était mal placée .

Par George Thomas S.

CHAPITRE 5

HORS DE LA FOSSE AUX LIONS

Peu après qu'ils aient terminé leur petit déjeuner, qu'ils ont tous deux mangé avec avidité malgré la situation, la porte de la chambre d'Angela s'est ouverte. C'était Antonio affichant un regard sérieux sur son visage.

"C'est parti, mon gars. Temps écoulé. Carlo veut te voir."

"Est-ce que je reviendrai ici ?"

"J'en doute, mon pote. Je pense que vous allez passer votre chemin"

"Alors soyez gentil et donnez-nous une minute, d'accord ?"

"Carlo a dit maintenant, et c'est ce qu'il veut dire."

"Allez, Antonio. Quelques minutes ne feront pas de mal."

Antonio a regardé dans la pièce comme s'il cherchait quelque chose, "Bien ! Peu importe. Deux minutes. Pas plus."

"Merci. J'apprécie vraiment."

Antonio est entré dans le couloir et a fermé la porte derrière lui. Thomas s'est tourné vers Angela, a posé ses mains sur ses épaules et l'a regardée droit dans les yeux.

"Je ne veux pas que tu t'inquiètes. Tu dois avoir confiance en moi. Tout ira bien. Je ferai ce qu'il veut, et tu rentreras chez toi." Sur ce, il l'a serrée contre lui et a chuchoté : "N'oublie jamais de faire attention à ce que tu dis à haute voix."   •

Elle l'a regardé d'un air entendu et lui a fait un clin d'œil.

Le Second Avènement d'Angela

"J'ai foi en toi. Je sais que tout ira bien." Juste à ce moment-là, la porte s'est ouverte à nouveau et Antonio a aboyé, "Ok. C'est l'heure ! On y va. Carlo va être furieux."

Thomas laissa Angela seule, dans ce qui ne pouvait être considéré que comme sa prison, et se dirigea vers l'étage. Une fois de retour dans la bibliothèque, il s'assit à nouveau dans le même fauteuil en cuir. Paola lui a apporté un Pepsi et lui a fait un léger sourire. Il semble que ce soit vrai, pense-t-il, elle veut vraiment aider. Alors que Paola s'apprêtait à sortir, Carlo est entré et s'est assis en face de lui.

"Alors, Tommy boy. Nous avons un accord ! N'est-ce pas ?"

Thomas commençait à en avoir assez que Carlo ne l'appelle pas par son vrai nom, mais il a réussi à se taire.

"Oui. Nous le faisons. Pas de problème. Faisons-le."

"Bon garçon. Vous réalisez, bien sûr, que le prix qu'Angela devra payer si vous échouez sur ce point sera rien moins qu'horrible."

"Croyez-moi, je suis conscient de cela. Tu t'es bien fait comprendre. Je n'ai pas l'intention d'échouer."

Carlo a tendu à Thomas un morceau de papier, "C'est mon adresse e-mail. Tous les contacts se feront de cette façon. On ne discute pas de ce genre d'affaires au téléphone. Je veux être tenu au courant. Vous comprenez ?"

Ce que Thomas a compris, c'est que l'homme n'était pas aussi intelligent qu'il l'imaginait. Il a immédiatement pensé à sa nouvelle connaissance, Sofia. Avec son adresse e-mail, Thomas se disait qu'elle serait capable d'organiser des choses merveilleuses. En supposant, bien sûr, qu'elle veuille bien s'impliquer dans cette histoire. Quelle chance d'avoir rencontré quelqu'un comme elle, avec autant de connaissances en matière de sécurité informatique. Il ne pouvait s'empêcher de penser qu'elle pourrait très bien être la clé potentielle d'une fin heureuse à tout cela.

Par George Thomas S.

"Je comprends. Pas de problème. Mais je vais vouloir avoir des nouvelles d'Angela régulièrement pour savoir qu'elle est toujours en sécurité, et indemne."

"Bien. Je vais la laisser t'envoyer un e-mail."

"Ouais, c'est ça ! Tu ne peux pas croire que j'accepterais ça ! Comme si j'allais être capable de savoir que c'était vraiment Angela. Pour ce que j'en sais, ça pourrait être toi. Non ! Pas acceptable du tout. Contact téléphonique seulement pour ça ou pas d'accord."

"Je ne pense pas que tu sois en position de marchander, Tommy. Peut-être devriez-vous reconsidérer votre situation avant de commencer à essayer d'exiger des choses de moi. Je n'aime pas ça."

"Conneries, Carlo ! Ne me fais pas avaler ces conneries."

Les yeux de Carlo sont devenus si grands, son visage est devenu si rouge et ses doigts se sont agrippés à la chaise si fort que Thomas était sûr qu'il allait exploser.

"Tu pousses ta chance", a-t-il crié en sautant de sa chaise. "Je devrais juste en finir avec tout ça maintenant. En finir avec vous deux."

"Écoute, Carlo", dit Thomas en se levant pour lui faire face, "Tu ne vas pas jeter plus d'un million de dollars. Tu n'es pas stupide. Tu me fais du mal, ou à Angela, et tu n'as rien. Je ne peux pas imaginer qu'il y ait un million de dollars de satisfaction là-dedans, peu importe ce que tu dis."

Thomas a poursuivi : "Je fais ce que vous voulez. Maintenant, fais-moi plaisir sur cette question. Qu'est-ce que ça peut faire ? Cela ne peut que me rendre plus désireux de faire le travail et de la ramener chez elle."

Il y eut un long silence alors que Carlo se détendait enfin et retrouvait son calme.

55

Le Second Avènement d'Angela

"Vous mettez ma patience à l'épreuve. Bien ! Vous avez raison. Je vous préviens, cependant, ne faites pas de telles suppositions à l'avenir. Un jour, vous aurez tout faux, et le prix à payer sera très élevé."

"Compris ! Donc, je vais parler à Angela tous les jours pendant cinq minutes. Marché conclu ?"

"Tous les jours" ? Et puis merde, bien sûr, peu importe ! Mais deux minutes. C'est tout. C'est à prendre ou à laisser. Je ne vais pas négocier. "

"Très bien, ce sera deux minutes", cède Thomas, qui ne veut pas discuter de sa victoire inattendue.

"Je ne pensais pas arriver à un accord avec vous si tôt. Je pensais que vous tiendriez un peu plus longtemps. Votre vol de retour n'est pas avant demain soir. Antonio vous ramènera à votre hôtel et viendra vous chercher demain pour vous conduire à l'aéroport. Faites une faveur à votre chère Angela. Passez le temps dans votre suite. Ne vous faites pas d'idées."

"Pas de problème. Pour l'instant, je suis sacrément fatigué, et je serai très heureux de dormir avant ce long voyage de retour."

"Je m'attends à recevoir des nouvelles de vous à la minute où vous arrivez là-bas. Ensuite, il y aura des e-mails quotidiens pour me tenir au courant de vos progrès. Vous n'avez pas beaucoup de temps. Je veux ces camions dans les conteneurs dans pas plus de dix jours."

"Dix jours ? Ça ne devrait pas être un problème."

"Il n'y a rien de tel que de ne pas devoir, Tommy. Si je n'ai pas la preuve que ces camions sont là à temps, Angela va à Rico. Assez dit ?"

Après ce dernier avertissement, Carlo s'est levé et a quitté la pièce. Antonio, qui se tenait à la porte pendant tout ce temps, tendit son énorme main et fit signe du doigt à Thomas de le suivre. Alors qu'ils s'apprêtaient à partir, Thomas vit Paola qui se tenait un peu derrière l'arcade du salon principal et, une fois de plus, lui fit ce petit sourire et un bref signe de tête. Une fois dans la limousine, le trajet vers

56

l'hôtel fut calme. Ni Antonio ni Thomas n'ont dit un seul mot. Quand ils sont arrivés à l'hôtel, le portier a ouvert la porte de la limousine. Comme Thomas se préparait à sortir, Antonio a dit, "Bonne chance, crétin. Tu en auras besoin." Thomas aurait juré qu'il avait l'air sincère.

Une fois de retour dans sa suite, il a utilisé son téléphone portable pour appeler Sofia. Avec un peu de chance, elle n'était pas encore en réunion. Il devait lui dire la vérité sur la raison de sa présence au Brésil et lui demander son aide. Il craint que ce soit trop demander à quelqu'un qui le connaît à peine, mais il n'a pas le choix. Après une explication détaillée de la situation, Sofia est choquée et très peinée pour Thomas et Angela.

"Bien sûr, je vais vous aider. Mais comment le pourrais-je ? Je n'ai aucune idée de la façon dont je peux vous aider."

"Sofia, tu pourrais être la plus grande aide de toutes. Vous êtes une experte en informatique. C'est ça ? Sécurité informatique. N'est-ce pas exact ?"

"Oui, mais...." Thomas l'a coupée avant qu'elle ne puisse en dire plus et lui a donné l'adresse e-mail de Carlo.

"Qu'est-ce que c'est ? C'est ton email ?"

"Non. C'est Carlos", a-t-il dit avec un petit rire.

"C'est le sien ? Vraiment ?"

"Oui ! Vraiment ! J'imagine que vous pourriez être en mesure de faire des choses très utiles avec elle. J'espère que vous allez me dire que j'ai raison sur ce point. "

Elle a ri et a dit, "Oh oui. Avec ça, il est à moi et je peux en faire ce que je veux. Je peux m'introduire dans son ordinateur avec un virus joint à un e-mail de votre part. Je pourrai accéder à tous ses fichiers. "

"Et les analyses de virus et les pare-feu ?"

Le Second Avènement d'Angela

"De nouveaux virus arrivent qui trompent les programmes antivirus existants. C'est pourquoi ils doivent constamment les mettre à jour. En fait, j'ai un virus que j'utilise dans mes démonstrations aux entreprises que j'essaie de faire adhérer à notre programme de sécurité. Il n'a jamais été libéré dans la nature et est inconnu de tous les programmes antivirus actuels. Je suis la seule personne au monde à le connaître. Je l'ai écrit, et il a trompé tous les antivirus connus à ce jour. Je n'aurai aucune difficulté à passer son pare-feu, si tant est qu'il en ait un. Les Brésiliens ne sont pas toujours aussi prudents en matière de sécurité Internet. Oui, Thomas, avec son adresse e-mail, nous avons le contrôle sur lui."

Thomas était heureux au-delà de toute croyance. C'était encore plus que ce qu'il avait espéré. Maintenant, il était temps pour lui et Sofia d'appliquer quelques détails supplémentaires à son plan avant qu'il ne doive rentrer au Canada. Il commençait à penser que ce serait vraiment amusant, même si de nombreuses inquiétudes envahissaient encore son esprit. Un défi à haut risque réussit toujours à faire monter son adrénaline. Ils ont commencé par décider qu'il informerait Sofia lorsque le texte de son premier message à Carlo serait prêt. Il lui a donné le mot de passe prévu pour un nouveau compte de messagerie qu'il créerait et avec lequel elle accéderait et joindrait le cheval de Troie, puis enverrait l'e-mail comme s'il provenait de Thomas. À ce stade, sauf surprise, elle aurait un accès libre à son ordinateur et pourrait découvrir tous les secrets qu'il pourrait contenir. De là, ils planifieraient la prochaine étape. Il ne pouvait qu'espérer que Carlo était assez fou pour garder des informations stockées sur son ordinateur qui pourraient s'avérer utiles. Dans tous les cas, ils le sauront bien assez tôt.

La mise en place de l'arnaque de Carlo comportait de nombreux détails, dont la plupart ne pouvaient être réglés par Thomas avant son retour à Huntsville. Le reste de son séjour au Brésil serait passé avec cette femme merveilleuse. Il était toujours dans un état d'étonnement total face à la chance qu'il avait eue de la rencontrer. Il se demande où cela va le mener. Il était cependant prématuré de penser à cela.

Son appel à Sofia terminé, Thomas s'est assis sur le balcon de sa suite. C'est alors qu'il a remarqué une limousine Mercedes noire qui descendait lentement la rue, en direction de l'entrée principale de l'hôtel. Bien qu'il ait réalisé qu'il y avait plusieurs véhicules de ce type à São Paulo, il l'a tout de même observée attentivement. Il était très reconnaissant de l'avoir fait. Soudain, une autre voiture a coupé la Mercedes et elle a freiné brusquement. C'est alors qu'il a vu l'image sans équivoque de la tête d'Antonio dépasser de la fenêtre du conducteur, hurlant des obscénités à l'automobiliste fautif.

Thomas a décidé de descendre dans le hall et de trouver Antonio. Il dirait simplement qu'il allait prendre un verre au bar. Peut-être même l'inviter.

Lorsque les portes de l'ascenseur se sont finalement ouvertes, il a pu voir Antonio qui arrivait par l'entrée principale. Après avoir évalué la situation, il a pris le parti d'attendre simplement qu'Antonio soit à mi-chemin des ascenseurs avant de se diriger vers le bar. Ils devraient se croiser avant qu'il ne l'atteigne.

"Hey !" Antonio a hurlé.

Thomas a feint un air de surprise en répondant : "Salut, Antonio. Qu'est-ce que tu fais ici ?"

"Tu n'as pas répondu à ton téléphone."

"Je n'avais pas réalisé que vous alliez appeler", a-t-il dit avec un rire sarcastique.

"Je n'appelais pas. C'est Carlo. Tu ne répondais pas à ton téléphone."

"Oui, nous avons établi ce point. C'était il y a combien de temps ?"

"Une demi-heure. Où étais-tu ?"

"Je voulais descendre prendre un verre. Je pense que j'en ai besoin après tout ça. Le problème, c'est que j'ai oublié mon portefeuille. J'ai fait tout le chemin jusqu'ici et j'ai dû remonter. Carlo a dû appeler pendant que j'étais entre les deux."

"Carlo n'est pas content que tu n'aies pas répondu."

Le Second Avènement d'Angela

"Eh bien, si ça peut le faire se sentir mieux, appelez-le et dites-lui que vous m'avez trouvé. En fait, pourquoi ne viendriez-vous pas prendre un verre avec moi. Vous pourrez mieux me surveiller de cette façon."

Antonio avait l'air presque abasourdi par l'invitation. Il ne semblait pas savoir comment répondre. Thomas a pris la liberté d'essayer de le convaincre. Passer du temps avec ce voyou pourrait donner plus d'indices sur les failles de l'armure de Carlo.

"Allez. J'ai essayé de dormir, et je ne peux pas. Un verre avec moi, et après je vais me coucher pour sûr."

Antonio avait toujours cet air stupéfait et il se frottait le menton comme on le ferait devant un dilemme. Finalement, il a accepté.

"OK. Un verre pourrait être bon. Je vais appeler Carlo et lui dire que je t'ai trouvé."

Antonio a sorti son téléphone portable et a appelé Carlo pour lui annoncer la nouvelle. Une fois cela fait, ils sont entrés et ont choisi une table à l'écart pour s'asseoir. La serveuse est arrivée quelques secondes plus tard. Elle était assez séduisante, et Antonio était visiblement impressionné. Ses cheveux étaient blonds, ce qui est inhabituel au Brésil, et étaient permanentés en vagues très serrées, et dépassaient largement ses épaules nues. Elle portait un micro mini et un dos nu et avait une silhouette remarquable. Antonio en scrutait chaque centimètre carré. Ses tentatives de flirt étaient presque humoristiques. À son crédit, la serveuse a souri et est restée polie, et a même fait un clin d'œil ou deux en retour. Thomas connaissait la routine. C'était un effort très séduisant pour augmenter les chances d'un bon pourboire. Antonio a commandé des scotchs rocks, ce qui a surpris Thomas. Il aurait pensé qu'il n'était qu'un homme à bière. Thomas a commandé son Bourbon et son Pepsi habituels.

Alors qu'ils attendaient qu'elle revienne avec leurs boissons, Thomas a décidé d'essayer d'ouvrir un dialogue amical avec Antonio.

"Alors vous êtes du Queens ?"

"Ouais. Né et élevé."

Par George Thomas S.

"Le Brésil est très loin du Queens. Que diable faites-vous ici ?"

"Je devais venir ici avec Carlo."

"Tu te plais ici ?"

"C'est bon. Il fait trop chaud parfois ! Et le crime de rue est fou. Pire que ce que vous pouvez imaginer."

La serveuse est revenue avec leurs boissons, et les yeux d'Antonio se sont illuminés. Thomas a trouvé assez drôle de voir ce gros balourd agir comme un écolier en mal d'amour. Ça ne collait pas. Après quelques sourires et clins d'œil supplémentaires, elle est partie et ils ont continué leur conversation.

"Eh bien, Antonio, pour ce qui est du crime, il y a beaucoup de gens très pauvres ici. Les gens désespérés font des choses désespérées."

"Ouais, mais pas pour moi. Je leur casse la gueule s'ils essaient."

"Alors pourquoi Carlo a-t-il déménagé ici ?"

La question a suscité un regard curieux de la part d'Antonio. Il tâtonnait pour trouver une réponse qui semblait plausible. "Euh, il a pris sa retraite et a voulu vivre ici. On ne discute pas avec lui parfois. J'ai suggéré l'Italie, mais non. Il fallait que ce soit le Brésil."

"C'est un beau pays. Je vivrais ici. Sans aucun doute."

"Je suppose que ce n'est pas si mal. Il y a des trous pires. Mais donnez-moi l'Italie, n'importe quand."

"Alors, de quoi Carlo a-t-il pris sa retraite ? Quel genre de travail faisait-il ?"

Il a donné à Thomas le regard le plus sérieux qu'il pouvait avoir.

Le Second Avènement d'Angela

"Tu poses trop de questions sur Carlo. Ce n'est pas bon."

"Hé, je suis juste un peu curieux du gars qui me tient par les couilles en ce moment. Tu ne peux pas m'en vouloir pour ça, n'est-ce pas ? Je n'ai pas vu de mal à demander."

"Ouais", a gloussé Antonio en vidant son verre de scotch, "Il te tient bien par les couilles, hein ?".

"Ouais, il le fait. Mais, que diable, je vais faire ce truc et en finir avec ça." Thomas a fait signe à la serveuse de leur apporter un autre verre.

"Hé, je croyais qu'on en avait une ?" Antonio a ajouté.

"Un, deux, quelle est la différence. En plus, la serveuse est plutôt sexy. Pas mal à regarder, tu ne crois pas ?"

"Ouais," dit Antonio en souriant, "Je dois admettre, elle est quelque chose d'autre."

"Eh bien, elle semble t'apprécier. Tu devrais tenter ta chance."

"Nah, elle n'est pas intéressée. Elle veut juste un bon pourboire."

"Hé, on ne sait jamais. Tout ce qu'elle peut dire, c'est non. Tu ne le sauras jamais si tu n'essaies pas."

"Vous le pensez ? Nah. Pas du tout."

"Eh bien, réfléchissez-y. Je dois aller aux toilettes pour hommes. Je reviens tout de suite."

Ce n'était pas vraiment les toilettes pour hommes dont Thomas avait besoin. Il avait une idée ! Il a trouvé la serveuse et l'a prise à part. Heureusement, elle parlait assez bien anglais.

"Salut, quel est ton nom ?"

"Je suis Rosina."

"Eh bien, Rosina, tu sais le grand gars avec qui je suis ?"

Par George Thomas S.

"Oui. Il est très grand", a-t-elle répondu en ouvrant grand les yeux, puis en gloussant.

"Eh bien, il t'aime bien. Y a-t-il une chance que tu sois intéressée par un rendez-vous avec lui ?"

"Oh, je ne suis pas sûre qu'il soit mon type. Mais il a l'air gentil. Il flirte avec moi. "

"Croyez-moi, il est très gentil. Est-ce que tu envisagerais d'essayer au moins un rendez-vous avec lui ? Il est trop timide pour vous le demander lui-même. J'essaie juste de l'aider", dit Thomas en lui glissant un billet de cinquante dollars dans la main.

"Eh bien, peut-être, ok. Si tu dis qu'il est gentil, je te crois. Peut-être que ce serait amusant."

"Super. Maintenant ne dis pas que je t'ai parlé. Jamais. Il serait très en colère. Quand tu reviendras avec nos boissons, j'entamerai une conversation avec toi, et d'une manière ou d'une autre, je ferai en sorte qu'il te demande. Tu fais comme si on n'avait jamais parlé."

"Bien sûr. Je peux le faire."

"Bien. Je vous vois à la table dans quelques minutes. Merci."

"C'est bon. Pas de problème. Je pense que je vais apprécier."

Une fois de retour à la table, Thomas a continué à insister sur la question.

"Alors, qu'en pensez-vous, Antonio ?"

"Quoi ? Réfléchir à quoi ?"

"La serveuse" ! Un rendez-vous avec elle. Qu'est-ce que tu en penses ?"

"Nah. Pas moyen qu'elle sorte avec moi. Je ne vais pas m'embarrasser en lui demandant."

"Ecoute, quand elle reviendra, laisse-moi juste parler. Ok ?"

"Qu'est-ce que tu vas faire ?"

"Ne t'inquiète pas pour ça. Tout ira bien. Je te le promets."

"Tu me fais honte, et je te botte le cul."

"Raison de plus pour que je m'assure de ne pas le faire."

Juste à ce moment-là, Rosina est revenue avec leurs boissons. Thomas a commencé par lui demander, une fois de plus, son nom. Il a eu peur qu'elle lui dise qu'elle le lui avait déjà dit, mais elle ne l'a pas fait.

"Je m'appelle Rosina."

"Eh bien, Rosina, ravie de vous rencontrer. Mon ami et moi étions justement en train de parler de votre beauté."

"Oh, vous allez me faire rougir."

"Eh bien, c'est vrai. Vous êtes très attirante. Malheureusement, je suis un homme pris, sinon je serais très intéressé."

"Vraiment ? Vous êtes pris ?"

"Oui, tout à fait. Cependant, mon ami Antonio ici présent est très disponible." Thomas pouvait voir la rougeur qui montait sur le visage d'Antonio lorsqu'il dirigeait son attention sur lui. Antonio était tellement convaincu qu'elle ne s'intéresserait jamais à lui que cela devait être une torture.

"Il est célibataire ?"

"Il l'est vraiment. Juste avant votre arrivée, il disait qu'il serait un homme très heureux s'il pouvait sortir avec quelqu'un comme vous." Thomas ne savait pas si la couleur du visage d'Antonio était de la gêne ou de la colère. Quoi qu'il en soit, quelque chose de bien devait arriver bientôt.

"Oh, ce serait très bien. J'aimerais bien ", a-t-elle répondu au bon moment, et Antonio est soudainement passé du rouge au complètement pâle. Il ne s'attendait pas à cette réponse.

"Donnez-lui votre numéro et il vous appellera pour convenir d'une heure."

"Oui, bien sûr. Je vais aimer." Elle a écrit son nom et son numéro sur une serviette à cocktail et l'a tendue à Antonio. Il était sans voix. Thomas a dû l'inciter à dire quelque chose.

"Antonio, quand penses-tu l'appeler ?"

"Euh, euh, ok, euh, demain ? C'est bon ?" balbutia-t-il avec un ton de timidité dans la voix.

Rosina a souri, "Tu es mignon quand tu es timide. Je vais attendre que tu appelles. Je serai à la maison toute la journée de demain. Ne m'oublie pas."

Encore un peu abasourdi, Antonio a réussi à dire "OK" et Rosina est retournée s'occuper de ses autres clients.

"Tu vois ? Ce n'était pas si mal, n'est-ce pas ?"

"Nan, pas si mal." Il regarda Thomas quelque peu confus mais avec un sourire penaud sur le visage. "Pourquoi tu ferais ça pour moi ? Je veux dire, avec ce qui se passe, et moi qui travaille pour Carlo et tout ?"

"Hé, tu n'as pas l'air d'être un si mauvais gars. Ce n'est pas parce que Carlo me tient en laisse que je dois m'en prendre à vous. Tu fais juste ton travail. Sans rancune."

"Vous êtes vraiment un type de gars différent de ceux que je rencontre habituellement. J'aurais pensé que tu me détesterais. Tu sais ? Mais tu es bien, Tommy. Je suis un peu désolé de ne pas pouvoir mieux te connaître. Dommage que tu sois dans ce pétrin. J'ai un peu de peine pour toi. C'est pas juste que tu sois dans ce pétrin."

"On ne sait jamais comment les choses tournent", dit Thomas avec un sourire. Il semblait établir une certaine relation avec ce géant du Queens mal placé. En vérité, il ne semblait pas vraiment être un mauvais gars, d'une certaine façon. Si Thomas avait maintenant gagné sa confiance, peut-être pourrait-il en apprendre un peu plus de lui. Chaque petite chose qu'il pourrait découvrir sur Carlo serait utile. À présent, Antonio en était à son cinquième scotch, et il était beaucoup moins réservé dans ses réponses.

Le Second Avènement d'Angela

"Depuis combien de temps travaillez-vous pour Carlo ?", demande Thomas à un Antonio maintenant un peu éméché.

"Je ne sais pas. Quinze ans je suppose."

"C'est un long moment. Depuis combien de temps êtes-vous au Brésil ?"

"Que je peux me rappeler ! C'est comme si ça faisait 10 ans demain. Merde, je voulais aller en Italie. Ma famille, tu sais ? J'ai de la famille à Naples. Je ne les ai jamais vus."

"Pourquoi n'allez-vous pas faire une visite ?"

"Je ne peux pas faire ça. Carlo ne peut pas être vu là-bas, et moi non plus. Les gens savent que je travaille pour lui."

"Je ne comprends pas. Quel est le problème d'être vu ?"

"Disons qu'il y a des gars qui aimeraient bien savoir où il est. Une vraie plaie."

"Je vois. Alors, ça te plaît de travailler pour lui ?"

"Carlo" ? Parfois, ce n'est pas si mal. Le plus souvent, c'est nul. Il peut être un vrai con, si tu vois ce que je veux dire."

"J'ai eu cette impression. Il semble avoir un sacré tempérament, aussi."

"C'est pas vrai ! Un tempérament de fou ! Il se fiche de tout le monde sauf de lui. Je veux dire, il me paie bien, et s'occupe de plein de trucs pour moi, mais c'est parce qu'il a besoin de moi. Pour l'instant, en tout cas. Je ne suis pas sûr de faire confiance à ce type. Il n'est loyal envers personne. Même à moi."

"Je déteste dire ça, mais on dirait que vous avez besoin de changer d'employeur."

Le grand homme a poussé un petit rire presque triste, "On ne quitte pas Carlo. Jamais ! Pas une bonne décision de vie."

66

Par George Thomas S.

"Eh bien, les choses arrivent dans la vie. Un jour, vous trouverez peut-être l'opportunité au moment où vous vous y attendrez le moins. On ne peut qu'espérer que tu seras assez sage pour la saisir. Alors peut-être pourras-tu réaliser ton rêve de vivre à Naples."

"Ouais. Ce serait génial", a-t-il dit en regardant sa montre. "Hey, je dois y retourner. Carlo va être furieux. Je viendrai te chercher à midi. Tiens-toi prêt", dit-il en se levant de table, en jetant un billet de cent dollars et en se dirigeant, en titubant légèrement, vers le hall.

Thomas se rendait compte que ce gros bœuf pouvait s'avérer utile. Maintenant qu'il avait planté la graine de la liberté de Carlo dans l'esprit d'Antonio, il espérait qu'elle germerait rapidement.

CHAPITRE 6

ANTONIOS SURPRISE

Il était environ onze heures du matin quand Thomas a fini de faire ses valises et s'est préparé à quitter sa chambre pour attendre Antonio dans le hall. Comme il était sur le point d'ouvrir la porte, le téléphone a sonné. C'était Carlo.

"J'ai juste pensé que je devais appeler et te rappeler à quel point tout ça est sérieux. Je ne veux pas que tu te dégonfles. Ce serait très mauvais pour vous deux."

"Je n'ai pas l'intention de me dégonfler. En fait, j'ai réussi à m'enthousiasmer pour tout cela. Je pense que je vais apprécier tout le processus. Quant à vous, soyez sûr de tenir votre parole."

"Tommy, je continue à te dire que tu n'es pas en position de faire des demandes. Si je te dis que je donne ma parole, alors c'est tout ce qu'il y a à faire. Ne remets pas ma parole en question. Pas maintenant. Ni maintenant, ni jamais. Fais juste ce que tu as à faire."

"C'est tout ce que j'ai besoin de savoir", dit Thomas comme si la promesse de Carlo avait une quelconque valeur. Mieux vaut le laisser croire qu'il lui fait confiance. Qu'il se sente en sécurité.

"Rappelez-vous, j'attends de vos nouvelles par e-mail dès que vous rentrez chez vous, Thomas. Comme promis, dès que j'aurai des nouvelles de vous, Angela vous appellera pour vous dire qu'elle va bien."

Par George Thomas S.

"Elle vous appellera tous les jours pendant deux minutes. Mais seulement après avoir reçu votre courriel quotidien. Si je n'ai pas de nouvelles de toi, même un seul jour, elle ira à Rico. Compris ?"

"Je ne comprends que trop bien. Vous aurez de mes nouvelles tous les jours, comme une horloge. Aucun problème."

"Bien", fut la seule réponse de Carlo.

Après cette fin abrupte de leur conversation, Thomas s'est dirigé vers le hall d'entrée et a trouvé Antonio assis là qui l'attendait. Dès qu'il l'a vu, il s'est levé et a souri comme un chat de Cheshire. Thomas n'a pas pu s'empêcher d'être surpris par ce changement de comportement. Antonio n'a pas dit un mot tandis qu'il se tournait vers la porte et marchait, d'un pas un peu vif, jusqu'à la limousine. Il ouvrit la porte arrière et, alors que Thomas s'apprêtait à y monter, Antonio se mit à rire et lui donna une tape dans le dos. Thomas mourait d'envie de savoir ce qu'il avait dans le ventre. Une fois qu'ils se sont éloignés du trottoir, sur l'Av Nocoes Unidas, Antonio a parlé.

"Tu sais la serveuse d'hier soir ? Rosina ? Celle que tu m'as présentée ?"

"Ouais. Bien sûr, je me souviens. Pourquoi ?"

"Quand je t'ai quitté, je me suis assis dans la limousine pendant un moment. Une heure peut-être ! Je n'arrêtais pas de penser à elle."

"Vraiment ? Elle t'a atteint à ce point, n'est-ce pas ?"

"Ouais, elle l'a fait. Je veux dire, Tommy, elle était sexy. Bref, j'y suis retourné. Tu étais déjà parti, alors je lui ai demandé ce qu'elle faisait après le travail parce que j'avais hâte de l'appeler. Elle ne faisait rien. Alors !"

Le Second Avènement d'Angela

"Alors ? Quoi ?" Thomas se penchait en avant dans l'attente de ce qui pourrait suivre.

"Donc, j'ai pris une chambre et nous sommes restés ici la nuit dernière."

"Sortez ! Sans blague ? Oh, Antonio, mon pote ! Génial. Je suis content pour toi, gros bœuf", dit Thomas avec un rire sincèrement cordial. Il semblait en fait développer une sympathie pour ce type.

"Je te le dois, Tommy. Cette fille est géniale. On sort ce soir. Elle ne travaille pas ce soir et on sort ensemble. Je n'ai pas eu de petite amie depuis qu'on est arrivés ici. Et elle m'aime vraiment bien. Elle ne joue pas. J'ai essayé de lui donner de l'argent et elle s'est mise en colère. Elle a commencé à pleurer et a dit qu'elle était avec moi parce qu'elle m'aimait bien. Je me suis senti comme une merde. Mais on s'est réconciliés. C'est tout bon, Tommy. C'est vraiment bien."

"Vous n'avez pas à me remercier. Je vous l'ai déjà dit, vous n'êtes pas un mauvais gars. Je n'ai aucune rancune envers vous. Je suis content d'avoir pu aider. Je pense que c'est génial."

"Ecoute, il faut qu'on parle. Je dois te dire quelque chose d'important, et ce n'est pas facile pour moi."

"Bien sûr. Qu'est-ce que c'est ?"

Antonio a garé la limousine sur le trottoir dès qu'il a pu trouver une place. Une fois garé, il s'est retourné et a regardé Thomas droit dans les yeux. Le regard de ce dernier montrait clairement qu'il s'agissait de quelque chose de sérieux.

"Je ne devrais pas te dire ça, mais tu as fait une bonne chose pour moi. Tu m'as fait réfléchir, aussi. Vous êtes un type bien. Pas comme les sacs à merde avec lesquels on fait des affaires d'habitude. Je ne peux pas laisser ça t'arriver. Ce n'est pas juste."

"Antonio, de quoi tu parles ?"

"Peu importe ce que tu fais. Dès que Carlo aura ce qu'il veut, Angela sera morte. Et toi aussi. Je dois te le dire. Tu devrais oublier ça, et te cacher, Tommy. Il m'enverra te chercher, mais je ne le ferai pas. Je lui dirai juste que je l'ai fait."

Antonio venait de montrer un cœur que Thomas n'aurait jamais cru avoir. Il était temps de lui faire savoir qu'il n'était pas si aveugle. Combien il oserait dire, il n'avait aucun moyen de savoir encore.

"Antonio, je suis conscient de cela. Je ne suis pas naïf, mon ami."

"Tu sais ? Si tu sais, alors tu vas faire ce que je t'ai dit, non ? Tu vas te cacher !"

"Pas question ! Laisser Angela à Rico ? Aucune chance !"

"Mais tu dois le faire. Pourquoi diable ne le feriez-vous pas ? C'est du suicide. Vous devez le savoir."

"Si j'avais épuisé les ressources d'Angela dans un moment pareil, je ne pourrais plus vivre avec moi-même. Chaque fois que je me regarderais dans le miroir, ou que je regarderais mes enfants, je souhaiterais être mort."

"Ouais, mais tu vas être mort. Tu ne vois pas ça ? Tu ne peux pas battre ça ! Tu ne peux pas battre Carlo ! Il est trop gros."

"Ne soyez pas si sûr, mon ami. Tu ne devrais jamais être aussi sûr. Tu te souviens de notre conversation d'hier soir ?"

"Quelle partie ? On a parlé de beaucoup de choses."

Le Second Avènement d'Angela

"La partie où tu sais qu'un jour Carlo n'aura plus besoin de toi ?"

"Ouais ! Et alors ?"

"Et la partie où tu voudrais une nouvelle vie à Naples ?"

"Oui, oui, je me souviens déjà. Pourquoi ? Qu'est-ce qu'il y a ?"

"S'il y avait une chance, même infime, que tu puisses te libérer de Carlo, avoir cette vie à Naples, tu la prendrais ?" a dit Thomas en glissant vers l'avant sur son siège.

"Je ne sais pas. Je n'y ai jamais vraiment pensé."

"Je dois te faire confiance pour le moment, Antonio. Si tu ne fais que me tester, je suis mort, et Angela aussi."

"Je ne te teste pas ! Je suis honnête là, Tommy ! Accorde-moi un peu de crédit, tu veux ? Je n'ai jamais fait ça pour personne."

Il était évident qu'il était réellement blessé par la suggestion que Thomas ne lui faisait pas confiance. Thomas était maintenant sûr qu'Antonio était sincère. Il n'y avait aucun doute dans son esprit.

"Carlo pourrait perdre cette fois-ci", a-t-il dit. "Je ne me plie pas si facilement. Je savais dès le début qu'il y avait une condamnation à mort pour Angela et moi. Il n'y a aucune chance que je laisse cela arriver sans me battre. Carlo va avoir une très grosse surprise."

"Qu'est-ce que tu vas faire ? Comment diable pourrais-tu le battre ? Ce n'est pas possible. Il a des relations."

"Je ne peux pas encore tout te dire, Antonio. Tu dois le comprendre. Tu te souviens quand on parlait des pauvres gens d'ici ? Et du crime et de comment les gens désespérés font des choses désespérées ? Eh bien, je suis désespéré. Ce que je vais faire peut sembler encore

72

Par George Thomas S.

plus désespéré, mais ça a de bonnes chances de marcher. J'ai peut-être besoin de ton aide, si tu es prêt à prendre le risque de tenter ta chance à Naples."

"Mon aide ? Tu veux me faire tuer aussi ?"

"Écoute-moi ! Tu sais que Carlo ne te laissera jamais avoir ce que tu veux. Tu passeras le reste de ta vie sous sa coupe, ou du moins jusqu'à ce qu'il te supprime pour une raison idiote. Prends un risque pour toi-même ! J'en prends un, et je risque de mourir dans l'effort. Mais c'est mieux que de vivre en sachant que je n'ai rien fait. Ce serait encore pire que la mort."

"Tu marques un point. Mais je dois y réfléchir. Ce n'est pas une chose facile à décider."

"C'est bon. Je sais que je demande beaucoup. Tu pourras y réfléchir sur le chemin de l'aéroport, qui est exactement l'endroit où nous devons aller si je veux attraper cet avion."

"Putain de merde", a crié Antonio en mettant la limousine en marche et en descendant la rue en direction de l'autoroute pour l'aéroport, "On doit bouger !"

"Faites-moi savoir ce que vous pensez quand nous serons au terminal. Quoi que vous décidiez, s'il vous plaît, gardez ça pour vous."

Le reste du trajet a été très calme. Il était évident qu'Antonio était plongé dans ses pensées, et Thomas ne voulait pas l'interrompre. Il voulait qu'il se fasse une idée de la possibilité de se libérer de Carlo. Il voulait qu'il rêve de Naples. Plus il réfléchissait, plus il avait de chances d'accepter. Thomas ne pouvait s'empêcher de remarquer que, de temps en temps, Antonio le regardait dans le rétroviseur. C'était comme s'il essayait de mesurer la possibilité qu'il puisse réussir. Une vingtaine de minutes plus tard, ils se sont arrêtés devant le terminal. Antonio s'est tourné vers lui et a dit : "Que veux-tu que je fasse ?"

"Tu vas m'aider alors ? Vous nous aiderez, et vous aussi ?"

Le Second Avènement d'Angela

"Ouais. Je pourrais le regretter. Mais oui ! J'ai le sentiment que Carlo a marché sur le mauvais gars cette fois. Et tu as raison. J'ai besoin d'une nouvelle vie. Je déteste ça. Je n'ai aucun plaisir dans la vie. Je pourrais emmener Rosina à Naples avec moi ! J'adorerais ça. Plus de conneries de Carlo."

"Antonio," dit Tommy en lui tapotant l'épaule, "Tout ce que tu dois faire maintenant, c'est rester en bonne santé jusqu'à ce que je revienne."

"Retourner" ? De quoi tu parles ? Tu n'es pas censé revenir. Carlo ne s'y attend pas. Je suis censé m'occuper de toi après l'arrivée des camions."

"C'est vrai ! Il ne s'attend pas à ce que je revienne. Il ne sera pas surpris ? C'est à mon retour à São Paulo que j'aurai besoin de ton aide. Est-ce que je l'aurai ?"

"Ouais ! Tu as tout compris. Je ne veux pas que tu penses que c'est stupide ou quoi que ce soit, mais tu es la chose la plus proche d'un ami que j'ai eu depuis que je suis ici", dit-il en tendant son énorme patte pour serrer la main de Thomas.

Une fois qu'ils ont fini de se dire au revoir, Thomas est sorti de la limousine et s'est rendu au terminal pour s'enregistrer pour son vol. Il avait maintenant deux personnes dans le cercle intime de Carlo pour l'aider. Il n'avait pas parlé de Paola à Antonio. Il ne fallait pas risquer une erreur de sa part qui pourrait les exposer tous les deux.

Une fois dans l'avion, et à nouveau installé dans ce confortable siège de première classe, Thomas commençait à sentir l'épuisement le gagner. Cette fois, il n'a pas eu autant de chance en ce qui concerne ses compagnons de voyage. Il supposait que, après avoir eu la chance d'avoir un compagnon de siège pendant le voyage de retour, c'était une justice poétique qu'il se retrouve à côté d'un comptable qui semblait déterminé à lui parler de l'activité passionnante consistant à fixer des chiffres toute la journée. Cela lui rappelle une blague qu'il a

Par George Thomas S.

lue : "Quand une personne décide-t-elle de devenir comptable ? Quand il se rend compte qu'il n'a pas le charisme nécessaire pour réussir en tant que croque-mort".

L'avion était enfin dans les airs lorsque Thomas se tourna vers lui et, assez poliment, lui demanda de garder ses affaires pour lui afin qu'il puisse dormir. Il ne s'est réveillé que le temps de savourer un somptueux repas de surf and turf, accompagné d'un cocktail de crevettes et suivi d'un merveilleux gâteau au fromage au kilomètre. Une fois son appétit pleinement assouvi, il a dormi pendant le reste du vol.

Il pleuvait quand il a débarqué à l'aéroport Pearson de Toronto. Il a pris la navette jusqu'au Park n' Fly et a récupéré sa voiture. Il rentrera directement chez lui en voiture. Sa belle-sœur s'attendait à ce qu'il soit absent une semaine ou plus, et cela ne faisait que trois jours. Il n'était pas nécessaire de lui faire savoir qu'il était de retour. Il l'appellerait avant de rentrer au Brésil et prolongerait le séjour des filles chez elle. Le trajet jusqu'à Huntsville lui donnerait le temps de revoir son plan. Il ne s'attend pas à rencontrer de difficultés pour réaliser la première partie de son plan, à l'exception peut-être de la douane canadienne. Pour cela, il devra faire appel à ses amis ukrainiens.

Fidor et Ivan étaient fortement impliqués dans la vente de véhicules en Russie et dans d'autres pays. Ils expédiaient des véhicules neufs et d'occasion à de nombreux clients à l'étranger. Contrairement à d'autres, l'ensemble de leurs activités était totalement légal et irréprochable. Ils connaissaient bien les tenants et aboutissants de l'expédition de véhicules hors du pays et, plus important encore, ils avaient des contacts dont Thomas aurait besoin pour mener à bien une partie très importante du plan. Leur lieu d'opération était à Toronto, mais il n'avait pas le temps de s'arrêter pour les voir maintenant. Il fallait rentrer chez lui et créer l'e-mail de Carlo pour que Sofia puisse entrer dans son compte, ajouter son virus, puis l'envoyer.

Le Second Avènement d'Angela

Avec un peu de chance, si tout se passe comme prévu, elle aura alors un accès complet à son ordinateur.

En pensant à cette tâche importante, il s'est soudainement retrouvé à s'inquiéter pour Sofia. Il n'avait aucune idée si elle était bien rentrée au Chili. Il a sorti son téléphone portable et l'a appelée. Elle devait être en train d'attendre, le téléphone à la main, car la réponse a été immédiate.

"Thomas ? C'est toi ?"

"Oui. C'est moi. Tu es à la maison ?"

"Oui, je suis arrivé il y a plusieurs heures. J'attendais de vos nouvelles. Tu ne m'as pas appelé de l'avion ?"

"Non, je suis désolé. J'ai dormi pendant tout le trajet. J'étais si fatiguée. Est-ce que tout va bien ?"

"Oui. Maintenant que j'entends ta voix, tout va bien. Vous êtes aussi à la maison maintenant ? "

"Je suis sur la route, je rentre à la maison. Je serai là dans environ deux heures. Je vous appellerai quand l'email pour Carlo sera écrit. Alors vous pourrez faire fonctionner votre magie."

"Oui, très bien. Je vais l'attendre. Appelle-moi dès que tu arrives chez toi ? S'il te plaît ? Pour que je sache que vous êtes en sécurité."

"Bien sûr. Je vous le promets." Son souci évident de sa sécurité l'a amené à se demander quels sentiments pour lui pouvaient grandir en elle. Ou même en lui, d'ailleurs.

"J'attendrai votre appel. De doux beijos pour vous."

Par George Thomas S.

Des baisers ? Maintenant, il se demandait vraiment, bien que dans les cultures latines, de tels commentaires entre amis ne soient pas rares. Il a répondu de la même manière.

"Beijos pour toi aussi. Bye."

Beijos était l'un des rares mots portugais dont Thomas connaissait la signification. Il était sûr que Sofia pourrait lui en apprendre davantage, ainsi que l'espagnol, si l'occasion se présentait. Elle parlait couramment ces deux langues, ainsi que l'anglais.

Une fois de retour à Huntsville, il s'est immédiatement mis au travail. Il allait réaliser l'essentiel du plan chez le concessionnaire et s'y rendit pour écrire l'email destiné à Carlo, lui faisant savoir qu'il était chez lui, puis le sauvegarda dans le dossier des brouillons. Sofia lui a dit une autre chose sur le virus. Il était programmé, au bout de dix jours, pour détruire toutes les informations du disque dur au-delà de toute possibilité de récupération et rendre le PC inutilisable. Thomas a aimé cette idée. Il a commencé à réaliser que l'ordinateur de Carlo contenait probablement des informations qui pourraient conduire quelqu'un à Angela, et à lui si les choses ne se passaient pas très bien. C'était rassurant de savoir qu'il serait détruit.

En une demi-heure, Sofia avait envoyé le courriel à Carlo. Bientôt, elle a commencé à télécharger les fichiers de Carlo sur son ordinateur. Tout élément utile qu'elle découvrirait serait séparé et transmis à Thomas. De là, ils détermineraient quelle autre utilité l'accès à l'ordinateur de Carlo pourrait avoir avant que le virus ne le ferme définitivement.

L'étape suivante consistait à localiser les camions attendus par Carlo. Thomas se connecte au système de localisation des véhicules et trouve plusieurs concessionnaires ayant les véhicules appropriés en stock. Il a ensuite téléphoné et obtenu par télécopie des factures et des fiches d'information sur les véhicules neufs qu'il utiliserait pour créer les documents nécessaires à l'obtention des permis et des titres de propriété en Ontario. Les camions restaient là où ils étaient. Une fois qu'il avait photocopié les titres de propriété, il annulait tous les permis sous prétexte qu'un marché important avait échoué. Il n'y aurait aucune trace de leur immatriculation. Il devait maintenant attendre que Carlo lui fournisse des informations sur la société qu'il était censé créer en Ontario.

Le ministère des Transports a besoin de la première page des documents de constitution en société afin de délivrer un numéro d'immatriculation nécessaire à l'immatriculation des véhicules au nom de la société. Avec un peu de chance, Carlo avait déjà entamé ce processus. Il avait indiqué qu'il demanderait à un contact en Cornouailles de s'occuper de la paperasse et de lui faxer les documents. Thomas supposait que les documents seraient des faux, mais cela n'avait pas d'importance. Ils fonctionneraient. Rien de plus ne pouvait être fait sur cette partie du plan jusqu'à ce qu'il reçoive les documents requis. Il espérait que ce serait bientôt, car tout retard risquait de ne pas pouvoir respecter le délai de dix jours imposé par Carlo. Le moment est venu d'appeler ses amis ukrainiens, Fidor et Ivan, et de les mettre dans le coup. Il connaît ces deux-là depuis une dizaine d'années et leur fait entièrement confiance. Il est certain qu'ils seront plus qu'heureux de l'aider.

Lorsqu'il leur a expliqué la situation, ils sont restés incrédules. Ils auraient trouvé l'affaire difficile à croire s'ils n'avaient pas été au courant du genre de choses que fait régulièrement la mafia russe. Ils ne faisaient pas partie de ce genre de choses, mais ils n'avaient pas besoin d'y être impliqués pour savoir ce qui se passe dans ce cercle. Comme prévu, ils ont offert d'aider de toutes les manières possibles. Thomas leur a demandé d'organiser une réunion à leur bureau avec une personne de confiance au sein de la société de courtage en douane qu'ils utilisaient. Il était important qu'elle ait lieu le plus tôt possible. Ils parviennent à l'arranger pour le lendemain après-midi. Thomas se rendrait à Toronto en fin de matinée dans l'espoir de pouvoir convaincre leur contact de l'aider avec les documents essentiels à son plan.

Au travail, on se demandait pourquoi Thomas était revenu si vite. Tout le monde s'attendait à ce qu'il soit absent pendant au moins une semaine. Il a fait croire qu'il s'agissait d'un retour temporaire pour régler certaines affaires non terminées et qu'il repartirait dans un jour ou deux.

Fidèle à sa parole, Carlo a permis à Angela d'appeler Thomas sur son portable. Ce fut deux brèves minutes, mais suffisantes pour déterminer qu'elle allait bien. Carlo semblait satisfait, pour le moment, de la laisser à elle-même en attendant de voir les progrès de Thomas. Thomas était soulagé, mais il ne s'attendait pas vraiment à ce que Carlo risque un million de dollars en ne respectant pas sa part du marché. Pour aujourd'hui, tout allait bien.

Les explications faites, les factures acquises, Fidor et Ivan contactés, et l'appel d'Angela arrivé, les pensées de Thomas se tournent maintenant vers Sofia. Il pouvait sentir quelque chose changer en lui. Quelque chose qui s'appelait les émotions. Cette femme, si belle à tous égards, était entrée dans sa vie dans des circonstances tout à fait inhabituelles. Il était temps pour lui d'admettre qu'il développait des sentiments inattendus. C'était, d'une part, exaltant, et d'autre part, un peu effrayant. Il ne pouvait pas se résoudre à être sûr de la direction que cela pouvait prendre. Seul le temps pourrait lui fournir une réponse.

Thomas était encore très fatigué et il est rentré chez lui pour se reposer. Les filles étant parties, la maison était très calme. Même si ses filles lui manquaient, le silence était le bienvenu pour le moment. Il en a profité pour prendre une douche et s'allonger pour une brève sieste. Il était endormi depuis un certain temps lorsque son téléphone a sonné.

"Thomas ? J'ai trouvé des choses intéressantes sur le pc de notre ami. Je vais te les envoyer. Je pense que tu les aimeras beaucoup. Tu me manques."

"J'ai hâte de voir ce que vous avez trouvé. Tu me manques aussi."

Ces quatre derniers mots l'ont surpris, et ils étaient sincères.

"Vous devez regarder ce que je vous ai envoyé. Vous le trouverez très fascinant."

Thomas a dû se remettre à penser à autre chose qu'à ses éventuels sentiments pour Sofia.

"Ah, oui, je vais vérifier tout de suite. Je vous appelle dès que j'ai terminé.".

"Oui. S'il vous plaît. Je suis curieux de savoir comment vous pouvez l'utiliser. Nous devons planifier les choses soigneusement, Thomas. Nous devons réussir dans cette entreprise."

"Oui, nous le faisons. Si nous ne le faisons pas, je ne serai peut-être plus là pour découvrir notre avenir", a-t-il plaisanté.

Ça ne s'est pas très bien passé. Il était évident que même l'idée que quelque chose de mal lui arrive n'était pas un sujet qu'elle voulait considérer.

"Ne parle pas comme ça ! Je ne penserai pas à cela ! Nous allons survivre à cela ! Tu seras en sécurité ! Je ne veux pas t'entendre plaisanter comme ça." Il y avait un certain tempérament latin dans ses paroles.

"Sofia, je suis désolé. J'essayais juste d'apaiser la tension. Est-ce que tu comprends ?"

"Oui, je comprends. Mais pas plus ! Je vous en prie ! Je n'aime pas m'inquiéter autant. J'aime être positif."

"Vous avez raison, plus de ça. Tu as ma parole."

"Merci. Maintenant va voir ce que je t'ai envoyé et appelle-moi plus tard. Muitos beijos."

Par George Thomas S.

"Ok. J'y vais maintenant. Muitos beijos pour toi."

L'enthousiasme de Sofia pour ce qu'elle avait découvert sur l'ordinateur de Carlo avait rendu Thomas plus que curieux.

Le Second Avènement d'Angela

CHAPITRE 7

LE FILON-MÈRE

Alors que Thomas passe au crible les éléments que Sofia a découverts sur le PC de Carlo, il se souvient d'une vieille chanson country : "Elle a la mine d'or, et j'ai le puits". Dans ce cas, il semble que Thomas soit celui qui a la mine d'or et que Carlo puisse très bien se retrouver avec l'arbre qu'il mérite tant. Il ne fait aucun doute qu'il y a plus qu'assez d'informations pour créer de sérieux problèmes à ce petit homme arrogant. Thomas imaginait le plaisir qu'il prendrait à le faire tomber.

Carlo semblait tenir un journal intime sur ordinateur, une décision qu'il allait regretter. L'une des découvertes les plus précieuses était un fichier, l'un des nombreux qu'il conservait bêtement en détail, décrivant la source de son argent. Il s'avère qu'il avait, dans le passé, été comptable.

"Allez comprendre", a marmonné Thomas à voix haute.

Il n'avait certainement pas l'air d'être ce genre de type. Il semble que la seule comptabilité qu'il faisait était pour une famille de criminels dans le Queens. Les Sabatini. Dans ses propres écrits détaillés, Carlo a expliqué comment, sur une période de moins de deux mois, il a réussi à siphonner plus de dix millions de dollars à ces descendants du crime organisé. L'événement qui a précipité cet acte de détournement de fonds, et sa disparition au Brésil, a été la réception par Carlo d'une assignation à témoigner lors d'une audience du Congrès sur le blanchiment d'argent par son patron. Carlo craignait, sans doute à juste titre, que plutôt que de le laisser témoigner, il était plus logique pour Pauly Sabatini de se débarrasser de lui.

À moins que les avocats n'aient réussi à écraser la citation à comparaître, il n'y aurait eu que trois mois avant qu'il ne doive se présenter au Capitole. Cela ne lui a laissé qu'un seul choix. L'argent a été détourné vers des comptes offshore pour des sociétés fictives qu'il a créées et serait transféré au Brésil plus tard. Il a fait préparer les faux documents requis qui lui permettraient de s'installer définitivement au Brésil.

Il y avait les noms de ceux qu'il avait soudoyés au Brésil pour pouvoir entrer dans le pays, ainsi que les noms de ceux qu'il avait payés aux États-Unis pour obtenir ses documents. Ses participants américains ont ensuite été assassinés afin de protéger son secret. Si Thomas en avait douté, cela prouvait que Carlo était bien un tueur de sang-froid lorsque cela servait ses intérêts.

Antonio, de manière assez surprenante, était le cousin de Carlo. Cela inquiétait un peu Thomas. Le sang n'est pas toujours plus épais que l'eau, mais en général. De toute façon, il était trop tard pour revenir sur la conversation qu'ils avaient eue sur le chemin de l'aéroport. Il devait espérer que dans ce cas, le sang ne signifiait pas grand-chose. De plus, il y avait des entrées très intéressantes dans ce journal qui pourraient le ramener du côté de Thomas s'il commençait à vaciller. Carlo a toujours considéré qu'Antonio était plus une gêne qu'autre chose. Même s'il lui avait servi fidèlement de garde du corps, Carlo avait l'impression de l'avoir porté toute sa vie et en gardait un certain ressentiment. Carlo n'était pas un homme d'une grande générosité, que ce soit en termes d'argent ou d'esprit.

Il ne connaissait pas non plus le sens du mot "loyauté", sauf s'il s'agissait de sa propre survie. Il ne pensait pas qu'Antonio était très intelligent et ne savait pas combien de temps il pouvait lui faire confiance pour garder son secret. Tout au long des années d'inscription, il y a eu des allusions à la nécessité de se débarrasser de lui. Le dernier commentaire de ce type ne datait que de quelques mois et semblait plus sérieux que les autres. Carlo pensait qu'une fois qu'Antonio s'était occupé de Thomas, son temps était écoulé. Thomas décida d'imprimer certaines des entrées et de les emporter avec lui lors de son voyage de retour. Elles pourraient lui être très utiles.

Une question a traversé l'esprit de Thomas : pourquoi, avec autant d'argent déjà, Carlo prendrait-il un risque aussi insensé pour un million de dollars de plus ? Ce n'était pas comme s'il était soudainement fauché. Mais l'était-il ? Parmi les fichiers de son ordinateur, il y avait des informations bancaires qui permettaient à Thomas d'accéder aux soldes de ses comptes en ligne. Après un examen approfondi, il semble qu'il lui restait un peu plus de deux millions de dollars. Bien qu'on ne puisse pas dire qu'il soit pauvre, ses dettes étaient supérieures à ses actifs. Il était dans une impasse. La vie chère et le coût élevé du tribut et des pots-de-vin, tous détaillés dans son journal, l'avaient rendu beaucoup moins riche qu'il ne pouvait se le permettre. En fait, la banque réclamait un prêt de plus d'un million de dollars. Il n'avait que deux mois pour s'exécuter ou risquer de perdre ce magnifique manoir.

Soudain, tout a commencé à avoir un sens. Se débarrasser simplement d'Angela aurait pu être plus sûr, mais cela n'aurait pas aidé sa situation financière. Thomas a rappelé sa propre déclaration à Antonio, "les gens désespérés font des choses désespérées." Angela pouvait être très reconnaissante que Carlo ait eu plus besoin d'argent que de sa mort immédiate. Son véritable objectif était d'avoir à la fois l'argent et la fin d'Angela. Son plan venait de se heurter à un obstacle majeur.

Dans un dossier intitulé "Carla", Thomas a appris le dernier chapitre de cette relation. Les mots de Carlo ne laissaient aucun doute à ce sujet. L'entrée datait de six ans et se lisait comme suit :

84

Par George Thomas S.

12 septembre 1996

"Je fais toujours des rêves récurrents sur Carla. Même après cinq ans. Je ne peux pas effacer ces derniers moments de mon esprit. Comment elle a pu se retourner contre moi après que je lui ai tant donné, je ne le saurai jamais. C'est toujours impossible de croire qu'elle était prête à me vendre aux Sabatini pour un minable quart de million. La seule chose qui me réconforte est de savoir que Pauly n'aurait jamais payé. Il l'aurait tuée lui-même. Il n'est pas du genre à laisser des traces. Nous serions morts tous les deux. A ma façon, il n'y avait qu'elle. Le regard sur son visage quand je lui ai tranché la gorge me hante encore au milieu de la nuit. Comme elle était surprise. Stupide salope ! Comment a-t-elle pu faire ça ?"

Quand Thomas a fini de lire cette entrée, il a ressenti le même frisson que celui qu'il avait ressenti la nuit où Angela avait téléphoné. Aujourd'hui, il n'y avait pas de brise fraîche pour lui donner la chair de poule. Seulement les mots froids et calculateurs d'une confession de meurtre.

Un autre dossier a attiré l'attention de Thomas. Il était intitulé simplement, "Le banquier". Ce qu'il a découvert était une source de grand intérêt. Il semblait que Carlo avait reçu une aide importante de cet individu. Tout au long de ces entrées, aucun nom n'a jamais été mentionné. Il n'était désigné que comme "le banquier". Carlo semblait presque avoir peur de l'identifier par son nom, et Thomas en a déduit qu'il était très dangereux et que Carlo le craignait. Qui que soit cette personne, elle avait, pour le prix d'un million de dollars, assuré l'entrée de Carlo au Brésil avec de faux documents. Des pots-de-vin ont été versés, des services ont été achetés, et Carlo s'est retrouvé partenaire involontaire de quelqu'un qui semblait être un élément très puissant et corrompu de la société brésilienne. Peut-être même politiquement impliqué.

Le Second Avènement d'Angela

Outre le million de dollars de "droits d'entrée", Carlo était lié à un arrangement qui l'obligeait à payer un tribut de vingt pour cent à cette personne pour tous les bénéfices de son entreprise d'importation de biens volés pour la revente au Brésil. Angela avait raison. Il était dans le commerce de l'importation, mais pas le genre qu'elle avait imaginé. Des cargaisons de marchandises volées, sous la forme de montres haut de gamme, comme des Rolex, ainsi que des appareils électroniques, des ordinateurs, et pratiquement tout ce qui a de la valeur, étaient achetées pour vingt ou vingt-cinq centimes sur le dollar à des receleurs à l'étranger, puis importées au Brésil. Malgré les frais d'expédition, les droits de douane et les pots-de-vin versés aux fonctionnaires des douanes pour qu'ils sous-évaluent la valeur des biens, il y avait un bénéfice très important à réaliser. Thomas était certain que cette information se révélerait très utile.

Dans chaque cas, Carlo a obtenu 50 % du prix d'achat de cette personne. Toutes les communications se faisaient uniquement par courriel. Carlo transmettait les détails et la quantité des articles à acheter, ainsi que le coût et le bénéfice potentiel. Il fournissait au "banquier" un numéro de compte à l'étranger sur lequel il devait déposer la moitié du total des fonds requis. Dès l'arrivée de la marchandise et sa vente à une série de distributeurs, Carlo remboursait immédiatement l'argent avancé ainsi que le tribut de vingt pour cent. Cet arrangement semblait étrange, car il n'épuisait pas totalement les ressources de Carlo, mais il donnait une plus grande mesure de pouvoir à son mystérieux partenaire. Tout au long du dossier, il est apparu que Carlo n'a jamais osé songer à déroger à cet accord. Il semblait conscient que ce serait une décision fatale. Certaines entrées déploraient sa situation et exprimaient un certain ressentiment à l'égard de ce qu'il considérait comme une forme de servitude à long terme. Il s'est plaint mais a clairement indiqué qu'il n'était pas certain de pouvoir un jour oser rompre cet accord.

Thomas avait maintenant le sentiment qu'il pouvait presser ce petit con d'une manière qu'il n'aurait jamais cru possible. L'aide finale dont il aurait besoin pour résoudre cette situation avec succès viendrait de deux sources qui auraient toutes les raisons de se venger de Carlo. Une source qu'il connaissait, les Sabatini, et l'identité du "banquier", qu'il devait vérifier. Si le destin le permet, Carlo recevra sa juste récompense, Angela rentrera au Canada et Thomas aura l'occasion de découvrir ce que l'avenir lui réserve, à lui et à Sofia. Il ne pouvait que prier pour que son plan soigneusement élaboré ne tourne pas mal. Thomas a pris le téléphone et a composé le numéro de Sofia.

"Tu avais absolument raison, Sofia. C'est fantastique. Je suis ravi au-delà de toute croyance."

"Je le savais. J'étais si heureuse de trouver des choses si importantes pour toi. Comment les utiliserez-vous ?"

"D'abord, j'ai besoin de savoir s'il y a un moyen de prendre le contrôle de la messagerie de Carlo et de contrôler les messages entrants et sortants à son insu."

"Oui, bien sûr. Je peux faire retenir ses e-mails jusqu'à ce que je puisse les copier et les envoyer."

"Parfait ! C'est un élément très important de tout le plan. Pouvez-vous envoyer un e-mail depuis son compte et l'empêcher de recevoir la réponse ? Pouvez-vous vous assurer que vous seul la recevrez ?"

"Oui. Bien sûr. Qu'avez-vous en tête ?"

"Je vous envoie le texte d'un message que je veux que vous fassiez suivre par son e-mail. Vous devez vous assurer que toute réponse provenant de cette adresse e-mail vous est bien transmise. Si ça arrive à Carlo, nous aurons de gros problèmes. De très gros problèmes !"

"Pas de problème. Ce sera très facile."

"Merveilleux ! Vous êtes plus utile que vous ne pouvez l'imaginer. Je ne peux pas vous remercier assez."

"Ne me rendez pas si parfaite. Peut-être que je suis juste égoïste. Je ne veux pas te perdre. Alors, je dois t'aider."

"Eh bien, alors je suis très heureux de votre attitude égoïste", a-t-il dit en riant.

"Vous n'avez pas d'objection si mon motif est que je souhaite seulement vous sauver ?"

"Pas du tout. Je pense que c'est très flatteur. Je n'aurais jamais pensé que je le valais."

"Mmm, mon doux Thomas."

"Quand nous serons à nouveau ensemble, Sofia, nous devrons avoir une conversation honnête sur nous."

"Oh, s'il vous plaît, dites-moi que ce ne sera pas une conversation triste."

"Pas du tout. C'est juste une discussion que nous devons avoir face à face."

"J'attendrai ce moment, Thomas. Mais pour l'instant, beijos. Nous nous reparlerons bientôt."

Thomas dit au revoir et décida d'essayer de trouver quelque chose pour satisfaire son estomac qui grondait. Il ouvrit une boîte de chili et la fit chauffer dans le micro-ondes. Après avoir terminé son repas, il récupéra dans ses fichiers l'adresse e-mail de celui que Carlo appelait

Par George Thomas S.

" le banquier " et commença à créer un message qui aurait les mêmes caractéristiques que celui de Carlo. Il relut certains des messages précédents que Carlo avait envoyés à cette personne pour saisir le ton de son écriture, et la manière dont il exprimait les informations et les demandes qu'il présentait. Thomas a remarqué que dans chaque cas de demande d'argent, un compte bancaire différent était utilisé. Les transferts semblent avoir été répartis sur plusieurs banques différentes, tant au Canada qu'aux États-Unis, et toujours dans de petites villes. En fait, le voyage de Carlo en Cornouailles avait pour but de clôturer un compte là-bas et de transférer les fonds au Brésil. Cela va de pair avec la dernière nouveauté que Thomas a injectée dans son plan.

Thomas envoyait un courriel, censé provenir de Carlo, expliquant l'opportunité d'acquérir vingt camions à cinquante centimes par dollar. Il gonflait la valeur des camions afin d'obtenir une plus grande avance d'argent. Son courriel incluait la description des véhicules et l'histoire qu'ils étaient financés au nom d'une société fictive au Canada et que tous les droits de propriété étaient disponibles. L'établissement de crédit prendrait la responsabilité de la perte, et personne ne saurait jamais que les véhicules sont arrivés au Brésil. Il était demandé qu'un dépôt de 250 000 dollars soit effectué pour couvrir la moitié du prix d'achat. Il n'avait pas l'intention de garder l'argent pour lui-même, mais plutôt de l'utiliser pour couvrir les dépenses et récompenser Paola et Antonio pour l'aide qu'ils apporteraient en sauvant la vie de deux personnes qui leur seraient certainement très reconnaissantes.

Le moment venu, il serait nécessaire d'établir un compte dont on ne pourrait plus remonter jusqu'à lui. Le besoin d'identification serait un problème mineur. La rubrique nécrologique du Toronto Star lui fournit un nom avec lequel il peut obtenir un certificat de naissance et le numéro d'assurance sociale du défunt, deux éléments nécessaires pour ouvrir un compte. Une fois les fonds transférés, ils seraient utilisés pour acheter des obligations au porteur, ou d'autres articles facilement négociables qui ne contiennent aucune identification du propriétaire. Ils sont simplement payables à celui qui les possède. Cette petite arnaque permettrait à une personne de finir par vouloir la tête de Carlo sur un plateau. Quant à l'autre, au bon moment, Thomas fournirait des informations anonymes sur les allées et venues de Carlo aux Sabatini, à qui il a volé ses dix millions initiaux. Il n'aurait nulle part où se cacher. Quant au sort qui lui serait réservé, Thomas s'en fichait royalement. Quoi qu'il arrive, Carlo le méritait amplement.

Si tout se passait bien, et si Thomas obtenait les documents nécessaires de la part du contact de Carlo en Cornouailles, il pourrait prendre l'avion dans deux jours. Avant cela, il y avait encore beaucoup à faire. Il décide de faire un tour rapide au magasin du coin et achète un Toronto Star avec lequel il peut commencer sa recherche de la bonne identité pour ouvrir le compte bancaire dont il a besoin. Au fur et à mesure qu'il les lisait, il semblait que les choses continuaient à aller dans son sens aujourd'hui. Parmi les nombreuses possibilités, il a découvert le choix parfait. Un homme de quarante-huit ans était mort d'une crise cardiaque soudaine. Thomas, presque jubilatoire, n'était pas insensible à cette mort. C'est juste qu'il avait désespérément besoin de l'identité de cet homme pour mener à bien son plan. Il a décidé qu'une fois que tout serait terminé avec succès, sa veuve recevrait un certain nombre de titres au porteur, de manière anonyme, en guise de remerciement de Thomas et, en vérité, d'excuses.

L'aspect le plus attrayant de ce choix était qu'il était, comme Thomas, un immigrant reçu au Canada. Il était né en Pennsylvanie et s'était installé à Toronto il y a plus de quinze ans. Mieux encore, ses seuls survivants étaient sa femme et son fils. Aucun parent de Pennsylvanie n'est répertorié. C'est parfait ! Il n'y a pratiquement aucune chance que quelqu'un au bureau des archives de Wilkes-Barre, en Pennsylvanie, où il est né, soit au courant de son décès. Cela permet également à Thomas d'ouvrir un compte bancaire aux États-Unis, détournant

Par George Thomas S.

l'attention d'une connexion canadienne. La route serait longue, mais le voyage en valait la peine. Il suffit d'entrer dans le bureau des archives et, dix ou vingt dollars plus tard, il ressort avec une copie certifiée de son nouvel acte de naissance.

La tâche la plus difficile serait d'obtenir son numéro de sécurité sociale américain. Pour cela, Thomas pourrait avoir à faire quelque chose qui, honnêtement, le mettrait très mal à l'aise. Il pourrait être nécessaire d'appeler la veuve et de se faire passer pour quelqu'un qui pourrait l'aider à obtenir des prestations de sécurité sociale des États-Unis. Thomas redoute cette perspective. Il serait tellement plus facile d'obtenir son numéro d'assurance sociale canadien.

Le journal a révélé où il avait travaillé, et un simple coup de fil pouvait fournir une adresse e-mail. Thomas était déjà conscient de ce que Sofia pouvait faire avec ça. En accédant aux registres de paie de son ordinateur, elle pourrait facilement divulguer toutes les informations dont il avait besoin. Malheureusement, c'est d'un compte américain dont il avait besoin, et cela pouvait poser problème. Finalement, il a décidé de demander à Sofia de chercher dans les registres de paie de son employeur. Juste au cas où. A présent, il était plus de minuit. Il a pris une douche rapide et s'est glissé dans son lit. Demain serait une journée chargée.

CHAPITRE 8

JE NE BOIS JAMAIS DE VODKA.

Thomas se réveilla à sept heures du matin au son de son téléphone portable qui signalait un message de Sofia lui demandant de l'appeler dès que possible. Il s'est brossé les dents, a préparé un café et s'est installé pour l'appeler.

Il l'a mise au courant de ses projets et a indiqué qu'il se rendrait en Pennsylvanie le jour même ou le lendemain. Alors qu'ils sont encore au téléphone, elle trouve le site web de l'entreprise qui avait employé l'homme choisi dans les nécrologies. Il y a une adresse électronique affichée sur le site, et Sofia se met directement au travail. Elle a indiqué qu'elle appellerait avec les informations qu'elle découvrirait dès que possible. Il espérait qu'elle trouverait quelque chose qui lui permettrait d'éviter ce coup de fil à la veuve. Il n'aimait pas s'immiscer dans le chagrin de quelqu'un pour son propre compte.

Thomas n'habitait qu'à quatre ou cinq minutes du travail et espérait que quelque chose l'attendait à son arrivée. Il se dirigea vers le télécopieur et poussa un soupir de soulagement lorsqu'il trouva les lettres de constitution de la société fictive de Carlo. Au cours de l'heure qui suit, il prépare les fiches d'information sur les véhicules neufs de remplacement qui seront nécessaires pour immatriculer les camions. Puis il se rendra au ministère des Transports pour obtenir les propriétaires et les plaques d'immatriculation.

Une fois cela terminé, il a photocopié les noms des propriétaires et les plaques d'immatriculation et les a faxés à Carlo. Dans les quinze minutes, Angela a appelé.

Par George Thomas S.

"Thomas" ? Carlo a reçu votre fax. Il est très content. Moi aussi. J'espère que ce sera bientôt fini. Je veux rentrer à la maison."

"Jusqu'à présent, tout se passe bien, Angela. Avec un peu de chance, vous serez à la maison d'ici une semaine environ. Tout va bien là-bas ? Pas de problèmes avec Carlo ?"

"Non ! Pas du tout. Je vais bien. Tu n'as pas besoin de t'inquiéter pour ça. Du moins, jusqu'à présent. J'espère que ça restera comme ça."

"Moi aussi. Je vais faire ça le plus vite possible." Thomas savait que Carlo écouterait la conversation et voulait lui donner un sentiment de sécurité sur la façon dont les choses se déroulaient. "Je pense que je peux battre le délai de dix jours de Carlo et avoir ces choses dans les conteneurs dans deux ou trois jours, au maximum."

"C'est merveilleux. Je me sens très positif à l'idée de rentrer bientôt à la maison. On me dit que je dois raccrocher maintenant. Nous nous reparlerons demain. Bye !"

"Au revoir, Angela. Garde une bonne pensée. Tout ira bien."

Soulagé que tout aille bien avec Angela, Thomas devait encore s'occuper d'un détail important de son plan. Quelque chose devait entrer dans ces conteneurs pour le Brésil. Sans documents d'expédition confirmés pour les conteneurs chargés, tout le plan était inutile.

Il n'y aurait pas de nouveaux camions, mais il devait y avoir quelque chose. Il s'est dit qu'il pouvait très bien s'agir de camions ou de véhicules, mais pas des bons. Il prit le téléphone et appela Earl.

Earl était un bon gars que Thomas connaissait depuis au moins dix ans. Il exploitait un petit dépôt de voitures et faisait pas mal de vente en gros de véhicules d'occasion avant de commencer à prendre la vie du bon côté. Il en faisait encore un peu, mais pas à son ancien rythme. Il passait les hivers au Mexique et le reste de l'année à s'occuper de ses vieux camions et voitures. Earl aimait restaurer les vieux véhicules et avait récemment acheté une Chevy cinquante-cinq pour occuper son temps. Il vivait le long de la route onze, dans la petite ville de Katrine, dans un appartement joliment rénové au-dessus de son garage. Thomas ne savait jamais combien de personnes vivaient à Katrine, mais il se doutait que si quelques dizaines d'entre elles partaient pour une semaine, ce serait un endroit plutôt calme. Earl était un homme simple, dans une petite ville tranquille, profitant de la vie de manière décontractée et sans se presser.

Thomas a sauté dans sa voiture et s'est dirigé vers le nord, vers sa destination. Ce n'était qu'à un quart d'heure de route. Lorsqu'il s'est arrêté dans l'allée de la maison d'Earl, il a pu voir qu'il travaillait sur la Chevrolet 55. Thomas a attiré son attention, et ils se sont assis dans le bureau pour qu'il puisse expliquer sa situation difficile. Comme tout le monde, il était presque totalement incrédule, mais il était prêt à aider de toutes les manières possibles. Thomas expliqua qu'il avait besoin de quelque chose à mettre dans ces conteneurs. " J'ai besoin de vingt camions, Earl. Vieux ! Qui fonctionnent à peine ! Peu importe ! Peu importe ce qu'ils sont, du moment qu'ils peuvent se rendre sur les quais par transport et qu'ils sont bon marché. Ils doivent rouler suffisamment pour monter et descendre du transport et entrer dans les conteneurs."

Earl a souri à travers sa barbe grisonnante et a montré le terrain de gravier à côté de son garage. "J'en ai cinq pour toi juste là, mon pote. Pas de problème ! Aucune d'entre elles ne vaut grand chose de toute façon, alors elles sont à toi si tu en as besoin."

Ils ont pris les clés pour vérifier si l'un d'eux pouvait démarrer et fonctionner suffisamment longtemps pour monter et descendre d'une remorque de transport. Chaque camion a gémi à la vie avec un petit coup de pouce, mais ils avaient tous besoin d'une mise au point pour les aider à accomplir leur mission. Earl est allé droit au but,

Par George Thomas S.

"Je vais leur mettre des bougies neuves et les régler du mieux que je peux. Allez-y et organisez le transport. Je les aurai prêts. Pas de problème ! Quand pensez-vous qu'ils viendront les chercher ?"

"J'essaie pour demain. Je n'ai pas beaucoup de temps, et je dois encore trouver quinze camions quelque part. Des suggestions à ce sujet ?"

"Allez voir ce chantier de démolition en bas de la route d'Aspden. Tu devrais pouvoir y trouver tout ce dont tu as besoin. S'ils n'ont pas quinze camions, je suis sûr que tu peux y glisser quelques voitures. Ce n'est pas comme si les gars au Brésil allaient savoir ce qu'il y a réellement dans les conteneurs avant qu'il ne soit trop tard."

"Bonne idée. Merci, mon pote. Je ne peux pas te dire à quel point j'apprécie ça."

"Pas de problème. Tu ferais la même chose pour moi. J'espère que tout ça va marcher. Je détesterais découvrir que tu as mordu la balle, alors sois très prudent. Vous m'entendez ? Je ne suis pas sûr que tu saches vraiment à quoi t'attendre. Et tu n'es plus un enfant."

"J'apprécie votre inquiétude, mais j'ai une assez bonne idée de ce que je fais. Je suis sûr que tout se passera bien. Sinon, au moins je sais que je devais essayer."

Après une poignée de main cordiale, Thomas remonte dans sa voiture et se dirige vers le sud. Une fois de retour à la concession, un coup de fil au chantier de démolition qu'Earl avait suggéré lui permit de trouver le reste des camions dont il avait besoin. Etonnamment, ils étaient apparemment carrossables. Il prend Mark, le responsable du service, et lui explique la situation en toute confiance. Une fois que Mark a été mis au courant, ils sont allés vérifier les camions à la casse et déterminer ce dont ils auraient besoin, le cas échéant, pour faire le voyage. Ces camions, il devait les payer, mais le coût total était minime : 2 500 dollars. Il devra peut-être dépenser quelques centaines de dollars de plus pour les faire fonctionner suffisamment bien, mais ce n'est pas un gros problème. Mark et lui en ont pris deux qui ne fonctionnaient pas trop mal et sont retournés chez le concessionnaire. Ils ont demandé au chauffeur de la navette de les ramener suffisamment de fois pour les récupérer toutes. Une heure bien remplie.

Les quinze camions du chantier de démolition   étant de retour au garage, quelques mécaniciens ont effectué une mise au point rapide et ils étaient prêts à partir en moins de deux heures. Les choses se mettaient bien en place. Des camions de transport ont été prévus pour acheminer les vingt camions vers les docks lorsqu'ils seront prêts. Thomas est retourné au ministère des Transports pour annuler les immatriculations des nouveaux camions et obtenir les titres de propriété des vingt véhicules hors d'usage. Une fois cela fait, il se rend à Toronto pour rencontrer Fidor, Ivan et leur contact aux douanes. Alors qu'il reprend l'autoroute 11, il reçoit un autre appel de Sofia. Elle avait des nouvelles qui ont fait sa journée.

"Thomas, qu'est-ce qu'un IRA ?"

"C'est une sorte de fonds de retraite aux Etats-Unis. Pourquoi ?" Il se sentait soudain bien à l'idée qu'elle ait pu trouver de la magie dans ces fichiers de paie.

"Votre ami décédé faisait investir des retenues sur son salaire. Il y a quelque chose qui s'appelle un numéro de sécurité sociale. Vous en avez besoin ?"

"Oh ! Sofia, c'est une blague", a-t-il presque crié au téléphone. "Bébé, je pourrais t'embrasser un million de fois. C'est exactement ce dont j'ai besoin. Merci beaucoup !"

"Tu as besoin de ce numéro pour m'embrasser un million de fois ? Tu ne le ferais pas de toute façon ? ", dit-elle en riant de ce petit rire doux qui semblait toujours le faire sourire.

Par George Thomas S.

"Je commence à penser que cela pourrait être négocié simplement parce que vous êtes incroyable. Mais cette information me rend très heureux. Elle m'évite d'avoir à faire quelque chose que je trouverais très désagréable."

"Tu sais que je ferais tout pour toi, Thomas. Je te veux sain et sauf et au Brésil dès que possible."

"Ne t'inquiète pas, Sofia. Tout ira très bien. Je pense que je vais retourner à São Paulo dans deux ou trois jours. Je t'appellerai quand je serai là-bas."

"Bien sûr ! Je serai là demain, à attendre."

"J'ai hâte de te voir."

"C'est la même chose pour moi."

"Parfait. Je suis en route pour Toronto maintenant, et je vais continuer jusqu'en Pennsylvanie et finir ce que je dois faire là-bas avant de retourner au Brésil. Je vous appellerai plus tard pour que vous envoyiez l'e-mail que j'ai préparé au sujet du transfert d'argent."

"Ok ! Conduisez prudemment et appelez-moi bientôt. Beijos."

Il lui faudrait un peu moins de deux heures pour se rendre chez Fidor et Ivan. Si la réunion ne prenait pas trop de temps, il serait à Wilkes-Bare le soir même et finirait ses affaires là-bas dans la matinée. Il espère qu'il n'y aura pas de retard dans le transfert des fonds du Brésil. Si c'était le cas, cela compliquerait les choses. Sans compter que si quelque chose allait de travers dans cette partie du plan, les choses pourraient devenir très risquées. Pour le moment, cependant, il était surtout enthousiaste à l'idée de voir Fidor et Ivan et de mettre en place un autre élément de ce scénario. Thomas était maintenant plus dans l'excitation de toute cette aventure, et moins préoccupé par la possibilité d'un échec. Il savait que cette perspective existait toujours, mais il était tellement absorbé par l'arnaque elle-même qu'il y pensait de moins en moins.

Le trajet jusqu'à Toronto s'est déroulé sans incident et Thomas s'est garé sur le parking de Fidor et Ivan juste après trois heures. Franchir la porte d'entrée de leur bâtiment ressemblait à l'entrée d'une grotte. Dans l'escalier principal menant à leurs bureaux du deuxième étage, il y avait un décor qui rappelait à Thomas des stalagmites, mais qui étaient faites de plâtre grisâtre. En haut de l'escalier, à gauche, se trouve un salon équipé d'une télévision à grand écran, d'un canapé en cuir, d'un grand aquarium dans un mur en pierre artificielle et, bien sûr, d'un bar bien approvisionné.

Au coin de la cage d'escalier, à droite, se trouvait un couloir menant au bureau de la secrétaire. C'était une gentille Ukrainienne, du nom de Tatiana. Juste après son bureau se trouvait celui d'Ivan, et en face de celui-ci, on pouvait trouver Fidor, derrière son bureau, avec un téléphone perpétuellement attaché à l'oreille. Il semblait que, quel que soit le moment où Thomas entrait dans son bureau, Fidor était impliqué dans une conversation à l'étranger ou répondait à de nombreux appels sur son téléphone portable.

Thomas a salué rapidement et souri à Tatiana avant de se diriger directement vers le bureau de Fidor. Comme d'habitude, il était en pleine conversation avec quelqu'un à l'étranger. Thomas s'assit dans le fauteuil en cuir le plus proche de la fenêtre et alluma une cigarette. Il maudissait encore le paquet qu'il avait caché dans son tiroir à chaussettes, même s'il avait réussi à en fumer moins de la moitié au cours des trois derniers jours.

Quelques minutes plus tard, Fidor avait terminé son travail et raccroché le téléphone.

"Tommy, comment vas-tu ? Tu as un gros problème, non ?"

Par George Thomas S.

Fidor et Ivan étaient quelques-unes des rares exceptions lorsqu'il s'agissait de l'appeler Tommy. Même s'il détestait cela de la part de la plupart des autres, pour eux, c'était une véritable amitié et une façon d'être cordiale.

"Tout bien considéré, je vais bien. Et oui, j'ai de gros problèmes, mais j'espère que cette rencontre les rendra moins problématiques. Jusqu'à présent, les choses se mettent plutôt bien en place."

"Je l'espère, mon ami. Nous ferons ce que nous pourrons. Vous voulez boire ? Une bonne Vodka ?"

Avec un petit rire, Thomas lui a rappelé, "Je ne bois jamais de Vodka."

Fidor ne manquait jamais de demander, même si Thomas refusait souvent.

"Tu me connais, un café sera parfait."

En quelques instants, Tatiana est apparue avec son café et a affiché son sourire habituel.

"Tommy, un jour tu te saouleras avec moi à la Vodka. Je sais que ce sera le cas", dit Fidor avec un sourire malicieux.

"N'y comptez pas. Je déteste la sensation d'être ivre. Mais, un jour, tu pourrais me faire boire un ou deux verres. On ne sait jamais. Quand tout sera terminé et que tout le monde sera sain et sauf, je serai peut-être d'humeur à boire quelques verres pour fêter ça."

"Nous allons fêter ça avec de jolies Ukrainiennes."

Thomas a légèrement ri. "Nous allons peut-être faire la fête ensemble, mais il n'y aura pas de filles ukrainiennes pour moi."

"Qu'est-ce que c'est ? Tu ne veux pas d'une bonne femme pour te faire plaisir ? Ça ne peut pas être vrai !"

"Pour être honnête, j'ai rencontré une femme extraordinaire. Je n'ai aucune idée de la direction qu'elle prend mais je pense que je suis prêt à la découvrir."

"Qu'est-ce que tu me dis ? Tu es amoureux ? Quand est-ce que c'est arrivé ? Je n'y crois pas ! Un tel changement ! Qui est la femme chanceuse ? "

"Toute cette histoire d'amour, c'est ce que j'essaie de comprendre. Elle s'appelle Sofia, et elle est au Brésil en ce moment. En fait, c'est elle qui m'aide à résoudre ce problème. Je suis sûr que j'échouerais sans elle. Quand tout sera réglé, j'espère que nous saurons si nous sommes amoureux."

"Eh bien, j'espère que vous aurez une longue vie ensemble, Tommy. Je serais très heureuse pour vous. Elle doit être merveilleuse."

À ce moment-là, Ivan est entré et a donné son sourire toujours aussi grégaire et une poignée de main ferme, "Tommy, comment vas-tu, mon ami ?".

"Je vais bien, Ivan. Et toi ?"

"Je suis bon. Tu me connais. Toujours bon !"

Ivan s'est assis sur la chaise à côté de Thomas.

"Maintenant, nous devons vous aider à résoudre votre problème."

À ce moment-là, Ivan a entendu quelqu'un dans les escaliers et s'est levé pour voir qui c'était. Il s'est avéré que c'était l'homme qu'ils attendaient. Son nom était Raymond, et il travaillait pour le courtier en douane. Le véritable test du potentiel de réussite de Thomas était

Par George Thomas S.

sur le point de commencer. Ivan a amené Raymond dans le bureau où Fidor a fait les présentations à Thomas.

"Thomas, ravi de vous rencontrer. Fidor m'a tout expliqué. Je peux vous aider, mais ce sera délicat. Je n'aurais jamais pensé que j'envisagerais de faire une telle chose, mais la raison est certainement bonne. Je dois vous dire que la décision n'a pas été facile à prendre. J'ai passé une nuit blanche."

"Je ne peux pas vous dire à quel point j'apprécie. Vous allez aider à sauver deux vies. J'espère que vous le savez."

"Je le fais. C'est ce qui fait que la décision est la bonne. Je suis très heureux de faire ce que je peux."

Fidor avait été silencieux jusqu'à ce point, mais il a ensuite posé les questions importantes.

"OK, Raymond. Que faisons-nous maintenant ? Vous avez besoin d'informations sur les deux séries de véhicules, exact ?"

"Oui. Exactement ! Je vais créer des documents de douane et des connaissements pour les faux camions que Thomas peut envoyer au Brésil, puis les documents appropriés pour les camions qui sont réellement dans les conteneurs. Personne, à part moi et les personnes sur le quai, ne saura ce qui est réellement chargé sur le bateau jusqu'à ce qu'il arrive au Brésil. Je ne peux rien faire pour les frais. Je suis désolé pour ça, Thomas."

"Ne t'inquiète pas pour ça. J'apprécie déjà tout ce que tu fais. C'est plus qu'assez. Les frais sont, de loin, le dernier de mes soucis."

"J'espère que vous pourrez vous contenter de photocopies des connaissements des camions que vous n'expédiez pas."

"Pourquoi ? Il y a un problème avec ça ?"

"Les connaissements sont numérotés. Chacun d'entre eux doit être comptabilisé. Le mieux que je puisse faire est de les préparer, de les photocopier pour vous, puis d'annuler les originaux en tant qu'envoi annulé. Les connaissements numérotés ne peuvent pas disparaître. Mais les numéros de conteneurs seront les mêmes."

"Je peux comprendre cela. Je me contenterai de photocopies. Ça devrait aller. Je les faxerai, pour qu'il ne sache jamais que ce ne sont pas les originaux ?"

"Bien. Avez-vous les informations sur les véhicules ?"

"Oui, juste ici", Thomas a fouillé dans la poche de sa veste et lui a tendu des copies des titres de propriété.

"Parfait. Je vais commencer aujourd'hui. Vous pourrez avoir les photocopies demain. Je ne peux pas faire les connaissements pour les camions que vous envoyez réellement avant qu'ils n'arrivent ici. Savez-vous quand ce sera le cas ?"

"J'espère les avoir ici demain en fin de journée. Combien de temps pour les mettre dans les conteneurs et sur les quais ?"

"Je les aurai d'ici après-demain. Pas de problème."

"Parfait. Je partirai pour le Brésil dès qu'ils seront entre vos mains. Vous êtes un don du ciel, Raymond."

"Eh bien, je vous souhaite bonne chance avec tout ça. Je n'aimerais pas être à votre place. J'espère que le reste de votre plan est aussi créatif que cette partie", a-t-il gloussé d'un air admiratif.

"Moi aussi. Ma vie en dépend. Sans parler de celle d'Angela."

Ce détail ayant été réglé si rapidement, Thomas a appelé l'entreprise de transport pour que les vieux camions soient récupérés chez le concessionnaire ainsi que ceux de Earls. Il faudrait trois remorques pour les amener tous. Thomas les avait déjà informés que demain serait, selon toute probabilité, le jour J, et ils lui avaient réservé un créneau. Cela fait, il pouvait se rendre en Pennsylvanie et mettre la touche finale à toute l'arnaque. Encore un obstacle à franchir, et il serait en route pour le Brésil, et de retour dans les bras de Sofia. Il a fait ses adieux et exprimé sa gratitude à Fidor et Ivan. Puis il est reparti.

CHAPITRE 9

IL EST TEMPS DE FAIRE DES OPÉRATIONS BANCAIRES

Il faudrait à Thomas quatre ou cinq heures pour arriver à Wilkes-Barre. Il prendrait une chambre d'hôtel et s'occuperait de ses affaires dans la matinée. En s'installant dans sa voiture, il a composé le numéro de Sofia.

"Ola ? Thomas ?"

"Oui. C'est moi. Tout se passe bien jusqu'à présent."

"Merveilleux. Où es-tu maintenant ?"

"Je suis en route pour la Pennsylvanie. Je n'y arriverai pas avant tard ce soir."

"Alors demain, tu vas essayer de faire le compte en banque ?"

"Oui. Souhaitez-moi bonne chance. C'est la partie la plus délicate."

"Vous n'avez pas besoin de chance. Tu sais ce que tu fais. Tout ira bien."

Pendant les trente minutes suivantes, ils ont parlé de l'impatience qu'ils avaient de se revoir. Avant qu'il ne s'en rende compte, il s'arrêta au poste de péage du Peace Bridge qui traverse la rivière Niagara pour entrer dans l'État de New York. Ils se sont dit au revoir, et Thomas a sorti la monnaie nécessaire pour le péage.

Maintenant, il se dirige vers l'est sur l'autoroute de l'État de New York jusqu'à Syracuse, puis vers le sud sur l'autoroute 81 et tout droit jusqu'à Wilkes-Barre. Le voyage vers le sud le

Par George Thomas S.

mènerait à travers son ancienne ville natale, Binghamton. Il ne la verrait que de l'autoroute, en traversant les collines environnantes. Il était certain de ne pas y avoir passé plus de vingt-quatre heures en tout au cours des quinze dernières années. Un jour, il faudrait qu'il prenne le temps.

C'est pendant le trajet qu'il a réalisé qu'il ne serait pas chez lui pour envoyer le courriel de Carlo le lendemain. Il avait apporté son ordinateur portable avec lui pour ce voyage. Tant que l'hôtel avait le wifi, tout irait bien. Sinon, il appellerait Sofia pour qu'elle l'envoie ou il trouverait un magasin d'informatique avec une connexion en ligne. S'il n'y avait pas eu le fait qu'il était plus de onze heures, il aurait appelé Sofia tout de suite, mais il a pensé qu'il valait mieux la laisser dormir et continuer son voyage.

Il a fallu environ une heure pour faire le trajet de Syracuse à Binghamton. Une fois passé le terrain plat de la région de Syracuse, cela aurait été un joli trajet pendant la journée. La nuit, il fait tout simplement noir et il n'y a aucune chance de voir les collines. Quelques heures plus tard, il passait par Scranton et atteignait bientôt sa destination. Il ne lui restait plus qu'un dernier obstacle à franchir, et il se sentait quelque peu nerveux à l'idée de le faire. C'était le premier maillon de la chaîne qu'il devait poursuivre avec de parfaits inconnus.

Thomas est arrivé à Wilkes-Barre juste avant onze heures. Il se prend une chambre à l'Holiday Inn et parcourt l'annuaire pour trouver la banque la plus proche. Il choisit la First National et nota l'adresse avant de sauter sous la douche. Demain, il se lèverait tôt et se rendrait à l'hôtel de ville pour trouver le service des archives. Puis, s'il y parvient, il se rendra à la First National en croisant les doigts. Il fera un petit dépôt et leur dira qu'il retourne à Wilkes-Barre, qu'il a vendu une propriété de vacances au Brésil et qu'il attend un transfert d'argent. Il exprimait son désir de convertir la plus grande partie de l'argent en bons au porteur et laissait vingt mille dollars sur le compte, attendant d'autres fonds du Brésil pour acheter une maison. C'était une histoire très longue à raconter, mais il devait leur dire quelque chose. A moins qu'il ne puisse trouver une meilleure histoire, cela devrait faire l'affaire.

L'hôtel avait le wifi, un wifi lent, mais suffisant. Il était prêt à gérer la situation des e-mails avec Carlo. Jusqu'ici, tout va bien.

La nuit a été un bégaiement de sommeil agité. Il dormait pendant une heure, se réveillait et faisait les cent pas sur le sol pendant une quinzaine de minutes, puis tentait de se recoucher. Cela a duré toute la nuit. De toute évidence, il était très nerveux quant à l'issue de ses activités matinales. À six heures, il a abandonné l'idée de se rendormir et a simplement veillé jusqu'à ce qu'il soit temps de s'habiller. À 8 h 15, il est sorti par la porte d'entrée de l'hôtel et a cherché un magasin de beignets pour prendre un café et quelques beignets ordinaires à l'ancienne. Il en a trouvé un juste au coin de la rue et a consommé les beignets pendant qu'il conduisait à l'hôtel de ville.

Il n'a pas fallu longtemps pour trouver le service des archives. La vieille fille un peu crasseuse derrière le comptoir, qui semblait s'ennuyer dans son travail, n'a guère posé de questions autres que son nom, sa date de naissance et le nom de ses parents. La notice nécrologique avait fourni les noms des parents, y compris le nom de jeune fille de la mère, et avait noté qu'ils étaient décédés. Heureusement, il avait pris soin de les mémoriser avant son arrivée sur place. Dix minutes plus tard, il avait un certificat de naissance clair et notarié. Il retourne maintenant à l'hôtel pour envoyer son e-mail à Carlo avant de se rendre à la banque. Une fois l'email envoyé, il attend l'appel d'Angela en conduisant vers sa prochaine tâche. Dix minutes plus tard, l'appel est arrivé. Elle allait bien, Carlo était toujours content, et Thomas était soulagé.

Par George Thomas S.

La banque, si elle faisait bien son travail, voulait plus qu'un simple certificat de naissance pour l'identification. Thomas avait réussi à obtenir un faux permis de conduire, avec photo, lorsqu'il était à Toronto. Il a coûté une centaine de dollars mais cela en valait la peine. Il serait probablement facilement repérable comme faux en Ontario, mais pas ici. Quoi qu'il en soit, il est dans le coup maintenant et ne peut plus revenir en arrière. Il lui vint soudain à l'esprit que, s'il trébuchait à la banque, il pourrait se retrouver dans une cellule de prison à Wilkes-Barre. Ce n'est pas à cela qu'il devait penser à ce moment-là. Il n'était pas sûr que le petit matin soit un bon choix pour ça. Les gens ont tendance à être plus négligents plus tard dans la journée quand ils ont hâte de fermer. Cependant, la fin de l'après-midi était hors de question. Il avait besoin que ce compte soit actif aujourd'hui. La banque devrait faire un rapport à l'IRS sur un transfert de fonds aussi important, mais Thomas n'était pas trop inquiet à ce sujet. Dans le pire des cas, ils essaieraient de recouvrer les impôts de quelqu'un qui était mort avant même que le compte ne soit ouvert. Tout cela serait une impasse pour eux.

La jeune femme qui l'a aidé à ouvrir le compte était plutôt guillerette et agréable. Thomas a ajouté à l'authenticité de l'affaire en lui demandant de lui recommander un agent immobilier. Il lui a même demandé d'appeler et de lui fixer un rendez-vous pour le lundi suivant. Il a deviné qu'il ne s'y présenterait pas. La question des obligations a été laissée en dehors de la conversation pour le moment. On s'en occuperait plus tard. Maintenant que le compte est ouvert et qu'il a reçu en cadeau un joli stylo et un crayon, il a l'esprit tranquille. De retour dans la voiture, il appelle Sofia, lui donne les informations sur le compte et lui demande d'envoyer un e-mail pour que l'argent soit déposé aujourd'hui. L'heure serait quelques heures plus tard au Brésil, et il espérait que cet homme mystérieux verrait l'e-mail à temps pour effectuer le transfert avant la fermeture des banques là-bas. Il est retourné à l'hôtel pour attendre. La jeune femme de la banque avait reçu son numéro de portable et avait été priée de

Le Second Avènement d'Angela

l'appeler lorsque les fonds seraient arrivés. Alors qu'il s'allongeait sur le lit, la nuit blanche le rattrapa et il s'assoupit.

Vers trois heures, Thomas se réveille avec la sonnerie de son portable. C'était la pétillante fille de la banque qui lui annonçait avec excitation que ses deux cent cinquante mille dollars étaient maintenant en dépôt. Il lui a dit qu'il serait là dans dix minutes.

À 16h30, Thomas se dirigeait vers le nord sur l'autoroute 81 avec un peu moins de deux cent trente mille dollars en obligations, après les frais. Jusqu'ici, tout va bien. Il serait de retour à Toronto à huit ou neuf heures et y resterait jusqu'à demain. Il avait besoin de ces connaissements à faxer à Carlo. Une fois que ce serait fait, et qu'il saurait que les vieux camions sont dans leurs conteneurs, il serait en route pour São Paulo. En fait, le travail facile venait d'être achevé. C'est à São Paulo qu'il restait le plus grand risque. Thomas ne pouvait pas faire confiance à Carlo pour ne pas perdre le contrôle et en finir avec lui et Angela. Avec ce qu'il croyait être deux jokers dans sa poche, sous la forme d'Angelo et Paola, il espérait éviter cette possibilité.

Il avait fait une pré-réservation pour le lendemain sur le même vol que celui qu'il avait pris précédemment pour São Paulo, mais certainement pas en première classe. Il devait partir à la même heure que précédemment et espérait obtenir l'information, au plus tard à midi, que ses véhicules étaient dans leurs conteneurs. De retour à Toronto, il se rendit chez Fidor et Ivan. Fidor est toujours là, au téléphone comme toujours. Il lève les yeux de son bureau et fait signe à Thomas de s'asseoir. Tatiana était partie pour la journée, il n'y avait donc pas de café. Au lieu de cela, Thomas se rendit dans la salle d'attente et prit un Pepsi dans le réfrigérateur du bar.

Quand Fidor a terminé son appel, il a fait un grand sourire.

"Tommy, voici les copies des connaissements et vos camions arrivent à l'instant. Ils seront dans des conteneurs pour la matinée."

Par George Thomas S.

"Super. Les choses se passent parfaitement jusqu'à présent. J'espère vraiment qu'elles continueront comme ça."

"Quand partirez-vous pour le Brésil ?"

"Demain soir."

"Mon ami, ce sera un moment dangereux, je pense."

"Sans aucun doute. Dites une prière ou deux, si vous y pensez."

"Dieu est de ton côté dans cette affaire, Tommy. Tu verras. Mais sois prudent. Dieu ne peut pas tout faire. Ensuite, c'est à toi de jouer."

"Oui. Mais je prierai quand même. Ce sera une nouvelle expérience."

"Donc, vous allez retourner à Huntsville et revenir ici demain pour votre vol ?"

"Non, pas ce soir. Mon sac a été préparé et, dans ma voiture, depuis le moment où j'ai su que je retournerais au Brésil. Je n'ai plus envie de conduire, alors je dois trouver un hôtel pour la nuit."

"Hôtel" ? Qu'est-ce que tu veux dire ? Pas d'hôtel ! J'ai de la compagnie ce soir chez moi, mais vous pouvez rester ici. Il y a un canapé-lit dans le salon. Demain matin, vous pourrez prendre une douche et vous préparer pour le voyage. Pas de question. Tu restes ici," et puis il a gloussé "Bois de la Vodka."

"Tu n'abandonnes jamais, Fidor. Pas de Vodka. Mais je vais peut-être nettoyer le Pepsi dans le frigo."

"Pas de problème. Tout boire, c'est bien. Donc, vous restez ici alors ? "

"Oui, ce serait super. J'apprécie."

"D'abord, on va manger quelque chose. Ensuite, tu reviens ici et tu te reposes."

Fidor s'est levé de son bureau et ils sont descendus à sa BMW pour aller dîner. Ce fut un repas relaxant, ponctué par une conversation occasionnelle sur ce qui allait se passer au Brésil. Thomas a exposé le reste du plan.

Fidor secoue la tête et dit : "Bonne chance ! Vous en aurez besoin, mon ami."

Lorsqu'ils eurent terminé leur dîner, Fidor déposa Thomas au bureau et il s'installa pour appeler Sofia. Ils ont parlé pendant au moins une heure sans jamais sembler vouloir se dire au revoir. Finalement, ils échangèrent des adieux et raccrochèrent. Il ouvrit le canapé-lit et s'endormit profondément dès qu'il posa sa tête sur l'oreiller.

Par George Thomas S.

CHAPITRE 10

VOUS VOULEZ FAIRE UN ÉCHANGE ?

C'est la douce voix de Tatiana qui a réveillé Thomas de son sommeil. Elle semblait être arrivée pour le travail et, lorsqu'elle est entrée pour préparer le café du matin, elle a été quelque peu surprise de le voir endormi sur le canapé-lit. Avec un sourire, elle a dit que le café serait bientôt prêt et l'a dirigé vers la douche. Une fois douché, rasé et rafraîchi, Thomas s'est assis avec une tasse que Tatiana lui avait préparée et a appelé Sofia.

"Sofia ? Comment vas-tu ?"

"J'entends ta voix, donc je vais bien. Et vous ?"

"Tout aussi heureux de vous entendre."

"Tout s'est bien passé ? Je sais que vous étiez très inquiet de traiter avec la banque."

"Oui ! Jusqu'à présent, pas de problème ! La banque a été un jeu d'enfant, et les véhicules seront dans les conteneurs ce matin. Je m'envole à quatre heures et demie cet après-midi, six heures et demie chez vous. Je serai à São Paulo dans la matinée."

"Merveilleux. Je suis si heureuse. Je prendrai mon vol pour São Paulo aujourd'hui et je vous attendrai à l'hôtel."

"C'est parfait. Bon voyage, et à votre arrivée, appelez-moi sur mon portable avec le numéro de votre chambre. Je dois vous trouver sans attirer l'attention de la réception."

"Oui, je vais le faire. Pas de problème. Je serai si heureux de vous voir. Je ne peux pas attendre ce moment."

"Moi non plus. J'ai apporté mon ordinateur portable avec moi, mais pouvez-vous aussi apporter le vôtre ?"

"Bien sûr. Je l'ai toujours."

"Super ! Je vais envoyer un e-mail à Carlo ce matin pour lui dire que les véhicules sont sur les quais."

"Avez-vous une idée de ce qui va se passer quand vous arriverez à São Paulo ? Votre plan est-il complet ?"

Thomas ne lui avait pas parlé de la partie dangereuse de tout cela, et il ne pouvait pas se résoudre à le faire maintenant, alors il a choisi la voie la plus facile pour le moment.

"J'ai quelques idées, mais nous pourrons en parler quand je serai là-bas. Ca te va ?"

"Oui, c'est bon. Je vais appeler la compagnie aérienne maintenant et prendre mon vol avant qu'il ne soit trop tard."

"Oui, on ne veut pas que tu rates cet avion. Aucune chance ! Je vous appellerai quand je serai dans les airs. Faites un bon vol."

"OK, Thomas. Au revoir pour le moment."

"Au revoir. À bientôt."

Une fois la conversation terminée, Thomas a utilisé l'ordinateur portable de Tatiana pour envoyer un e-mail à Carlo. Comme d'habitude, dix minutes plus tard, Angela a appelé. Avec enthousiasme, elle a indiqué que Carlo était aux anges. Thomas était sûr que Carlo avait tellement de dollars dans les yeux à ce stade que son jugement était probablement altéré par la cupidité. Et juste au bon moment ! Il avait besoin qu'il soit avide et pas au sommet de son art. S'il avait évalué Carlo correctement, Thomas avait le dessus maintenant. Il espérait vraiment qu'il avait raison.

"Tommy, tu es réveillé ?" a crié Fidor en montant les escaliers. Ivan le suivait juste derrière lui et souriait comme d'habitude.

"Bien réveillé, mon ami."

" Fidor me dit que vous prenez l'avion cet après-midi ?"

"Oui, je dois être à l'aéroport à deux heures."

"OK, alors on déjeune avant que tu partes. Il n'y a rien à faire ce matin ?"

"Nope. Tout ce que je peux faire ici est fait. Maintenant je dois juste tuer un peu de temps."

"J'ai des voitures à livrer au magasin de détail. Tu peux aider si tu veux. Ça t'occupera."

"Ouais, pas de problème. C'est le moins que je puisse faire."

"OK, bien. On y va dans vingt minutes."

Thomas termina son café pendant que Fidor s'occupait des appels à l'étranger et qu'Ivan préparait les voitures qu'ils devaient déplacer de la zone de stockage au rez-de-chaussée. Il leur fallut environ deux heures pour terminer, puis ce fut l'heure du déjeuner. Ils se rendent dans un fast-food voisin et se régalent de hamburgers gras et de frites. Une fois qu'ils ont terminé, ils retournent au bureau pour prendre la voiture et partir pour l'aéroport. Thomas regrette qu'il n'y ait pas de première classe pour ce voyage. Ce serait un long trajet à faire en autocar. Il avait réservé son billet avec un retour dans dix jours. S'il ne prenait pas ce vol, cela signifierait probablement que son plan avait échoué et qu'il était mort. Il a essayé d'effacer ces pensées de son esprit.

Après avoir garé sa voiture à l'endroit habituel du Park n' Fly, il a de nouveau pris une navette pour se rendre au terminal. Après quelques heures d'attente, il est assis dans l'allée comme il l'avait demandé. Une répétition du vol rapide vers Atlanta, la longue attente pour sa correspondance, et puis c'était la dernière étape du voyage, armé d'environ quatre magazines pour occuper son temps. Lorsque le repas de bord est arrivé, il a eu du mal à le manger. Il se dit que c'était surtout parce qu'il se souvenait de la qualité de la nourriture en première classe et qu'il avait perdu l'appétit en voyant cette offre. Quoi qu'il en soit, il s'est forcé à manger et s'est installé pour lire un peu après avoir appelé Sofia pour vérifier son vol.

Le voyage, bien que fastidieux, s'est déroulé sans incident. Il a passé la douane à São Paulo sans problème et a pris le bus pour le centre-ville. Dans moins d'une demi-heure, il serait dans les bras de Sofia. Il ne pouvait pas attendre. Son esprit et son cœur s'emballent. Une fois de plus, en passant devant les favelas, il ressent cette douleur troublante pour la pauvreté des gens qui s'y trouvent. Il partage cette émotion avec Sofia. Cette femme remarquable avait exprimé avec des mots pleins d'émotion combien elle désirait passer sa vie à aider ceux dont personne ne voulait. Elle voulait tellement travailler avec les enfants, les personnes âgées et tous ceux qui avaient besoin de la grâce de Dieu. Thomas avait très envie de la rejoindre dans cette ambition. Il les imaginait tous les deux, joyeusement amoureux, consacrant leur vie à l'amélioration de la vie des moins fortunés. Pour la première fois, il sentait vraiment qu'il avait une vocation, et le partenaire idéal pour la partager.

Lorsqu'il est arrivé à l'hôtel, Thomas est immédiatement passé devant la réception pour se diriger vers les ascenseurs. En quelques minutes, il courait dans le hall jusqu'à la chambre de Sofia. Il avait à peine frappé à la porte qu'elle s'est ouverte suffisamment pour qu'elle puisse voir que c'était lui.

Par George Thomas S.

"Thomas", a-t-elle chuchoté avec une voix de chaton sulfureux, "J'ai attendu."

Elle a ensuite retiré la chaîne de sécurité et ouvert la porte suffisamment pour qu'il puisse entrer. Lorsqu'elle a refermé la porte derrière lui, il a pu voir qu'elle n'était enveloppée que dans une serviette. Elle lui a pris la main et l'a tiré vers elle tandis que son sac tombait sur le sol. Il pouvait entendre la douche couler alors qu'ils s'approchaient de la salle de bain. Une fois là, elle s'est retournée et a laissé tomber la serviette sur le sol. Elle commença à tirer sa chemise sur sa tête d'une main tandis qu'elle desserrait son pantalon de l'autre. Thomas l'a aidée, et en quelques secondes, ils se sont retrouvés dans la douche, nus et enlacés. Après une bonne dose d'exploration et de préliminaires dans cet environnement, ils se dirigèrent vers le lit pour rattraper le temps perdu et consommer une relation qui s'était finalement avérée être leur destinée.

Une heure plus tard, la passion refoulée étant assouvie pour le moment, ils discutent du reste du plan de Thomas en sirotant le café que Sofia a préparé. Le moment était venu. Il était nécessaire qu'il lui fasse savoir que la prochaine étape était risquée. Il savait que cela l'inquiéterait énormément, mais il fallait qu'elle le sache.

"Il est temps de discuter de ce qui va se passer maintenant, Sofia."

"Qu'est-ce que tu veux dire ?"

"La prochaine phase de mon plan. Elle comporte certains risques."

"Tu m'inquiètes, Thomas. En quoi est-ce si dangereux ? Je n'aime pas l'idée que tu prennes trop de risques."

"Je dois m'échanger contre Angela."

"Qu'est-ce que vous voulez dire ? Je ne comprends pas ?", a-t-elle dit.

115

Le Second Avènement d'Angela

Le son de la peur dans sa voix était indubitable.

"Je dois convaincre Carlo de la laisser quitter le Brésil, et de me garder à sa place, pendant qu'il attend la cargaison."

"Thomas, non ! Tu ne peux pas faire ça ! Je ne vous laisserai pas faire !"

"Je n'ai pas le choix, Sofia ! Si elle ne quitte pas le pays, elle sera morte. Je n'ai aucun doute là-dessus."

"Mais qu'en est-il de toi ? Tu seras morte quand il le découvrira", plaide-t-elle, les larmes aux yeux.

"Chérie, souviens-toi, j'ai Antonio et Paola de mon côté."

"Mais vous ne pouvez pas en être sûr. Vous ne pouvez pas être sûr qu'ils seront capables de vous aider."

"J'en suis très sûr. Je ne ferais pas ça si je ne l'étais pas."

"Je ne veux pas te perdre. Ne me fais pas te perdre."

Thomas l'a prise dans ses bras et l'a serrée pendant qu'elle pleurait. Ses larmes, versées pour n'importe quelle raison, étaient la seule chose sûre qui pouvait lui briser le cœur. Il était préférable de la laisser se libérer de ses émotions avant de poursuivre. Une fois qu'elle se fut un peu calmée, elle reprit la parole.

"Je suis désolé, Thomas, mais je ne peux pas vous perdre maintenant. Je n'aime pas cette idée. Elle me fait très peur !"

"Je serai très prudent. Tu es ma raison de survivre. Je dois réussir grâce à toi."

Par George Thomas S.

"J'espère que vous avez raison. Je sais qu'il est inutile d'essayer de vous convaincre de faire autrement. Vous avez pris votre décision. Je ne peux pas la changer. Je ne peux que prier."

"Je sais que vos prières feront en sorte que tout se passe bien. Je compte sur elles."

"Je vais beaucoup prier. Vous pouvez en être sûr."

"Je sais que vous le ferez. Maintenant, parlons de ce que vous devez faire."

"Ok. Nous en parlerons alors. Que dois-je faire à part m'inquiéter, Thomas ?"

"D'abord, j'ai besoin que vous alliez à une banque et que vous obteniez un coffre-fort. J'ai besoin que vous y mettiez ceci", dit-il en sortant les titres au porteur du faux fond qu'il avait créé un peu grossièrement dans son sac à main. Il avait été très reconnaissant qu'il n'y ait pas eu de fouille des bagages sur ce vol. Si les titres avaient été découverts, à l'une ou l'autre extrémité du voyage, il aurait eu de gros problèmes. Il existe des lois sérieuses concernant le transport d'instruments financiers ou d'argent liquide d'un pays à l'autre.

"C'est ça l'argent ? Pourquoi est-il ici ?"

"J'en aurai besoin pour récompenser Antonio, et surtout Paola. Ce n'est qu'une pauvre femme qui va prendre un très gros risque pour quelqu'un qu'elle ne connaît même pas. "

"Oui, j'aime cette idée. Elle le mérite, vraiment."

"Elle aura plus que ce dont elle a toujours rêvé."

"Et après avoir obtenu cette boîte de dépôt ? Et après ?"

"Alors je vais aller voir Carlo, et j'ai besoin que vous attendiez ici."

"Qu'est-ce que j'attends ?"

"Pour que j'appelle. Je vais appeler, d'une manière ou d'une autre, et vous devez l'attendre. Je pourrai alors vous donner des instructions sur ce que vous devez faire à partir de là."

"Je vais attendre, mais je vais m'inquiéter. Est-ce qu'il faudra beaucoup de temps avant que tu n'appelles ?"

"C'est possible. J'espère que ce ne sera pas plus long qu'après-demain."

"Après-demain" ? Deux jours ? Pourquoi si longtemps ?"

"Il va falloir du temps pour qu'il libère Angela, et pour qu'elle trouve un vol de retour. Je ne peux rien faire pour m'éloigner de là tant que je ne sais pas qu'elle est en sécurité dans les airs, en route pour le Canada."

"Je vois. Alors je suppose qu'il doit en être ainsi. Je n'aime pas ça, parce que je serai inquiet à chaque minute, mais c'est la situation. Donc, je ne peux rien faire, sauf ce que vous demandez."

"Tout ira bien. Nous devons y croire."

"Je ne pense pas que Dieu t'ait amené à moi pour que je te perde."

"Je suis sûr qu'il ne l'a pas fait. Maintenant tu dois t'habiller et aller à la banque. Assurez-vous de cacher la clé du coffre-fort. Dans un endroit très sûr, mais où nous pourrons la récupérer facilement si nous devons revenir ici."

"OK, je vais le faire. Laisse-moi me préparer maintenant."

Une fois que Sofia s'est habillée, elle est partie pour se rendre à la Citibank, à quelques rues de là. Elle reviendrait dans moins d'une heure avec la clé d'un coffre-fort. Thomas a ensuite composé le numéro de portable de Carlo, que Sofia avait copié à partir des enregistrements téléphoniques de son ordinateur. Il semble qu'il n'aimait pas garder du papier et qu'il scannait toutes ses factures pour les stocker sur son ordinateur avant de détruire les copies papier. Il répond au téléphone sur un ton quelque peu agressif : "Bonjour", grogne-t-il, affichant son mécontentement.

"Bonjour, Carlo."

"Thomas ? Comment avez-vous eu ce numéro ?"

"J'ai soudoyé quelqu'un. C'est comme ça que ça marche, n'est-ce pas ? Payer pour ce que vous voulez ? Comme vous le faites ?"

"Si je découvre qui, ils ne vivront pas pour faire d'autres erreurs stupides. Maintenant, que voulez-vous ?"

"Je veux qu'on vienne me chercher à l'hôtel. Il faut qu'on parle."

"L'hôtel ? De quoi parlez-vous ?"

"Je suis à São Paulo. Passe me prendre au même endroit que la dernière fois", a-t-il dit, et avant que Carlo ne puisse répondre, il a raccroché.

Supposant qu'Antonio arriverait dans une vingtaine de minutes, il s'habille à la hâte et fait ses adieux à Sofia. Elle était encore très bouleversée, mais elle essayait de retenir ses larmes. Il a attendu dans le hall pas plus de quinze minutes avant qu'Antonio n'entre.

"Fils de pute ! Tu es revenu ! Je n'y crois pas. Carlo est furieux ! Il est devenu si rouge que j'ai cru qu'il allait exploser."

"Alors nous ferions mieux d'y aller. Comment ça se passe avec Rosina ?"

Le Second Avènement d'Angela

"Les choses vont bien avec elle. Ça s'améliore de plus en plus. Alors, qu'est-ce que tu as en tête maintenant, Tommy ?"

"Je suppose que ça dépend de vous. Je suis à votre merci maintenant. J'ai accepté votre promesse de m'aider, et maintenant je dois voir si vous le faites."

"J'ai donné ma parole. Je pensais ce que j'ai dit. Je ne sais juste pas ce que tu as dans ta manche."

"On en parlera dans la voiture, mon ami."

Alors qu'ils s'éloignaient du trottoir, Thomas a glissé son téléphone portable dans sa chaussette. Il ne voulait pas qu'on le lui enlève. Ce serait plus qu'un peu nécessaire.

"Quand le moment sera venu, Antonio, j'ai besoin que tu me fasses sortir de la maison en toute sécurité. Ensuite, je te dirai comment tu peux avoir tout ce que tu souhaites. C'est une promesse ! Je te dois beaucoup pour ça."

"Tu n'as pas à me promettre quoi que ce soit. J'ai fait un marché, je vais m'y tenir. Rosina et moi nous sommes vus tous les jours. Je n'ai jamais été aussi heureux, et c'est grâce à toi. Rosina et moi voulons une nouvelle vie, et c'est le seul moyen de l'obtenir. Alors je le fais pour moi et pour vous deux."

Thomas était heureux, à plus d'un titre, d'entendre ces mots. Il savait que cela signifiait qu'il aurait l'aide dont il avait besoin, et qu'Antonio aurait un nouveau départ dans la vie. Il n'était pas sûr des motivations de Rosina cependant. Il espérait qu'elles étaient honnêtes. Thomas en était venu à croire qu'Antonio était en fait un gars assez gentil qui s'était retrouvé piégé dans le mauvais secteur d'activité et qui n'aimait pas trop ça.

"Tu dois aussi t'assurer qu'Angela monte bien dans l'avion."

Par George Thomas S.

"De quoi tu parles ? D'un avion ?"

"Elle va rentrer chez elle. Carlo va se faire tirer la chaîne et il la laissera rentrer chez elle."

"Je ne sais pas ce que vous avez en tête, mais j'espère que ça va marcher. Pour nous tous."

"Il le fera. J'en suis sûr", a dit Thomas, sans savoir s'il pouvait vraiment l'être. Trop de choses pouvaient encore mal tourner. "Tu peux parier que Carlo me gardera captif, probablement dans la chambre d'Angela. Ce sera à toi de me faire sortir. Je te dirai quand. Je compte vraiment sur toi pour me libérer afin que le reste du plan puisse se dérouler."

"Carlo ne va pas abandonner l'idée de te retrouver. Tu dois le savoir. Il ne se reposera pas tant qu'il ne t'aura pas eu."

"Il n'aura pas à me trouver. Je prévois de lui dire exactement où je serai. C'est toute l'idée."

"Quoi ? Pourquoi diable ferais-tu ça ? Tu veux mourir ?"

"Je veux qu'il vienne à moi pour que d'autres puissent le trouver."

"Je ne pense pas vouloir en savoir plus, Tommy. Je vais te faire sortir. Ne fais pas tout foirer. Je dois voir Naples avant de mourir. Il le faut. Moi et Rosina."

"Je ne peux pas me permettre de tout gâcher. Tu verras Naples avec Rosina. Quand tout cela sera fait, j'ai une surprise assez merveilleuse pour toi."

"Quoi ? Quel genre de surprise ?"

Le Second Avènement d'Angela

"Un bon ! Vous n'aurez pas à vous en plaindre. Je vous le promets. Ecoutez, avant d'aller chez Carlo, j'ai besoin des réponses à quelques questions."

"Que voulez-vous savoir ?"

"Tout d'abord, je suppose que la chambre d'Angela est sur écoute ?"

"Oui, bien sûr. Depuis le jour où il l'a mise en bas."

"Pouvez-vous le désactiver d'une manière ou d'une autre ?"

"Ouais, pas de problème. Mais pas pour longtemps ! Il va comprendre."

"Fais-le quand tu auras le droit d'amener Paola dans ma chambre avec mon déjeuner demain. Tu pourras le réparer juste après."

"Bien sûr, pas de problème ! Quoi d'autre ?"

"A quelle heure va-t-il se coucher ?"

"C'est un couche-tôt. Il se couche généralement vers 10 heures."

"Bien. Etes-vous dans la maison à cette heure-là ?"

"Ouais. Je suis toujours là tard. J'ai mon propre appartement, mais je n'y passe du temps que depuis que j'ai rencontré Rosina."

"Est-ce que Carlo mange ou boit quelque chose avant de se coucher ?"

"Ouais, c'est comme une obsession. Il faut qu'il prenne un verre de lait chaud et un toast au beurre de cacahuète. Comme une petite fille efféminée. Ou il ne peut pas dormir."

"Il l'obtient lui-même ?"

"Vous plaisantez ? Il ne fait pas grand-chose pour lui-même. C'est le travail de Paola."

122

Par George Thomas S.

"Absolument parfait !"

Thomas a tendu à Antonio un morceau de papier sur lequel il avait écrit le nom d'un sédatif très puissant.

"J'ai besoin que tu récupères cette poudre. Tu peux le faire ?"

"On l'a déjà. On l'a utilisé sur Angela plusieurs fois pour la faire taire. C'est dans le placard de la cuisine."

Antonio, tu es génial", dit Thomas en lui donnant une tape ferme sur son épaule musclée. "Nous allons très bien nous en sortir avec ça. Attends et vois mon ami."

"J'espère que vous n'avez pas tort. Parce que si c'est le cas, on pourrait tous finir dans la même tombe."

"Je dois garder la foi. Tout ira bien."

Il semblait qu'il ne s'était écoulé que quelques minutes, et ils se sont arrêtés à l'entrée de la maison de Carlo. Les derniers mots d'Antonio pendant qu'ils roulaient vers la maison étaient, "Bonne chance, Tommy. Pour nous tous." Ils sont sortis de la limousine et ont monté les escaliers jusqu'à l'entrée principale. Paola a ouvert la porte et a regardé directement dans les yeux de Thomas. Il tendit la main et toucha doucement le visage de cette femme manifestement tendre. Il ne pouvait qu'imaginer l'enfer qu'elle avait dû vivre en travaillant pour Carlo et en craignant pour sa famille si elle ne lui obéissait pas. Lorsque sa main a touché sa joue, elle s'est levée, a posé sa main sur la sienne et a souri. Thomas serait si heureux de la libérer de ce qui était, sans doute, presque une forme d'esclavage. Paola le conduisit une fois de plus à la bibliothèque, avec Antonio sur ses talons. Carlo est déjà là.

Le Second Avènement d'Angela

"Alors, que diable fais-tu ici ?" Carlo a hurlé depuis sa position assise dans ce qui semblait être son fauteuil préféré, "Je ne t'ai pas dit de revenir !"

"Je n'ai pas besoin que tu me dises si je dois revenir ici ou pas. Je me fiche complètement de ce que tu en penses ! Je suis là ! Maintenant, il faut qu'on parle."

Sa colère, comme d'habitude, était très apparente dans la couleur du visage de Carlo, et la prise de ses mains sur la chaise alors qu'il hurlait dans la direction de Thomas.

"J'ai eu ma dose de merde que je suis prêt à prendre. Il n'y a aucune raison de ne pas te tuer tout de suite ! Angela aussi !"

Lorsque Thomas s'est assis sur la chaise en face de Carlo, il a fixé sur lui un regard d'acier qui ne pouvait être interprété que comme de la haine.

"Non, Carlo ! C'est ta merde que je ne prends plus. Il y a plus de deux millions de raisons pour lesquelles tu ne me tueras pas maintenant. Ou, d'ailleurs, Angela non plus ! Tu le sais, et moi aussi. Alors arrête tes conneries."

"Je t'avais prévenu de ne pas être si sûr de toi, Tommy."

"Fermez-la. Je n'écoute pas. Tu veux ces camions ? Tu joues à ma façon. Ils n'ont pas encore quitté le port et ne le feront pas avant que je le dise. Il n'y a aucun moyen de contourner ça. Tu as besoin de moi, ou tu n'auras rien. Alors, détendez-vous, prenez un verre, et clarifions les règles de base. Ensuite, nous aurons tous ce que nous voulons."

Il était évident pour Thomas que, bien que Carlo ne soit pas du tout satisfait de la situation, il savait très bien qu'il n'avait pas le choix. L'argent était essentiel. Le perdre n'était pas quelque chose qu'il pouvait se permettre. Paola entra dans la pièce avec un Pepsi pour Thomas et un bourbon pour Carlo, qui semblait, lentement, se calmer. Sans doute se disait-il qu'il allait faire plaisir à Thomas pour l'instant et se réjouir à l'idée de le tuer quand tout serait

Par George Thomas S.

terminé. "Très bien. Je vais jouer le jeu. Pour l'instant ! Remplissez-moi. Qu'est-ce que vous avez dans votre manche ?"

"D'abord, Angela rentre chez elle, en sécurité, avant que les camions ne quittent le port. Non négociable, alors ne demande même pas. Elle prend l'avion ce soir. Il part à 8 h 45. Un billet de première classe pour tout le trajet. Point final."

"Vous pensez que je vais renoncer à mon influence sur vous ? C'est toi qui es fou."

"Tu n'as aucun moyen de pression, Carlo, car si elle n'est pas dans cet avion ce soir, tu peux nous tuer tous les deux et je m'en fiche. Tu avais l'intention de le faire de toute façon, peu importe ce que je faisais. Vous ne pouviez pas penser que je croirais le contraire. Deux millions de dollars, Carlo, dont je pense que vous avez bien besoin. Alors, prends ta décision. Elle n'a pas beaucoup de temps pour prendre cet avion. Les camions quittent le port quand je lui parle au Canada et que je sais qu'elle est en sécurité chez elle. Fin de l'histoire !"

Thomas pouvait voir les sourcils de Carlo se froncer, et ses yeux se plisser, tandis que son esprit s'efforçait de trouver une réponse à ce nouveau problème. Il devait vraiment penser qu'il n'y avait rien à perdre. Dans son esprit, il devait supposer qu'il enverrait simplement quelqu'un s'occuper d'Angela plus tard. Il pouvait avoir la certitude qu'elle se tairait pour garder Thomas en vie. Tout devait lui sembler si simple. Jouer le jeu avec Thomas et s'occuper des détails quand les camions arriveraient.

"Je te préviens, Tommy boy, si elle ouvre la bouche à quelqu'un, tu meurs. Il y aura beaucoup de questions quand elle rentrera au Canada. Comment va-t-elle y répondre ?"

"Je vais m'assurer qu'elle a une bonne histoire. Juste une heure avec elle et elle sera plus que préparée. Elle ne va pas risquer ma vie."

125

"Il semble que je sois dans une impasse. Vous avez raison ! L'argent est important. Donc, je suppose que nous jouons à ta façon pour le moment."

"Bien. Faites les réservations d'avion tout de suite, si vous le voulez bien. Mieux encore, je vais les faire, et vous vous assurerez qu'elles sont payées."

Thomas a presque instinctivement pris son portable, mais il s'est rattrapé à la dernière seconde et a demandé à Carlo de lui donner le sien. Il l'a remis à Thomas, qui a appelé l'aéroport, réservé le billet d'Angela pour le vol du soir et demandé à Carlo de leur donner un numéro de carte de crédit pour le paiement.

"Sage décision, Carlo. Maintenant, allons annoncer la bonne nouvelle à Angela pour qu'elle puisse préparer son voyage. J'ai besoin d'un peu de temps pour la préparer à ce qui va se passer quand elle rentrera."

"J'espère que tu aimes la décoration de sa chambre parce que c'est ta maison maintenant."

"Je m'en doutais. Un peu moins de fleurs serait bien. On peut changer le canapé ?" le gloussement sarcastique a roulé de la bouche de Thomas.

"Tu es un petit malin. Faites-vous une faveur et partez tant que vous êtes en tête."

"C'était juste un peu d'humour. Détendez-vous."

Ils se sont dirigés vers la porte derrière l'escalier principal, et vers la chambre d'Angela. Thomas n'a pas pu s'empêcher de remarquer que Rico n'était nulle part. Il n'a pas pris la peine de demander pourquoi. C'était déjà bien de savoir qu'il n'était pas là. Carlo a tapé le code de la serrure et a ouvert la porte. Angela était assise sur le canapé et s'est levée d'un bond dès qu'elle a vu Thomas. Elle s'est précipitée dans ses bras et lui a fait une accolade qui aurait pu lui briser des côtes.

Par George Thomas S.

"Je te laisse lui annoncer la bonne nouvelle, Tommy. Assure-toi qu'elle soit prête à temps. Vous n'avez qu'une heure environ avant qu'elle ne soit en route." Il a quitté la pièce et a fermé la porte derrière lui.

"De quoi parle-t-il ? Où est-ce que je vais ?"

"A la maison, Angela", a dit Thomas, des larmes coulant sur son visage. "Tu rentres à la maison."

"On rentre à la maison ? Je n'y crois pas. Je suis tellement heureuse."

"Pas nous, Angela, toi. Je dois rester à ta place. Au moins pour le moment."

" Quoi ? Non ! Je ne te laisserai pas faire ça. Non ! On y va tous les deux ou pas du tout."

"Tu y vas ! Ne t'inquiète pas pour moi. Les camions quitteront le port quand tu seras en sécurité à la maison. Il leur faudra environ une semaine pour arriver jusqu'ici, et ensuite je serai en route." Il la serra contre lui pour lui rappeler qu'on les écoutait. "Tout se passera bien. Quand tu rentreras chez toi, appelle le portable de Carlo pour me dire que tu es en sécurité. Ok ?"

"Si tu le dis. Mais je ne me sens pas bien de te laisser ici."

"Ne vous inquiétez pas ! Je vais m'en sortir. Je te le promets."

Ils se sont assis sur le canapé pour organiser l'histoire qu'elle raconterait en rentrant chez elle. C'était purement pour le bénéfice de l'écoute de Carlo. Thomas avait l'intention de la laisser raconter à sa famille toute cette histoire sordide. Mais elle ne pouvait pas encore le dire à quelqu'un d'autre. Ils décidèrent de laisser Carlo croire qu'elle leur expliquerait qu'elle avait

127

juste profité de l'occasion pour tout fuir, qu'elle avait passé les cinq dernières années à vivre aux États-Unis et qu'elle voulait maintenant rentrer chez elle. C'était une excuse pitoyable pour une histoire, mais il était sûr que Carlo ne prêterait pas trop d'attention à sa qualité. Ils continuent d'inventer des détails sur ce qu'elle a fait pendant ces cinq années jusqu'à ce qu'ils estiment avoir couvert suffisamment de terrain pour satisfaire Carlo. Il était temps pour elle de faire son sac à la hâte et de partir. Une fois qu'elle a fait ses bagages, ils se tiennent à la porte tandis qu'Antonio attend de la conduire à l'aéroport. Elle ne pouvait s'empêcher de pleurer, inquiète pour la sécurité de Thomas.

"Je suis si inquiète. Je déteste te laisser ici."

"Je vais bien. Je ne veux pas que tu t'inquiètes. Rentre juste à la maison auprès de nos filles."

"Comment puis-je vous remercier pour ce que vous avez fait pour moi ?"

"Le bonheur que les filles ressentiront en te voyant me suffit. Rien d'autre ne pourrait être comparé à cela. Maintenant, pars ! Prends cet avion." Il a dit en embrassant son front pour l'envoyer sur son chemin.

Antonio a fermé la porte derrière eux, et elle était partie. Maintenant Thomas attendrait patiemment le coup de téléphone qui lui dirait qu'elle est en sécurité au Canada.

Par George Thomas S.

Thomas s'était allongé sur le canapé d'Angela mais n'avait pas dormi très longtemps. Il avait plutôt fait une petite sieste pour récupérer l'énergie perdue. Une fois réveillé, il s'est assis et a réfléchi à la longue attente qui l'attendait. L'avion d'Angela devait atterrir à Toronto vers dix heures du matin, heure locale, ou vers midi, heure brésilienne. Puis, avec le passage de la douane et l'arrivée chez sa sœur, Thomas devine qu'il sera plus proche de trois heures de l'après-midi quand il aura enfin des nouvelles d'elle. Une fois qu'elle aurait téléphoné pour signaler qu'elle était rentrée, il y aurait une autre attente d'environ sept heures jusqu'à ce que Carlo aille se coucher. Il était sage d'attendre au moins une heure de plus pour s'assurer qu'il était bien sous l'effet du sédatif que Thomas avait prévu de faire glisser par Paola dans son lait chaud. Ensuite, avec un peu de chance, il serait libre et rencontrerait Sofia pour mettre en œuvre la prochaine étape de son plan. Le reste de la mission serait plutôt désordonné s'il la bâclait.

Thomas s'est rendu compte qu'il avait besoin d'un moyen de communiquer avec Antonio sans que Carlo n'écoute à travers le micro dans la pièce. Il a cherché du papier et un stylo sur le bureau mais n'en a pas trouvé. Il y avait un ordinateur sur le bureau. Il n'y avait pas de connexion internet, pour des raisons évidentes. Il l'a allumé et a ouvert le bloc-notes. Il écrivait des questions et des instructions auxquelles Antonio pouvait simplement répondre d'un signe de tête ou d'un geste. Thomas effacerait ensuite simplement les informations sans les sauvegarder sur le disque dur. Il commença à taper les informations très lentement, de manière à minimiser le son du cliquetis du clavier. Il avait à peine terminé et éteint l'écran que la porte commença à s'ouvrir. Il reprit sa position sur le canapé à temps pour voir Paola entrer avec son souper. Antonio était derrière elle. Thomas fit signe à Antonio d'entrer et de fermer la porte. Tandis que Paola posait le plateau du dîner sur la table basse, il entraîna Antonio vers l'ordinateur, tout en faisant la conversation. Thomas a allumé le moniteur pour que les informations qu'il avait tapées apparaissent à l'écran.

Grâce à cette méthode, il a appris qu'il y avait deux mouchards, l'un dans la lampe près de la table d'appoint, et l'autre dans le plafond de la salle de bains. Cela ne laissait qu'un seul endroit sûr pour parler. Le couloir était hors de question à cause du risque d'être vu. Le placard était le seul choix possible quand on avait besoin d'intimité. Thomas avait également écrit que Paola l'aidait. Quand il a lu cette partie du message, Antonio l'a regardée et a souri. Elle ne semble pas savoir quoi en penser et commence à reculer vers la porte. Thomas s'est approché d'elle et a placé sa main sur son épaule tout en mettant son doigt sur ses lèvres pour indiquer qu'elle ne devait pas parler. Il s'est ensuite penché en avant et lui a murmuré à l'oreille.

"Paola, il y a un mouchard, un micro, dans la pièce. Nous devons chuchoter. Ne sois pas nerveuse à propos d'Antonio. Il est de notre côté."

L'expression de son visage montrait clairement qu'elle avait encore des soupçons, mais Antonio a souri d'une manière qui a semblé la détendre. Thomas lui dit qu'Antonio lui donnerait des instructions le moment venu. Elle sourit, regarda autour d'elle comme si elle essayait de voir l'insecte,

"Bon appétit, je cuisine moi-même pour vous", dit Paola en quittant la pièce. Thomas murmura à Antonio que demain, il aurait besoin de lui. Il devait être sûr qu'il serait là, quoi qu'il arrive. Quelques secondes plus tard, il était à nouveau seul.

La vibration soudaine à sa cheville l'a alerté qu'il avait un appel téléphonique. Il avait mis son portable en mode vibreur silencieux pour remplacer la sonnerie. Angela avait son numéro et on lui avait dit de l'appeler quelques heures après son arrivée dans les airs. Il se dirigea vers le placard et sortit le téléphone de sa chaussette.

"Allô ?", a-t-il chuchoté.

"Thomas, je n'arrive pas à croire que je prends l'avion pour rentrer à la maison". Les craquements de sa voix montraient clairement qu'elle pleurait.

"Je suis si heureux que tu sois dans l'avion, Angela. C'est un moment heureux. Vous allez rentrer chez vous. Sentez-vous bien à ce sujet."

"Je sais, mais sans toi, c'est très dur. J'ai très peur que tu ne survives pas à ça."

"Je vais le faire. Promis ! Je n'accepterai aucune autre alternative. Tu rentres chez toi et tu vas chez ta soeur. Les filles y sont. Appelle-la quand tu seras à l'aéroport. Tu te souviens encore de son numéro ?"

"Oui. Je l'ai. Sois prudent, Thomas. Nous ne sommes peut-être plus un couple, mais ça ne m'empêchera pas de m'inquiéter et de ressentir beaucoup de douleur s'il t'arrive quelque chose."

"Je sais. Peut-être que tu peux dire une prière ou deux, avec les autres qui prient pour moi dans cette affaire."

"Je le ferai. Croyez-moi, je le ferai."

"Nous devons faire ça rapidement. J'attendrai que tu appelles Carlo en rentrant chez toi. N'appelle plus mon portable. C'est beaucoup trop dangereux. Fais un bon voyage."

Le Second Avènement d'Angela

"OK. A bientôt. Tu ferais mieux de ne pas me faire mentir à ce sujet non plus."

"Je ne le ferai pas. Maintenant vas-y. Je te parle demain."

Thomas referma le téléphone, le rangea dans sa chaussette, ouvrit le placard et retourna sur le canapé en se demandant ce qu'il allait faire pendant les nombreuses heures d'insomnie qui l'attendaient. Il a attrapé la télécommande et a allumé la télévision. Carlo avait une antenne parabolique, et il y avait un épisode des Sopranos. C'est normal qu'il y ait une série sur la mafia. Et dans le Queens, en plus. Thomas ne pouvait s'empêcher de glousser en s'installant pour manger son dîner. Il commença à penser à la phase finale du plan, celle où Carlo recevrait sa juste récompense des mains de gens comme ceux qu'il regardait à la télévision. Cette pensée l'a fait sourire.

Une fois qu'il eut fini de manger, et que les Sopranos furent terminés, il décida de prendre une douche. Les sous-vêtements propres devront attendre jusqu'au matin. Carlo lui avait fait laisser son sac dans la bibliothèque. Thomas était sûr qu'il voulait inspecter son contenu avant de le rendre. Il n'y trouverait rien d'autre que des vêtements propres et quelques magazines, donc Thomas n'était pas inquiet. Après une douche un peu solitaire, il attrapa un oreiller et alla se coucher sur le canapé. Il dormit plus facilement qu'il ne l'aurait cru. Il était évident que le stress de ces derniers jours l'avait épuisé au point que le sommeil n'était pas de refus. C'était probablement pour le mieux. Sofia et lui se lanceront dans une course folle pour quitter São Paulo dans un jour. Le repos était bienvenu s'il voulait garder ses esprits.

Le matin semblait presque arriver trop tôt. Le bruit d'Antonio et Paola entrant dans la chambre a réveillé Thomas d'un sommeil très profond. Paola avait son petit-déjeuner, et Angelo son sac. Thomas s'efforça de se couvrir avec quelque chose, n'importe quoi, afin de soulager la gêne de Paola qui le voyait en sous-vêtements. Il attrapa la couverture qui drapait le dossier du canapé et la rabattit sur lui. Paola a laissé son petit-déjeuner sur la table basse, a légèrement gloussé et a quitté la pièce. Antonio essayait très fort de ne pas rire. Thomas s'est levé, a pris Antonio par la manche et l'a tiré vers le placard. Il était quelque peu confus mais a ensuite réalisé que Thomas voulait parler. Une fois hors de portée de l'insecte, Thomas lui raconta le plan de la journée.

"Voici le marché. Quand l'appel d'Angela arrive, c'est mon signal pour mettre les choses en marche. Tu dois parler à Paola et la préparer à ce qui doit être fait ce soir. D'abord, vous devez désactiver le bug avant d'amener Paola avec mon déjeuner, pour que nous puissions en discuter plus complètement."

"Ouais. Je vais m'en occuper. Qu'est-ce qu'on fait exactement ce soir ?"

"Nous en parlerons plus tard."

Ils ont quitté le placard et Antonio est remonté à l'étage tandis que Thomas s'installait pour attendre davantage. Il était un peu plus de huit heures du matin maintenant, et Angela ne rejoindrait pas ses sœurs avant au moins six heures. Ce seront sans doute les heures les plus longues de sa vie. Il décida de retourner dans l'espace exigu de l'armoire et d'appeler Sofia.

"Salut, ma chérie."

"Oh, Thomas, je me suis tellement inquiété. Est-ce que tout va bien ?"

"Tout va bien. Il devrait y avoir un appel d'Angela dans environ six heures. Je serai parti d'ici vers minuit. Soyez prêt à partir pour l'aéroport. J'ai besoin que tu appelles pour réserver deux billets pour Manaus."

"Manaus ? On va à Manaus ? C'est magnifique là-bas."

"Oui, nous allons à Manaus. Il y a encore du travail à faire, mais nous aurons quelques jours seuls ensemble avant que je puisse mettre la touche finale à mon plan."

"Tant que nous sommes ensemble, je ne m'inquiète pas. Je vais vérifier les horaires de vol tout de suite."

"Bien. Nous devrons peut-être passer un peu de temps à l'aéroport. Avec un peu de chance, ce ne sera pas un problème. Si le vol est trop tard, nous devrons trouver un autre moyen de sortir de São Paulo. On ne peut pas rester ici jusqu'à demain matin. Si nous sommes partis à huit heures du matin, ou peu après, ce serait parfait."

"OK, alors. Je vais vérifier maintenant. Si le vol est trop tard ? Qu'est-ce que je fais ?"

"Si on ne peut pas prendre l'avion avant neuf heures du matin, louez une voiture et préparez-la à l'hôtel."

"OK. Je vais faire ça. Dois-je vous rappeler ?"

"Non, bébé. Trop dangereux ! Je t'appellerai."

"Je comprends. J'attendrai votre appel. Beijos !"

"Beijos. A bientôt."

"Oui, et je serai très heureux."

Thomas espérait qu'il y aurait un vol assez tôt pour qu'ils puissent être dans les airs avant que Carlo ne soit debout. Il y avait de bonnes chances pour qu'il soit endormi jusqu'après onze heures du matin, mais il n'y avait aucune garantie. C'était un détail que Thomas ne pouvait pas vérifier. Ils ne pouvaient pas se permettre d'être assis à l'aéroport lorsque Carlo découvrirait qu'il était parti. Ce serait sûrement le premier endroit où il chercherait Thomas. D'un autre côté, il n'était pas question d'essayer de parcourir l'énorme distance jusqu'à Manaus

Par George Thomas S.

en voiture. Il n'était pas du tout sûr que ce soit possible. Il n'avait aucune idée si elle était accessible par la route. Après tout, il savait que la ville se trouvait presque au milieu du Brésil, sur le Rio Negro, près de sa rencontre avec l'Amazone, littéralement taillée dans la forêt tropicale brésilienne et entourée par elle.

Thomas ne serait pas contre un trajet tranquille jusqu'à Manaus. Le problème, c'est que seuls dix pour cent des deux millions de kilomètres de routes brésiliennes sont asphaltés, ce qui rend la conduite très intéressante, mais souvent très risquée. Thomas ne connaissait rien des routes situées au nord, en direction de Fortaleza. En fait, il connaissait peu la géographie brésilienne elle-même. Il avait toujours voyagé en avion lors de ses deux visites là-bas. Il ne connaîtrait pas la réponse concernant les options de conduite avant d'avoir rappelé Sofia. Elle était son guide au Brésil. Quelle que soit la direction qu'ils devaient prendre, ils la parcourraient ensemble. Elle serait sa feuille de route pour toute partie de ce voyage qui devrait être faite en voiture.

En ce moment, Thomas attendait avec impatience le déjeuner. Non pas parce qu'il avait faim, mais parce que cela lui permettrait de s'assurer que tout est toujours sur la bonne voie. Ce serait une autre occasion de confirmer les choses avec Antonio et Paola. Ce dont il avait besoin, c'était qu'Antonio réussisse à désactiver le bug pour qu'ils puissent tous parler librement. Alors qu'il était assis tranquillement sur le canapé, il a entendu la porte s'ouvrir. Paola et Antonio entrent.

Antonio a souri et a dit, "Je me suis occupé du micro, Tommy. On a probablement 10 minutes avant que Carlo ne s'en rende compte."

"Super ! On devrait pouvoir tout couvrir d'ici là. Et toi Paola ? Tu es inquiète ?", a-t-il demandé.

Le Second Avènement d'Angela

Elle a regardé Antonio et n'a pas répondu. Il a demandé à nouveau : " Paola ? Tu es inquiète ? Tout va bien, je te le promets. Antonio m'aide. Il nous aide ! Tu peux lui faire confiance. Je te le promets."

"Mais il travaille pour Carlo."

"Pas après ce soir."

"Que se passe-t-il ce soir ?"

"Ce soir, nous travaillons ensemble pour être libres. Libérés de Carlo."

"Je n'ose pas espérer. C'est tout ce que je souhaite."

"Tout ira bien. Il est très important que tu suives les instructions que je te donne. Vous comprenez ? Alors tout se passera bien."

"Je ferai ce que vous me direz. Je vous fais confiance. J'en ai assez de lui", le regard de dégoût sur son visage montrait clairement ce qu'elle pensait de Carlo. "Je ne me soucie pas de mourir. C'est mieux que cette vie. Je ferai tout pour être libre."

"Paola, tu ne vas pas mourir. Ne t'inquiète pas. Tu vas être en sécurité et avoir une bonne vie à partir de maintenant."

Le regard sur son visage buriné, mais attirant, était un regard de désespoir, "J'espère, je prie." Cette femme, Thomas en était sûr, était sincère quand elle disait qu'elle préférait mourir plutôt que de souffrir davantage de ce qu'elle avait vécu avec Carlo.

Alors qu'ils étaient assis sur le canapé, Thomas a expliqué l'activité de la soirée.

"Paola, quand tu prépareras le lait et les toasts de Carlo, Antonio y mettra une cuillère à café d'une poudre sédative. Vous le livrerez dans sa chambre comme d'habitude. Vous comprenez ?"

136

Par George Thomas S.

"C'est une poudre à dormir ?"

"Oui. C'est très fort. C'est important. Tu dois rester, discrètement, devant sa porte pour t'assurer qu'il le boit. Une fois que vous êtes sûre qu'il a fini le lait, vous devez le faire savoir à Antonio."

"Oui ! Mais comment je verrai s'il boit ?"

"Les vieilles portes de cette maison ont des trous de serrure. Avec un peu de chance, vous pourrez le voir de cette façon."

"Ah ! Oui. Je l'ai déjà fait", répondit-elle avec un rire malicieux.

"Bien ! Parfait ! Antonio, c'est à toi d'aller dans la chambre de Carlo une heure plus tard et de t'assurer qu'il dort profondément. Une fois qu'il l'est, tu me fais sortir de cette chambre."

"Je t'ai eu ! Pas de problème, Tommy."

"Nous pouvons faire le reste de deux façons. D'abord, quelle que soit la façon que nous choisissons, Paola doit être ici le matin, et continuer son travail comme d'habitude, jusqu'à ce que je demande à Carlo de quitter São Paulo. Ensuite, elle partira et ne reviendra jamais. Tu dois décider ce que tu penses être le mieux pour toi." C'est à ce moment-là que Paola a regardé Thomas et a exprimé une certaine inquiétude.

"Je dois rester ? Pourquoi je dois rester ? Pourquoi je ne pars pas avec toi ?"

"Parce que c'est plus sûr, Paola. Si tu es partie, il saura que tu m'as aidée et il fera tout pour te retrouver. Si tu es toujours là, il ne te soupçonnera jamais. Je ne veux pas qu'il te cherche quand je serai parti. C'est mieux. Crois-moi."

"Mais quand je pars alors ?"

"Je ferai sortir Carlo de São Paulo d'ici cinq jours. Je suis sûr que tu pourras tenir aussi longtemps. Quand il quittera São Paulo, tu prendras l'argent que je te donne et tu iras où tu voudras."

"De l'argent ? Quel argent ? Je ne veux pas de votre argent. Je ne fais pas cela pour votre argent."

"Ce n'est pas mon argent. Il a été pris à quelqu'un d'aussi mauvais que Carlo. Tu n'as pas besoin de te sentir coupable. Il y aura de l'argent pour toi, et aussi pour Antonio. Je veux que vous ayez tous les deux un nouveau départ. Tu auras sauvé ma vie, et celle d'Angela. Tu le mérites."

"Je ne sais pas comment vous remercier", dit-elle en portant ses mains à ses yeux et en pleurant. Thomas passa son bras autour de son épaule et lui donna un doux baiser sur le front. C'était vraiment une femme douce, avec un bon cœur. Il était si heureux qu'elle soit enfin libérée de Carlo.

"OK, Antonio. Maintenant, à toi ! Je pense que la meilleure chose à faire est de disparaître quand je le ferai. Si tu restes, il voudra savoir comment je me suis échappé et pourquoi tu ne l'as pas empêché. Il serait utile que vous soyez toujours dans la maison, mais je ne vous ferai pas prendre ce risque si nous ne trouvons pas quelque chose qui vous donne une bonne couverture. Je n'ai pas été capable de penser à quoi que ce soit."

"Il n'y a aucun moyen de sortir d'ici sans aide. Et il n'y a aucune histoire que je pourrais raconter à Carlo qu'il croirait. Il saura que je t'ai aidé, peu importe ce que je dis."

"Alors c'est réglé. Vous et moi allons ensemble. Comment on passe la porte ?"

"Disons que tu seras le premier gars à être monté dans le coffre alors qu'il respirait encore", a-t-il dit avec un rire qui montrait le plaisir de sa petite blague.

Par George Thomas S.

"Oh, merci. J'avais vraiment besoin de savoir ça", a gloussé Thomas. "OK, alors. Tu me fais sortir d'ici dès qu'il est hors d'état de nuire. Pas plus tard que minuit, j'espère. Paola apporte toujours le petit-déjeuner à huit heures et demie du matin. Demain, elle ne fera pas autrement. Je veux qu'elle soit sûre et qu'elle prépare le petit-déjeuner comme toujours. Elle attendra que Carlo se réveille et lui dira qu'elle n'a pas pu te trouver pour l'emmener livrer ma nourriture. Elle demandera ce qu'elle doit faire. Il est très important, Paola, que tu ne paraisses pas nerveuse et que tu aies l'air très surprise par tout ça. Il ne te suspectera jamais, j'en suis sûre. Il sait que tu ne peux pas aller dans ma chambre sans Antonio."

"Je le ferai. Ne t'inquiète pas."

"OK. Paola, je vais te donner mon téléphone portable quand je partirai. Cache-le très bien pour que toi seule puisse le trouver. Quand Carlo sera parti, prends le téléphone et porte-le dans ta poche. Je t'appellerai pour te dire où aller chercher l'argent que je te laisse. OK ?"

"Ok. Oui. Vous devez me montrer comment l'utiliser. Je ne l'ai jamais fait avant."

"Pas de problème. Je t'apprendrai comment faire avant de partir. Antonio, tu me conduiras à l'hôtel. Je vais chercher ton argent, et tu peux prendre Rosina et partir loin. Je te conseille de ne pas utiliser l'aéroport de São Paulo. Débarrasse-toi de la limousine et prends le bus vers le nord jusqu'à Fortaleza, ou ailleurs, et prends un avion de là-bas. Vous devez savoir que Carlo aura quelqu'un qui vous cherchera à São Paulo. Je doute qu'ils s'attendent à ce que tu sois dans un bus. On est d'accord là-dessus ? Je ne veux pas que tu te fasses prendre."

"Ouais, ça a l'air bien. Bonne idée, Tommy."

"Très bien, on a notre plan, et on sait tous ce qu'il faut faire. Maintenant tu ferais mieux de retourner en haut et de réparer ce bug avant que Carlo ne devienne sage."

Le Second Avènement d'Angela

Une fois qu'ils sont partis, Thomas a décidé de vérifier le contenu de l'ordinateur. Il a commencé à chercher des fichiers sur le disque dur. Quelque part au fond de son esprit, il se demandait si Angela avait écrit quelque chose qui pourrait donner un aperçu de ce qu'elle avait vécu ces dernières semaines. Il y avait quelques entrées dans le fichier des documents, et il a commencé à les lire. Elles n'étaient pas datées, seulement identifiées par le jour de la semaine.

Mercredi

Je suis dans cette pièce depuis deux jours, depuis que j'ai retrouvé la mémoire et que je me suis attaqué à Carlo avec un couteau de boucher. Je ne peux pas expliquer l'immense sentiment de chagrin, de peur et de colère qui m'a envahi dans les minutes qui ont suivi la découverte de ce qui m'était arrivé. Carlo, ayant évité ma tentative avec le couteau, m'a plaqué au sol. Antonio a recouvert mon visage d'un tissu imbibé de ce qui devait être du chloroforme, ou quelque chose de similaire. Je sais que j'ai perdu connaissance presque instantanément. Quand je me suis réveillé, j'étais seul dans cette pièce. Je ne savais même pas que cette pièce existait. Carlo m'a dit plus tard qu'il l'avait construite en pensant à la possibilité de ce jour. Je n'ai aucune idée de ce qui va m'arriver. Parfois, j'entends Rico dans le couloir, et ça me fait très peur. Cet affreux pervers dégoûtant me reluque dès qu'il est là. J'ai peur que Carlo ne ressente plus le besoin de me protéger de lui. Je n'arrive pas à dormir. J'ai constamment peur.

Jeudi

La douce Paola m'a apporté mon petit-déjeuner ce matin, comme toujours. Elle m'apporte tous mes repas et, bien qu'elle semble avoir peur de me parler, je peux voir dans ses yeux qu'elle ressent ma douleur. Je l'ai toujours adorée. Elle n'est rien dans l'esprit de Carlo, mais cette femme est remplie de compassion et d'amour. Je ne sais pas pourquoi elle reste ici.

Par George Thomas S.

Carlo doit avoir une certaine emprise sur elle. Je deviens folle à me demander ce qui va m'arriver. Serai-je un prisonnier ici pour le reste de ma vie ? Si oui, alors je trouverai un moyen d'y mettre fin.

Vendredi

Aujourd'hui, Carlo est venu dans ma chambre. Maintenant je sais ce qu'il veut. Il pense qu'il obtiendra une rançon de Thomas pour ma libération. Je n'ai aucune idée de ce qu'il pense que Thomas a parce qu'il n'a rien dont Carlo pourrait avoir besoin. Tout ce que je sais, c'est qu'il va me faire appeler Thomas. Je ne peux pas imaginer sa surprise d'entendre ma voix. Je sais combien il sera merveilleux d'entendre la sienne. Je suis inquiet de ce que je vais découvrir. Cela fait cinq ans. Peut-être qu'il y a quelqu'un d'autre dans sa vie maintenant. Je sais que notre relation avait de sérieux problèmes, mais peut-être qu'ils peuvent être résolus s'il n'est pas allé trop loin dans sa vie. J'ai essayé d'éviter de penser aux filles. Chaque fois que je commence à penser aux années que j'ai perdues avec elles, cela me fait beaucoup trop mal. J'essaie vraiment de les chasser de mon esprit. J'ai besoin de trouver ma force et de profiter des souvenirs que j'ai d'elles. Je prie pour les revoir bientôt.

Samedi

Je n'ai pas vu Carlo depuis notre courte discussion d'hier. Je ne sais pas quand il compte me faire appeler Thomas. J'espère que c'est bientôt. Antonio m'a surpris aujourd'hui. Il est toujours avec Paola quand elle m'apporte mon repas. Aujourd'hui, après qu'elle m'ait apporté mon repas, Antonio m'a remis une note. Il me prévenait que la chambre était sur écoute et que je devais faire attention à ce que je disais à haute voix. Il disait aussi qu'il était désolé. Je n'ai jamais pu comprendre pourquoi Antonio était si lié à Carlo. J'ai toujours pensé qu'il était un

141

gros nounours qui essayait tellement de jouer les durs. J'espère que demain je pourrai appeler Thomas. Je suis très anxieuse. J'ai besoin d'entendre sa voix et de savoir ce que Carlo attend de lui. Antonio est revenu dans la chambre et m'a tendu une feuille de papier. Il a dit que Carlo voulait que je le mémorise pour ma conversation avec Thomas. Quand je l'ai lu, je me suis presque évanoui. Il voulait que je fasse venir Thomas à São Paulo. Ça me fait peur. C'est déjà assez grave que je sois dans cette situation, mais je ne veux pas que Thomas soit en danger. Je pense que je pourrais refuser de passer l'appel.

Dimanche

Carlo et Antonio sont venus dans ma chambre à cinq heures et demie du matin. Pour une raison quelconque, il voulait que j'appelle Thomas à ce moment-là, bien qu'il soit trois heures plus tôt et qu'il soit certainement endormi. Je lui ai dit que je refusais de faire l'appel et que Thomas ne pouvait pas avoir ce dont il avait besoin. Il n'avait pas d'argent pour payer une rançon. Carlo n'a rien dit. Il a juste marché jusqu'à la porte. Quand il l'a ouverte, Rico était là. Il m'a dit que si je ne passais pas l'appel, il enfermerait Rico dans la chambre avec moi et, selon ses mots, "le laisserait s'amuser comme il l'a toujours voulu avec toi". J'étais mort de peur. Il n'y a rien dont j'ai plus peur que cette bête. J'ai accepté d'appeler Thomas et je me suis sentie tellement coupable de ne penser qu'à moi à ce moment-là. Il était six heures du matin quand je l'ai appelé. J'ai suivi le script que Carlo m'avait envoyé, même si je voulais en dire tellement plus. J'ai été stupéfaite lorsque Thomas a accepté de venir à São Paulo. J'étais à la fois heureuse et très inquiète pour sa sécurité. Lorsque Carlo et Antonio ont quitté la pièce, j'ai pleuré pendant une heure.

Lundi

Par George Thomas S.

" J'ai passé la matinée dans une boule de nerfs. Je savais que Thomas serait à São Paulo aujourd'hui, et je me demandais quand, ou même si, j'aurais l'occasion de le voir. Je me demandais s'il serait différent. Je me demandais s'il m'aimait encore. Je me suis demandé ce que je ferais quand je le verrais. Quand Antonio l'a amené dans ma chambre, je me suis effondrée. Il n'avait pas vraiment changé, et j'étais si heureuse de le voir. Même s'il était affectueux et attentif, je n'ai pas vu le sentiment que j'avais espéré. Peut-être en attendais-je trop. Nous avons dormi côte à côte et je me suis réveillée dans la nuit en demandant à faire l'amour. C'est alors qu'il m'a dit que nous nous étions séparés avant ma disparition. Je n'arrivais pas à le croire. Pourquoi je ne m'en souvenais pas ? Je savais maintenant qu'il y avait quelqu'un d'autre dans sa vie. Ce que je ne savais pas, c'est pourquoi il avait fait tout ce chemin pour moi. Il m'a fait comprendre qu'il ne pourrait jamais refuser. C'était important pour les filles. Il voulait leur rendre leur mère.

Mardi

Thomas et moi avons pris le petit déjeuner, et il m'a dit que je ne devais pas m'inquiéter. Il a promis qu'il me ramènerait à la maison. Je ne peux pas imaginer comment il peut le faire, mais j'espère au moins qu'il rentrera sain et sauf. Bientôt, Antonio est venu le chercher, et il était parti. Je suis resté ici à attendre et à me demander. Je n'ai presque plus d'espoir. Je me sens plus déprimé maintenant que je ne l'étais avant. Je suis inquiet pour Thomas. Je ne pense pas que je vais manger aujourd'hui. Je n'ai aucune envie de manger. "

Le Second Avènement d'Angela

Pour une raison quelconque, les entrées s'arrêtaient là. Angela était apparue plus mince que lors de la première visite de Thomas, et il imaginait qu'elle était dans un tel état de dépression qu'elle mangeait très peu. Il supposait qu'elle passait la plupart de son temps à dormir pour éviter d'avoir à penser à sa situation, et à la sienne. Il était très heureux qu'elle soit en sécurité sur le chemin du retour. C'était un souci de moins pour occuper son esprit. Il n'avait qu'un seul souhait à ce moment-là, voir le visage de ses filles lorsqu'elle franchirait la porte.

Par George Thomas S.

CHAPITRE 12

ÇA NE FAIT QUE COMMENCER

Depuis plus d'une heure, Thomas était dans un état très agité. À tel point que, lorsque Carlo et Antonio sont arrivés dans sa chambre, il a failli bondir du canapé. Carlo portait son téléphone portable et l'a tendu à Thomas.

"Allô ? Angela ?"

"Oui, Thomas. Je suis chez Theresa", dit-elle en pleurant dans le téléphone, "Je suis à la maison, et je n'arrive pas à y croire."

"Je suis si heureuse que tu sois en sécurité. C'est ce qui est le plus important." dit Thomas d'une voix remplie de soulagement.

"Oui, mais je suis tellement inquiète pour ta sécurité. Je ne peux pas m'empêcher de penser à ce qui pourrait t'arriver."

"Je te l'ai dit, ne t'inquiète pas. Comment les filles ont-elles réagi en te voyant ?"

"Ils n'ont pas cessé de pleurer ou de poser des questions. Ils ne savent pas que vous êtes au courant que je suis en vie, alors ils ne savent pas que je vous appelle !"

"Je suis content que tu sois à la maison. Maintenant, s'il te plaît, essaie de ne pas trop t'inquiéter pour moi. Tout ira bien."

"Je vais essayer. Si seulement je pouvais me rassurer."

Le Second Avènement d'Angela

À ce moment-là, Carlo a pris le téléphone, a dit à Angela que la conversation était terminée, et a brusquement raccroché.

"OK, Tommy. Maintenant fais ta part. Faites libérer ces conteneurs", a-t-il dit en lui tendant le téléphone. Thomas compose le numéro d'un répondeur qui renvoie l'appel sur le téléphone portable de Fidor. Quand Fidor a répondu, Thomas a prononcé deux phrases.

"Vous pouvez libérer les conteneurs, mais ne les laissez pas décharger avant d'avoir eu de mes nouvelles. Ils ne doivent pas quitter ce vaisseau avant que je ne le dise."

Il a ensuite raccroché et rendu le téléphone à Carlo.

"C'était quoi cette merde ?" Carlo a fulminé.

"Vous devez vraiment penser que je suis stupide, Carlo. Ces containers vont peut-être bientôt arriver ici, mais ils ne quitteront pas ce vaisseau avant que je ne le dise. C'est ma protection. La vie n'est-elle pas une salope ?"

Il avait finalement poussé un peu trop loin. Carlo lui a sauté dessus et l'a frappé sauvagement à la tête, touchant la mâchoire de Thomas et l'envoyant au sol. Avant qu'il puisse réagir, Carlo lui donnait des coups de pied partout où son pied pouvait se trouver. Ce n'est qu'Antonio qui l'a sauvé de la poursuite de l'assaut furieux.

"Patron, vous devez arrêter. S'il lui arrive quelque chose, il n'y aura pas de camions. Vous avez besoin de ces camions. Vous devez vous arrêter."

Carlo, qui respirait maintenant lourdement, le visage rouge comme une betterave et la haine dans les yeux, a finalement mis fin à son attaque. Il a redressé sa cravate et sa veste, s'est placé au-dessus de Thomas et a ri.

"Bien, petit malin. Encore une fois, on le joue à ta façon. Tu me cherches encore, et je trouve Angela et ces enfants et je les tue tous. Tu as compris ?"

"Ouais, je l'ai", dit Thomas à travers une mâchoire enflée qu'il craignait de voir cassée. Carlo et Antonio ont quitté la pièce alors qu'il était étendu là, le sang s'écoulant de sa bouche, le corps torturé par la douleur.

"Ce bâtard a un sacré punch. Et il donne des coups de pied comme une mule", a-t-il marmonné pour lui-même.

Il n'avait pas besoin d'être dans un état d'infirme au moment de partir, alors il se traîna lentement jusqu'à la salle de bain et commença à faire couler un bain chaud dans lequel il pourrait tremper son corps endolori. Tandis que la baignoire se remplissait, il examina son visage, assez usé dans le meilleur des cas, et maintenant tuméfié par le coup de poing de Carlo. Il ne semblait pas être cassé, et il espérait que l'enflure disparaîtrait assez rapidement. Une fois son visage nettoyé, il s'est abaissé dans la baignoire et a laissé l'eau faire sa magie. Après plus d'une heure de trempage, dans une eau chaude qui coule en permanence, il ressent un certain soulagement. Il s'est séché et a boité jusqu'à s'allonger sur le canapé. Avec la douleur qu'il ressentait, les sept prochaines heures allaient lui sembler encore plus longues.

La menace que Carlo avait faite envers Angela et les filles résonnait encore dans ses oreilles. S'il n'était pas en tas sur le sol, il était sûr qu'il aurait essayé de le tuer à ce moment-là. Quelques minutes plus tard, la porte s'est ouverte et Antonio est apparu. Il a fait exprès de parler dans la direction de la lampe sur écoute.

"Carlo m'a envoyé pour s'assurer que tu étais toujours en vie, connard," et sur cette remarque, il a fait un clin d'oeil à Thomas avant de continuer, "Il s'est dit qu'il y avait une chance qu'il ait pu faire quelques dégâts à l'intérieur de toi. Qu'est-ce que t'en penses ? Tu vas vivre ?"

"Ouais. Je vais vivre. Heureusement pour lui", a répondu Thomas alors qu'Antonio lui tendait une bouteille de Tylenol et une poche de glace pour sa mâchoire.

Thomas était sûr que Carlo ne lui avait jamais demandé de les fournir. Il tapota l'épaule de Thomas et quitta la pièce. Il commençait à vraiment apprécier ce type. Après avoir bu un verre d'eau froide pour faire passer six Tylenol, Thomas s'allongea sur le canapé et fit bon usage de la poche de glace. Il espérait que tout irait beaucoup mieux à minuit. Sinon, il passerait une nuit très inconfortable en cavale. Comme il souhaitait être avec Sofia. Ses mains douces apaiseraient chaque douleur et chaque mal. Pourtant, c'était certainement mieux qu'elle ne le voit pas comme ça. Elle serait envahie par la peur et la tristesse.

Thomas avait l'impression que son esprit tentait de couvrir toutes les éventualités pour la nuit à venir. Et si Carlo n'avait pas bu le lait ? Et s'il se réveillait et découvrait tout ? Il avait dit à Antonio que s'il y avait un problème, il devrait trouver un moyen de l'appeler sur son portable pour le prévenir. Si on en arrivait là, Thomas voulait être libéré de la pièce, par tous les moyens possibles, et ensuite, si besoin était, il tuerait Carlo lui-même. Ce n'était pas quelque chose qu'il attendait avec impatience ou qu'il voulait envisager, mais si c'était nécessaire, il savait qu'il le ferait. Il était certain que d'une manière ou d'une autre, il allait se tirer de là, et il était hors de question qu'il laisse Carlo se venger d'Angela et de ses enfants. Il n'y avait aucune chance qu'il ne parvienne pas à retourner à Sofia. Il ne pouvait plus envisager la possibilité qu'il ne réussisse pas. Il le ferait ! Peu importe ce qu'il faudrait.

Finalement, Thomas s'est assoupi, laissant son corps se reposer des coups qu'il avait reçus. Il se réveilla quelques heures plus tard et fut déçu de constater qu'il restait encore quelque quatre heures à attendre. Il n'avait aucune idée de ce qu'il pouvait faire de ce temps, si ce n'est faire les cent pas et subir la course de son esprit avec toutes les inquiétudes et les détails de ce qui pouvait mal tourner. Heureusement, le Tylenol faisait un travail remarquable pour soulager sa douleur. Il n'était pas sûr qu'un médecin recommanderait d'en prendre six, mais ils ne se sentiraient pas aussi mal que lui. Il a décidé de faire un dernier tour dans le placard. Il devait appeler Sofia pour savoir ce qu'il en était des horaires de vol. Quitter São Paulo rapidement était primordial pour lui.

"Thomas ? C'est toi ?"

"Oui, Sofia. C'est moi."

"Qu'est-ce qui ne va pas ? Ta voix est différente." Elle avait manifestement remarqué la différence que cela fait de parler à travers une mâchoire enflée.

"Tout va bien. Juste un mal de dents ! J'ai pris quelque chose pour ça." Il n'était pas prêt à lui dire ce qui s'était réellement passé. Elle était déjà assez inquiète.

"OK. Mais Thomas, j'ai de mauvaises nouvelles concernant les vols."

"J'avais peur de ça. Cela aurait été beaucoup trop facile."

"Il y a un vol à sept heures et demie, mais il est complet. Nous devrions attendre que quelqu'un n'arrive pas pour le vol. Comment ça s'appelle ? Standby ?"

"Pas question ! On ne peut pas prendre ce risque. Tu as prévu une voiture ?"

"Oui. Je savais que vous ne voudriez pas prendre un tel risque. La voiture est en bas maintenant. Je suis prêt et je vous attends."

"Bien. J'espère y être à minuit passé. Ensuite, je suppose que nous irons à Fortaleza ou à Rio. Lequel est le mieux ? Lequel est le plus proche de São Paulo ?"

Le Second Avènement d'Angela

"Fortaleza est très loin. Des milliers de kilomètres difficiles à parcourir ! Mieux vaut prendre la bonne autoroute jusqu'à Rio. On peut y arriver dans la matinée. Il y a des vols le matin à sept heures vingt. Je me suis renseigné quand j'ai su qu'on ne pouvait pas prendre l'avion de São Paulo. Il y a un arrêt à Brasilia et ensuite on arrive à Manaus à cinq heures quinze du soir. C'est bon ?"

"C'est parfait. Je ne savais pas que Fortaleza était si loin en voiture. C'est mieux. Peut-être qu'on restera deux nuits à Rio."

"Deux nuits ? Avec mon Thomas ? Merveilleux. On peut le faire ?"

"Tu parles. Nous le méritons. Ecoute, je dois y aller. Je t'appelle quand je suis en route. Beijos."

"OK ! S'il vous plaît soyez prudent. J'attendrai."

Le temps restant passa plus vite que Thomas ne l'aurait imaginé. À presque minuit, Antonio ouvrit la porte et lui fit un sourire.

"Tout est clair, Tommy. Il est temps de partir."

"Où est Paola ?"

"Elle est à l'étage. Elle a un truc de panique qui arrive."

"Elle est bouleversée ?"

"En quelque sorte. Enfin, plus qu'en quelque sorte. C'est une épave, je crois."

Thomas monte les escaliers et trouve Paola debout dans le foyer, littéralement tremblante de la tête aux pieds. Il la prend dans ses bras et la tient pendant une minute ou deux jusqu'à ce qu'il sente son corps se détendre.

150

Par George Thomas S.

"Paola, chut, chut, c'est bon. S'il vous plaît, vous devez vous calmer. Tout va bien se passer."

"Je ne peux pas rester ici. Je ne pourrai jamais prétendre que je n'ai rien à voir avec ça. Il le saura. Il me tuera. J'ai tellement peur. S'il vous plaît, ne me laissez pas. Je vous en prie. Je dois aller avec vous."

Il était évident qu'elle ne survivrait pas un seul jour avec Carlo. Il lui ferait dire la vérité, puis la tuerait à coup sûr. C'était quelque chose que Thomas ne pouvait pas laisser se produire. Cette douce femme avait tout risqué pour lui. Il devait maintenant faire tout ce qu'il pouvait pour la protéger.

"Avez-vous de la famille à São Paulo ?"

"Non. Je n'en ai pas. Je suis seule ici. Ma seule famille est à Brasilia. Je dois les rejoindre. Vous m'aiderez ?"

Il n'y a pas eu un instant d'hésitation dans la voix de Thomas lorsqu'il lui a dit : "Alors tu viendras avec moi. Je t'emmènerai à Brasilia" et une fois de plus il l'a enveloppée dans ses bras pour la réconforter. "Tu n'as pas le temps de faire tes bagages, Paola. Nous devons partir tout de suite. Y a-t-il quelque chose que vous sentez que vous devez prendre avec vous ?"

"Oui. S'il vous plaît, attendez", et elle s'est précipitée dans sa chambre. Quelques minutes plus tard, elle est revenue avec un petit album en lambeaux. "C'est tout ce que j'ai. C'est ma famille." C'est alors qu'Antonio a parlé.

"Je suppose que vous allez être deux dans le coffre. Je ferais mieux de sortir les clubs de golf", et il s'est dirigé vers la cuisine.

Thomas et Paola ont suivi et ont utilisé la porte arrière pour ne pas être vus.

Le Second Avènement d'Angela

La limousine était garée sur le côté de la maison, et Paola et Thomas s'installèrent dans le coffre. Quand ils furent un peu serrés, Angelo referma le couvercle. Il grimpa sur le siège du conducteur et se dirigea vers le portail. Paola était en train de ricaner, comme un enfant qui joue à un jeu. Il semblait que sa peur s'était soudainement transformée en une excitation juvénile. Thomas dut lui couvrir la bouche et lui dire d'être très silencieuse, sinon ils seraient découverts. Il était extrêmement heureux de ne pas l'avoir laissée derrière lui. Une chose dont il était sûr, c'est que le bon cœur de Sofia aurait hâte de l'aider à rejoindre sa famille. Il semblait qu'ils auraient de la compagnie pour quelques jours.

Thomas pouvait entendre Antonio parler au garde de la porte d'entrée, puis la limousine s'est engagée dans la rue. Après avoir parcouru quelques pâtés de maisons de la maison, Antonio s'est arrêté et les a fait sortir tous les deux du coffre. Ils ont grimpé sur le siège arrière, et Thomas a appelé Sofia pour lui faire savoir qu'il était en route. Elle était allée à la banque et avait vidé le coffre-fort, comme il le lui avait demandé avant de partir chez Carlo. Son plan avait été de retourner à São Paulo quand tout serait terminé, et de laisser les obligations de Paola pour qu'elle les récupère. Maintenant, elle allait les prendre avec elle à Brasilia. Elle n'avait aucune idée de la richesse qu'elle allait devenir. Il a brièvement parlé à Sofia de la situation avec Paola. Elle était très heureuse que Thomas ne l'ait pas abandonnée, même si elle voulait être sûre qu'ils auraient leur intimité aux moments opportuns. Thomas lui promit qu'il avait la ferme intention de leur assurer tout le temps d'intimité qu'ils pouvaient désirer.

En vingt minutes, ils se sont arrêtés devant l'hôtel. Antonio et Paola ont accompagné Thomas jusqu'à la chambre de Sofia. Heureusement, Thomas s'est rendu compte qu'il devait appeler pour lui faire savoir qu'ils auraient de la compagnie. Il n'était pas sûr qu'elle puisse lui ouvrir la porte. Apparemment, c'était une bonne chose qu'il ait appelé. Elle a marmonné quelque chose en portugais qui ressemblait beaucoup à de la frustration, puis elle a dit "Au revoir, je dois m'habiller" et a raccroché le téléphone.

Thomas décida de prendre le long chemin jusqu'à sa chambre, en passant par quelques couloirs supplémentaires, afin de lui laisser le temps de se rendre présentable. Lorsqu'il a frappé à sa porte, Sofia a répondu en portant un magnifique pull rouge et un pantalon noir. Elle était superbe, comme toujours. Ils sont entrés dans la pièce, et Thomas a présenté Antonio et Paola. Sofia a les larmes aux yeux et les remercie pour leur aide. Elle avait préparé deux paquets d'obligations, un pour chacun d'eux. Si Antonio est surpris de se voir remettre cent mille dollars américains, Paola est abasourdie. Thomas était sûr qu'elle allait s'évanouir d'une seconde à l'autre. Son esprit pensait sans doute à toutes les bonnes choses qu'elle pourrait faire pour sa famille. Antonio était impatient d'appeler Rosina pour le lui dire. Elle attendait son appel avec ses valises faites. La séparation entre Thomas et Antonio était douce-amère.

"Tommy, je ne peux rien dire. Je n'ai pas de mots pour ça."

"Il n'y a rien que vous ayez besoin de dire. J'ai vraiment appris à vous aimer, et je vous dois la vie. J'espère un jour vous rendre visite à Naples."

"Ouais", a dit Antonio alors que ses yeux s'élargissaient, "Tu dois venir, Tommy. Toi et Sofia ! J'aimerais bien. Tu vas adorer Naples."

"Je suis sûr que nous le ferions. J'y compte bien un jour. D'abord, je dois finir ce que j'ai commencé."

"Tommy, je n'arrête pas de te le dire, tu dois partir. Tu dois quitter le Brésil. Laisse les flics s'en occuper."

"Vous plaisantez ? Le temps qu'ils enquêtent, on pourrait tous être morts. Je ne prends pas ce risque."

À présent, Sofia affichait un regard très inquiet sur son visage. Thomas pensait qu'il n'avait peut-être pas été très franc quant au danger qu'il courait.

"Qu'est-ce qu'il dit, Thomas ? Es-tu toujours en danger ?"

"Ça va aller. Tu verras. Quelqu'un d'autre s'occupera de Carlo pour moi, et notre vie continuera."

Heureusement, Antonio a compris qu'elle avait besoin d'être rassurée et est intervenu.

"Tommy va s'en sortir. Il a bien planifié ce truc", a-t-il dit sans savoir si c'était le cas ou pas. "Tu ne devrais pas t'inquiéter. Ecoute-le juste. Il s'en sort bien avec ça."

"Tu vois, Sofia ? Antonio sait que tout ira bien quand on arrivera à Manaus. Essaie de ne pas t'inquiéter autant."

"Je prie pour qu'il en soit ainsi. Je veux que tout aille bien, mais tant que je suis avec toi, quoi qu'il arrive, j'accepte. Tant qu'on est ensemble, ça m'est égal."

Antonio avait appelé Rosina et était prêt à partir pour aller la chercher et prendre un bus pour quitter la ville. En passant la porte, il s'est retourné et a serré la main de Thomas, suivi d'un câlin d'ours quelque peu douloureux. "Alors, tu vas à Manaus ?"

"Oui, nous le sommes. On devrait y être dans trois jours."

"Soyez prudent. Je dois te dire que Carlo a des gens qui travaillent pour lui et qui sont effrayants. D'autres gars des favelas, les bidonvilles, qui sont presque aussi mauvais que Rico. Je veux dire qu'ils sont mauvais. Tu n'as pas idée à quel point."

Par George Thomas S.

Thomas s'est avancé dans le couloir avec Antonio et a demandé : "Que pouvez-vous me dire d'autre qui puisse m'aider ? A qui dois-je m'attendre à ce que je vienne me chercher ?"

"Il y a six types des bas quartiers qu'il utilise pour le vrai sale boulot. Une fois, un abruti a volé une montre minable sur une cargaison d'un millier peut-être. Des montres Cartier, je pense. Ils l'ont étripé, Tommy ! Ils l'ont ouvert et ont répandu ses entrailles dans toute la rue. Pour une montre minable ! Ces types vont te chasser comme un animal. C'est pour ça que je t'ai dit, tu devrais juste quitter le Brésil. Et vite !"

"Je ne peux pas faire ça ! Tu sais qu'il n'abandonnerait jamais d'essayer de nous retrouver. Peu importe où nous sommes allés. Je dois en finir avec lui. Je n'ai pas d'autre choix en la matière."

"Je suppose que vous avez raison. Bonne chance. J'espère que vous avez bien compris", a-t-il dit en marchant dans le couloir vers l'ascenseur et, finalement, vers Naples.

En refermant la porte et en retournant dans la chambre, Thomas remarqua que Paola était assise sur le lit et regardait les obligations, un regard totalement étonné sur le visage. C'était dommage qu'un si joli visage ait été altéré par l'âge avant son heure. Thomas ne pouvait que sourire. Sofia a conduit Paola jusqu'au canapé, lui a fait du café, puis s'est assise et a parlé brièvement avec elle en portugais. Il n'y avait pas de temps pour une longue conversation. Ils devaient se mettre en route le plus rapidement possible. Très vite, sacs en main, ils se dirigent vers le parking et la voiture que Sofia a louée. Ils sont en route pour Rio, et Thomas se sent soulagé de dire au revoir à São Paulo.

Sofia avait loué une berline, une Opal fabriquée avec une plaque de Chevrolet et vendue au Brésil. Une belle Mustang aurait été son choix, mais il suppose que les mendiants ne peuvent pas choisir. Au moins, ils étaient en route, et l'Opal se fondait dans le trafic mieux qu'une Mustang. Les sacs étant rangés dans le coffre et Paola confortablement installée sur la banquette arrière, Thomas laissa Sofia conduire. Bien qu'il eût préféré être celui qui conduisait, il n'avait aucune idée de l'endroit où il allait. Lorsqu'ils sortiraient de la ville et s'engageraient sur une autoroute droite, Thomas prendrait son tour au volant.

Il craignait d'être arrêté dans l'un des nombreux postes de police situés le long des autoroutes brésiliennes. Il savait qu'ils arrêtaient les voitures, souvent au hasard, examinaient leurs papiers, et peut-être même fouillaient le véhicule. Avec Paola transportant cent mille dollars de caution et trente mille autres cachés dans les bagages de Sofia, Thomas n'avait pas envie de se faire arrêter. C'était le genre de chose difficile à expliquer à des policiers sérieusement sous-payés. Cette idée l'inquiétait tellement qu'il a demandé à Sofia de se garer une fois qu'ils étaient sur l'autoroute. Il détache le siège arrière et y range toutes les obligations, avant de le remettre en place. S'ils étaient arrêtés, ils ne fouilleraient peut-être que les bagages. Une fois de retour sur la route, Sofia a commencé à parler longuement en portugais avec Paola. C'était une conversation très animée. Plus d'une fois, en fait, très souvent, Sofia exprimait ce que, même en portugais, Thomas pouvait reconnaître comme de la surprise et de l'incrédulité. La conversation se poursuivait lorsqu'ils approchèrent du premier des postes de police qu'ils allaient probablement voir. Heureusement, les deux officiers qui étaient à l'air libre dans la nuit étaient accoudés à leur voiture et fumaient une cigarette. Ils sont passés sans incident.

L'autre préoccupation qui occupait l'esprit de Thomas était le problème des bandes organisées de voleurs de grand chemin. Ces individus utilisent la route de São Paulo à Rio, et installent souvent des obstacles sur la route qui obligent un conducteur à arrêter son véhicule. À ce moment-là, il est dévalisé, et court certainement un risque important d'être tué. Le milieu de la nuit était certainement le moment le plus risqué pour effectuer un tel trajet. Thomas a décidé de demander à Sofia de s'arrêter et d'échanger sa place avec lui. Il avait un peu plus confiance en ses capacités de conducteur dans l'éventualité de ce genre de problème. Elle n'y vit aucune objection, car cela lui permettait de poursuivre plus facilement sa conversation avec Paola. Il ne s'est pas écoulé une heure depuis ce moment-là jusqu'à ce qu'ils arrivent à un autre poste de police. Cette fois, la voiture a été remise à sa place. Thomas pouvait sentir les nœuds dans son estomac. Les agents moustachus, un de chaque côté de la voiture, étaient raisonnablement polis. Sofia les informe que Thomas est un touriste et qu'il ne parle pas portugais. Ils ont tous présenté leurs documents à l'un des agents tandis que l'autre fouillait le coffre. En moins de dix minutes, après un avertissement de l'agent concernant un vol récent à une dizaine de kilomètres devant eux, ils sont de nouveau sur la route.

On s'est inquiété de ce qui pouvait les attendre sur la route. Heureusement, le reste de la route s'est déroulé sans incident. C'était tôt le matin quand ils sont arrivés à Rio.

Lorsqu'ils ont choisi Rio comme destination pour prendre un vol vers Manaus, Thomas avait demandé à Sofia de réserver une suite dans l'un des meilleurs hôtels disponibles.

"Sofia, j'ai oublié de demander. Où est-ce qu'on loge à Rio ?"

"L'hôtel Copacabana Palace. Il est si beau et fait face à la plage. C'est un point de repère à Rio. Il a presque cent ans. Vous allez l'adorer, j'en suis sûr."

"C'est combien par nuit ?"

"N'oublie pas que tu m'as dit quel était le meilleur hôtel", a-t-elle taquiné.

"Oui, je me souviens", dit Thomas en riant. "Mais c'est combien ?"

"La suite est de six cent cinquante dollars américains."

"Eh bien, je n'avais pas imaginé quelque chose de plus cher que ça", a-t-il dit en riant.

Le Second Avènement d'Angela

"Oh oui ! La meilleure suite est de huit cent cinquante dollars américains. Vous préférez ça ?"

"Euh, non ! Je pense que celle que vous avez choisie est très bien. " Thomas souriait à l'idée de dépenser autant d'argent pour une nuit, mais ayant toujours sur lui la carte de débit bancaire qui lui avait été délivrée à Wilkes-Barre, et disposant de vingt mille dollars sur ce compte, il décida que le prix n'était pas un problème. Après tout, ce n'était que l'argent des "banquiers", et il venait d'en donner deux cent mille, et trente mille autres attendaient d'être envoyés à la veuve dont il avait volé l'identité du mari. Il ne se sentait pas coupable d'utiliser une partie des fonds pour ajouter un peu de confort à leur voyage. Après tout, s'il y avait une chance qu'il ne vive pas cette expérience, il pouvait aussi bien en profiter. D'ailleurs, pensa-t-il, ils auraient pu opter pour la suite à 850 $ par nuit, mais il n'était pas nécessaire d'être totalement décadent.

Thomas et Sofia avaient décidé, avant de quitter São Paulo, qu'ils partageraient une suite ensemble à Rio. Il était temps pour eux de discuter des sentiments qu'ils éprouvent l'un pour l'autre. Ils devaient prendre une décision ensemble sur la suite des événements. Thomas était convaincu que les choses allaient devenir très sérieuses entre eux.

Ils se sont arrêtés devant l'hôtel juste après huit heures du matin. L'endroit était d'une certaine beauté qui semblait renforcée par le soleil encore levant. Thomas était impressionné. Leurs sacs confiés à un groom, ils profitèrent de la vue sur les environs, tout en se dirigeant lentement vers l'entrée principale. Ces deux jours allaient être agréables à passer avec Sofia. Ils se sont enregistrés à la réception et ont réservé une autre chambre, un peu moins luxueuse, pour Paola. Elle passerait certainement beaucoup de temps avec eux, mais lorsque cela serait approprié, elle aurait sa propre chambre, et Sofia et lui auraient leur intimité tant désirée. Elle était tout à fait satisfaite de cet arrangement.

Par George Thomas S.

La pauvre Paola avait été fourrée dans le coffre de la limousine, poussée dans un hôtel, ramenée à la hâte dans une voiture, puis conduite sur des centaines de kilomètres au milieu de la nuit. Elle n'avait rien d'autre que les vêtements simples et ordinaires qu'elle portait sur le dos, son album photo et un sourire. Sofia et Thomas ont décidé que la première chose à faire à Rio serait que Sofia l'emmène à la boutique de l'hôtel et lui achète quelques tenues et des chaussures. Ils la coifferaient, lui feraient un soin du visage, et peut-être même une manucure. Puis elle pourrait les rejoindre pour un merveilleux dîner dans l'un des excellents restaurants de l'hôtel. Le visage de Paola s'est illuminé comme celui d'un enfant lorsque Sofia lui a dit qu'elles allaient faire du shopping, puis aller dîner. Hébétées, elles sont parties accomplir leur mission tandis que Thomas se préparait à faire une sieste bien méritée. Comment, se demanda-t-il, pouvaient-ils encore avoir l'énergie de faire du shopping après une nuit de voyage ? En quelques minutes, il s'est endormi sur le canapé.

Le Second Avènement d'Angela

CHAPITRE 13

MATIN, CARLO

Carlo s'est finalement réveillé. Alors qu'il bâillait et jetait un coup d'œil à l'horloge sur la table d'appoint, il s'est redressé en poussant un cri d'incrédulité.

"Putain de merde ! Onze heures ? Cette satanée Paola sait qu'elle ne doit pas me laisser dormir si tard. Merde."

Il sauta du lit, attrapa sa robe de chambre dans le placard et l'attacha avant de sortir de la chambre en appelant la petite bonne.

"Paola ? Paola, où es-tu ? Tu ferais mieux de te cacher, bon sang ", continua sa tirade en descendant les escaliers vers le foyer, " Pourquoi diable m'as-tu laissé dormir si tard ? Où diable es-tu ?"

Carlo a rapidement pris cette teinte rouge qui lui vient si facilement au visage. Il est allé directement à la cuisine, cherchant toujours Paola, et maintenant Antonio aussi.

"Paola" ? Antonio ? Où es-tu ?"

En regardant la cuisine, il n'a vu aucun signe d'activité. Antonio mangeait comme un cheval, et c'était un fait établi qu'il prenait toujours son petit-déjeuner chez Carlo. Pourtant, rien n'indiquait que quelque chose avait été préparé pour lui, Paola ou Thomas. Dès qu'il pensait à son captif dans la cave, il éprouvait un sentiment de malaise.

Par George Thomas S.

"Merde ! Thomas", a-t-il crié en trottinant jusqu'à la porte située derrière l'escalier du foyer. Il a descendu les escaliers et s'est dirigé vers la chambre de Thomas, a rapidement tapé le code de sécurité et a ouvert la porte. Il n'y avait pas de Thomas, pas de sac à main, rien. Carlo est resté debout à regarder une chambre sans aucune indication que Thomas ait jamais été là.

"Fils de pute ! Espèce de bâtard pourri ! Comment t'as fait pour sortir d'ici ? Paola ! Ça doit être elle", a-t-il marmonné en faisant les cent pas dans la pièce. "J'aurais dû tuer cette salope il y a longtemps."

Carlo était certainement perplexe face à toute cette situation. Il se demandait comment Paola avait pu obtenir le code de verrouillage de la porte. Il se disait qu'elle n'avait pas pu le faire seule. Il n'était pas prêt, cependant, à accepter la moindre idée de trahison de la part d'Antonio.

Carlo a claqué la porte derrière lui et a couru dans le couloir jusqu'aux escaliers. Une fois dans la bibliothèque, il a attrapé le téléphone et a composé l'ancien numéro de portable d'Antonio. Il n'y avait, bien sûr, pas de réponse. Il a laissé un message vocal, exigeant qu'Antonio l'appelle dès qu'il l'entendrait. Il a claqué le téléphone sur son socle et s'est dirigé vers le bar à l'autre bout de la pièce. Toujours en train de jurer, il a attrapé une bouteille de bourbon, l'a portée à sa bouche et a pris une très grande gorgée. Il voulait appeler Rico, mais il n'a jamais pu apprendre à ce crétin à utiliser un téléphone portable. Son intelligence limitée était un atout dans les situations où les services de Rico étaient requis, mais c'était parfois un sérieux inconvénient. De toute façon, Rico arrivait toujours à midi, alors Carlo n'avait rien d'autre à faire que de l'attendre. Assis dans son fauteuil préféré, une bouteille de bourbon à la main, il réfléchit à ce très sérieux dilemme.

Le Second Avènement d'Angela

C'était certainement une très mauvaise situation pour lui. Il avait besoin de ces camions. Il avait besoin de cet argent. Il ne pouvait pas se permettre que tout ce plan tourne mal. À un moment donné, il a envisagé d'appeler son mentor brésilien, "le banquier", mais il l'a exclu parce qu'il aurait encore plus d'ennuis pour lui avoir caché cette transaction et l'avoir ainsi privé de son pourcentage. Non ! Mieux vaut le laisser en dehors de tout ça. Il utiliserait Rico et ses sbires pour trouver Thomas. Une fois celui-ci retrouvé, il s'occuperait de lui sans pitié et il ne put s'empêcher de penser tout haut :

"J'aimerais savoir où trouver cette satanée Angela."

Thomas avait été assez sage pour lui dire d'acheter un téléphone portable prépayé à son retour au Canada, et de l'utiliser pour appeler Carlo. C'était intraçable, et heureusement pour Angela, Carlo n'avait aucune idée d'où elle était.

Alors qu'il buvait une autre gorgée de bourbon, Carlo a entendu la porte d'entrée s'ouvrir. Il a sauté sur ses pieds et a couru, robe de chambre flottant derrière lui, jusqu'au foyer. C'était Rico.

"Rico ! Content que tu sois là. J'ai besoin que tu rassembles quelques-uns de tes gars", a-t-il bafouillé, maintenant légèrement ivre, "Thomas s'est échappé, et nous devons le trouver."

Rico, l'air abasourdi et stupide, comme d'habitude, a répondu : "S'échapper ? Comment on fait ça ?"

"Comment je le saurais, crétin ? Il suffit de réunir quelques gars. Et vite."

"Combien de gars tu veux ?"

"Je suis sûr que deux de plus suffiront. Maintenant, bougez-vous et revenez ici aussi vite que possible. Je vous donnerai des instructions quand vous serez là."

Par George Thomas S.

Rico a répondu par un guttural, "Oui, patron", et est parti.

Carlo est retourné dans sa chambre et s'est allongé mollement sur le lit.

"Merde, pourquoi ai-je bu autant ? Ce n'est pas bon."

Finalement, il s'est forcé à se lever, à prendre une douche et à s'habiller. Lorsque Rico et ses hommes partaient à la recherche de Thomas, Carlo retournait dans la pièce au sous-sol et cherchait le moindre indice sur sa localisation. Juste une erreur ! C'est tout ce qu'il faudrait, et il pourrait le trouver. Une fois habillé, Carlo retourne dans la bibliothèque pour attendre ses malfrats. Il n'a pas fallu longtemps pour que tous les trois déboulent par la porte d'entrée et entrent dans la bibliothèque.

"On est là, patron", a marmonné Rico.

"C'est le nom de l'hôtel où il est descendu. Vous trois, allez-y et voyez ce que vous pouvez trouver. Je suis sûr qu'il est parti, mais quelqu'un a peut-être vu quelque chose. Faites ce qu'il faut, mais ne soyez pas violents. Nous n'avons pas besoin de problèmes. L'argent est roi. Prends ça, dit Carlo en tendant trois cents dollars américains à Rico, pour payer l'information. Et écoute, fais vite, et reviens ici. Je veux trouver ce bâtard."

"Je le fais. On le trouve. Pas d'inquiétude."

"Ouais ! Pas d'inquiétude. Facile à dire pour toi. Maintenant vas-y."

Avec Rico et ses partenaires partis, Carlo est retourné dans la chambre de Thomas. Après avoir fouillé tous les coins et recoins, il a remarqué que l'écran de l'ordinateur était allumé. Là, éclairé sur l'écran, se trouvait un message.

Le Second Avènement d'Angela

"Ne t'inquiète pas, Carlo. Je te dirai où me trouver. Quand le moment sera venu. Pour l'instant, les conteneurs sont en route. Sois patient. Tu ne pensais vraiment pas que je risquerais de rester là-bas, n'est-ce pas ? Je te l'ai dit. Je ne suis pas stupide. Tu auras ce que tu mérites. Ne t'inquiète pas."

Carlo a ramassé le moniteur et l'a jeté sur le sol.

"Oh, Tommy, tu es définitivement stupide si tu penses que je vais laisser un seul d'entre vous vivre après ça. Vous tuer va être un plaisir. Je le ferai même moi-même."

Carlo est retourné à l'étage pour attendre le retour de Rico. Une heure plus tard, il franchit la porte d'entrée avec des nouvelles inquiétantes.

"Je le découvrirai, patron."

"Quoi ? Tu as trouvé où ils sont allés ?"

"Non, patron. Mais l'homme du bureau l'a vu entrer la nuit dernière. Antonio et Paola avec lui."

Carlo a sursauté en entendant la nouvelle qu'il avait redoutée, "Antonio ? Était-il sûr que c'était Antonio ? Comment pouvait-il le savoir ?"

"Il m'a dit à quoi il ressemblait. C'est Antonio."

"Fils de pute. Mon propre cousin, bon sang ! " s'exclama Carlo, oubliant qu'il avait prévu de se débarrasser de lui quand tout serait terminé.

"J'ai plus de patron."

"Encore ? Dis-moi."

"Antonio part seul. Thomas part avec Paola, et l'autre femme."

Par George Thomas S.

"L'autre femme ? Quelle autre femme ? Angela ?"

"Non. Pas Angela. Trop jeune. Elle était très belle, d'après l'homme au bureau. On aurait dit une Brésilienne."

"Brésilienne ? Qui diable a-t-il connu ici ?" Il y avait de la frustration dans la voix de Carlo qui se demandait qui pouvait être cette femme mystérieuse. "Nous devons découvrir qui elle est. Retournez-y et découvrez-la. Maintenant."

"Impossible, patron. J'ai déjà demandé. Elle signe au nom de la société."

"Nom de l'entreprise ? Quelle société ?"

"J'ai un homme à écrire", dit Rico en tendant une feuille de papier à Carlo.

"Ultimate Security" ? Qui diable sont-ils ? Peu importe. Je vais le découvrir moi-même. Allez à l'aéroport et voyez s'ils ont pris un vol. Vérifiez toutes les compagnies aériennes. Vérifie le dépôt de bus. Vérifiez les agences de location de voitures. Vérifie partout. Vous m'entendez ? Partout !"

"Oui, patron."

"Mais d'abord, tu vas chez la famille de Paola et tu la trouves. Si elle est là-bas, ramène-la ici."

Une fois Rico et ses hommes partis, Carlo s'est rendu sur son ordinateur et a fait une recherche sur Ultimate Security. Tout ce qu'il a découvert, c'est qu'il y avait un site Web pour la société, mais qu'il avait été fermé.

"Bâtard. Je ne peux pas avoir une putain de pause ?"

Le Second Avènement d'Angela

Il n'y avait rien à faire pour l'instant, à part attendre le rapport de ses hommes. Carlo est frustré que Rico soit si bête qu'il ne sache pas utiliser un téléphone portable. Incapable de le contacter, il doit simplement attendre. Il s'est assis dans son fauteuil en cuir rembourré, maussade et déprimé, se demandant s'il y avait le moindre espoir de retrouver Thomas et de se venger.

Près de deux heures plus tard, Rico fait enfin son rapport. Carlo, toujours en train de se morfondre et collé à sa chaise, demande presque désespérément : "Alors, qu'as-tu découvert ?"

"La famille de Paola est partie. Elle ne vit plus là-bas depuis trois ans maintenant."

"Quoi ? Merde. Quoi d'autre ?"

"Pas d'avion. Location de voiture. Thomas, Paola, et une autre femme."

Maintenant, Carlo sentait son moral remonter.

"Ils ont loué une voiture ? Tu as eu son nom cette fois ?"

"Non. Encore le nom de la société."

"Bon sang. A quoi bon tout ça alors ?"

"Ils disent voiture de retour à Rio."

Maintenant, les yeux de Carlo s'illuminent de joie.

"Rio" ? Ils allaient à Rio ? Merveilleux. Je vais réserver un vol pour nous quatre. Nous allons écumer tous les hôtels jusqu'à ce que nous les trouvions. Et pas d'armes, bande de crétins ! Pas d'armes à feu, pas de couteaux, rien du tout ! Je n'ai pas besoin que vous vous fassiez coincer à l'aéroport. On aura ce dont on a besoin à Rio. J'allais te suggérer d'aller

166

préparer quelque chose, mais à quoi je pensais ? Je ne suis pas sûr que tu te changes jamais," Carlo grimaça de dégoût à cette pensée. "Attends en bas."

Carlo prit le téléphone et réserva quatre billets pour Rio sur le vol de dix heures. C'était le seul vol avec des sièges disponibles, et il ne pouvait qu'espérer qu'il ne serait pas trop tard pour trouver Thomas. Il savourait l'idée de découvrir leur emplacement et de les surprendre au milieu de la nuit. À huit heures, ils se dirigent vers l'aéroport pour s'enregistrer pour leur vol. La chasse à la vengeance était ouverte.

Alors qu'ils attendaient de monter dans l'avion, Carlo était plongé dans ses pensées. Où les chercheraient-ils ? Il doit y avoir un millier d'hôtels à Rio. Il y avait fort à parier, du moins dans l'esprit de Carlo, qu'ils resteraient discrets et, parce qu'il supposait que Thomas n'avait pas beaucoup d'argent, peu coûteux. Pour lui, cela signifiait qu'ils opteraient pour les hébergements les plus basiques, plutôt que pour l'un des hôtels luxueux près de la plage. Il prendrait une brochure avec des listes d'hôtels à l'aéroport de Rio et ils commenceraient leur recherche minutieuse. Il ne pouvait qu'espérer que Thomas était toujours là et qu'il y resterait assez longtemps pour le localiser. Il y avait toujours eu une grande capacité de haine chez Carlo. Cette fois, c'était plus que de la haine. Cette fois, c'était une obsession de causer un maximum de douleur et de souffrance à cet homme qui avait osé lui créer un tel problème. Personne ne lui avait jamais tenu tête auparavant, et il ne pouvait pas laisser passer ça sans conséquences graves. Plus il y pensait, plus ses pensées de vengeance étaient violentes.

Le plus grand dilemme de Carlo était d'exercer son self-control assez longtemps pour obtenir les camions dont il avait désespérément besoin. Si Paola et cette femme mystérieuse étaient encore avec Thomas, elles seraient la clé pour forcer Thomas à faire ce que Carlo voulait. Thomas ne semblait pas être du genre à permettre le viol, la torture et le meurtre d'innocents pour se sauver. Cela pourrait être très sanglant, très inhumain, et très nécessaire. Cette perspective n'a pas troublé Carlo le moins du monde alors qu'ils embarquaient enfin sur le vol pour Rio.

Pendant que Carlo et son équipe s'envolaient à São Paulo, à Rio, Sofia et Paola revenaient enfin de ce qui s'est avéré être une journée entière de shopping et de spa. Paola était une femme différente. Quelle incroyable métamorphose. Comme un papillon coloré émergeant de son cocon, Paola était, sans conteste, magnifique. Sofia était folle de joie d'avoir donné à cette douce femme un si merveilleux changement d'apparence. Elle pouvait voir que les années de servitude et de désespoir de Paola s'étaient envolées avec les résultats de ce relooking. Paola ne peut s'empêcher de ricaner. Thomas adorait cela. Il savait au fond de lui qu'elle méritait chaque once de bonheur qu'elle pouvait connaître.

Il était maintenant huit heures du soir, et ils ont commencé à décider où manger. Il y avait de très bons choix dans cet incroyable hôtel. Ils pouvaient choisir le restaurant de l'hôtel Cipriani, spécialisé dans les plats italiens et fréquenté par la jet set de Rio, ou peut-être le Copacabana Palace ou le Copacabana piano bar. Avec son goût pour l'italien, Thomas a réussi à remporter le débat sans trop de conviction. Voir l'excitation de Paola à l'idée de dîner dans un restaurant aussi chic valait bien le prix à payer. Ils décident de se reposer quelques heures et d'aller dîner à dix heures passées.

Thomas s'était habitué au fait que les Brésiliens ont tendance à dîner tard dans la soirée, il n'était donc pas inhabituel qu'ils mangent à cette heure-là. Pour l'instant, quelques heures de repos pour les femmes étaient plus importantes. Elles sont très fatiguées, et une sieste ne leur ferait de mal à aucune d'entre elles. Paola se retira dans sa chambre, et Sofia et Thomas s'allongèrent dans les bras l'un de l'autre, s'endormant profondément en quelques minutes.

Par George Thomas S.

Quand il s'est réveillé, Thomas a enfin pu apprécier la beauté de la suite. Elle était décorée d'acajou du Brésil, incrustée d'agates du Brésil. L'ensemble du décor était luxueux, mais pas exagéré. La suite comprenait une grande chambre, un salon séparé, une salle à manger et un bureau. Il y avait une vue magnifique sur l'océan et la plage. Il n'aurait pas pu demander un meilleur choix. La salle de bains était un merveilleux étalage d'accessoires classiques, habillée de marbre brésilien et d'une douche à l'aspect très accueillant.

Alors qu'ils s'habillaient pour le dîner, Thomas commençait à se dire que Carlo devrait déjà être en train de les retrouver. Il ne s'attendait pas à ce qu'il reste assis et attende.

"Sofia ?"

"Oui, Thomas ?"

"J'ai un peu peur que Carlo puisse vous identifier grâce au registre de l'hôtel. Ce serait un problème."

"Non, mon amour. J'ai utilisé un nom de société."

"Oui, mais il peut vous tracer grâce à l'entreprise. L'adresse, un site web ?"

Sofia s'est approchée de Thomas, l'a entouré de ses bras et l'a regardé dans les yeux. "Cher, doux, Thomas. Tu parles avec une femme qui sait ce qu'elle fait."

"Le nom de la société que j'ai utilisé était celui d'une société temporaire qui a fermé il y a deux ans. Le site web est fermé, et l'adresse de la société n'est plus bonne. Aucun moyen de me tracer à partir de ça."

"Oh, bébé. Tu as des compétences", a gloussé Thomas, "Mais je l'ai toujours su. Tu es plus intelligente que moi. Ça c'est sûr."

"Eh bien, peut-être juste un peu", a gloussé Sofia en l'embrassant à nouveau, "Mais je peux vivre avec si tu le peux".

"Pas de problème ! J'ai besoin d'une femme intelligente pour m'empêcher de faire toutes ces erreurs dont je semble être si habile. Intéressée par cette responsabilité ?"

"Je me ferai un plaisir de vous éviter les ennuis", ronronne-t-elle en posant sa tête sur son épaule.

"Alors je suis un homme très chanceux. Surtout si ces baisers continuent à venir. Mais écoutez, nous devons supposer que Carlo a découvert la voiture de location maintenant. Il sait même probablement que nous la rendrons à Rio. Donc, je dois croire qu'il sera bientôt en route pour ici, si ce n'est déjà fait. La prudence est le mot d'ordre à partir de maintenant."

"Je sais. Nous devons être très prudents."

"Je pense qu'il sera bientôt temps d'envoyer Carlo à la chasse aux oies sauvages. On pourrait tout aussi bien

devancer ses actions et brouiller le plan qu'il a dans son petit esprit furieux."

"Que vas-tu faire ?"

"Je vais l'appeler", dit Thomas en riant.

"Maintenant ?"

"Tout de suite", dit Thomas en sortant son téléphone et en composant le numéro de portable de Carlo. Celui-ci a répondu presque immédiatement.

"Carlo, mon vieux pote. Comment vas-tu ?"

Par George Thomas S.

"Tommy ! Quel plaisir d'avoir de tes nouvelles. Cela me rappelle à quel point je te déteste, et combien il va être agréable de prendre ma revanche."

"Maintenant, Carlo, les affaires d'abord. Est-ce que ce sont des moteurs d'avion que j'entends ronronner en arrière-plan ? Je crois bien que vous êtes dans les airs, et en route pour, oh, laissez-moi deviner, Rio ?"

Il y a eu une hésitation du côté de Carlo avant qu'il ne réponde, "Oui. Rio. C'est là que vous rendez votre voiture de location, n'est-ce pas ? Carlo a gloussé sarcastiquement tout en se demandant s'il ne s'était pas trompé d'endroit.

"La partie sur la voiture est correcte. Bien que je ne sache pas pourquoi vous pensez que je suis allé à Rio avec. Mais ça marche bien pour moi."

"Alors, c'était Paola et la femme avec qui tu as quitté l'hôtel ?"

Même si Thomas savait pertinemment que Carlo serait au courant de l'existence de Sofia à ce stade, il était encore frappé par un sentiment d'effroi face à cette perspective.

"Paola est partie depuis longtemps, Carlo. Oublie-la. Quant à l'autre femme, c'était juste quelqu'un qui a gentiment offert un peu d'aide, puis a continué son chemin."

"D'une certaine façon, je ne te crois pas, Tommy. D'après ce que j'ai entendu, elle était très belle, et vous aviez l'air très amoureux l'un de l'autre. Non ! Elle est toujours avec toi, ou du moins en contact avec toi. Ça, j'en suis sûr."

"Faites comme vous voulez. Loin de moi l'idée de vous convaincre de la vérité."

"Et Antonio ? Est-il avec vous ?"

"Antonio est parti depuis longtemps, aussi. Il a quitté le Brésil, c'est sûr."

171

"Comment avez-vous fait pour le retourner contre moi ? Je suis juste curieux."

"Je ne l'ai pas fait. Tu l'as fait."

"Comment ça, je l'ai fait ?"

"Personne n'aime être l'esclave d'un connard égocentrique qui le traite comme de la merde.

D'ailleurs, tu avais prévu de t'occuper de lui quand cette affaire serait terminée de toute façon."

Thomas a réalisé à la minute où ces mots ont quitté sa bouche qu'il en avait trop dit.

"D'où te vient cette idée ? Je n'ai jamais exprimé ce désir à qui que ce soit."

Thomas a tâtonné pour trouver une réponse, "Tout ce que je peux vous dire, c'est que d'une certaine façon Antonio savait. Donc, c'est vous qui l'avez transformé, pas moi. Vous avez été le fabricant de votre propre dilemme. "

"Eh bien, nous pourrons en discuter quand je serai à Rio, Thomas."

"Cela pourrait être difficile à faire. Je ne serai pas à Rio. Mais on se réunira bientôt. Promis. Dès que tu seras de retour à São Paulo."

À ce moment-là, Thomas a raccroché, et Carlo s'est demandé s'il n'était pas en train de faire un voyage inutile. Serait-il possible que Thomas soit encore à São Paulo ? Cela pourrait être logique. Une tactique de diversion ! Il se pourrait que ce ne soit que cette femme mystérieuse qui parte en voiture, et pas du tout Thomas. C'était un sérieux problème.

Thomas décroche à nouveau son portable et appelle l'hôtel à São Paulo. Il avait laissé à la fille de la réception, Marta, un pourboire assez important de deux cents dollars américains en partant. Il avait laissé entendre qu'il pourrait avoir besoin d'une faveur de sa part dans un avenir proche. C'était le moment. Il était heureux d'entendre qu'elle était en service et lui a donné les instructions qu'il avait en tête. Puis, il était temps de rappeler Carlo.

"C'est encore toi, Tommy ? Tu perturbes mon repos."

"Oui. Encore moi. J'ai oublié de te dire, quand tu rentreras à São Paulo, appelle-moi à l'hôtel. Au même endroit que d'habitude. J'aime bien cet endroit."

Thomas a raccroché le téléphone et a croisé les doigts pour que Carlo tombe dans son piège. Dès que la ligne a été coupée, Carlo a obtenu le numéro de l'hôtel grâce aux informations et l'a composé. Marta a répondu avec sa voix joyeuse habituelle, et Carlo est allé droit au but.

"Pouvez-vous me dire si un Thomas DeAngelo est enregistré là-bas ?"

"Oui. Monsieur DeAngelo est arrivé il y a quelques heures."

"Connectez-moi à sa chambre, s'il vous plaît."

"Je suis désolé, mais Monsieur DeAngelo vient de quitter le hall pour sortir. Il a dit qu'il serait de retour très tard ce soir. Peut-être pas avant minuit."

"Où est-il allé ?"

"Je ne sais pas. Il ne l'a pas dit. Un homme si gentil ! Nous l'aimons beaucoup ici. Vous pouvez lui laisser un message ?"

"Non. C'est bon."

Carlo n'était pas de très bonne humeur quand il a raccroché.

"Fils de pute !" a-t-il dịt à haute voix. Il s'est tourné vers Rico, qui était assis de l'autre côté de l'allée. "Nous devons retourner directement à São Paulo. Ce salaud est toujours là. Ça devait faire partie de son plan de me faire quitter la ville. Mais qu'est-ce qu'il a dans sa manche ?"

Carlo commençait à apprécier la créativité de Thomas. Il développait également une animosité encore plus grande envers lui. Le reste de ce vol ne serait rien d'autre que de la frustration. Il appela l'aéroport de Rio et réserva un vol retour sur le même avion. Ils seraient au sol pendant moins de deux heures, et ensuite sur le chemin du retour vers São Paulo. La poursuite était sur le point de prendre un virage inattendu.

Par George Thomas S.

CHAPITRE 14

LA CONNEXION QUEENS

Quand il s'agissait de Pauly Sabatini, il y avait une règle cardinale. On ne le dérangeait pas à l'heure du dîner sans une raison de vie ou de mort. Lorsqu'il a épousé sa femme, Marie, il y a trente ans, c'est sa cuisine qui a scellé l'affaire. Pauly était la preuve que l'adage selon lequel le chemin vers le coeur d'un homme passe par son estomac était parfois vrai.

Sa passion sans fin pour les lasagnes, les manicotti, le veau parmesan, les boulettes de viande faites maison et bien d'autres plats italiens favoris lui a fait prendre plus de 50 kilos à son mètre quatre-vingt-dix au fil des ans. La nourriture était la seule vraie passion de Pauly.

Quand on sonne à la porte, alors que Pauly s'empiffre d'une autre de ces merveilleuses boulettes de viande, Marie sait ce qui l'attend. Après une rapide déglutition, il la regarda à travers la table : "Va dire à qui que ce soit que ça a intérêt à être sacrément important. Si ce n'est pas le cas, ils feraient mieux de courir."

"Oh, Pauly, manquer quelques minutes pour te gaver ne va pas te tuer", dit Marie en se levant de table. Elle était certainement la seule personne au monde qui pouvait s'en tirer en lui parlant comme ça. Personne d'autre n'aurait même osé y penser. En tant que chef de la famille criminelle Sabatini, il était connu pour sa brutalité.

"Pauly, c'est Gino. Il dit que ça ne pouvait pas attendre. Il dit qu'il aurait eu plus peur de ne pas venir ici tout de suite. Il est dans le salon." dit Marie en s'asseyant à la table.

Pauly a repoussé sa chaise et a lutté, en respirant lourdement, pour se mettre debout.

"Il vaut mieux que ce soit sacrément important."

Il se dirige vers le foyer et entre dans la bibliothèque où il trouve Gino, l'air nerveux, debout au milieu de la pièce.

"J'espère que tu as une bonne excuse pour ça, Gino. Tu connais la règle."

"Patron, vous voulez voir ça, maintenant. C'est une lettre que nous avons reçue aujourd'hui."

"Quoi ? Qu'est-ce que c'est ? De qui ça vient ?"

"Tu ferais mieux de la lire, patron", dit-il en lui tendant une enveloppe. Pauly l'a ouverte et a commencé à lire.

"M. Sabatini."

"Vous ne me connaissez pas, mais je suis le gars qui peut vous donner quelque chose que vous voulez depuis dix ans. Je crois qu'il vous manque une grande quantité d'argent et l'homme qui l'a pris. Si vous souhaitez en discuter davantage, appelez-moi au numéro indiqué en bas de page. Passez une bonne journée."

Thomas avait posté la lettre de Toronto avant de partir. La seule adresse qu'il avait était celle d'une pizzeria mentionnée dans les fichiers informatiques de Carlo comme appartenant à Pauly. Il avait espéré que la lettre arriverait au moment opportun pour impliquer l'équipe Sabatini dans son plan. Le numéro qu'il avait indiqué d'appeler était celui d'un téléphone portable prépayé, jetable et intraçable.

"D'où ça vient ?" Pauly a demandé.

"C'est oblitéré à Toronto, patron."

176

Par George Thomas S.

"Alors, le fils de pute est au Canada ?"

"Je ne pense pas. Le téléphone est un numéro étranger.

J'ai cherché l'indicatif du pays. C'est le Brésil."

"Le Brésil ? C'est intéressant ! Mais qui est ce type, bon sang ?"

"Je n'en ai aucune idée. Peut-être que tu devrais juste l'appeler."

"Ouais, je suppose que je devrais", dit Pauly, en s'asseyant derrière un énorme bureau en chêne et en composant le numéro. Thomas, sachant qu'une seule personne pouvait appeler, a décroché son téléphone et a répondu.

"Monsieur Sabatini, je suppose ?"

"Ouais. C'est moi. Maintenant, qui êtes-vous ?"

"Ça n'a pas d'importance. Ce qui compte, c'est ce que je peux vous donner."

Thomas avait appris, grâce à la recherche minutieuse de Sofia dans les fichiers informatiques de Carlo, que son véritable nom de famille était DiPietro.

"Je suppose que vous aimeriez savoir où trouver M. DiPietro. Non ? Et ne laissez pas le cachet de la poste vous tromper. Il n'est pas au Canada."

"J'ai déjà compris ça, petit malin. C'est un numéro de téléphone brésilien. Alors, pourquoi j'ai besoin de toi ? Je sais qu'il est au Brésil. Je le trouverai moi-même."

"Oui, tu as peut-être raison. Le Brésil est un si petit pays. Il occupe juste la moitié de l'Amérique du Sud. Oh, et bien sûr, tu parles portugais ? Ça devrait être facile. Tu crois ?"

Le Second Avènement d'Angela

Pauly commençait à s'agiter, mais il savait qu'il n'avait aucune chance de trouver Carlo tout seul. Surtout après dix ans d'essais et d'échecs.

"Ouais, je suppose que tu marques un point. Je vais organiser une rencontre entre toi et moi dans le Queens. Juste tous les deux. Il y aura quelque chose pour vous si vos informations sont bonnes."

Thomas n'a pas pu s'empêcher de rire : "Tu te moques de moi ? Vous pensez que je vais entrer dans le Queens et vous laisser m'attraper ? Je ne suis pas stupide, Pauly. Je ne prévois pas d'être torturé pour l'information, et je ne prévois certainement pas de vous laisser me tuer quand vous aurez obtenu ce que vous voulez."

"Tu n'es pas très confiant, n'est-ce pas ?"

"Pas le moins du monde. Je sais à qui j'ai affaire."

"Vous le faites maintenant ? Alors, qu'est-ce que tu proposes ? Et qu'est-ce que vous cherchez ? Quel est votre prix pour ça ?"

"Nous pouvons en venir à ce que je suggère plus tard. Quant au prix, je ne suis pas intéressé par votre argent. C'est une vengeance. Je le dois à Carlo. Tout ce que je vous demande, c'est que personne ne me dérange, ni moi ni les miens, quand ce sera fini."

"Pas d'argent ? La gratuité est toujours bonne. Vengeance ? Il semble que nous le voulions tous les deux. Alors maintenant, que se passe-t-il ?"

"Je vous contacterai avec de plus amples informations lorsque le moment sera venu. Ce que vous devez faire maintenant, c'est obtenir des visas pour visiter le Brésil pour quatre ou cinq de vos hommes. Il vaut mieux en envoyer qui n'ont pas de casier judiciaire grave. Les visas pourraient être un problème si vous ne le faites pas".

Par George Thomas S.

"Où au Brésil ? Ça pourrait aider de le savoir."

"Pour les visas, autant dire qu'ils vont en vacances à Rio. C'est un lieu touristique courant. Ce n'est pas leur destination finale, mais cela vient plus tard."

"Bien. Quand doivent-ils être prêts à partir ?"

"Une question de jours. On ne peut pas encore être précis. Il suffit d'obtenir les visas. Et pas d'armes. Vous ne voulez pas qu'ils se fassent prendre avant même d'arriver ici. Ce n'est pas un problème d'obtenir ce dont ils ont besoin là où ils vont."

"Vous devez savoir que si c'est un tour de passe-passe, je vous arracherai personnellement le cœur. C'est une promesse."

"Ce n'est pas un tour, Pauly. C'est juste ton rêve le plus cher qui devient réalité. Maintenant, donne-moi un numéro pour te joindre."

Il a donné son numéro de portable à Thomas, et la conversation était terminée. Pauly a alors raccroché le téléphone et s'est assis tranquillement derrière son bureau. C'est Gino qui a parlé en premier.

"Qu'est-ce que tu as en tête, patron ? Vous pensez que c'est pour de vrai ?"

"Comment diable puis-je savoir si c'est pour de vrai ? Ce que je sais, c'est que je ne peux pas ignorer cette possibilité. Je veux que vous choisissiez une équipe de trois autres gars. Pas de casier judiciaire. On va à Rio. Je vais m'occuper rapidement des visas."

"Rio" ? Ouah ! C'est un endroit où j'ai toujours voulu aller. Les femmes là-bas sont vraiment sexy."

"Hé, ce n'est pas des vacances. Tu ferais mieux de garder l'esprit aux affaires là-bas. Tu me comprends ?"

"Ouais, Pauly. Bien sûr. Pas de problème. Quand est-ce qu'on y va ?"

Je ne sais pas. Je dois attendre un autre appel. Rassemble ton équipe et on va faire les visas de voyage pour être prêts quand ça arrivera."

"Bien. Je vais m'en occuper." et Gino a commencé à partir.

"Gino ! Si on trouve Carlo ? On s'assure de faire ce type aussi. Il semble en savoir plus que je ne le voudrais. Pas de détails à régler. Tu comprends ?"

"Ouais. Pas de problème. Fais les deux."

"Et tous ceux qui sont avec eux. Personne qui est au courant ne reste en vie. On s'en assure."

"Bien, patron. Pas de problème."

Pauly, apparemment, réfléchissait déjà aux moyens de s'en débarrasser.

"J'ai entendu dire qu'ils ont ces petits poissons là-bas qui peuvent manger les gens. De grandes dents acérées comme des rasoirs sur ces petits poissons."

"Ouais, des piranhas, Pauly. Des petits bâtards vraiment vicieux."

"Ouais, c'est eux. On va les donner à manger aux piranhas."

"Je ne pense pas qu'ils en aient à Rio, patron."

"Des requins alors. Ils en ont, n'est-ce pas ?"

"Ouais. Je suis sûr qu'ils le font."

Par George Thomas S.

"Bien. Maintenant, sors d'ici et laisse-moi finir mon souper."

Gino parti, Pauly est retourné à la table de la salle à manger. Marie lui demandait toujours, même si elle savait qu'il ne lui dirait rien.

"Alors ? Qu'est-ce qui était si important ?"

"Rien. Juste les affaires. Apporte-moi encore de ces incroyables boulettes de viande. J'adore tes boulettes de viande, Marie."

Lorsque Thomas a répondu à l'appel de Pauly Sabatini, Sofia était devant le grand miroir de la salle de bains, en train d'appliquer le peu de maquillage qu'elle utilisait. Elle avait écouté du mieux qu'elle pouvait et avait l'envie de demander à Thomas ce qu'il en était.

"Tu as reçu un appel de ce Sabatini que Carlo a volé ?"

"Oui. Il est un élément essentiel du plan."

"Je crains que vous n'ayez impliqué trop de mauvaises personnes dans cette affaire, Thomas. Maintenant, ils vont vouloir vous trouver aussi."

"Je suis sûr qu'ils le feront. Ce qui est important c'est qu'ils trouvent Carlo. J'ai encore quelques autres tours dans ma manche."

"Je ne suis pas sûr de vouloir savoir. Mais peut-être que tu devrais me le dire quand même."

J'ai besoin que vous fouilliez dans les fichiers de Carlo et que vous voyez si vous pouvez trouver quelque chose qui puisse identifier ce type qu'il appelle seulement "le banquier". Il pourrait être un élément critique dans cette affaire. J'ai besoin de savoir quelque chose sur lui. N'importe quoi. C'est la seule entité incertaine dans ce plan. Je ne me sens pas à l'aise de ne pas connaître ses liens."

"Je vais voir ce que je peux faire. Je travaillerai dessus plus tard dans la soirée."

"Merci. Je ne pourrais jamais traverser ça sans toi. Tu sais ça ?"

Juste à ce moment-là, on a frappé à la porte.

Il s'agissait de Paola, très joliment vêtue d'une robe en tricot qui descendait jusqu'au genou et épousait joliment toutes ses courbes. Cette femme avait une silhouette que Thomas n'aurait jamais soupçonné posséder. Elle avait été bien cachée sous les vêtements de bonne bon marché et amples qu'elle portait en travaillant pour Carlo. Ses cheveux, châtain foncé et longs comme les épaules, étaient tout à fait étonnants. Il ne les avait vus auparavant qu'attachés en chignon à l'arrière de sa tête. Son visage, très sculpté et joli, était doucement et subtilement mis en valeur par un bon équilibre entre l'eyeliner et le rouge à lèvres très pâle qui soulignait ses lèvres pleines. Il était difficile de croire qu'il s'agissait de la même femme. Thomas s'est même retourné quand il l'a vue pour la première fois.

"Paola ? Tu es absolument magnifique. Tu as caché ta beauté au monde entier", a-t-il dit, alors qu'elle rougissait et souriait d'embarras.

Sofia a eu la moindre larme à l'œil en regardant le changement de cette femme dont elle était devenue l'amie. Elle était très heureuse d'avoir contribué à la découverte par Paola de sa propre beauté.

"Tu me rends timide", dit Paola avec un léger rire. "Je ne suis pas si belle. Mais merci."

" Je pense que je dois faire attention à ce que Thomas ne soit pas trop attiré par toi ", sourit Sofia, et lui adresse un clin d'œil narquois.

Par George Thomas S.

Thomas venait de donner à cette femme une nouvelle vie, une fortune en argent, et une tendre affection. Il n'est pas impossible qu'elle ait des idées romantiques sur ces choses. Ce ne serait pas une bonne idée pour elle. Il était certainement préférable qu'elle retourne dans sa famille dans quelques jours. Laissez-la commencer sa nouvelle vie et, sans aucun doute, quelqu'un reconnaîtra la douceur et la beauté de cette femme et elle trouvera son véritable partenaire.

Les yeux de Thomas étaient constamment rivés sur Sofia depuis qu'elle était entrée dans la pièce. Ses cheveux scintillaient et tombaient en boucles douces sous ses épaules nues. Ses yeux bruns profonds, au regard toujours si mélancolique, étaient doucement soulignés et, comme toujours, le tenaient dans un état presque hypnotique. Elle portait une robe sans bretelles, blanc cassé, qui épousait la forme de son merveilleux corps, des épaules à un centimètre au-dessus des genoux. Elle portait un simple collier en or et des boucles d'oreilles assorties qui, avec la robe, formaient un merveilleux contraste avec son corps bronzé. Elle était incroyable. Pour Thomas, elle était devenue tout cela et plus encore. Peu importe qu'elle soit habillée comme ça, qu'elle porte un jean ou qu'elle se promène dans une serviette avec ses cheveux enroulés sur sa tête. Pour Thomas, à chaque instant, elle était la plus belle femme du monde. Il ne pouvait jamais détacher ses yeux d'elle sans ressentir le besoin de la regarder à nouveau. Les sentiments auxquels il avait résisté étaient maintenant impossibles à ignorer.

Alors qu'elles se dirigent vers le restaurant Cipriani, elles peuvent sentir les yeux de tous sur elles. Ces deux belles femmes attiraient certainement beaucoup d'attention et, sans doute, des regards envieux. Thomas était sûr que sa poitrine aurait pu se gonfler un peu à l'idée d'être vu avec deux femmes aussi séduisantes, une à chaque bras. Tout au long de leur repas, ils étaient toujours conscients que tout le monde dans la salle profitait de l'occasion pour regarder dans leur direction. Cela ne les dérangeait pas. Pour eux, c'était amusant de voir les regards d'envie sur les visages des hommes. Quant aux femmes, leur regard était très différent. Si elles ne regardaient pas leurs partenaires comme pour désapprouver leurs regards, elles les regardaient souvent tous les trois comme si elles trouvaient tout cela ennuyeux.

Le joyeux trio est resté dans le restaurant jusqu'à minuit passé. Une fois qu'ils furent bien nourris et qu'ils eurent bu quelques verres, ils retournèrent à la suite. Ils se sont assis tous les trois sur le grand canapé, Paola d'un côté de Thomas, et Sofia de l'autre. Ils avaient ouvert le frigo du bar et bu quelques autres verres pendant qu'ils regardaient tranquillement "Something about Mary" à la télévision, en anglais. Une fois le film terminé, Sofia a poliment suggéré qu'ils étaient fatigués et voulaient aller dormir. Paola a regardé Thomas en disant quelque chose en portugais à Sofia. Ils ont tous deux ri, comme on le fait lorsqu'il y a quelque chose d'une certaine nature dans les commentaires, puis ont regardé Thomas et ont souri. Paola se leva, les remercia pour cette belle soirée, les embrassa et leur souhaita une bonne nuit. Ce soir, Thomas et Sofia vont explorer davantage leur passion l'un pour l'autre. Une fois qu'ils furent seuls, il dut demander.

"Ok ! Qu'est-ce qu'elle a dit de si drôle ?"

"Hmmmm, bien elle sait que ce n'est pas le sommeil que je souhaite."

"Ah, je vois", dit-il en hochant la tête en signe d'accord. "Je suppose qu'elle a raison."

"Oui. Elle l'est."

"Je ne veux jamais être sans toi."

"Sûr ? Très sûr, Thomas ?"

"Très sûr, Sofia. Je ne pouvais même pas l'imaginer !"

Par George Thomas S.

"Mmmmm, c'est ce que je souhaite vraiment entendre. Toujours. Qu'il en soit ainsi pour toujours."

"L'éternité est une longue période, mais je pense honnêtement que si quelqu'un peut faire en sorte que ce soit vrai, nous le pouvons." Thomas répondit et la tint dans ses bras en déposant un baiser sur son front.

Il avait souvent pensé à faire ce voyage, en commençant par son front, puis ses yeux, son nez, ses joues, son menton, ses lèvres, et en descendant le long de son corps. Il aimait particulièrement l'idée de commencer à la déshabiller au fur et à mesure. Ce serait une nuit de grande passion entre deux personnes qui étaient tombées tellement amoureuses. Au cours des heures suivantes, ils n'ont jamais quitté le salon de la suite. Ils ont réussi à utiliser le canapé, le fauteuil, le sol, la table basse, le mur et même la baie vitrée. On aurait dit qu'ils étaient déterminés à ne laisser aucun endroit de la pièce inutilisé. Ils n'ont jamais atteint la chambre à coucher, s'endormant finalement dans les bras l'un de l'autre sur le canapé. La dernière pensée de Thomas, avant que le sommeil ne l'envahisse, était à quel point il aimait cette femme. La pensée qui lui était venue avant celle-ci, était qu'il devrait commencer à prendre des vitamines. Bientôt !

CHAPITRE 15

L'histoire de Paola

Thomas et Sofia n'ont pas bougé du canapé avant presque dix heures du matin. À leur réveil, ils ont pris une douche et se sont habillés dans les peignoirs en coton incroyablement doux fournis par l'hôtel. Ils ont commandé un petit-déjeuner au service d'étage et se sont assis ensemble sur le canapé. Sofia s'est blottie contre lui et a entamé une conversation sur Paola.

"Thomas ? Connais-tu la vie de Paola ?"

"Non, ma chérie, je ne le fais pas."

"Elle m'a tout raconté pendant que nous roulions jusqu'ici. C'est très triste. Je ne peux pas croire ce qu'elle a traversé."

"Eh bien, maintenant je comprends pourquoi il y avait tant de bavardages portugais pendant le voyage, dit-il en gloussant. "Je suis sûr qu'elle n'a pas eu une vie très agréable en travaillant pour Carlo."

"C'est bien plus que Carlo. Vous savez comment elle est arrivée à travailler pour lui ?"

"Je n'en ai aucune idée."

"Laisse-moi commencer par le début, ok ?"

"Bien sûr ! Vas-y."

Par George Thomas S.

"Paola est, comme moi, née très pauvre. Contrairement à moi, elle venait d'une famille très nombreuse. Ses parents avaient six enfants, dont elle. Ils ont eu de la chance, d'une certaine manière, car ils n'ont jamais subi l'indignité de vivre dans les favelas. Pourtant, ils n'étaient pas beaucoup mieux lotis. La famille entière vivait dans trois pièces d'un vieil immeuble d'habitation dans l'un des quartiers les plus pauvres de São Paulo. Les enfants les plus âgés, au nombre de quatre, dormaient tous à même le sol dans une pièce. Les plus jeunes dormaient à même le sol dans la chambre de leurs parents. La troisième pièce n'était rien de plus qu'un petit espace de vie avec un minuscule réfrigérateur et une plaque chauffante."

"C'est plutôt bondé. Quand même, c'est mieux que les favelas."

"Oui, c'est vrai. Mais quand même difficile ! La nourriture était rare et la famille vivait principalement de riz et, peut-être toutes les quelques semaines, de viande, de pommes de terre et de légumes frais. La plupart des aliments provenaient d'une des banques alimentaires de São Paulo. La plupart de leur argent servait à payer le loyer et l'électricité."

"Est-ce que l'un des enfants travaillait ? Ou allait à l'école ?"

"Oui, ils ont été un peu scolarisés, mais pas beaucoup. Lorsque la plupart des enfants ont été assez âgés pour travailler, ils ont pu s'offrir un appartement un peu plus grand. Il ne comportait toujours que deux chambres, mais avait un salon et une cuisine séparée. Certains des enfants dormaient alors dans le salon."

"Alors comment Paola a-t-elle rencontré Carlo ?"

"C'était quand elle avait trente ans. Elle travaillait comme employée très mal payée dans un magasin de chaussures. Elle n'avait jamais été mariée ni même eu de petit ami proche. Elle avait mené une vie très protégée et se consacrait à aider à soutenir sa famille. C'est là que

Le Second Avènement d'Angela

Carlo l'a découverte. Au début, il semble être attiré par elle de façon romantique. Un jour, il lui a demandé si elle voulait sortir dîner. Elle accepte. Cela s'est avéré être le jour de sa vie qu'elle regrette le plus. Après le dîner, Carlo l'a convaincue de venir voir sa maison. Une fois sur place, il est devenu un animal. Paola, qui craignait pour sa vie, a pleuré pendant qu'elle était sodomisée, violée et forcée de se livrer à toutes les formes de sexe dégradant que Carlo pouvait imaginer. Lorsqu'il a terminé, elle est restée allongée sur le sol, en position fœtale et recroquevillée. Elle a été traumatisée à jamais. Elle a également craint pour sa vie."

"Oh mon Dieu ! Cette pauvre femme ! Mais alors pourquoi travaillait-elle pour lui ?"

"Carlo lui a donné le choix. Elle devait garder le silence sur ce qui s'était passé et rester dans la maison en tant que servante et jouet sexuel, ou elle devait mourir avec toute sa famille. Si elle essayait de partir, il les traquerait et les tuerait tous. La crainte de Paola pour sa famille l'a obligée à se soumettre à près de dix ans de servitude."

"Quel fils de pute pourri". Comme si j'avais besoin d'une autre raison de le détester ! Elle a été maltraitée pendant tout ce temps ?"

"Non ! Après environ trois ans, heureusement, Carlo a perdu tout intérêt à l'abuser sexuellement. C'est alors qu'elle n'est plus devenue que la femme de ménage. Elle m'a dit que, malgré la violence verbale de Carlo, les sept dernières années ont été faciles, par rapport à avant. Il lui versait même une petite somme chaque mois. Cinquante dollars américains ! Pendant toute la durée de son séjour, Carlo l'avait autorisée à rendre des visites hebdomadaires à sa famille, mais elle était toujours surveillée par Antonio. Mieux vaut éviter tout soupçon. Bien sûr, Carlo les a toujours menacés de mort si Paola faisait l'erreur de parler. Au cours des sept dernières années, elle a donné chaque centime de son salaire à ses parents, qu'ils ont fidèlement économisé dans l'espoir de quitter São Paulo.

188

Par George Thomas S.

Paola insiste pour qu'ils le fassent et utilisent l'argent pour déménager à Brasilia où ils pourraient avoir une vie meilleure. Elle leur avait assuré qu'elle les rejoindrait un jour, même si elle sentait au fond d'elle-même qu'elle ne le ferait jamais.

"C'est donc pour ça que sa famille est à Brasilia ! Mais comment Carlo ne le saurait-il pas ?"

"Antonio ! Quand la famille de Paola a déménagé à Brasilia il y a trois ans, Antonio l'a aidée à garder le secret. Ils ont continué à rendre la soi-disant visite hebdomadaire à sa famille afin que Carlo ne sache pas qu'il avait perdu son emprise sur elle. Elle craignait toujours pour sa vie, et n'a donc jamais tenté de partir. Antonio l'emmenait, une fois par semaine, et ils faisaient un tour en voiture, déjeunaient, puis retournaient chez Carlo. D'après ce que Paola m'a dit, elle avait un peu le béguin pour Antonio. Il n'en avait aucune idée. Il avait été vraiment gentil avec elle. Il n'a rien pu faire pour les premières années d'abus sexuel aux mains de Carlo. Il s'est excusé à plusieurs reprises de ne pas avoir pu l'aider pendant cette période."

"Je savais que le grand gars avait un coeur. Je souhaite toujours qu'il l'ait arrêté d'une manière ou d'une autre. Je souhaite qu'il ait tué ce bâtard."

"Paola lui a pardonné pour ça. Elle savait qu'il ne pouvait rien faire et était très reconnaissante de sa gentillesse. Sa plus grande peur était d'être livrée à Rico. Elle savait ce qu'il faisait avec les jeunes filles des favelas. Elle vivait chaque jour dans la crainte que Carlo ne la lui remette. Heureusement, Rico ne s'est pas intéressé à elle et Carlo n'a jamais semblé l'envisager."

La conversation fut interrompue par l'arrivée du service d'étage avec leur petit-déjeuner. Thomas en avait entendu assez de toute façon, et avait maintenant encore plus de compassion et d'affection pour Paola ainsi que plus de haine pour Carlo.

Le Second Avènement d'Angela

"Tu sais, Sofia, c'est difficile d'expliquer le sentiment de savoir que tu as aidé quelqu'un à échapper à une vie aussi horrible. Ça fait du bien ! Presque une purification de l'esprit."

"Je sais, mon Thomas. C'est un très bon sentiment."

Vers le milieu du petit-déjeuner, Paola est arrivée et les a rejoints à table. Elle était tout sourire et a posé quelques questions à Sofia en portugais. Thomas avait une assez bonne idée de ce qu'elles pouvaient concerner. Le rire de l'écolière était difficile à dissimuler. La conversation entre eux n'avait pas duré assez longtemps pour que Sofia puisse donner beaucoup de détails, mais Paola savait sans doute qu'ils avaient passé une nuit merveilleuse.

Après le petit-déjeuner, ils ont décidé de s'habiller et d'aller se promener sur la plage. C'était une belle journée ensoleillée, et ils n'avaient aucune envie de rester enfermés dans une suite d'hôtel. Tous les trois marchent tranquillement sur le sable en écoutant les vagues s'écraser sur le rivage.

Il y avait plusieurs personnes qui profitaient du soleil et de l'eau, même à cette heure matinale. Des femmes à l'allure exotique dans des bikinis extrêmement petits étaient partout. Il semblait que ces personnes ne se souciaient pas des dangers d'un excès de soleil. Ils étaient tous si bronzés que Thomas pensait qu'ils n'avaient jamais passé une minute de la journée à l'ombre. Peu importe, c'était un peuple vivant et insouciant. Pas le temps de s'inquiéter de choses comme le cancer de la peau.

Alors qu'ils continuaient leur promenade, Paola parlait presque sans arrêt avec Sofia. Thomas sentait que la conversation était très intense et sa curiosité le tuait. Il attendait que Sofia et lui soient seuls et qu'elle puisse lui dire ce qu'elle avait pu apprendre d'autre sur Paola. Peu à peu, ils se retrouvèrent à l'hôtel, assis au bord de la piscine avec un bon verre de l'après-midi.

Par George Thomas S.

Paola continuait à tremper ses orteils dans la piscine et finalement, elle et Sofia ont décidé de se baigner. Elles sont allées à la boutique, ont acheté deux bikinis et sont montées se changer. Thomas a eu le plaisir de s'asseoir et de prendre plaisir à les regarder rire et s'ébattre dans la piscine. On aurait dit deux écolières en plein après-midi. C'était très agréable de les voir toutes les deux si heureuses et souriantes. Demain, ils seront en route pour Brasilia, après quoi Sofia et lui continueront leur route vers Manaus. Thomas avait le sentiment qu'ils ne perdraient jamais le contact avec Paola. Elle est devenue une famille au sens propre du terme. Il ne fait aucun doute qu'ils l'aiment tous les deux, non seulement comme une amie, mais aussi comme une sœur. C'était un sentiment très agréable. Ils devaient prendre un vol dans la matinée et, après une brève discussion, ils ont décidé de partager un dîner tranquille tous ensemble dans la suite avant de se retirer pour la nuit.

Ce serait, selon toute vraisemblance, la dernière nuit qu'ils passeraient tous les trois ensemble jusqu'à ce que, peut-être, ils puissent à nouveau se connecter lorsque toutes ces affaires seraient enfin terminées. Il semblait très important d'être seuls l'un avec l'autre et de profiter de leurs dernières heures ensemble en privé. Paola est allée dans sa chambre pour se changer, et Sofia et Thomas sont retournés dans la suite. Alors qu'il regardait Sofia enlever son peignoir et son maillot de bain, il avait du mal à se concentrer sur ce qu'elle lui disait de Paola. Soudain, lorsqu'il a entendu le mot bébé, il a retrouvé son attention.

"Bébé ? Bébé ? Quel bébé ?"

"Tu n'écoutais pas, Thomas ?"

"C'est un peu difficile de se concentrer quand je te regarde te déshabiller, mon amour. Qu'est-ce que je peux dire !" dit-il en haussant les épaules, "Maintenant, que diriez-vous d'un bébé ?"

"Paola a eu un bébé il y a trois ans. Carlo l'a fait envoyer dans un orphelinat."

"Mon Dieu ! Pauvre Paola. Mais, le bébé de Carlo ? Elle serait peut-être mieux sans lui dans sa vie. Je déteste dire ça, mais..."

Sofia l'a coupé avant qu'il ne puisse terminer.

"Ce n'était pas le bébé de Carlo."

"Pas le sien ? A qui alors ?"

"Antonio. Mais il ne sait pas que c'est le sien. Ils ont fait l'amour une fois et elle est tombée enceinte. Il pense que c'est celui de Carlo, mais Carlo ne l'a pas touchée pendant presque deux ans."

"Bon Dieu. Je n'arrive pas à y croire. Je me demande ce qu'Antonio aurait fait s'il avait su ? Carlo a sûrement dû se demander à qui il appartenait ?"

"Il savait que c'était celui d'Antonio. Il a menacé Paola si jamais elle lui disait. Je veux trouver son bébé pour elle, Thomas. C'est son fils. Je suis sûr qu'elle aimerait être avec lui. Nous devons le trouver."

"Comment pouvons-nous faire ça ? Par où commencer ?"

"Je ne sais pas. Nous devons penser à quelque chose. Il le faut."

"Je n'ai pas d'idées, alors j'espère que vous trouverez quelque chose de valable. C'est peut-être sans espoir."

Thomas n'avait vraiment aucune idée. Il se demandait comment ils pourraient trouver cet enfant. Où chercheraient-ils ? C'était un problème qu'il doutait d'abord de pouvoir résoudre. Puis il s'est souvenu qu'Antonio avait acheté un nouveau téléphone portable et lui avait donné le numéro. Antonio s'était débarrassé de l'ancien téléphone. Il ne voulait pas avoir

Par George Thomas S.

peur qu'il réponde un jour et que ce soit Carlo. Thomas a décidé de l'appeler et de voir s'il pouvait se rappeler où le bébé avait été emmené. Antonio a répondu au téléphone avec un ton quelque peu hésitant dans la voix.

"Allô ? Qui est là ?"

"Antonio, c'est moi, Thomas. Comment vas-tu ?"

"Oh, Thomas, tu vas bien ! Bien. Je vais bien. Ici à Naples."

"Je suis content que tu sois là. Est-ce que c'est tout ce que tu espérais ?"

"Oui, en quelque sorte. C'est assez grand, et très sale ici, mais au moins c'est l'Italie. Je vais peut-être essayer de trouver une petite ville où vivre. Je pense que je vais préférer ça."

"Eh bien, tu peux vivre où tu veux maintenant."

"Ouais, c'est génial. Alors, tu es déjà sorti du Brésil ?"

"Non. J'ai encore un peu de choses à faire avant de pouvoir partir. Pour l'instant, j'ai besoin de votre aide."

"Ouais ? De quoi avez-vous besoin ? Tout ce que vous voulez."

"Je viens de découvrir que Paola a eu un bébé. J'aimerais les réunir. Vous souvenez-vous où il a été emmené ?"

Il y a eu une longue pause à l'autre bout du fil avant qu'il ne réponde.

"Ouais. Elle a fait. Un fils. C'est nul que Carlo m'ait obligé à le lui prendre. Je l'ai déposé dans une église près de l'avenue Paulista. Je ne me souviens pas du nom. Une église catholique. Je me suis dit que les nonnes sauraient quoi faire de lui."

"J'aimerais que vous puissiez vous souvenir du nom. Il doit y avoir beaucoup d'églises catholiques là-bas."

"Pas grand chose autour de l'avenue Paulista. Peut-être que quelqu'un peut le trouver. J'aimerais pouvoir aider davantage. Je suis désolé, Tommy. Comment va Paola ? C'est une femme bien. J'espère qu'elle va bien." Il y avait une réelle tendresse dans sa voix quand il a demandé comment elle allait.

"Paola va bien. Elle est très heureuse de rentrer à la maison. Et ne soyez pas désolé. Vous avez été d'une grande aide. C'est un endroit où commencer de toute façon. Merci, Antonio. Je t'appellerai quand tout sera terminé ici. Prends soin de toi, et de Rosina."

Une fois de plus, il y a eu une hésitation à l'autre bout du fil avant qu'Antonio ne réponde.

"Oui", a-t-il dit d'une voix quelque peu abattue. "Je vais faire ça. Toi et Sofia quittez le Brésil dès que possible. OK ? Assurez-vous-en."

"Je fais du mieux que je peux, mon ami. Je devrais bientôt être sorti. Prends soin de toi."

Ils se sont dit au revoir et la conversation s'est terminée. Thomas a raconté à Sofia ce qu'Antonio avait dit à propos de l'église. Elle commence à se frotter le menton, réfléchissant visiblement à cette énigme.

"Laisse-moi appeler quelqu'un, Thomas. Peut-être que je peux trouver cette église."

"Bien sûr ! Appelle qui tu veux. J'espère que vous trouverez quelque chose. Ce serait un super cadeau pour Paola."

Par George Thomas S.

Sofia est allée dans la chambre et, après environ vingt minutes au téléphone, elle est revenue. Il y avait un sourire sur son visage, et de l'excitation dans sa voix.

"J'ai une amie à São Paulo. Elle travaille avec des orphelins. Elle pense qu'elle connaît l'église. Elle va y aller ce soir et voir ce qu'elle peut trouver."

"Super ! J'espère qu'elle trouvera quelque chose d'utile pour nous."

"Oui, moi aussi. Maintenant, allons prendre une douche ", elle tendit la main et prit celle de Thomas pour le conduire vers la salle de bain.

Inutile de dire qu'il a suivi gaiement. Quand ils ont été satisfaits que leur passion soit assouvie, ils se sont habillés pour le dîner. Paola arriverait bientôt, et ils ne voulaient pas être surpris en petite tenue. Demain, ils partiraient, comme prévu, pour Manaus. Ils s'installèrent sur le canapé et Thomas appela le room service et commanda trois dîners de surf and turf, qui seraient livrés dans la demi-heure. Il avait à peine raccroché le téléphone que Paola frappait à la porte. Peu de temps après, ils sont tous assis autour de la table pour déguster un excellent repas et bavarder. Paola ne cesse d'exprimer sa reconnaissance pour les efforts qu'ils ont déployés afin qu'elle puisse rejoindre sa famille à Brasilia. Sa gratitude semble sans fin. Bien qu'ils lui assurent que c'est un plaisir pour eux et qu'elle n'a plus besoin de les remercier, elle leur dit encore "Obrigado".

Elle était encore bouleversée par le don de tant d'argent. Avec cet argent, elle prendrait soin de ses parents, de ses frères et sœurs. Thomas supposait qu'il pourrait faire de même à sa place.

Le Second Avènement d'Angela

A la moitié du dîner, le téléphone portable de Sofia a sonné. Elle est allée dans la chambre pour prendre l'appel et est partie un quart d'heure. Quand elle est revenue, elle avait un grand sourire sur le visage. Elle devenait douée pour les messages codés.

"Thomas, mon amie est incroyable. Elle a déjà trouvé le paquet", dit-elle avec un sourire de bonheur et de surprise sur le visage.

"Vous plaisantez ? Vraiment ? Si vite ?"

"Oui. Je suis étonné. Mais elle est sûre que c'est le bon."

Sofia et Thomas se sourirent d'un air entendu et reprirent leur repas. Avant d'assumer l'importante responsabilité de ramener cet enfant, Thomas demanderait à Sofia de se renseigner un peu plus sur Paola pour s'assurer que c'est bien ce qu'elle souhaite. Il était certain que ce serait le cas, mais mieux valait être sûr. Après le dîner, il se rendit dans la chambre et quelques minutes plus tard, il appela Sofia pour qu'elle entre.

Ils ont décidé qu'il descendrait dans le hall sous prétexte d'avoir besoin de cigarettes, et que Sofia engagerait alors une conversation avec Paola au sujet de son fils. Elle ne dévoilera aucun secret, se contentant d'en savoir plus sur les sentiments de Paola et sur la façon dont sa famille a pu réagir au fait qu'elle ait un enfant. Sa famille serait certainement un problème, et leur acceptation serait importante pour elle. Thomas est convaincu que Sofia fera preuve de beaucoup de tact et qu'ils connaîtront la réponse sans rien dévoiler.

Une fois dans le hall principal, Thomas a décidé de s'asseoir et de prendre un verre et de fumer pendant qu'il attendait un temps raisonnable que Sofia parle avec Paola. Il se demandait comment Antonio réagirait s'il était au courant. D'une manière ou d'une autre, il avait le sentiment qu'il y avait eu une certaine émotion chez le grand homme pour elle. Ici, au Brésil, il avait un fils dont il ignorait l'existence, et une femme qui, Thomas en avait le

196

Par George Thomas S.

sentiment, tenait vraiment à lui. Tout cela n'avait pas beaucoup d'importance, il supposait, avec Rosina et lui en Italie.

Leur brève conversation semblait un peu étrange, cependant. Il ne semblait pas avoir le même engouement pour Naples et, lorsque Thomas mentionnait Rosina, il n'était pas aussi élogieux que d'habitude chaque fois que le sujet était abordé. Peut-être, pensait-il, lisait-il quelque chose qui n'était pas là. Sans doute tout allait bien, et Antonio était simplement nerveux à l'idée que Carlo puisse le retrouver. Thomas passa près d'une heure au bar à ressasser ses pensées avant de remonter à l'étage. Quand il est entré dans la suite, Sofia était seule et avait visiblement pleuré. Il était évident que leur conversation avait été très émotionnelle.

"Sofia ? Est-ce que tout va bien ? Où est Paola ?"

"Elle est allée dans sa chambre. Oh, mon Thomas, elle veut tellement son bébé. Elle se languit de son fils. Elle en est tourmentée", a-t-elle dit en se blottissant dans ses bras.

"Eh bien ! Alors je suppose que nous savons ce que nous avons à faire."

"Oui. Nous devons lui amener son bébé. Et vous savez quoi ?"

"Quoi, chéri ?"

"Elle était amoureuse d'Antonio. Pouvez-vous le croire ? Elle disait qu'il était toujours si gentil avec elle. La fois où ils ont fait l'amour était un de ces jours où il prétendait l'emmener voir sa famille. Ils sont allés faire un pique-nique. Elle en parlait de façon si romantique. Pauvre femme. Qu'est-ce qu'on va faire ?"

197

"Gee, mon coeur. Le bébé, je pense qu'on peut s'en occuper. Antonio, c'est une autre histoire. Il est à Naples avec Rosina. Je ne pense pas que ce soit une bonne idée de lui compliquer les choses."

"Oui. Vous avez raison. C'est tellement triste. Pauvre Paola."

"Je me sens mal pour elle aussi. Elle mérite tellement en ce moment. Soyons juste heureux que son fils lui soit rendu. Ok ?"

"Oui. C'est tout ce que nous pouvons faire. Mais Thomas, je dois te dire quelque chose."

"Tu as ce regard sur ton visage. Qu'est-ce que tu manigances ?"

"Mon amie Johanna a déjà le bébé", dit-elle en regardant Thomas dans les yeux, presque effrayée par sa réaction.

"Elle l'a fait ?" a-t-il lâché.

"Oui. Tu n'es pas en colère parce que je lui ai dit de prendre le bébé ?"

"Oh, Sofia. Non ! Jamais ! Je pense que c'est merveilleux. Ça nous évite bien des soucis. C'est mieux que nous n'ayons pas eu à retourner le chercher."

"Oui. Thomas ?" dit-elle avec un regard qui laisse entendre que l'autre chaussure est sur le point de tomber.

"Quoi ? Pourquoi tu me regardes comme ça ?"

"Je dois retourner chercher le bébé", son corps s'est tendu instantanément en prononçant ces mots. Il était évident qu'elle savait qu'il n'aimerait pas l'idée.

Par George Thomas S.

"Vous" ? Pourquoi ? Nous prenons l'avion pour Brasilia demain. Elle ne peut pas l'amener là-bas ? Tu ne peux pas retourner à São Paulo. Ce serait trop risqué."

"Elle ne peut pas quitter São Paulo maintenant. Je dois y aller. Je ne la retrouverai qu'à l'aéroport et je serai de retour dans un avion dans quelques heures. Tout ira bien. Je te le promets."

"Pourquoi ai-je l'impression que je perdrais mon temps à me disputer avec vous ? Très bien. Alors je vais aller avec vous."

"Non. Vous n'irez pas. Carlo peut encore avoir des gens qui te cherchent à l'aéroport. Tu ne peux pas prendre le risque. Nous serions alors tous les deux en réel danger. Vous devez rester à Brasilia et m'attendre."

Thomas ne voyait pas l'intérêt d'en débattre. Elle avait raison sur la possibilité qu'il soit vu à l'aéroport. Il détestait l'idée qu'elle y aille seule, mais c'était la seule solution.

Sofia a téléphoné pour réserver un vol de retour à São Paulo pour le matin. Elle réserverait également un retour le même jour à Rio et une correspondance à Brasilia. Elle a ensuite téléphoné à Johanna pour s'organiser afin de la retrouver à l'aéroport. Elle et Thomas concocteraient une histoire à raconter à Paola, probablement à propos du paquet manquant, et elle et Thomas continueraient vers Brasilia. Il aurait une chambre là-bas et Paola serait de retour avec sa famille. Puis l'attente de Sofia commencerait. Ils avaient encore des éléments de la phase finale de son plan à mettre au point et il avait besoin d'elle pour l'aider. Il serait dans les limbes à cet égard, sans parler du fait qu'il s'inquiète beaucoup pour Sofia et qu'il se sent plus que seul sans elle. Il s'est endormi avec une sensation très désagréable dans l'estomac.

Le Second Avènement d'Angela

\

CHAPITRE 16

LE PETIT PAQUET DE JOIE

Thomas et Sofia étaient levés et prêts à partir pour l'aéroport quand Paola a frappé à la porte. Sofia a expliqué qu'elle allait retourner à São Paulo pour le paquet qu'elle avait perdu. Paola se rendrait à Brasilia avec Thomas, où il attendrait le retour de Sofia. Paola n'a aucun mal à accepter cette histoire et se réjouit que Thomas soit à Brasilia pour au moins un jour de plus. C'était son souhait le plus cher pour sa famille de le rencontrer, lui et Sofia. Elle était comme un enfant surexcité à l'idée de revoir ses parents et ses frères et sœurs pour la première fois en trois ans.

Ils ont quitté l'hôtel et pris une navette pour l'aéroport. L'avion de Sofia partait après le leur, alors Paola et Thomas lui ont dit au revoir et ont embarqué dans le vol pour Brasilia. Le vol ne durera que deux heures et pendant ce temps, ils parlent un peu de la surprise de sa famille de la voir. Ils n'avaient aucune idée de sa venue. Deux de ses frères et une de ses sœurs sont maintenant mariés et ont des enfants. Elle n'avait jamais vu aucun de ses neveux et nièces et était impatiente de le faire. Elle n'avait aucune idée que Thomas savait pour son fils, et il n'a pas abordé le sujet. Au cours des heures qui suivirent, il essaya sans succès de se souvenir de tout ce qu'elle lui avait dit sur sa famille. Lorsqu'ils arrivèrent à Brasilia, il ne pouvait même pas se souvenir d'un seul des quelques dizaines de noms qu'elle avait mentionnés.

Ce n'était pas un problème inhabituel pour Thomas. Il n'avait jamais été très doué avec les noms pour commencer. Si l'on ajoute à ce petit problème de mémoire le fait que les Brésiliens parlent à une vitesse vertigineuse, Thomas est perdu pendant la majeure partie de la

Par George Thomas S.

conversation. Ce dont il se souvient, c'est que Paola lui a demandé au moins cinq fois s'il voulait l'accompagner pour rencontrer sa famille. On aurait dit qu'elle craignait qu'il la laisse tomber à l'aéroport et que tout soit fini. Bien sûr, Thomas lui a assuré qu'il serait très heureux de les rencontrer et, en fait, qu'il était impatient de le faire.

Quand l'avion a atterri, Paola était comme un chat agité en attendant de débarquer. Thomas connaissait ce sentiment d'être si près de quelque chose qu'il voulait tant et de ne pas pouvoir l'atteindre assez vite. Pour elle, il en était sûr, les minutes semblaient des heures alors qu'elle s'agitait, pleurait et gloussait. C'était comme si son corps ne savait pas quelle émotion il devait afficher, alors il les couvrait toutes. Une fois descendu de l'avion, c'est tout ce que Thomas pouvait faire pour suivre son rythme alors qu'elle courait vers la sortie du terminal. Il trouvait en fait très amusant et agréable de la voir si pleine d'exubérance juvénile.

Quand ils sont sortis du terminal, il a hélé un taxi. Paola a sorti un morceau de papier sur lequel figurait l'adresse de ses parents et a indiqué au chauffeur où ils devaient se rendre. Elle n'a pas dit un mot pendant les trente minutes de trajet. Elle reste assise, les larmes coulant sur ses joues. Thomas commence à réaliser qu'il va vivre des retrouvailles très émouvantes. Il a même commencé à penser qu'il pourrait être dans le chemin. Pourtant, il semblait si important pour Paola qu'il soit là que refuser n'était pas une option. Il allait simplement essayer de rester sur la touche et les laisser profiter du moment. Finalement, après ce qui semble être une éternité, le taxi s'arrête devant un immeuble d'habitation de dix étages.

"Thomas, c'est la maison de mes parents, de mon jeune frère et de ma jeune sœur. Ceux qui sont mariés vivent dans un autre endroit."

Ils ont quitté le taxi et sont entrés dans le hall. Après avoir monté deux étages, ils se trouvèrent devant la porte de l'appartement de ses parents. Thomas attendit qu'elle frappe, mais elle resta là à sangloter et à trembler de nervosité. Après quelques instants, il a tendu la main et a frappé à la porte avant de se tenir sur le côté pendant que Paola attendait que quelqu'un réponde. Quelques secondes plus tard, une jeune femme d'une vingtaine d'années ouvre la porte. Il y a eu un bref silence avant qu'elle ne crie littéralement "Paola ?". Le torrent de portugais qui en sort est si rapide et si fort que, même si Thomas avait parlé la langue, il n'aurait jamais compris. En quelques secondes, les parents de Paola, ainsi que sa sœur et son frère, l'ont entourée. Tout le monde voulait l'étreindre et l'embrasser, et tous parlaient en même temps.

Quelques minutes s'étaient écoulées avant que quelqu'un ne semble remarquer que Thomas se tenait là. La mère de Paola a dit quelque chose qui a fait rire Paola et l'a fait rougir beaucoup. Sa curiosité était en train de le tuer.

"Pourquoi tu ris autant et me regardes ?"

"Je suis désolée, Thomas. Ma mère m'a demandé si tu étais mon petit ami", a-t-elle répondu en ricanant. "Je lui ai dit que tu ne l'étais pas, mais que ta petite amie serait là ce soir."

Paola lui a expliqué qui il était, et le résultat a été d'être entouré de ces quatre personnes reconnaissantes qui voulaient l'étouffer de câlins et de baisers pour avoir ramené leur Paola à la maison. Il ne s'était jamais senti aussi apprécié. Aucun d'entre eux, à l'exception de Paola, ne parle un seul mot d'anglais. Thomas était vraiment hors de son élément et à la merci de la traduction occasionnelle de Paola. Pourtant, il y avait un incroyable sentiment d'amour et de famille qui l'entourait d'une chaleur qui ne connaissait pas la barrière de la langue. La seule chose qui manquait était Sofia. Être sans elle était comme une torture. Heureusement, elle sera à Brasilia plus tard dans la nuit.

Par George Thomas S.

Après quelques tasses d'un merveilleux café brésilien et un superbe petit-déjeuner préparé par la mère de Paola, il était temps de s'enregistrer à l'hôtel. Thomas a demandé à Paola de téléphoner et de réserver une suite à l'hôtel Metropoliotan, un hôtel quatre étoiles situé près du centre-ville. Après un au revoir un peu prolongé à tout le monde, il a pris un taxi et est parti. Il avait assuré à Paola qu'ils l'appelleraient demain matin. Elle viendrait à l'hôtel et les emmènerait ensuite rendre visite à sa famille. Elle lui a fait promettre comme si elle n'était pas sûre qu'il lui disait la vérité. Finalement, il a réussi à la convaincre et il est parti.

Si tout se passe bien, le voyage de Sofia à São Paulo sera un aller-retour rapide. Elle n'aurait que quelques heures d'attente pour le vol de retour et son arrivée à Brasilia devrait se faire vers huit heures du soir. Thomas s'installe dans la suite de l'hôtel et appelle son portable. Cela le tuait de ne pas savoir si tout allait bien.

"Hé, mon Thomas. Je te manque ?"

"Oui, tu me manques comme un fou. Tout va bien là-bas ?"

"Oui. Merveilleux. Je suis à l'aéroport de São Paulo. Le bébé est avec moi, et nous attendons le vol de retour. Quel beau bébé, Thomas ! Enfin, pas vraiment un bébé, dit-elle en riant, il est si grand pour trois ans. C'est incroyable. Un grand garçon comme son papa."

"Je suis sûre que c'est un très bel enfant, ma chérie. Avez-vous vu quelqu'un de suspect autour de l'aéroport ?"

"Eh bien, tu connais l'aéroport de São Paulo. Plein de gens à l'air louche, dit-elle en riant. Il y a tellement de gens tout le temps. Comment savoir qui fait quoi ? Il y a deux hommes qui se promènent comme s'ils cherchaient quelqu'un, mais ça pourrait être une simple coïncidence. Ils ne font pas attention à moi."

Le Second Avènement d'Angela

"Néanmoins, soyez prudent. Je veux que tu reviennes ici sain et sauf."

"Ne t'inquiète pas, ça va aller. L'avion part dans une heure. Je t'appellerai quand on sera dans les airs."

"OK, bébé. Je t'aime. On se voit bientôt."

"Je t'aime aussi. Au revoir pour le moment"

Sachant que Sofia était, du moins pour l'instant, en sécurité et ne courait aucun danger, Thomas put s'allonger et faire une sieste bien méritée. Il appela la réception et demanda à être réveillé à cinq heures et demie, après quoi il prendrait un repas léger avant de se rendre à l'aéroport. Il n'était qu'une heure de l'après-midi, mais il était plus que fatigué et pouvait dormir jusqu'au soir. D'ailleurs, s'il connaissait Sofia, il était certain qu'il aurait besoin de se reposer cette nuit-là. De plus, le fils de Paola serait avec eux, et il s'imaginait donc que ce serait une occasion tranquille. Thomas avait hâte de voir le petit bonhomme. Il était certain qu'il n'y aurait pas d'yeux secs lorsque la famille de Paola rencontrerait son fils pour la première fois. Cette nuit et le jour suivant promettaient d'être très spéciaux.

Son réveil est arrivé à l'heure. Il n'a pas commandé de plats au service d'étage, s'est rafraîchi et s'est habillé pour le trajet vers l'aéroport. Il a appelé la réception et a réservé un taxi pour neuf heures et demie. Puis il s'est rendu au bar pour prendre un rhum et un Pepsi, fumer une cigarette et réfléchir à ce qu'ils devaient faire à leur arrivée à Manaus. Il était impératif qu'il ne perde pas de vue l'objectif final. Aussi importante que soit cette escale, il y a encore beaucoup de choses à faire s'il veut survivre à cette épreuve.

Alors qu'il est en pleine réflexion, le réceptionniste arrive pour lui dire que son taxi l'attend. Il avale le reste de son verre, fume sa cigarette et sort de l'hôtel. Alors que le taxi se dirigeait vers l'aéroport, Thomas repassait en revue tous les détails restants dans sa tête. Il semblait que plus le temps passait, plus il était agité. Toute cette situation commençait à lui

Par George Thomas S.

peser. Il ne pouvait étouffer la peur qu'un certain temps avant qu'elle ne se lève pour lui rappeler le danger. Il n'a pas objecté à l'avertissement. Mieux valait cela que de devenir complaisant et de perdre l'intensité du désir de survie. Demain, ils seraient en route pour Manaus et les étapes finales de son plan. Dans quelques jours, avec un peu de chance, ils seront en route pour La Serena, au Chili, où vivent les parents de Sofia. Cette pensée entraîne une toute nouvelle préoccupation. Rencontrer la famille de Sofia pour la première fois !

Thomas fait les cent pas dans la zone d'arrivée de l'aéroport comme un homme sur le fil du rasoir. Sofia était vraiment sa force dans cette situation, et il avait besoin de son soutien et, surtout, de son réconfort. Il avait également besoin d'elle pour fouiller dans les fichiers de l'ordinateur de Carlo et voir ce qui, le cas échéant, pourrait identifier "le banquier". Le temps presse et il doit déterminer quels ajustements à son plan pourraient être nécessaires pour faire face à cette mystérieuse personne. A juste titre, c'était une question lancinante depuis deux jours. Comme un mauvais présage !

Alors qu'une véritable mer de personnes commence à se frayer un chemin à travers la porte d'arrivée vers la salle d'attente, Thomas s'efforce d'apercevoir Sofia. Il semblait que deux cents personnes avaient franchi cette porte sans la voir. Son cœur commençait à battre la chamade et son souffle devenait court tandis qu'il s'inquiétait de savoir si elle avait réussi à passer. Soudain, courant sur des jambes de jeunes et riant sans cesse, un petit garçon a fait irruption dans la salle d'attente. Derrière lui, au trot et avec un air quelque peu agité, se trouve Sofia qui appelle presque désespérément, en portugais, cet enfant rebelle. Elle a l'air complètement épuisée.

Riant de façon hystérique en la voyant courir frénétiquement derrière un très grand enfant de trois ans, toutes les préoccupations qui l'avaient troublé ont été balayées. C'était l'un de ces moments inestimables dans le temps qui ferait l'objet de futurs souvenirs. Il se déplace rapidement pour intercepter le garçon exubérant et le soulève dans ses bras.

"Hé, petit gars. Où est-ce que tu crois aller ?"

Il tient le garçon à bout de bras, ce qui n'est pas une mince affaire puisqu'il fait environ deux fois la taille d'un enfant normal de trois ans.

"Tu es un petit homme lourd. Costaud ! Tout comme ton père. Regarde ces cheveux noirs bouclés, ces yeux bleus acier. Tu es définitivement l'enfant de ton vieux père. Aucun doute là-dessus."

Alors que cet adorable petit garçon fixait Thomas, avec une moue qui affichait clairement sa confusion, Sofia s'est précipitée à ses côtés. Elle est à bout de souffle, tire son sac à main derrière elle, un autre sac sur son épaule, mais parvient encore à rire.

"Oh, Thomas. Je suis si heureuse de te voir. N'est-il pas merveilleux ? Mais si actif ! Je suis épuisée."

"Oui. C'est quelque chose. Tu imagines la tête de Paola quand elle le verra ?"

"Je suis sûr que tout ce que j'imagine ne lui rendra pas justice. Je pense qu'il y aura beaucoup de pleurs."

"Oui. Y compris moi", a répondu Thomas alors que les larmes commençaient à perler dans ses yeux.

"Il s'appelle Victor. C'est un joli prénom, je trouve ! Tu ne trouves pas, Thomas ? C'est le nom que Paola lui a donné. C'était si bien qu'ils ont gardé ce nom pour lui."

"C'est un nom merveilleux. Je pense qu'il lui va très bien,"

Par George Thomas S.

Les bras de Thomas étaient douloureux d'avoir tenu le petit poids lourd pendant si longtemps. Il a ri en le reposant.

"Emmenons-le à l'hôtel et donnons-lui quelque chose à manger. J'ai l'impression qu'il mange beaucoup", et ils sont partis prendre un taxi.

Installé dans la suite, et alors que Victor courait dans tous les coins et recoins, Thomas a appelé le service d'étage et a commandé des steaks pour lui et Sofia et un hamburger et des frites pour Victor.

Le service d'étage arriva trente minutes plus tard, et Victor se jeta sur son repas comme s'il n'avait pas mangé depuis une semaine. Thomas passa plus de temps à le regarder joyeusement qu'à manger son propre repas. Lorsque le dîner fut terminé, ils trouvèrent une chaîne de dessins animés à la télévision et Victor s'allongea sur le canapé pour la regarder. Avec un peu de chance, Sofia aurait maintenant le temps de vérifier dans les dossiers de Carlo ce dont Thomas avait besoin. Elle prit son ordinateur portable sur le bureau et commença une recherche minutieuse. Thomas s'installe sur le canapé à côté de Victor et regarde des dessins animés, en portugais. Il tire un grand plaisir des rires périodiques du petit bonhomme, même s'il n'a aucune idée de ce qui le fait rire.

Presque une heure s'était écoulée lorsque Sofia a appelé Thomas au bureau.

"Thomas, j'ai trouvé quelque chose, mais je ne suis pas sûr de l'aimer."

Il se tenait par-dessus son épaule tandis qu'elle ouvrait un dossier contenant des coupures de presse.

"Qu'est-ce que tu n'aimes pas tant que ça ?"

Le Second Avènement d'Angela

"Si c'est la personne à laquelle Carlo fait référence, il est très dangereux. Je sais beaucoup de choses sur lui. Il s'appelle Luiz de Salvo. Voici une copie d'un article de journal sur le meurtre d'un homme pauvre et travailleur qui a osé dénoncer la corruption au sein du gouvernement de la ville. De Salvo tentait de se présenter comme maire de São Paulo à l'époque. Cet homme disait publiquement beaucoup de choses sur les liens criminels supposés de De Salvo. Des choses que la plupart des gens soupçonnaient, mais sur lesquelles ils gardaient le silence."

"Qu'est-ce que ça a à voir avec ça ? A-t-il été impliqué dans le meurtre ?"

"Certains ont suggéré qu'il l'était. Cet homme a été abattu dans la rue, devant sa famille. Sa femme et ses enfants ont tout vu. Certaines personnes ont appelé la police et le journal pour dire qu'elles reconnaissaient les tueurs comme des personnes qu'elles avaient vues en compagnie de de Salvo."

"Alors pourquoi ne l'ont-ils pas arrêté ?"

"Les personnes qui ont appelé n'ont pu donner aucun nom pour ces hommes. Ils avaient eux-mêmes trop peur de donner leur propre nom ou de témoigner. Donc, cela n'a mené à rien. Tragiquement, c'est souvent le cas. Au moins, avec le scandale et les soupçons concernant le meurtre, il n'a pas été élu maire. Il n'a pas perdu de beaucoup, cependant. Les hommes de Luiz de Salvos ont utilisé les menaces et la violence pour essayer d'obtenir des voix. C'était vraiment horrible. Il est toujours très puissant à São Paulo."

"Eh bien, je pense que c'est un pari sûr qu'il est la connexion de Carlo alors. Tout s'accorde très bien. Des connexions criminelles et politiques comme celles-là s'ajoutent à de bonnes preuves."

Par George Thomas S.

"Et la police, Thomas. Il a été suggéré que de Salvo était très proche de certains hauts responsables de la police de la ville. Sinon, comment aurait-il pu échapper à toutes les enquêtes ?"

"Eh bien, cela ouvre une nouvelle dimension à cette situation. Je vais devoir m'assurer que je l'isole du reste du plan. Je n'ai pas besoin de lui sur mon dos aussi."

"Oui, mais vous avez pris deux cent cinquante mille de son argent. Il sera après vous."

"Pour autant qu'il le sache, c'est Carlo l'a pris. Pas moi. Il pourrait logiquement supposer que Carlo l'a arnaqué et a ensuite fui le Brésil. Vous pouvez être sûr qu'il va enquêter sur les finances de Carlo et découvrir qu'il avait des difficultés. De plus, sans doute, il sait que Carlo a fait la même chose à Pauly Sabatini. Pourquoi douterait-il que Carlo le vole aussi ?"

"Oui ! Nous l'espérons."

"Je suppose que nous verrons en temps voulu". Ce que je trouve étrange, c'est qu'il n'a jamais envoyé d'email à Carlo à propos de ces camions depuis qu'il a envoyé l'argent. Tu as vérifié l'email de Carlo tous les jours avant de le lui envoyer ?"

"Oui, bien sûr. Il n'y a rien eu du tout. De personne. Il ne semble pas recevoir beaucoup d'emails."

"Eh bien, j'imagine qu'il ne l'utilise que pour certaines activités. Vous êtes la preuve vivante que l'email peut être une chose dangereuse avec quelqu'un comme vous sur l'affaire." Thomas a souri et a fait un clin d'oeil.

"Quoi qu'il en soit, continuez à vérifier. Nous ne voulons pas manquer quoi que ce soit."

Thomas jeta un coup d'œil au canapé pour voir que Victor dormait profondément. Il y aurait une nuit tranquille après tout.

"Sofia, écoute. On dirait que Victor s'est épuisé à te faire perdre pied", a-t-il gloussé en déposant un baiser sur son front, "Il est peut-être temps d'aller se coucher aussi. Demain va être assez incroyable."

"Oui ! Je suis tellement excitée à ce sujet. Paola va être très surprise. J'ai peur qu'elle s'évanouisse."

"Ça se pourrait. Nous ferions mieux d'avoir les sels d'odeur prêts", a-t-il dit en riant. "Maintenant, allons nous coucher."

"On va dormir ?"

"Un jour ou l'autre", dit Thomas, souriant de son sourire complice en prenant la main de Sofia et en l'emmenant dans la chambre.

Par George Thomas S.

CHAPITRE 17

RÉUNION DE LA MÈRE ET DE L'ENFANT

Le matin est arrivé tôt, et avec un bruit sourd. Victor s'était réveillé et avait découvert la chambre. Dans sa tentative de grimper sur le lit pour être avec Sofia, il était tombé en arrière et s'était écrasé, avec un bruit retentissant, sur le sol. Il était maintenant évident que non seulement il pouvait manger avec appétit, mais qu'il pouvait aussi pleurer avec. La chute seule a suffi à réveiller Sofia et Thomas, et les pleurs ont instantanément effacé toute somnolence restante. Sofia a soulevé Victor, en gémissant fortement sous son poids, et l'a pris dans ses bras en lui chantant une berceuse en portugais. Il eut bientôt fini de pleurer, se blottit contre son épaule et s'efforça de chanter à son tour. Thomas ne pouvait que sourire devant un spectacle aussi doux et tendre.

"Je devrais appeler et commander un petit-déjeuner. Je suis sûr que le hamburger qu'il a mangé hier soir n'a plus d'effet maintenant", dit-il en prenant le menu pour que Sofia puisse faire son choix avant d'appeler.

Sofia a tenu le menu devant Victor et a demandé en plaisantant : "Que veux-tu pour le petit-déjeuner, mon cher Victor ?"

"Je suis sûr qu'il aimerait tout le menu, chéri", dit Thomas en se dirigeant vers la salle de bains pour se brosser les dents. Il ne pouvait s'empêcher de fredonner une vieille chanson de Paul Simon, "Mother and Child Reunion". Comme c'est approprié en ce jour.

Le Second Avènement d'Angela

Il n'était que sept heures du matin, et un peu tôt au goût de Thomas, mais cela leur donnerait le temps de prendre un petit déjeuner tranquille et l'occasion de nettoyer Victor et de le rendre parfait pour sa mère.

"Je vais sauter dans la douche, Sofia. Je déteste dire ça, mais tu ferais mieux de rester avec Victor", a-t-il gloussé. "On se rattrapera plus tard."

"Vous pouvez en être sûr. Je te ferai tenir cette promesse. Je donnerai un bain à Victor quand tu auras fini. Puis tu pourras l'habiller pendant que je prendrai ma douche."

"Bien sûr. Je peux m'en occuper. On appellera Paola après avoir mangé. Je ne peux pas attendre de voir son visage."

Sofia se marre en entendant Thomas chanter par-dessus le bruit de l'eau courante. La chanson "Mother and Child Reunion" était encore dans sa tête, et il s'en sortait plutôt bien. Moins d'une heure s'était écoulée avant que tout le monde ne soit douché, lavé, habillé et prêt pour le repas que Thomas avait commandé. Victor, avec son enthousiasme habituel, plongea dans ses œufs, ses saucisses, ses toasts et son jus de fruit comme s'il n'avait pas mangé depuis une semaine. Lorsque son assiette fut propre, il se lança avec joie dans les œufs bénédictine de Thomas.

"Grand Dieu, Sofia. Il faudra tout l'argent que j'ai donné à Paola rien que pour nourrir cet enfant jusqu'à ses quinze ans", dit-il avec un rire joyeux. "Dieu l'aime, c'est un petit gars en bonne santé."

"Oui, il l'est. Je pense que quand il aura fini tes œufs, il voudra les miens aussi."

"Mmm, non. Je pense que c'est assez de cholestérol pour ce garçon aujourd'hui."

Victor a fait la moue et a sangloté de la manière la plus pitoyable qui soit lorsque Thomas lui a pris son assiette.

Par George Thomas S.

"Tu ne vas pas mourir de faim, mon pote. Alors arrête de faire la moue. Tiens, prends une coupe de fruits. C'est meilleur pour toi."

"Thomas, tu es si mignon avec lui. Je pense que tu aimerais avoir un fils pour aller avec toutes ces filles."

"L'idée m'a traversé l'esprit une ou deux fois, en me demandant comment cela aurait été. Mais je ne regrette pas du tout d'avoir des filles. Je ne suis pas sûre que je saurais quoi faire avec un garçon. J'ai tellement l'habitude de gâter les filles avec de l'affection. Je ferais probablement de lui une mauviette."

En pensant à ses filles, Thomas réalisa qu'il n'avait jamais appelé Angela pour lui faire savoir qu'il était sorti sain et sauf de chez Carlo. Elle était probablement folle d'inquiétude. Il a composé le numéro de sa belle-sœur tout en faisant les cent pas sur le sol.

"Allô ?" Theresa a répondu avec de l'inquiétude dans la voix.

"Hey, Theresa, comment ça va ?"

"Oh mon Dieu, Thomas. Tu es sain et sauf. Tout le monde a été frénétique pour avoir des nouvelles de toi. Je ne peux pas croire tout ça. Cette famille ne pourra jamais assez te remercier pour ce que tu as fait pour Angela. Maintenant ramène tes fesses à la maison, s'il te plaît ! On est tous inquiets pour toi."

"Vous savez que je n'aurais jamais pu tourner le dos. Quant à rentrer à la maison, il faudra encore un certain temps avant que cela ne se produise. Angela est-elle là ?"

"Oui, elle est dehors avec les filles. Elles ne savent toujours pas."

Le Second Avènement d'Angela

"Eh bien, il vaut mieux ne pas leur laisser savoir que je suis au téléphone. Dis juste à Angela que je vais bien et que je rappellerai dans quelques jours."

"Si c'est ce que tu veux, mais pourquoi ne peux-tu pas rentrer à la maison maintenant ?"

"Encore quelques détails à régler si je ne veux pas que les ennuis me suivent au Canada. Dans quelques jours, je serai à Manaus, et peu après, avec un peu de chance, tout ira bien, et je partirai au Chili pour une semaine."

"Manaus ? Où est-ce que c'est ?"

"A mi-chemin de l'Amazone", dit Thomas en gloussant, "Pays de la jungle".

"Oh, vraiment ! Eh bien, je suppose que vous avez une bonne raison d'y aller. Mais c'est quoi le problème avec le Chili ?"

"Eh bien, je t'expliquerai ça plus tard."

"C'est une femme, n'est-ce pas ?" Theresa a ri d'un air entendu.

"Ouais ! C'est ça. Et il est assez merveilleux."

"Je pense que c'est génial, Thomas. Je sais qu'Angela se doutait que c'était le cas. Elle semble se souvenir maintenant que vous n'étiez plus ensemble. Elle veut que vous soyez heureux. Alors vas-y."

"J'en avais l'intention. Peu importe ce qu'elle pense ! Ce qui est fini est fini. La vie recommence pour nous deux."

"C'est vrai. Eh bien, s'il vous plaît soyez prudent. J'espère vous voir bientôt."

"Moi aussi. Prends soin de toi et ne le dis pas aux enfants."

"Pas de problème. Au revoir."

Par George Thomas S.

Thomas a raccroché le téléphone alors que Sofia demandait : "Tout va bien là-bas ?"

"Oui. Tout va bien. Tout le monde est inquiet, mais ça va."

"Eh bien, je choisis de ne pas m'inquiéter maintenant. Je choisis d'appeler Paola. Qu'est-ce que tu en penses ?"

"Bon choix. Appelle-la maintenant. J'ai hâte de lui faire la surprise."

Sofia a composé le numéro que Paola avait donné à Thomas et n'a passé que quelques minutes en conversation avant de raccrocher.

"Elle sera là dans moins d'une heure. Je suis si excitée." Sofia a dit en se mettant à pleurer. Thomas la prit dans ses bras et se balança doucement d'avant en arrière en embrassant son front.

"C'est une chose heureuse, Sofia. Tu devrais sourire, pas pleurer."

"Je ne peux pas m'en empêcher. Chaque fois que je pense qu'elle a manqué trois ans de la vie de Victor, cela me rend si triste. Quand je pense que si nous ne l'avions pas trouvé, elle ne l'aurait peut-être jamais revu. Elle aurait perdu son fils pour toujours."

"Raison de plus pour sourire. Nous avons eu la chance de le retrouver et de lui donner la possibilité de profiter de la vie avec son fils."

Victor, sentant qu'il se passe quelque chose d'émouvant, s'est approché et a commencé à étreindre leurs jambes en levant les yeux au ciel avec une moue qui criait "prends-moi dans tes bras". Thomas se baisse et le soulève dans ses bras. Victor a passé un bras autour de leur cou, a gloussé et les a embrassés tous les deux.

Le Second Avènement d'Angela

"Ce gamin est un amour. Mais il ne semble pas parler beaucoup. Peut-être à cause de son nouvel environnement ? Je ne le comprendrais pas de toute façon, mais j'aimerais bien l'entendre parler davantage. Pauvre enfant. Trois ans dans un orphelinat."

"Vous avez probablement raison. C'est tout nouveau pour lui. Il était dans une maison avec beaucoup d'autres enfants, et maintenant il est avec deux étrangers. Je suis sûre qu'il est confus et si calme. Je pense que cela va changer bien assez tôt."

"Tu sais, s'il n'était pas le fils de Paola, je l'adopterais moi-même ", dit Thomas en riant doucement et en frottant son visage contre celui de Victor, ce qui le fait ricaner, passer ses bras autour du cou de Thomas et poser sa tête sur son épaule.

"Ce garçon se languit d'un père, Sofia. Bon sang, si Antonio n'était pas à Naples."

"Je préfère ne pas y penser. Je ne veux pas être triste en un jour si heureux."

Thomas a appelé le service d'étage et leur a demandé de débarrasser les plats du petit-déjeuner. Il s'installe ensuite sur le canapé avec Victor pour regarder quelques dessins animés supplémentaires. Il y a un épisode des Simpson, et Thomas trouve intéressant d'entendre ses personnages préférés en portugais. Victor s'est assis sur ses genoux et glousse constamment. Thomas commence à réaliser que le fait de devoir laisser cet adorable enfant derrière lui va être quelque peu douloureux.

"Sofia, pensez-vous que Paola me laissera faire partie de la vie de Victor d'une manière ou d'une autre ?"

Victor avait volé son coeur de père. C'était une chose à laquelle il ne s'attendait pas, mais dont il n'était pas mécontent.

"Je ne peux pas le dire, Thomas, mais si je devais deviner, je pense qu'elle serait ravie. Elle vous adore et je suis sûr qu'elle serait heureuse que vous portiez un tel intérêt à Victor."

Par George Thomas S.

"Je l'espère. Je serais très fier d'être son oncle." Au moment même où il prononçait ce dernier mot, on frappait doucement à la porte.

"Oh ! Sofia, ça doit être Paola. Emmène Victor dans la chambre. Je t'appellerai pour le faire sortir."

Sofia a prononcé quelques mots à l'intention de Victor et l'a emmené dans la chambre, hors de vue. Thomas ouvrit la porte pour trouver une Paola souriante, debout avec sa sœur. Il ne s'attendait pas à ce qu'elle ait quelqu'un avec elle, mais peu importe.

"Bonjour, Paola. Comment allez-vous aujourd'hui ?"

"Je vais bien. Je suis si heureux de te voir. Où est Sofia ?"

"Elle est dans la chambre. Elle sortira dans quelques minutes. J'ai quelque chose à te dire d'abord."

"Oui ? Qu'est-ce que c'est ?"

"Eh bien, nous avons une très grosse surprise pour vous. Je pense que tu vas l'aimer."

"Tu m'as déjà beaucoup surpris. Tant d'argent, des vêtements, me ramener à ma famille. Quelle surprise de plus pourrais-tu faire ?"

"C'est un gros. Plus grand que tous les autres réunis."

À ce moment-là, la sœur de Paola avait l'air à part. Ne comprenant pas l'anglais, elle n'avait aucune idée de ce qui se passait et se tenait juste à l'écart. Thomas ne pouvait s'empêcher de se demander quelle serait sa réaction.

"Es-tu prête, Paola ? Très prête ?"

"Thomas, tu me rends si nerveuse. Qu'est-ce qu'il y a ? S'il vous plaît dites-moi. "

Thomas l'a serrée dans ses bras et a appelé Sofia.

"Sofia ? C'est l'heure. Envoie la surprise ", à ce moment-là, la porte de la chambre s'est ouverte, et Victor est sorti, courant à toute vapeur et droit vers Thomas.

Paola a souri et a semblé quelque peu confuse et presque effrayée de demander,

"Qui est ? C'est un bébé très mignon. Mais qui l'est ?"

"C'est ton fils, Paola. C'est Victor", a dit Thomas, des larmes coulant sur son visage.

Elle avait l'air visiblement secouée et les larmes lui montaient aux yeux. Elle fixait, avec un regard qui portait la douleur des années perdues, Victor qui s'accrochait à la jambe de Thomas et se montrait très timide. Elle est totalement incrédule. Son visage commence à pâlir et sa sœur doit la soutenir pour l'empêcher de s'évanouir sur le sol.

Il y avait un torrent de portugais entre Sofia et la sœur de Paola qui, maintenant consciente de qui était Victor, développait son propre problème en devenant pâle et en pleurant. Finalement, Paola se remet suffisamment pour s'agenouiller devant un Victor de plus en plus timide et lui parler doucement en portugais. Alors qu'elle parlait à travers des larmes constantes, combinées à un sourire maternel, Victor a commencé à relâcher sa prise sur la jambe de Thomas et à lui sourire si gentiment en retour. En quelques instants, il était dans ses bras, babillant doucement et tripotant ses cheveux. D'une manière ou d'une autre, presque étonnante, le lien mère-enfant semblait si naturel que Thomas pensa que, même chez le jeune Victor, il avait existé juste sous la surface, attendant tout ce temps qu'ils soient réunis.

Tout le monde pleurait, y compris la sœur de Paola, qui était sous le choc total et pourtant ravie. C'est un moment qu'aucun d'entre eux n'oubliera jamais. Même le pauvre Victor, voyant tout le monde le faire, verse ses propres larmes.

Par George Thomas S.

Après ce qui a semblé être une heure, Paola s'est levée et a jeté ses bras autour de Thomas et Sofia, sanglotant de façon incontrôlable en disant "merci" encore et encore. Quand elle a finalement relâché sa prise sur eux, elle a parlé.

"Maintenant, nous devons aller montrer à mes parents leur petit-fils. Nous devons tous le fêter. On peut y aller maintenant, s'il te plaît ? Viens, viens, on y va, s'il te plaît."

Thomas a gloussé et a dit : "Bien sûr, Paola. Je suis impatient de voir la réaction de votre famille. Es-tu prête à partir, Sofia ?"

"Oui. Tu sais que la soeur de Paola est tellement ravie. Elle ne peut pas croire que nous ayons fait une telle chose. Elle dit que toute sa famille sera ravie."

"Une autre très bonne chose dans tout ça. D'abord, je vous trouve, et ensuite ces merveilleuses retrouvailles pour Paola. Parfois, de très bonnes choses sortent de situations difficiles."

"Oui. Merci à Dieu pour chaque merveilleux cadeau."

Tous les cinq entassés dans un taxi, ils se rendent à l'appartement des parents de Paola. Toute la famille serait là, y compris ses frères et sœurs mariés, ses neveux et nièces. Thomas ne pouvait qu'imaginer le bavardage frénétique en portugais, les pleurs et la joie dont il allait être témoin. La visite sera rapide pour Thomas et Sofia car ils doivent retourner à l'hôtel et se préparer pour leur vol vers Manaus. Malgré la joie de cette occasion, il y a encore beaucoup de travail dangereux qui les attend.

Quand ils sont arrivés à l'appartement, Paola est entrée avec sa sœur pour préparer sa famille à ce qui allait se passer. Peu après, la porte s'est ouverte et toute la famille a déboulé dans le couloir pour trouver Victor.

Le Second Avènement d'Angela

Ce grand groupe de personnes exubérantes l'a effrayé au point de se cacher derrière Thomas et de pleurer abondamment.

Paola s'est accroupie à côté de lui, lui a dit quelques mots apaisants à l'oreille, puis a gémi sous son poids en le soulevant pour le calmer davantage. Victor s'est vite rendu compte qu'il appréciait tous ces baisers et ces caresses et souriait joyeusement lorsque tout le monde est rentré dans l'appartement pour le déjeuner.

Pendant tout ce temps, Sofia traduisait presque constamment les nombreuses expressions d'appréciation offertes à Thomas par toutes les personnes présentes dans la pièce. C'était une famille brésilienne très typique, très proche et très expressive. Thomas était presque gêné par toute cette attention mais, néanmoins, il l'appréciait quelque peu. Soudain, Victor s'est précipité sur lui, a sauté sur ses genoux, l'a serré dans ses bras, l'a embrassé, puis s'est installé contre sa poitrine pour se reposer. Paola remarque l'affection évidente qu'il porte à Thomas.

"Victor montre beaucoup de sentiments pour vous. Je pense qu'il vous aime beaucoup."

C'est alors que Sofia a commencé à parler à Paola en portugais. Une fois leur conversation terminée, Paola a regardé Thomas, les larmes aux yeux.

"Je serais très fier que tu sois l'oncle de Victor. Je suis si heureuse que tu le veuilles." Elle s'est approchée de Thomas et l'a embrassé tendrement, puis a parlé à Victor en portugais. "Este é seu tio Thomas e ama-o muito muito."

Victor s'est retourné et a donné à Thomas un autre gros câlin alors que ce dernier demandait : "Qu'est-ce que tu lui as dit ?".

Par George Thomas S.

"J'ai dit que vous êtes son oncle Thomas et que vous l'aimez beaucoup." Thomas pouvait sentir les larmes couler sur ses joues. Quelle sensation merveilleuse en entendant Victor parler pour la première fois...

"Eu te amo, tio Thomas." Ça, Thomas l'a compris.

Quelques heures se sont écoulées avec beaucoup d'excitation et d'émotion et maintenant, il est malheureusement temps de laisser Paola et sa famille derrière eux. Thomas et Sofia ont dû se préparer pour leur vol et ont ressenti le besoin de faire leurs adieux. Paola a surpris Thomas lorsqu'elle lui a demandé :

"Si vous parlez à Antonio, vous lui direz bonjour de ma part ? C'est un homme bon. Peu importe le reste. Il était si bon pour moi."

Son regard en disait long sur les sentiments qu'elle éprouvait manifestement encore pour Antonio. Thomas avait le sentiment qu'il pourrait être difficile, voire impossible, pour elle de penser à un autre homme que le père de son fils. C'était vraiment gênant.

"Tu parles que je le ferai, Paola. Je te le promets. Je suis sûr que je lui parlerai bientôt." Il la prit dans ses bras et embrassa doucement son front. Regardant dans ses yeux, il l'a suppliée : "S'il te plaît, Paola, prends bien soin de toi. Voici mon numéro de portable. S'il y a le moindre problème, quel qu'il soit, appelle-moi. Promis ?"

"Oui ! Je te le promets. S'il te plaît, prends soin de toi aussi. Je m'inquiète pour toi et Sofia. Vous devez aller dans un endroit qui est à l'abri de Carlo."

"Ne vous inquiétez pas. On va s'en sortir."

Le Second Avènement d'Angela

Tous les adieux ayant été faits, Thomas et Sofia ont repris le chemin de l'hôtel. La perspective de passer du temps à Manaus suscite l'enthousiasme. Il y avait aussi une certaine inquiétude quant au fait que ce serait la partie la plus dangereuse de toute cette situation.

"Sofia, quand nous serons de retour à l'hôtel, nous devrons envoyer quelques e-mails et je devrai passer au moins deux appels. Il est temps de mettre les roues en mouvement pour la phase finale de cette chose."

"Nous allons faire ça et ensuite partir pour l'aéroport ?"

"Oui. Ce soir, nous serons à Manaus. Nous devrions avoir un jour ou deux sans interruption. J'ai hâte d'y être. J'ai toujours voulu aller là-bas. Pour moi, c'est le Brésil."

"Vous ne serez pas déçus. C'est vraiment magnifique. Mais il pleut beaucoup. Tous les jours."

"Eh bien, je suis sûr que nous pouvons trouver quelque chose pour nous occuper pendant la pluie", rigole Thomas en passant son bras autour de l'épaule de Sofia.

"Je peux toujours compter sur mon Thomas pour dire ce qu'il faut."

Le taxi s'arrête devant l'hôtel et ils se rendent directement dans leur chambre. Sofia a sorti son ordinateur portable pour que Thomas, en utilisant le compte de Carlos, puisse composer un e-mail à Luiz de Salvo en fournissant les numéros des conteneurs afin de prendre des dispositions pour sécuriser les camions sur les quais. Il prévoyait qu'ils arriveraient dans deux jours. Cela donnerait à de Salvo le temps d'organiser le voyage vers le port de Fortaleza. Thomas a fait référence au quart de million de dollars qui aurait servi à l'achat des camions, et a suggéré que de Salvo serait quelque peu surpris de voir combien il en a eu pour son argent. Juste une petite perle cachée de sarcasme pour aiguiser l'appétit de Salvo. Quelle ne serait pas sa surprise lorsque les conteneurs seraient ouverts et qu'il verrait le peu qu'il a reçu pour son argent.

Il a également indiqué dans le courriel qu'il y avait des affaires à régler à Manaus et que lui, Carlo, ne reviendrait pas avant environ une semaine. Ainsi, de Salvo découvrirait la

222

ruse à Fortaleza et se dirigerait sans doute directement vers Manaus pour traiter avec Carlo. Manaus sera un endroit très occupé avec la convergence des différentes factions qui veulent la tête de Carlo sur un plateau. Maintenant, il était temps d'appeler Pauly Sabatini et de lui demander d'envoyer ses hommes à Rio. Thomas sortit le portable jetable et composa son numéro.

"Ouais", a répondu Pauly, comme à son habitude.

"M. Sabatini. Il est temps de mettre vos garçons en route."

"Je me demandais quand j'aurais de tes nouvelles. Où vont-ils ?"

"Rio ! Vous avez déjà ce numéro de portable. Ils peuvent m'appeler quand ils arrivent et je donnerai d'autres instructions."

"Vous êtes un peu trop secrète pour moi. J'ai besoin d'en savoir plus que ça."

"Alors je suppose que la conversation est terminée. Bye."

"Non ! Attendez ! Bien. Je veux ce bâtard, donc je suppose que je dois jouer selon vos règles pour le moment."

"Bon plan."

"Et mon argent ?"

"Votre argent ?"

"Ouais ! Les dix millions que ce fils de pute m'a volés."

"Eh bien, je déteste être le porteur de mauvaises nouvelles, mais Carlo n'a plus que son dernier million. On dirait qu'il n'est pas très doué pour gérer ses finances. Ou devrais-je dire, votre argent", Thomas n'a pas pu résister à un petit rire.

"Tu te fous de moi ? Cet abruti a dépensé neuf millions de mon argent en dix ans ?"

"Je ne plaisanterais jamais avec une telle chose. Cependant, quand tout est dit et fait, je peux vous aider à obtenir l'argent qui reste."

"Dis-le-moi maintenant et on pourra le laisser sans rien faire jusqu'à ce qu'on le récupère."

Thomas a gloussé à nouveau, "Non, je ne pense pas. Appelons ça une assurance. Tu en veux ? Moi et les miens devons sortir de tout ça sains et saufs. C'est compris ?"

"Ouais ! Je l'ai eu. Un échange équitable, je suppose."

"Heureux que vous soyez d'accord. J'espère avoir de vos nouvelles dans deux jours. J'espère qu'ils sont assez intelligents pour ne pas se faire pincer pour quelque chose de stupide. Comme essayer de faire passer des armes à bord de l'avion."

"Ils ne le feront pas. J'ai été très clair avec tout le monde. En plus, je viens avec vous. Je dois te rencontrer."

Thomas a été pris par surprise. Il ne s'attendait pas à prendre le gros poisson dans son filet. Il commençait à espérer qu'il n'avait pas fait une trop grosse prise.

"Bon à savoir, Pauly. Vous n'aurez aucun problème à trouver un contact pour obtenir ce dont vous avez besoin au Brésil. A bientôt." Lorsque Thomas a raccroché, Pauly s'est adossé et a allumé un cigare cubain.

Après avoir tiré quelques profondes bouffées de fumée, il a marmonné à voix haute.

"Ça ne vaut pas un million pour te laisser vivre, crétin. Au diable l'argent. Tu vas devoir mourir. Désolé pour ta chance,"

Par George Thomas S.

CHAPITRE 18

LA RIVIÈRE EST PROFONDE

Carlo et ses hommes étaient rentrés à São Paulo et se dirigeaient directement vers l'hôtel à la recherche de Thomas. Marta, qui s'était révélée être une aide très fidèle dans la tromperie de Thomas envers Carlo, travaillait à la réception comme d'habitude. Carlo se précipite vers le comptoir.

"Thomas DeAngelo ! Dans quelle chambre est-il ?"

"Je suis désolé monsieur, mais je ne peux pas donner le numéro de chambre d'un client s'il est encore là."

"S'il était encore là ? Mais de quoi tu parles ?" Le visage de Carlo était rouge comme la braise à ce moment-là.

"Monsieur DeAngelo est parti, monsieur. Il est parti."

"Quoi ? Quand ? Il était encore là quand j'ai appelé il y a huit heures !"

"Ah oui, c'est vous qui avez appelé ? Je lui dis que quelqu'un a appelé. Il a dit de dire qu'il vous contacterait bientôt. Il vous a demandé d'attendre son appel."

"Putain ! Je ne peux pas croire à cette merde", a-t-il éructé en tapant du poing sur le comptoir.

"Monsieur ! S'il vous plaît, je dois vous demander de vous contrôler."

"Oh, va au diable", Carlo a craché les mots comme du venin, s'est détourné du comptoir et a fait irruption dans l'hôtel avec Rico et ses hommes juste derrière lui. Maintenant, il n'avait rien d'autre à faire que d'attendre. Encore ! Il a renvoyé Rico et ses hommes et a pris un taxi pour rentrer chez lui. Une fois à l'intérieur, il se rendit directement à la bibliothèque et à la bouteille de bourbon qu'il avait entamée quelques jours plus tôt. Il approchait d'un état de dépression, et seule une bonne cuite allait atténuer la douleur. S'installant dans son fauteuil préféré, il a bu directement à la bouteille. En une heure, il était plus que légèrement éméché. Quand le téléphone a sonné, il a décroché et a lâché un "Quoi ?" en avalant une autre gorgée.

"Carlo ? Comment vas-tu ? Je suis heureux de te trouver à la maison."

"Tommy ? Espèce de fils de pute. Tu es un bâtard rusé", a marmonné Carlo avec un sourire un peu sardonique.

"Mais, Carlo, je crois bien que tu es ivre."

"Ouais, juste un peu. Bon sang, Tommy ! Mais qu'est-ce que tu me fais ? D'abord, tu es là, puis tu ne l'es plus. Tu es comme un putain de fantôme. Où es-tu de toute façon ?"

"J'ai peur de ne pas pouvoir vous le dire tout de suite. Bien assez tôt ! Saviez-vous que les conteneurs seraient au port dans deux jours ? Comme je l'avais promis."

"Ah oui ? Deux jours ?" Il a ri. "Tu essaies de me dire que j'ai encore mes camions, Tommy ?"

"Bien sûr. J'ai promis des camions, vous aurez des camions."

"Tu te fous de moi. Je ne peux pas croire ça."

Par George Thomas S.

"Je ne me moque pas du tout de vous. Les conteneurs seront là. Tu verras. Alors notre affaire est terminée. Pas vrai ? Tout est fait."

"Ouais. Si ces camions sont là, on est clean", a menti Carlo en prenant une autre gorgée de la bouteille.

"Bien ! Je te rappelle dans quelques jours. Et écoute, essaie d'y aller doucement avec cette bouteille. Ce n'est pas bon pour le foie", dit Thomas en raccrochant et en laissant Carlo à ses pensées.

Les effets du bourbon l'empêchant de se lever et de marcher, Carlo s'est simplement adossé à la chaise et s'est endormi. Le sens de sa conversation avec Thomas avait été perdu pour le moment. Le matin apporterait sans aucun doute de nombreuses questions à son esprit ainsi qu'une haine plus profonde pour cette némésis.

Une fois les e-mails et les appels téléphoniques terminés, Thomas et Sofia ont commencé à se préparer à prendre le vol pour Manaus. Une fois leurs bagages terminés, Thomas a appelé un taxi et ils étaient en route. Le vol pour cette ville partirait à neuf heures quarante-cinq et arriverait à onze heures trente. Le voyage durerait moins de deux heures, et ils seraient installés à leur hôtel à minuit et demi.

Une fois qu'ils étaient dans les airs, Sofia s'est appuyée sur l'épaule de Thomas et lui a demandé : " Pourquoi avez-vous choisi d'aller à Manaus ? Pourquoi ne pas simplement quitter le Brésil ?"

"Je suppose qu'il y a deux raisons à cela. D'une part, j'ai toujours regretté de ne pas y être allé lors de mon dernier voyage dans ce beau pays. J'ai toujours eu tellement envie de le voir. Tout ce que j'entends sur cet endroit m'excite."

"Oui ! Ça, je le comprends. Alors, quelle est l'autre raison ?"

"Eh bien, celui-là, je pense que vous ne l'aimerez pas tant que ça."

Sofia a soulevé sa tête de son épaule et l'a regardé dans les yeux.

"Pourquoi est-ce que je n'aimerai pas autant ? Qu'est-ce qui est si mauvais ?"

"Sofia, je sais quelle personne tendre et attentionnée tu es. Je connais les valeurs que tu as. Nous partageons les mêmes. Le problème est que je dois être réaliste quant à l'issue de toute cette situation avec Carlo."

"Thomas ! Ne soyez pas si évasif avec moi. Dis-moi simplement."

"Sofia, mon amour, tu dois savoir que Carlo, s'il est encore en vie, n'aura de cesse de me retrouver. En fait, il n'aura de cesse de retrouver Angela. Pire encore, s'il me trouve, il te trouvera aussi. Aucun de nous ne sera en sécurité. C'est pareil pour de Salvo. Avec ses relations, on ne trouvera jamais un endroit sûr où se cacher."

"Qu'est-ce que tu me dis, Thomas ?"

"Je vous dis que l'Amazonie est le meilleur endroit pour qu'ils meurent. C'est l'endroit le plus sûr, en amont, dans la jungle, sans se soucier de la police."

"Oh mon Dieu ! Thomas, tu vas les tuer ?"

"En fait, mon plan est qu'ils s'entretuent. Avec l'aide des Sabatini, bien sûr. Je suis un peu inquiet pour eux aussi, mais le reste de l'argent de Carlo peut nous sortir de tout problème avec cet équipage. On ne peut jamais être sûr."

"Thomas, maintenant tu me fais trop de soucis." Sofia replaça sa tête sur l'épaule de Thomas et se mit à pleurer doucement. Thomas a essuyé ses larmes et a embrassé son front.

Par George Thomas S.

"Bébé, je suis vraiment désolé. Peut-être que c'est mieux que tu ailles à La Serena. Ils ne te trouveront jamais là-bas. Je pourrai te suivre plus tard, quand tout sera terminé, et qu'on sera à l'abri d'éventuelles représailles."

La réponse de Sofia a été rapide et ferme et n'a laissé aucun doute quant à ses intentions.

"Je ne te quitterai jamais. Jamais ! Nous sommes dans le même bateau. Ce qui doit être fait, je ne peux pas le contester. Je n'aime pas ça, mais je sais la vérité de ce que tu dis. Que Dieu nous pardonne ce que nous devons faire pour notre propre survie !"

"Tu es incroyable, Sofia. Je suis un homme très chanceux."

Le reste du vol s'est déroulé sans autre conversation. Ils étaient tous deux, semblait-il, en profonde réflexion et non sans inquiétude quant à ce qui les attendait. Lorsque l'avion a atterri à Manaus, ils ont débarqué en silence et se sont dirigés vers la salle d'attente pour héler un taxi pour l'hôtel. Sofia avait fait des réservations au Tropical Manaus Resort. Thomas l'avait lu dans ses recherches pour un éventuel voyage dans cette ville. Cependant, rien de ce qu'il avait lu n'aurait pu le préparer à ce que ses yeux allaient voir lorsqu'ils sortiraient du taxi.

Ce n'est pas seulement la façade ou la taille de l'endroit qui a créé cette impression. Non, c'était secondaire par rapport à sa réaction. L'hôtel se trouvait sur une propriété découpée dans la pure forêt tropicale brésilienne. Il était entouré d'acacias, d'orchidées de toutes les couleurs, d'arbres à chicle, dont il savait qu'ils étaient à l'origine du chewing-gum, de cercropias, les arbres les plus abondants de l'Amazonie, et d'innombrables fougères.

"Mon Dieu, Sofia ! C'est incroyable. Je suis stupéfait."

"Attendez jusqu'au matin. Alors vous serez stupéfait. Quand vous ne serez pas dans le noir, avec seulement ces quelques lumières pour vous montrer votre environnement. Oui, attendez le matin."

Ils se sont enregistrés à la réception et ont été escortés jusqu'à leur suite par un groom. Lorsqu'elles ont fermé la porte et posé leurs sacs, elles se sont regardées et se sont mises à sourire et à rire simultanément. Ils ont manifestement tous deux eu la même pensée au même moment et, les vêtements éparpillés derrière eux, ils se dirigent vers la douche.

La séance de cette nuit à faire l'amour était plus émotionnelle que toutes les autres. Thomas avait l'impression que chacun savait au fond de lui qu'il courait un risque terrible qui pourrait mettre fin à son bonheur. Cette pensée les poussait à savourer ce que chacun craignait être l'un de leurs derniers souvenirs. Aucun mot de ce genre n'a été prononcé, mais ce n'était pas nécessaire. Thomas savait instinctivement ce qui se passait dans chacun de leurs esprits. Finalement, ils restèrent dans les bras l'un de l'autre pendant une heure avant de s'endormir.

À un moment donné, au milieu de la nuit, Thomas se réveilla et ouvrit discrètement la porte coulissante donnant sur le balcon de leur suite. Il s'est assis dans l'air frais de la nuit, couvert de chair de poule une fois de plus. En frottant les bosses sur ses bras, il savait qu'elles n'étaient pas entièrement causées par l'air frais. Ses peurs remontaient à la surface. Sa plus grande préoccupation était pour Sofia. Il voulait sincèrement qu'elle parte pour La Serena et se mette en sécurité, mais il savait qu'elle ne le ferait jamais. La seule chose qu'il savait vraiment était que si quelque chose lui arrivait, il ne se le pardonnerait jamais et pourrait même perdre la volonté de continuer. Quelques heures plus tard, il s'est endormi, assis sur la chaise.

Sofia s'était réveillée peu après Thomas et avait constaté qu'il était sur le patio. Elle savait aussi qu'il avait besoin de temps pour réfléchir et avait choisi de ne pas l'interrompre.

Par George Thomas S.

Quand elle a remarqué qu'il s'était endormi, elle a pris une couverture au pied du lit et l'a enveloppé, plutôt que de déranger son sommeil pour le faire revenir à l'intérieur. Les larmes coulant sur ses joues, elle prit une autre couverture et s'en enveloppa avant de s'asseoir sur la chaise à côté de lui. C'est là, dans le patio, qu'ils dormirent jusqu'au petit matin.

Thomas a été le premier à se réveiller. La tête de Sofia reposait sur son épaule, et il caressait doucement ses cheveux pendant qu'elle dormait. Il est resté assis là, bien éveillé, refusant de perturber son sommeil en se levant. Il attendait qu'elle se réveille d'elle-même. Plus d'une heure s'écoula avant qu'elle ne commence à remuer légèrement. Lentement, elle a ouvert les yeux, l'a regardé et a parlé.

"Sais-tu à quel point je t'aime, mon Thomas ? Le sais-tu vraiment ?"

"Trop pour votre propre bien, ou vous seriez dans un avion pour La Serena comme je l'ai demandé."

"Non, pas trop. Jamais trop ! Et ne parle plus jamais de mon départ. Je refuse ! Tu sais que je refuse."

"Oui, je sais. A quoi bon se disputer avec une femme latine", dit-il en souriant et en effleurant sa joue.

"Ce n'est pas bon. Je suis heureuse que tu l'aies appris si vite", taquine Sofia en lui pinçant le nez.

"Que diriez-vous d'un petit déjeuner, ma dame latine têtue ?"

"Mmmmm oui, j'ai faim. Un bon petit déjeuner ! Tu commandes et je vais m'habiller."

Le Second Avènement d'Angela

Sofia se brosse les dents, se lave le visage et s'habille pendant que Thomas téléphone au service d'étage. Quand ce fut son tour de se rafraîchir, Sofia replaça les couvertures sur le lit, puis s'assit en silence. Elle entendit la voix de Thomas qui résonnait dans la salle de bains lorsqu'il lui parlait.

"Demain est un grand jour. Pauly Sabatini et son équipe seront à Rio ; de Salvo sera à Fortaleza découvrant un tas de conteneurs de camions poubelles et Carlo, pas encore sûr pour Carlo."

"Je ne veux pas vraiment qu'il arrive ici avant deux jours. Je veux que tout le monde arrive selon mon planning. Pas tous ensemble. Des arrivées bien échelonnées pour qu'ils ne se croisent pas dans l'avion. Ça foutrait tout en l'air."

"Comment allez-vous arranger ça ?"

"Je vais devoir y réfléchir pendant le petit-déjeuner. Je trouverai une solution."

"Je l'espère. C'est un peu important, comme vous dites."

On a frappé à la porte et Sofia a laissé entrer le groom avec le chariot du petit-déjeuner. Après un bon pourboire, il est parti avec un sourire tandis que Thomas et Sofia s'asseyaient devant un énorme petit-déjeuner qu'ils étaient sûrs de ne jamais pouvoir finir. Après avoir mangé, ils sont sortis se promener dans le parc de l'hôtel. Il allait enfin voir l'immense beauté de cet endroit à la lumière du jour. Il allait également faire l'expérience d'une humidité si forte que respirer était un travail difficile. Une fois à l'air libre, Thomas sut qu'il faudrait un certain temps avant qu'ils ne quittent la propriété de l'hôtel. Il avait les yeux écarquillés et la mâchoire ouverte devant la beauté qui l'entourait.

"Oh mon Dieu, Sofia ! C'est quelque chose."

Par George Thomas S.

"Oui. Nous sommes juste au bord de la rivière et à au moins dix miles du centre-ville. Vous aimez ?"

"Oh, Sofia, "aimer" n'est pas du tout un mot assez fort. Je l'adore. Mais la chaleur ! Bon Dieu qu'il fait chaud !"

"Oui, je vous ai prévenu. Parfois, c'est comme une enclume sur votre poitrine. Mais tu t'y habitueras. Tu espères."

"Pas sûr que ce soit possible", rigole Thomas, "j'ai ramassé ce magazine dans la chambre ! Il y a des faits intéressants dedans."

"Qu'est-ce qu'il y a ? A propos de l'hôtel ?"

"Non. A propos de l'Amazonie. Saviez-vous qu'elle représente 5 % de la masse continentale du monde ?"

"Eh bien, je savais que c'était très grand. Mais c'est beaucoup."

"Oui, mais il est en grand danger. Trop de déforestation ! Très mauvais ! Ils perdent plusieurs milliers d'hectares chaque année."

"Oui, je sais. Il a fallu du temps à tout le monde pour réaliser l'importance de cet endroit pour la survie du monde. Au moins, ils font quelques efforts pour le préserver. Le monde en dépend plus que la plupart des gens ne le savent."

"On prend un taxi pour le centre ville maintenant, Thomas ? Voir la ville ?"

"Bien sûr. On peut déjeuner pendant qu'on est là."

Le Second Avènement d'Angela

Ils hélèrent rapidement un taxi et se dirigèrent vers le centre ville. Thomas dévorait chaque vue. Ses yeux sont dans un état constant d'errance d'une expérience visuelle à une autre. Il découvre qu'il y a un grand mélange d'ancien et de nouveau à Manaus, car Sofia décide de lui donner une petite leçon d'histoire.

"Les Européens ont commencé à s'installer dans cette région en seize soixante-neuf, avec seulement un petit fort. En 1850, une petite colonie s'est développée et est devenue la capitale de la province de l'Amazonas. Pendant environ trente ans, le boom du caoutchouc a apporté la prospérité à la ville. En fait, plus encore pour les impitoyables barons du caoutchouc qui la dirigeaient ! C'est à cette époque que l'Opéra, Teatro Amazonas, a été construit. Ils ont utilisé du bois d'Amazonie, des tuiles d'Alsace, du marbre italien, des cristaux français, et de l'or en relief. C'est très impressionnant. Des artistes d'Amérique du Nord et d'Europe, y compris de grandes stars de l'opéra, ont été amenés à se produire pour le petit groupe de familles qui contrôlait l'économie de la région. On dit que cet opéra, toujours utilisé aujourd'hui, possède l'une des meilleures acoustiques du monde."

"Nous devrions le voir alors. Tu es une véritable encyclopédie ambulante sur cet endroit", dit-il en riant.

"Il faut le savoir. Lorsque le caoutchouc synthétique a été inventé, et que les pays d'Asie du Sud-Est, utilisant les graines récoltées par un Anglais en Amazonie, ont commencé à produire leur propre caoutchouc, Manaus a vu sa fortune décliner rapidement."

"Alors, qu'est-ce qui le maintient en vie maintenant ?"

"Elle a été déclarée zone franche et des milliards de dollars de marchandises y arrivent chaque année pour être distribuées dans d'autres régions du Brésil. Cela est possible parce que les navires de haute mer peuvent remonter l'Amazone."

"Vous voulez dire de gros cargos ? Vous plaisantez."

Par George Thomas S.

"Pas du tout. La profondeur moyenne de la rivière est de cent cinquante pieds. Les navires ayant un tirant d'eau de quatorze pieds peuvent en fait remonter le fleuve jusqu'à Iquitos au Pérou."

"C'est incroyable. Je n'en reviens pas de tout ce que tu sais sur cet endroit."

"J'aime le Brésil. Donc, je sais."

Thomas et Sofia ont passé un après-midi tranquille à visiter le quartier central de la ville. L'un des sites préférés de Thomas était le marché municipal, Mercado Municipal. Le bâtiment du marché lui-même est une structure en fonte qui a été importée d'Angleterre. Ils y ont trouvé une étonnante variété de fruits tropicaux, d'herbes, de plantes, de poissons et de nombreux produits exotiques de la jungle.

En face du marché se trouve Puerto Flotante, où commencent les excursions sur l'Amazone. Il y avait des promenades en bateau jusqu'au point de rencontre du Rio Solimoes et du Rio Negro, des villages de pêcheurs comme Manacapuru et Araca, et même l'archipel d'Anavilhanas...

Ils ont exploré des plaisirs architecturaux tels que le Palacio de Justicia, le Palacio Rio Negro, l'edificio de Correos et l'église de Sao Sebastiao. À présent, l'humidité les atteint tous les deux et, comme d'habitude, il va bientôt pleuvoir. Il apprend que la pluie est un phénomène quotidien en Amazonie.

"À Manaus, Thomas, lorsque les gens font des projets pour la soirée, ils disent souvent simplement 'je te retrouve après la pluie'".

Pour éviter d'être pris dans une averse, ils sont retournés à la suite, tous deux maintenant collants et inconfortables à cause de l'humidité, et ont pris une douche bien nécessaire. Ce dont ils avaient vraiment besoin, c'était d'une sieste tranquille dans le confort climatisé de leur suite. En quelques minutes, ils s'endorment profondément. Il était presque six heures du soir et ils avaient demandé qu'on les réveille à neuf heures pour qu'ils puissent dîner tranquillement dans leur chambre. Plus tard, ils s'aventureront au bar pour boire, écouter de la musique et peut-être danser. Ils avaient prévu de profiter de la soirée comme si c'était la dernière.

Par George Thomas S.

CHAPITRE 19

CARLO EST À LA CHASSE

Alors que Thomas et Sofia s'étaient réveillés ce matin-là, Carlo, la tête lancinante et le corps endolori de partout par une nuit passée sur une chaise, reprenait conscience. Quant à son humeur ? Au mieux, il était de mauvaise humeur. Il se leva en titubant péniblement, se dirigea vers le foyer et monta les escaliers jusqu'à sa chambre. Une bonne douche chaude était ce dont il avait besoin, et il n'a pas perdu de temps pour satisfaire ce désir. Alors qu'il se tenait sous la pomme de douche, il a commencé à se souvenir de la conversation de la nuit précédente avec Thomas. Lorsqu'il a fini de se doucher et de se raser, il savait qu'il devait le retrouver, d'une manière ou d'une autre. Il était temps de demander une faveur. Il s'est habillé, est retourné à la bibliothèque, s'est assis au bureau, a décroché le téléphone et a composé le numéro du capitaine Santos.

Santos était un officier de haut rang dans la police de São Paulo. Il était aussi le destinataire plus qu'occasionnel des paiements de Carlo pour des faveurs accordées, ou des enquêtes déraillées avant d'avoir commencé. Carlo avait besoin d'une autre faveur et était prêt à payer cher pour l'obtenir. Le capitaine Santos avait un sérieux dédain pour son propre prénom. Carlo ne savait pas pourquoi, ni même ce que c'était. Il avait toujours insisté pour qu'on l'appelle simplement Santos. C'est exactement de cette façon qu'il répond au téléphone.

"Santos !"

"Oui, mon ami, c'est Carlo."

Le Second Avènement d'Angela

"Je n'ai pas eu de nouvelles de toi depuis un certain temps, Carlo. Je commence à croire que tu m'as oublié. Je commence à croire que tu n'as plus besoin de moi."

"Non, mon ami. Je ne t'oublierai jamais. J'appelle maintenant parce que j'ai une faveur à demander."

"Je suis sûr que je le sais. C'est la seule raison pour laquelle vous n'appelez jamais", a-t-il dit avec un rire un peu forcé.

"Eh bien, cette faveur paie dix mille dollars américains. Intéressé ?"

"Dix mille ? Tu es sûr ?" La joie et l'avidité dans sa voix étaient évidentes.

"Oui ! Je suis très sûr. Dix mille. En liquide."

"Ça doit être une faveur très sérieuse. Autant d'argent me fait penser que c'est peut-être trop risqué."

"Pas du tout. C'est très simple. L'argent, c'est parce que la faveur est importante, et j'en ai besoin hier."

"Ahhh. Je vois. Dites-moi alors. Qu'est-ce que c'est ?"

J'ai besoin que vous vérifiiez les compagnies aériennes pour tout vol pris par Thomas DeAngelo. Vous avez l'autorité pour couper court aux conneries et obtenir les informations que je ne peux pas."

"Oui, je le fais. Je vais commencer par São Paulo."

"Non ! Il n'a pas pris l'avion de São Paulo. Je le sais déjà. Essayez Rio. Il a peut-être été là-bas."

"Très bien. Je vous appellerai bientôt."

238

Par George Thomas S.

"Ce n'est jamais assez tôt. Merci."

Carlo a raccroché le téléphone et est allé à la cuisine pour trouver quelque chose à manger. Sans Paola, il était comme un poisson hors de l'eau. Il était presque impuissant lorsqu'il s'agissait de faire les choses quotidiennes qu'elle avait accomplies pendant tant d'années. Devoir faire son propre petit-déjeuner était un désastre à venir. Carlo aimait ses oeufs sur le plat, et après en avoir gâché une demi-douzaine en essayant simplement de ne pas casser les jaunes, il abandonna et prit un bol de céréales. Il prenait sa dernière cuillerée quand le téléphone a sonné. Il a couru jusqu'à la bibliothèque et a attrapé le récepteur.

"Oui ?"

"C'est Santos. Votre ami a pris l'avion de Rio à Brasilia il y a trois jours."

"Brasilia" ? Que diable ferait-il à Brasilia ? Qui diable pourrait-il connaître là-bas ?"

"Vous ne me demandez jamais cette information, donc je suis sûr que je ne le sais pas. Mais il n'est plus à Brasilia de toute façon. Il a pris l'avion pour Manaus la nuit dernière."

"La nuit dernière ? Alors il doit encore être là."

"Oui. Il n'a pris aucun vol de là-bas. J'ai dit à la compagnie de m'appeler s'il réserve un vol pour un autre endroit."

"Parfait. Excellent travail ! Merci, mon ami."

"Oui ! Votre ami ! Et quand votre, comment dites-vous, ami, recevra-t-il ses dix mille dollars américains ?"

"Ce sera à votre bureau aujourd'hui. Tu y seras toute la journée ?"

239

Le Second Avènement d'Angela

"Oui. Pour cela, je pense que je peux rester à mon bureau aussi longtemps que nécessaire. Mais ne m'oublie pas, mon ami", dit-il avec un rire presque sadique.

"Je n'oserais pas t'oublier, Santos."

"Je vois que vous comprenez. C'est bien."

"T'ai-je déjà fait faux bond avant ?"

"Non ! Mais de temps en temps, on a besoin qu'on nous rappelle qu'on ne devrait pas. Vous êtes d'accord ?"

"Comme tu veux. J'ai la même règle. Merci encore."

Carlo a raccroché au nez de Santos, puis a appelé la compagnie aérienne pour réserver quatre places pour Manaus. Il attendrait que Rico se présente à midi, puis l'enverrait chercher ses deux copains des favelas. Il se sentait assez joyeux à ce moment-là. Ce némésis irritant, cet emmerdeur de Thomas, allait enfin recevoir son dû. Oui, les choses s'amélioraient de minute en minute. Juste au bon moment, à midi, Rico a franchi la porte d'entrée avec son habituelle apparence négligée et brutale.

"Rico. Va chercher tes gars. On doit prendre un vol pour Manaus."

"Manaus" ? Le patron du pays de la jungle ! Qu'y a-t-il à Manaus ?"

"Thomas est à Manaus, espèce d'idiot ! Et quoi d'autre encore ? Maintenant, prenez vos gars et faites vite. Nous n'avons pas beaucoup de temps."

"Je vais chercher maintenant. On sera de retour très vite."

Une fois Rico parti, Carlo est retourné à l'étage pour préparer un sac de voyage. Il n'avait pas prévu de passer beaucoup de temps à Manaus. Il était comme Rico quand il s'agissait des zones de jungle. Il n'en avait aucune utilité. Tout ce qu'il savait de l'endroit était

Par George Thomas S.

qu'il pleuvait beaucoup et que c'était très humide. Pas son type de temps préféré. Quant à la splendeur de l'Amazonie ? Laissez ça aux Indiens et aux autres personnes assez folles pour y vivre. Il ne pourrait pas rentrer à São Paulo assez vite pour que cela lui convienne. Finir cette affaire et rentrer chez soi. Si Thomas ne déformait pas la vérité, et que les conteneurs seraient à Fortaleza demain, il n'avait plus besoin de lui. Quant à Angela, il la retrouverait bien assez tôt et ferait ce qu'il aurait dû faire auparavant, la faire taire ! Il avait vraiment l'impression que la fin de ce cauchemar était proche. Il pouvait le sentir, et ça faisait du bien.

Le vol devait décoller à 20h15 ce soir-là. Il devait arriver à Manaus vers 11h30. Il y avait des vols disponibles plus tôt, mais pas directs. Il pouvait prendre un vol d'après-midi qui passait par Recife, ou un autre qui passait par Rio puis Brasilia. Dans les deux cas, les vols étaient interminablement longs et n'arrivaient pas avant le vol qu'il avait réservé. L'attente lui a donné le temps de faire la remise du paiement au capitaine Santos. Il serait très malheureux de négliger ce détail. Santos était encore plus impitoyable que Carlo. Pire encore, il était impitoyable et avait l'autorité qui allait avec.

Une fois que Carlo s'est rendu à la banque, a retiré les fonds nécessaires et les a remis à Santos, il est retourné à la maison pour attendre Rico et ses hommes. À cinq heures du soir, ils étaient en route pour l'aéroport international de São Paulo pour attendre leur vol. Carlo a interrogé rapidement son équipage pour s'assurer qu'ils ne transportaient rien qui puisse poser problème pour l'embarquement. Il ne pouvait jamais être trop sûr de ces personnages.

"Personne n'a d'armes sur eux ! N'est-ce pas ?"

"Non, patron", a répondu Rico.

"Pas même un petit couteau. Pas un coupe-ongles. Rien ! Vous comprenez ?"

241

"Non, patron, nous n'avons rien."

"Bien. Quand on arrivera à Manaus, on trouvera ce dont on a besoin. Puis on fera nos affaires et on rentrera à la maison."

"Comment on le trouve, patron ?"

"Nous allons devoir nous séparer. J'ai fait une liste des hôtels de Manaus. Il y en a beaucoup. Chacun de nous va prendre une zone et passer les hôtels au peigne fin. Soudoyer les employés de la réception. L'argent compte. En cherchant tous les quatre séparément, on devrait le trouver plus rapidement."

"Comment on fait la recherche ?"

"Pour l'amour du ciel, Rico ! Tu ne réfléchis jamais ? A l'aéroport, on prendra quatre taxis. Les chauffeurs ont tous un téléphone portable. Je veux leurs numéros pour pouvoir tous vous contacter si je trouve Thomas. Si vous le trouvez, dites au chauffeur d'appeler mon portable."

"Oui, patron. C'est bon."

"C'est important ! Si vous le trouvez, vous ne faites rien. Je dis bien rien ! Tu m'appelles juste, et tu gardes un oeil sur lui pour t'assurer qu'il ne part pas. Tu as compris ?"

"Oui", a répondu Rico tandis que les autres hochaient la tête.

Une fois le plan de recherche mis en place, ils montent à bord de l'avion et se préparent à décoller. Dans quelques heures, ils seront à Manaus et dans leur chasse à l'homme.

Carlo était assis tranquillement, regardant par la fenêtre. Il se sentait très soulagé, mais pas complètement. Il était bon de savoir que Thomas était à Manaus, mais la recherche de celui-ci pourrait s'avérer difficile. Il ne pouvait qu'espérer qu'ils le trouveraient avant qu'il ne se

Par George Thomas S.

déplace encore une fois. Avec Santos qui surveillait les vols en partance de la ville, il n'y avait que quelques autres moyens de s'échapper sans être repéré. Il pouvait partir en voiture, mais avec des options limitées quant aux destinations, ou il pouvait prendre la rivière et descendre les presque mille miles jusqu'à la côte. Dans tous les cas, il serait difficile de le retrouver s'il prenait l'une ou l'autre de ces routes.

Lorsque l'avion atterrit à l'aéroport de Manaus, Carlo et son équipe débarquent et louent quatre taxis. Carlo a donné cent dollars américains à chaque chauffeur pour leur coopération et a noté leurs numéros de téléphone. Ensuite, chaque membre de l'équipe de recherche a pris une liste d'hôtels et est parti de son côté. Carlo ne pouvait qu'espérer que les recherches porteraient leurs fruits très rapidement. Il voulait en finir avec un minimum de tracas. Il voulait rentrer chez lui et récupérer ses camions. Des clients attendaient leur arrivée et l'argent arriverait juste à temps pour lui éviter des problèmes avec la banque.

Pendant ce temps, Thomas et Sofia s'étaient réveillés à neuf heures et avaient commandé et mangé un merveilleux dîner. A onze heures, ils étaient assis dans le salon à écouter de la musique brésilienne et à boire quelques verres. Comme d'habitude, il y avait eu une pluie en soirée. La température extérieure s'était considérablement refroidie, mais l'humidité était toujours présente. Pourtant, après quelques verres, ils ont décidé de se promener dans l'enceinte de l'hôtel. Ils marchaient main dans la main, en silence, appréciant simplement la beauté de l'endroit. Ils n'avaient aucune idée qu'une fouille chorégraphiée des hôtels avait lieu dans un effort frénétique et furieux pour les retrouver.

Il était maintenant presque deux heures du matin. Thomas et Sofia ont décidé de se retirer dans leur suite à peu près au même moment où Carlo et son équipe ont commencé à penser qu'ils avaient tort de chercher dans les hôtels moins chers et plus nombreux. Carlo avait décidé que Thomas se cachait peut-être là où il s'attendait le moins à le trouver. La recherche des hôtels plus luxueux était maintenant en cours.

Thomas et Sofia se dirigent vers leur suite au deuxième étage et lui, embrassant doucement ses lèvres, tripote la clé dans un effort aveugle pour trouver le trou de serrure et ouvrir la porte. Soudain, la porte s'est ouverte, et Thomas et Sofia ont été attrapés par la gorge et traînés dans la suite tandis que la porte se refermait derrière eux. À l'horreur de Thomas, et à son incrédulité totale, lui et Sofia étaient dans les griffes de Rico. Rien de bon ne pouvait sortir de cela. La fin était certaine maintenant. Le seul espoir de Thomas était que Sofia ne souffre pas trop. Il priait pour que, quelle que soit l'issue, elle soit clémente et rapide.

Rico, qui avait maintenant deux personnes en difficulté dans ses deux mains, se rendit compte qu'il devait en lâcher au moins une. Il relâcha sa prise sur Sofia et, alors qu'elle semblait prête à crier à l'aide, lui asséna un revers qui l'envoya à l'autre bout de la pièce. Ce n'était qu'un coup de demi-fort de cette bête, mais assez puissant pour la rendre inconsciente. Alors qu'elle gisait là, Rico se concentra sur Thomas, qui devenait légèrement bleu par manque d'oxygène. Rico l'a plaqué contre le mur, la main toujours autour de sa gorge, et il a parlé.

"Je vais avoir ta femme. Celle que je garde depuis longtemps. Très longtemps. Elle sera toujours mon esclave."

Thomas était malade à cette idée, son esprit s'efforçant de trouver un moyen de s'en sortir. C'était trop douloureux de penser qu'il n'y en avait pas. Rico, réalisant qu'il avait enfreint la règle de Carlo en ne l'appelant pas lorsqu'il avait trouvé Thomas, tendit sa main libre vers le téléphone. À ce moment-là, la porte a pratiquement éclaté de ses gonds. Thomas entendit le fracas, mais sa vision était maintenant brouillée et il ne voyait rien de reconnaissable.

Par George Thomas S.

Alors que Rico tourne la tête pour voir ce qui s'est passé, il y a trois éclairs lumineux et le "phoot phoot phoot" étouffé de trois balles qui se frayent un chemin à travers le silencieux au bout du canon d'un pistolet de neuf millimètres. Les trois balles ont touché Rico dans le dos. Comme il grimaçait sous la douleur, il a relâché sa prise sur la gorge de Thomas, le laissant tomber sur le sol. Rico s'est retourné et, en titubant, a attrapé le pistolet qu'il avait acheté au marché noir à Manaus. Il y a eu un autre éclair dans la bouche et Rico est tombé sur le sol avec un trou de balle dans la tête. Pour s'en assurer, son assaillant se tient au-dessus de lui et lui envoie trois autres balles dans le corps.

Thomas, qui avait maintenant retrouvé un peu de son souffle et de sa vision, leva les yeux vers ce nouvel intrus. Il n'en croyait pas ses yeux quand il a parlé.

"Antonio ? Mon Dieu, Antonio ?"

"Ouais, Tommy. C'est moi. Tu vas bien ?"

"Antonio ? C'est vraiment toi ?"

"Pour l'amour du ciel, oui, Tommy, c'est vraiment moi. Je ne suis pas un fantôme."

"Que faites-vous ici ?"

"La dernière fois que j'ai regardé, c'était pour sauver ton cul", a dit Antonio en riant de bon cœur. "Il s'en est fallu de peu. Hey, tu ferais mieux de t'occuper de Sofia pendant que je me débarrasse de ce trou du cul."

Thomas, qui avait encore du mal à respirer, s'est traîné jusqu'à Sofia. Elle commençait à reprendre conscience et a jeté ses bras autour de lui en criant : "Thomas, tu vas bien ?"

"Oui, bébé. Regarde ! Regarde qui est là", dit-il en désignant Antonio qui, à ce moment-là, traînait le corps de Rico sur le balcon.

"Antonio ? C'est toi Antonio ?"

"Oui, Sofia, c'est moi", répond-il en fermant la porte coulissante du balcon et en tirant les rideaux, "Tu vas bien ?".

"Oh oui ! Je vais très bien maintenant. Ça fait très mal là où il m'a frappée, mais grâce à toi, on va bien."

Thomas a regardé Antonio et lui a demandé : "Qu'est-ce que tu fais ici ? Pourquoi n'es-tu pas en Italie ?"

"Ahhh ! Disons qu'une centaine de milliers de dollars pour simplement ouvrir une porte et vous conduire à l'hôtel ne me semblait pas juste. J'ai pensé que vous auriez besoin d'un peu plus d'aide. Maintenant donnez-moi un coup de main pour nettoyer un peu de ce sang ! Il n'y en a pas beaucoup. Ils ne le trouveront pas avant un moment, j'en suis sûr."

Alors qu'ils ont commencé à faire le ménage après la mort de Rico, Thomas a approfondi la motivation d'Antonio.

"S'il vous plaît, dites-moi toute l'histoire, voulez-vous ? Il doit y avoir plus que ça pour que vous soyez ici."

Antonio a laissé échapper un profond soupir en parlant, "Ça n'a pas très bien marché avec Rosina. Ou l'Italie."

"Que s'est-il passé en si peu de temps ? Vous aviez l'air très heureux."

"Je ne sais pas. Elle est devenue une vraie salope. Dès qu'elle a su qu'on avait de l'argent, elle est devenue folle. Tu sais, elle a dépensé presque cinquante mille depuis qu'on est partis."

"Quoi ? Comment a-t-elle pu faire ça en quelques jours ?"

"Vous le nommez. Elle l'a acheté. Des vêtements coûteux, des fourrures, des bijoux. Elle était folle. J'ai finalement dû transférer l'argent sur un autre compte qu'elle ne pouvait pas toucher. Quand elle l'a découvert, elle est devenue folle. Ensuite, elle est partie. Bon débarras. Ce n'est pas ta faute, Tommy. Tu ne pouvais pas savoir."

Thomas et Sofia se sont regardés et ont souri. Une fois de plus, ils étaient sur la même longueur d'onde. Cette fois, c'est à Paola qu'ils pensaient. Peut-être qu'ils pourraient les réunir. Les laisser former une famille. Ils imaginaient ce qu'Antonio pourrait penser s'il savait qu'il avait un fils. Ils attendraient le bon moment et feraient ce qu'ils pourraient. Pour l'instant, ils devaient quitter l'hôtel.

"Tommy, si Rico est ici, Carlo l'est aussi. On doit partir d'ici, vite. Pas de temps à perdre. Je suis sûr qu'il n'est pas seul."

"Je pensais justement à la même chose. Nos plans étaient de remonter la rivière jusqu'aux tours d'Ariau dans la matinée. Je suppose que nous allons le faire un peu plus tôt que prévu. Sofia a réservé une suite là-bas. On devra trouver quelqu'un avec un bateau et bien le payer pour nous y emmener si tôt le matin. Tu viens avec nous, Antonio. À partir de maintenant, je pense que nous devons tous nous serrer les coudes. Demain sera un grand jour."

"Qu'est-ce qu'il y a demain ?"

Le Second Avènement d'Angela

"D'autres visiteurs. Ils veulent tous la tête de Carlo sur un plateau. Ça devrait être un sacré gâteau de palourdes."

"Ça a l'air amusant. J'ai hâte d'y être."

"Alors allons-y. Je suis sûr qu'un chauffeur de taxi peut nous trouver quelqu'un avec un bateau. Pour assez d'argent !"

Les trois ont quitté la suite et se sont rendus dans le hall. Sur leur chemin, Thomas a demandé à Antonio,

"Comment nous avez-vous trouvés ?"

"Vous avez dit que vous alliez à Manaus. J'ai eu de la chance et j'ai choisi cet endroit pour regarder en premier. Un peu de liquide et votre description m'ont permis d'obtenir votre numéro de chambre. Le plus drôle, c'est que le gars à la réception a dit que j'étais le deuxième à te chercher en une heure. C'est là que j'ai su qu'il y avait un problème. Quand il a décrit le gars, j'ai su que c'était Rico. J'avais peur d'arriver trop tard, mais il a dit que Rico n'était pas encore sorti. Donc, vous connaissez la suite. Le vol a été sacrément long pour arriver ici. J'ai dû passer par Fortaleza, Brasilia et puis ici."

"Ça expliquerait pourquoi tu n'as pas retrouvé Carlo dans l'avion de São Paulo. Je ne pourrai jamais te remercier assez, Antonio. Même pas en un million d'années."

"Tu n'as pas à le faire, Tommy. Tu es mon ami. N'est-ce pas ?"

"Tu parles. Je suis ton ami pour la vie."

Ils ont réussi à héler un taxi en quelques minutes seulement. Après que Sofia ait posé quelques questions au chauffeur, ils ont eu leur bateau. Le chauffeur de taxi a utilisé son téléphone portable pour appeler et organiser leur transport vers les Tours Ariau. Le coût était

248

Par George Thomas S.

de cinquante dollars américains supplémentaires pour le chauffeur de taxi, et cent pour le bateau. C'était une bonne affaire. Quand ils sont arrivés au quai, le propriétaire du bateau les attendait. Après quelques autres questions de Sofia, ils se dirigent vers la zone où le bateau est amarré.

Un seul regard sur cette chose, et tout le monde a soudainement eu un sentiment de malaise dans l'estomac. Ce n'était guère plus qu'un petit dinghy en bois, qui ne semblait pas être dans le meilleur état. Il était équipé à l'arrière d'un moteur de quinze chevaux et de peu d'autres choses. Il n'y avait même pas un seul gilet de sauvetage à bord. Antonio a été le premier à faire un commentaire.

"Putain de merde, Tommy ! On doit monter dans ce truc ? Sur cette rivière ? On est fous ?"

Thomas a ri de façon impuissante et a dit : "Non. Je ne suis pas fou ! Juste désespéré ! Nous n'avons pas le choix. Je suis sûr que ça va bien se passer. On ne peut pas y faire grand-chose de toute façon."

"Ouais, t'as raison ! Qu'est-ce qu'on peut faire ?"

Sofia était en fait la plus détendue de toutes les trois.

"Allez, les grands garçons. Ne soyez pas comme des petits enfants. Montons dans le bateau et finissons-en", puis elle est montée et s'est installée sur le siège en bois à l'avant.

"Viens, Thomas", dit-elle en tapotant le siège à côté d'elle, "assieds-toi à côté de moi".

Thomas s'est installé à sa place et Antonio a pris le siège du milieu. Le batelier largue les amarres et s'installe pour démarrer le moteur. Après environ quatre tirages, il s'est finalement mis en marche avec de nombreux crachotements.

Le Second Avènement d'Angela

"Ça n'a pas l'air très bon, Tommy. Merde, pourquoi on n'a pas pu avoir un meilleur bateau ?"

"Détendez-vous. Tout va bien se passer."

Le passeur a donné quelques coups dans le dos d'Antonio et a marmonné quelque chose en portugais en lui tendant une lampe de poche. Sofia, qui comprenait, s'est retournée pour prendre la lampe d'Antonio et l'allumer vers l'avant. En amont, loin des lumières de la ville, il ferait sombre comme jamais. Avec la charge qu'il transporte et le petit moteur, ils auront de la chance s'ils parviennent à atteindre une vitesse de 15 miles par heure contre le courant de la rivière. Cela signifierait un voyage de deux heures jusqu'aux Tours d'Ariau. S'ils avaient de la chance !

La lampe de poche que tenait Sofia avait un objectif principal : éclairer une petite zone à l'avant du bateau afin de repérer les crocodiles qui pourraient perturber l'embarcation. Il y avait également la possibilité de se heurter à l'un des dauphins qui croisent sur le fleuve. Il serait, sans aucun doute, fatal de se retrouver dans cette rivière la nuit. Le courant est fort, et, dans l'obscurité extrême, on ne trouverait jamais la rive avant de se noyer ou de devenir la nourriture de ce qui se cache sous la surface trouble de l'eau. Tout le voyage s'est déroulé dans un silence total et une concentration intense, sans parler de la peur sous-jacente.

C'est avec un grand soulagement qu'ils sont arrivés au quai d'accueil un peu plus de deux heures plus tard. Les gardes, nécessaires dans cet endroit dangereux la nuit, ont été quelque peu surpris par leur arrivée. Après beaucoup de conversation et d'explications de la part de Sofia, ils ont réveillé le directeur qui a eu la gentillesse, bien qu'un peu perturbé, de les enregistrer et de les conduire à leur suite. Il n'y a qu'une seule suite aux Tours Ariau, souvent fréquentée par les riches et célèbres, et Sofia l'avait réservée. Elle était idéale en raison de son emplacement au point culminant de l'ensemble de l'établissement. Elle offrait une excellente

Par George Thomas S.

vue sur toutes les approches. Cela serait crucial lorsque les autres participants à cette affaire arriveraient. Il était maintenant six heures du matin, et ils se sont tous installés pour dormir un peu. Très vite, les singes et les oiseaux qui fréquentaient la cime des arbres allaient créer une cacophonie de bruits. Mieux valait se reposer pendant les quelques heures qu'il serait possible de passer sans être dérangé.

Le Second Avènement d'Angela

CHAPITRE 20

RASSEMBLER LE TROUPEAU

Il est dix heures du matin à Fortaleza et Luiz de Salvo a réuni deux de ses hommes et un fonctionnaire des douanes pour le petit-déjeuner à l'hôtel Vila Gale' Fortaleza. Le navire transportant les conteneurs de Carlo devait commencer à décharger juste avant midi et, à trois heures, il devait être sur le quai. De Salvo n'avait aucune idée de la raison pour laquelle Carlo ne s'était pas chargé lui-même de cette mission. Il n'impliquait jamais de Salvo dans le ramassage direct de la marchandise et était toujours très protecteur de ses sources et de ses expéditions. Il y avait une bonne raison à cela. Luiz de Salvo était déjà en train de réfléchir à la manière d'extorquer à Carlo la majeure partie de son argent. Après tout, qu'est-ce que Carlo pouvait y faire ? Au moment même d'un caprice particulier, de Salvo pouvait disposer de lui de bien des façons. Il ne s'est jamais beaucoup soucié du gringo. Il aimait l'argent qu'il gagnait pour lui, mais ne l'a jamais apprécié personnellement.

Une fois le petit-déjeuner terminé, de Salvo remet une liasse de billets au douanier. Cinq mille dollars américains, c'est le tarif en vigueur pour une cargaison de cette taille. En échange de ce paiement, il doctorera les documents douaniers et réduira les droits d'importation de plus de la moitié. Cela représente une économie substantielle de plus de deux cent mille dollars. Le jeu en valait la chandelle. Le plan consiste à inspecter les conteneurs, puis à organiser le transport par camion jusqu'à São Paulo. Si tout se passe bien, tout pourrait être terminé à 15h30 et de Salvo pourrait rentrer chez lui. Ses hommes resteraient sur place pour s'assurer que le chargement des transports se déroule dans les temps, puis les accompagneraient dans leur voyage vers São Paulo. En arrivant sur le quai, de Salvo allume un

252

Par George Thomas S.

bon cigare cubain. Il ne peut s'empêcher de penser à l'idiot qu'a été Carlo. Il n'était pas difficile de voir son sourire à travers les nuages de fumée qui s'échappaient de sa bouche.

À presque exactement trois heures de l'après-midi, le sceau du premier des cinq conteneurs a été brisé sous le regard de Salvo. Lorsqu'on l'a ouvert, le coûteux cigare cubain est tombé de sa bouche sur le trottoir. Là, au lieu de camions diesel Ford neufs, ils n'ont trouvé que des carcasses rouillées de vieilles épaves. Dans la panique, tout le monde est allé de conteneur en conteneur pour découvrir à chaque fois le même résultat. Luiz de Salvo est fou de rage.

"Ce petit cochon de gringo. A qui croit-il s'en prendre ?" Il était furieux, "Je vais tuer ce bâtard de Yankee."

Alors que de Salvo se défoulait, le douanier a battu en retraite précipitamment avec son argent. Il ne voulait pas risquer de se le faire confisquer. Luiz l'a laissé poursuivre son chemin sans intervenir. Il savait que ce serait une mauvaise affaire de revenir sur un accord avec une personne de sa position, surtout pour quelque chose qui n'était pas de son fait.

Après un retour précipité à l'hôtel, il était temps d'appeler Carlo. Luiz a pris le téléphone et a composé le numéro de son portable.

Toujours à la recherche de Thomas, il a fallu plus de quelques sonneries avant que Carlo ne réponde, un peu énervé, "Allô ?".

"Carlo ? Quel est ce jeu auquel tu joues avec moi ?"

"Luiz" ? C'est toi ? De quoi tu parles ?"

"Vous êtes vraiment à Manaus, mon ami ?"

253

"Oui. Mais comment le savez-vous ?"

"Comment l'ai-je su ? Tu me l'as dit dans ton e-mail. Vous oubliez si facilement ?"

"Email ? Je ne t'ai jamais envoyé d'email. Je n'ai aucune idée de ce dont tu parles, et j'ai un sérieux problème sur les bras en ce moment."

"Si, vous le savez ! Vous avez un problème très sérieux. Où sont ces camions ? Ces camions diesel bon marché que vous m'avez promis ?"

"Des camions ?" Carlo commençait à s'impatienter. Comment Luiz pouvait-il savoir pour les camions ? "Quels camions ?", a-t-il demandé.

"Quels camions ? Quels camions, espèce de bâtard gringo ? Les camions diesel pour lesquels tu as pris mon argent. Mon quart de million de dollars ! Au lieu de ça, j'ai des conteneurs de vieilles épaves rouillées."

Carlo, épuisé par une nuit de recherche de Thomas, s'est presque effondré au sol en entendant ces mots.

"Luiz, je ne t'ai pas pris d'argent. Je n'ai aucune idée de ce dont vous parlez."

"Vous essayez de me faire croire que vous ne m'avez pas envoyé d'email avec ce plan d'importation de vingt camions ? Que tu n'as pas demandé une partie de l'argent en avance ? Que tu n'as pas pris mon argent ? Tu me prends pour un idiot ? Tu n'as rien appris sur moi ?"

Carlo réalisait soudain que Thomas était bien plus intelligent qu'il ne l'aurait cru. Comment il a fait ça, il n'en avait aucune idée. Il savait qu'il avait dû pénétrer dans son ordinateur d'une manière ou d'une autre, sinon il n'aurait jamais su pour Luiz. Il était temps de raconter toute l'histoire en espérant que ça lui épargnerait la vie. Luiz savait déjà tout sur Angela. C'est lui qui avait arrangé tous les faux documents pour qu'elle puisse entrer au Brésil en premier lieu. Il ne savait pas, cependant, qu'elle avait retrouvé la mémoire. S'il avait

Par George Thomas S.

découvert ce petit détail, il se serait assuré qu'elle soit tuée sans délai. Se protéger lui-même aurait été la priorité. Ça l'était toujours.

"Merde, Luiz ! Tu dois écouter. Je peux t'expliquer !"

Carlo lui a alors raconté en détail toute la situation avec Angela et Thomas. Il a exposé tout le plan, et comment tout a dérapé lorsque Thomas s'est échappé avec l'aide d'Antonio et de Paola. Lorsqu'il termine son récit, Luiz est incrédule, pour ne pas dire encore plus irrité.

"Espèce d'idiot ! Pour un peu d'argent, vous nous mettez tous en danger ? Pire encore, vous laissez cette femme retourner au Canada pour raconter son histoire ? Pourquoi ai-je pensé que vous aviez un cerveau ?"

"J'étais désespéré. La banque mettait fin au prêt de ma maison. Je ne pouvais pas le payer. J'avais besoin d'argent rapidement."

"J'en ai rien à foutre de tes problèmes d'argent. Tu avais beaucoup d'argent. Comment tu as pu en perdre autant, je n'en ai aucune idée. C'était un plan stupide. Où est ce Thomas maintenant ?"

"Je suis sûr qu'il est encore ici à Manaus. C'est pour ça que je suis là. J'essaie de le trouver."

C'est à ce moment qu'un des hommes de Rico est arrivé en courant avec la nouvelle.

"Carlo, la police vient d'emmener Rico au Tropical Resort."

"Quoi ?" Carlo a dit en couvrant le récepteur du téléphone, "Rico a été arrêté ?"

"Non, patron. Rico est mort. C'est son corps qu'ils ont pris."

Carlo était stupéfait, "Mort ? Rico ? Putain de merde !"

Il a remis le téléphone à son oreille à temps pour entendre Luiz crier.

"Carlo ? Carlo ? Réponds-moi, espèce de merde."

"Luiz, il a tué Rico. Ce fils de pute a tué Rico."

"Quoi ? Qui a tué Rico ?"

"Thomas ! Je dois trouver où il est avant que tout ça ne tourne au vinaigre."

"C'est déjà transformé en merde, espèce de con", et sur ce, Luiz de Salvo raccroche le téléphone et parle à ses hommes. "Nous allons à Manaus. On a des morts à faire."

Ils avaient une réservation sur le prochain vol pour Rio, mais ils n'arriveraient que tard dans la matinée. Où que soit ce Thomas, ils le trouveraient, ainsi que Carlo, et s'en débarrasseraient avec toute la passion requise. Luiz de Salvo n'était pas un homme à prendre pour un imbécile. Ni par personne. Jamais !

Carlo, quant à lui, était maintenant un homme avec deux missions. D'abord, il devait trouver Thomas et s'occuper des affaires inachevées, et ensuite, il devait quitter le Brésil aussi vite que possible. Sa vie ne valait pas un centime maintenant, et il le savait. Il se tourna vers les deux hommes qui restaient avec lui.

"Écoutez ! Il faut qu'on trouve ce type. L'un de vous fait le tour des agences de location de voitures. S'ils sont partis par la route, nous devons savoir quand ils sont partis et ce qu'ils conduisent. L'autre va parler aux chauffeurs de taxi autour de l'hôtel. Voyez si quelqu'un les a emmenés quelque part. Je vais vérifier le quai et voir s'ils sont partis en bateau."

Tout le monde a poursuivi son chemin, et Carlo a commencé à parler aux agents des différents bureaux de croisière. N'ayant pas de chance, il a parcouru les cales des bateaux en

Par George Thomas S.

interrogeant ceux qui étaient à bord des plus grands navires. Par deux fois, il est passé devant le petit canot en bois qui les avait emmenés en amont de la rivière et n'en a pas souffert. Lorsque l'horloge indique presque onze heures du soir, ils abandonnent les recherches afin de prendre un repos bien mérité. S'il était parti, il était parti depuis longtemps. Une nuit de sommeil ne pouvait pas faire de différence.

Carlo a décidé de prendre deux chambres au Tropical Resort. Après un repas commandé au service d'étage, il s'est pelotonné sur le lit dans un sérieux état de dépression. Il était peu probable qu'il dorme beaucoup. Comment tout cela avait-il pu arriver ? Il était toujours si prudent.

Rien de ce qu'il a fait n'a été sans une planification minutieuse. Il était sûr d'avoir le dessus dans cette affaire. Le seul joker était cette mystérieuse femme avec laquelle Thomas avait été vu à l'hôtel à São Paulo. Il a pensé à Carlo qu'elle devait avoir un rôle majeur dans tout cela. La question était : comment ?

Plus tôt dans la journée, Pauly Sabatini et ses hommes étaient arrivés à Rio. Il était trois heures de l'après-midi quand ils se sont enregistrés à leur hôtel. À peu près au même moment où Luiz de Salvo découvrait son malheur personnel dans ces conteneurs, Pauly recevait un appel de Thomas.

"Pauly ! Comment ça se passe à Rio ?"

"Qui sait ? Je ne suis là que depuis moins d'une heure. Je ne m'attendais pas à rester dans un avion pendant presque 18 heures."

"Oui ! C'est un très long voyage si ce n'est pas un vol direct. Eh bien, maintenant vous pouvez prendre le vol de bonne heure pour Manaus le matin. Il passe par Brasilia. Vous n'arriverez pas à Manaus avant le milieu de l'après-midi, mais telle est la vie. Pas de repos pour les méchants", dit-il en riant.

"Mignon ! J'ai hâte de te rencontrer. Ça va être un plaisir. Maintenant, où diable est Manaus ? Jamais entendu parler."

"Disons que j'espère que vous aimez la jungle, la pluie et l'humidité."

"J'ai demandé où. Pas pour une description."

"C'est à environ 1000 miles en amont de la rivière Amazone. Vous allez adorer. C'est assez étonnant."

"Oui, j'en suis sûr. Tu devrais peut-être écrire des brochures touristiques. A quelle heure est le vol ? Je dois réserver des billets."

"Sept heures du matin. Alors, tu ferais mieux de dormir un peu."

"Juste une chose, Tommy ! Où est-ce que je te trouverai à Manaus ?"

Thomas a rigolé, "Si j'ai de la chance, tu ne le feras pas. Tu trouveras seulement Carlo. Garde tes yeux sur le prix, Pauly. Oublie-moi. C'est quand les gens sont distraits qu'ils font des erreurs. Tu n'as pas besoin d'erreurs maintenant, n'est-ce pas ?"

"Merci pour le conseil. Si j'ai besoin de plus, je demanderai."

"Au fait. Il y avait trois hommes avec Carlo. L'un d'eux est déjà mort. Il ne reste que Carlo et deux autres. Ça devrait rendre votre travail un peu plus facile."

"Ouais, gros dur, merci pour l'aide. Je suis tellement soulagé."

"Dormez bien. Je t'appelle quand tu arrives à Manaus."

Par George Thomas S.

Thomas raccrocha le téléphone et retourna à son déjeuner. Tous les trois avaient réussi à dormir jusqu'à midi. Ils savouraient maintenant un repas décontracté dans leur suite, et ce n'était pas une tâche facile. Les singes habitent la cime des arbres de l'Amazonie, et c'est la raison principale pour laquelle cet hôtel a été construit à la cime des arbres, pour exposer les touristes à la vie foisonnante qui abonde au-dessus du sol de la jungle. Les singes et les oiseaux de cette zone particulière étaient habitués à la compagnie humaine et n'étaient pas du tout timides. Si l'occasion se présentait, ils se servaient volontiers de votre nourriture. Les singes, en fait, venaient souvent s'asseoir sur leurs épaules, jacassant sans cesse, dans l'espoir de se voir offrir une friandise.

À un moment donné, Antonio a complètement renoncé à manger et a tendu son assiette à un singe-araignée persistant qui lui avait arraché les cheveux. Alors que le singe s'enfonçait dans cette friandise tant désirée, Antonio souriait et riait comme un petit enfant. Il était évident qu'il appréciait ce petit parasite.

"Je pense que tu aimes ce singe", dit Thomas avec un sourire compréhensif.

"Ouais ! Il est plutôt mignon. Il pourrait faire un bon animal de compagnie."

"Eh bien, je ne suis pas sûr qu'ils vous laisseront le ramener à la maison avec vous."

Sofia était occupée à donner de petites portions de son repas à un autre petit invité lorsque Thomas a demandé :

"Sofia, pouvez-vous vérifier votre ordinateur portable et voir si, quelque part dans les fichiers de Carlo, il y a un numéro de portable pour Luiz de Salvo ?"

"Il n'y en a pas. J'ai vérifié avant. Mais je peux le trouver quand même, si vous le souhaitez."

"Vous pouvez ? Comment ?"

"Même ici en Amazonie, ils ont une connexion Internet. J'ai demandé quand on s'est enregistré. Je vais aller dans la base de clients de la compagnie cellulaire et trouver ce dont vous avez besoin."

"Vous pouvez faire ça ?"

"Thomas ! Mon pauvre, doux homme ! As-tu oublié combien je suis bonne ? Tu as la mémoire si courte," dit-elle.

"Oui ! Je suis stupide. J'ai oublié que j'avais un génie sur les bras."

"Pas un génie. Juste un expert", ronronna Sofia à son oreille en lui donnant un tendre baiser qui lui fit froid dans le dos.

"Hey, pas de taquinerie. Tu as du travail à faire", a-t-il dit en riant.

"Oui, monsieur. Monsieur le patron", plaisante-t-elle en l'embrassant une nouvelle fois, puis elle ouvre son ordinateur portable. Pendant que Thomas et Antonio s'asseyaient et parlaient de rien en particulier, Sofia a commencé sa recherche. Cela ne faisait pas vingt minutes quand elle a crié, "Je l'ai."

"Déjà ? Je ne m'habituerai jamais à ton talent."

"J'espère que non. Dans tous les sens du terme ", gloussa-t-elle en faisant un clin d'œil malicieux.

Thomas a pris le téléphone et a composé le numéro que Sofia lui avait donné. C'est un homme un peu irrité qui répond, parlant en portugais. Thomas l'interrompt.

"J'ai bien peur qu'il faille parler anglais si l'on veut arriver à quelque chose."

Par George Thomas S.

"Qui est-ce ? Et comment avez-vous eu mon numéro ?"

"Tout d'abord, qui est-ce ? Luiz de Salvo ?"

"Oui. Maintenant, qui êtes-vous ?"

"Oh, je suis sûr que vous avez déjà entendu parler de moi. Vous n'avez pas encore parlé à Carlo ? J'aurais pensé que vous seriez au téléphone dix secondes après l'ouverture de ces containers."

"Je vois. Alors, ce doit être cet ennuyeux moucheron nommé Thomas ?"

"Moucheron ennuyeux" ? Mignon ! Mais oui, c'est Thomas."

"Vous avez créé une sacrée situation, mon ami gringo."

"Je suis sûr que oui. Pour être honnête, c'était mon intention. La question est de savoir si vous vous joignez à la fête ?"

"Oh oui ! Je ne le manquerais pour rien au monde. Je serai en route pour Manaus aujourd'hui. Nous pourrons prendre un verre ensemble. J'admire une telle créativité. Une telle audace."

"Bien sûr que si ! Et bien sûr, le fait que tu te sois fait escroquer d'un quart de million de dollars ne ternira jamais notre relation. Je ne suis pas un imbécile, Luiz."

"Oui, je suis sûr que vous ne l'êtes pas. Quoi qu'il en soit, j'espère vivement vous rencontrer," dit de Salvo avec un sarcasme total.

"Oui, eh bien, rejoignez le club. Il semble qu'il y en ait beaucoup aujourd'hui. Je vous rappellerai quand je saurai que vous êtes à Manaus. Je suppose que tu arriveras ici en fin de matinée. J'ai vérifié les horaires des vols. Le premier que vous pouvez avoir ne vous amènera pas ici avant midi. Attendez mon appel à 12h30. Bon voyage."

Thomas raccrocha et suggéra qu'ils aillent tous se promener sur les passerelles à la cime des arbres qui menaient d'une chambre à l'autre. Ce serait une belle diversion aux préoccupations du lendemain. Après une demi-heure environ, Thomas a pris Sofia à part et lui a demandé ce qu'elle pensait de parler à Antonio de Paola et du bébé. Elle n'était pas très sûre du moment.

"Tu crois que c'est bien, Thomas ? Avec ce qui se passe ?"

"Oui. Je le veux. Imaginez que quelque chose nous arrive et qu'on ne lui dise jamais pour son fils. Il passerait sa vie sans savoir. De plus, je pense que c'est un homme qui souffre et qui ne se soucie plus beaucoup de vivre."

"Vous le pensez ? Vous pensez qu'il a perdu la volonté de vivre ?"

"C'est très possible. Je pense qu'il a besoin de motivation pour continuer. Pour s'en sortir en un seul morceau."

"Si vous le croyez, alors nous allons lui parler."

Thomas a appelé Antonio et ils sont tous rentrés dans la suite. Alors qu'ils étaient assis à la table avec une boisson fraîche, Thomas a ouvert la conversation.

"Antonio, Sofia, et moi avons quelque chose de très important à vous dire. C'est quelque chose de très grand, alors préparez-vous."

Antonio est resté assis en état de choc pendant qu'ils racontaient l'histoire des sentiments de Paola pour lui et la recherche de son bébé. Quand ils sont arrivés à la partie où le bébé était le sien, il s'est presque évanoui. Il a fallu une minute entière avant qu'il ne parle.

Par George Thomas S.

"J'ai un fils ? Le bébé de Paola est mon fils ? Tu es sûr ?"

Thomas n'a pas pu s'empêcher de rire.

"Oh, Antonio, quand tu verras cet enfant, tu comprendras que personne ne pourra jamais le confondre avec quelqu'un d'autre. Il est le portrait craché de son père."

"Je ne peux pas le croire. J'ai toujours aimé Paola. Je n'ai juste jamais pu lui dire. Je ne savais pas qu'elle ressentait la même chose."

"Je m'en doutais un peu. Tu as toujours eu l'air de t'inquiéter pour elle. C'était un peu un cadeau."

"Tu es sûr qu'elle me veut ? Comment pourrait-elle, après que j'ai laissé toutes ces choses lui arriver ?"

"Elle sait que vous ne vouliez pas les laisser se produire. Elle sait que Carlo t'aurait achevé si tu étais intervenu. Elle comprend ! Et oui, je pense qu'elle te veut avec elle et ton fils. Je ne doute pas qu'elle vous aime."

Antonio s'est mis à pleurer. Voir de telles larmes venir de ce grand homme a surpris Thomas. Il lui tapota l'épaule et lui dit :

"On va s'en sortir. Nous tous. Tu vas retourner auprès de Paola et de ton fils, et Sofia et moi allons faire notre vie ensemble. Tout va bien se passer. Tu dois juste continuer à y croire."

"Il le faut, Tommy. Je dois voir mon fils."

"Vous le ferez. Je n'en doute pas. Maintenant, je pense que nous avons tous besoin d'une diversion. Nous devrions tous nous détendre, peut-être aller pêcher le piranha, et ensuite nous reposer pour demain."

"Ouais ! Ce serait bien. Allons attraper des piranhas ", répondit Antonio, comme un homme qui a besoin de quelque chose pour se vider l'esprit de ce nouveau souci.

Ils se dirigent tous les trois vers le quai et montent à bord du prochain bateau qui part pour une partie de pêche. C'était un soulagement bienvenu d'avoir cette distraction pour éviter de se préoccuper de ce qui pourrait se passer le lendemain. Thomas n'avait pas encore totalement conçu un plan d'action. C'était la partie qu'il redoutait le plus. Il n'était que trop conscient que la mort allait frapper plusieurs personnes. Il ne pouvait qu'espérer que lui, Sofia et Antonio n'en fassent pas partie. Une chose dont il est sûr, c'est qu'il doit faire sortir Carlo de Manaus, et remonter la rivière quelque part, avant que Pauly Sabatini et Luiz de Salvo n'arrivent en ville. Il ne faudrait pas qu'ils se croisent à Manaus ou, pire encore, dans le même hôtel. Il regrette de ne pas avoir réservé lui-même leurs chambres pour éviter cette éventualité, mais il est trop tard pour s'en inquiéter.

Alors que le bateau remontait la rivière, Thomas a demandé à Sofia de s'enquérir auprès du timonier de ce que l'on pouvait trouver plus en amont. Il n'avait pas réalisé que les tours d'Ariau se trouvaient en fait sur la rivière Ariau, qui se jette dans le Rio Negro. Ils avaient parcouru, dans l'obscurité totale, trente-cinq miles en amont de la rivière pour arriver ici. Il était compréhensible qu'il n'ait pas remarqué qu'ils avaient quitté le Rio Negro.

Sofia a informé Thomas que, à part un ou deux villages indigènes, il n'y avait rien d'important plus en amont. Au cours de leur voyage de la nuit précédente, Thomas avait remarqué ce qui semblait être une barge-hôtel flottante quelques kilomètres avant leur arrivée aux Tours d'Ariau. Sofia interrogea le timonier et découvrit qu'il s'agissait d'un hôtel flottant

Par George Thomas S.

appelé le Jungle Othon Palace. Thomas a immédiatement décidé qu'à la première heure du matin, il enverrait Carlo s'y installer. Quant à Pauly Sabatini, il ne reconnaîtrait pas Thomas s'il lui marchait dessus. Lui et son équipe viendront aux Tours Ariau où ils seront sous l'œil attentif de Thomas. La situation de Luiz de Salvo était différente. Il connaissait sans aucun doute Antonio et devait être isolé de lui à tout prix. Il était évident pour Thomas qu'il avait du travail à faire au retour de leur excursion de pêche.

Pendant ce temps, à Manaus, la police n'était pas exactement impliquée dans une recherche passionnée de l'assassin de Rico. Antonio avait très bien payé le réceptionniste pour qu'il dise que c'était Rico qui avait loué la chambre et que quelques individus, semblant être des criminels locaux, s'étaient enregistrés avec lui. Il avait été assez convaincant en relatant la sortie précipitée du hall, quelques heures plus tôt, des deux hommes en question. Satisfaits d'être à la recherche d'individus locaux, les officiers ont noté l'information et ont ensuite quitté l'hôtel, assez tranquillement, en riant et en plaisantant les uns avec les autres. Après tout, il restait beaucoup de temps pour trouver les locaux qui avaient commis ce meurtre. Pas de précipitation nécessaire ce soir.

CHAPITRE 21

SECOUER LA CHAÎNE DE CARLOS

Lorsque le bateau est revenu à son point d'amarrage aux tours Ariau, Antonio avait le sourire jusqu'aux oreilles. Il avait attrapé au moins une demi-douzaine de piranhas de belle taille et était comme un petit enfant joyeux dans son enthousiasme.

"Hé, Tommy ? Je n'ai jamais attrapé un seul poisson avant. Jamais ! Je n'ai même jamais été pêcher avant. C'était génial."

"Je suis content que tu te sois amusé, Antonio. Tu es le seul à avoir attrapé quelque chose. Sofia et moi avons été exclus. Pas vrai, bébé ?"

"Je ne veux pas attraper ces trucs moches. Tu as vu les dents qu'ils ont ? Non merci ! Vous les grands garçons, vous pouvez tous les avoir. Pas pour moi."

Thomas a ri et l'a aidée à sortir du bateau. Il était sûr qu'il y avait plus que cela. Il n'y avait aucun doute qu'elle était préoccupée par les soucis du lendemain. Malgré cela, il devait admettre que ces méchants petits poissons étaient un peu déconcertants.

"Pourquoi on ne monterait pas prendre un verre ? Je dois passer quelques appels, et j'ai besoin que Sofia fasse une dernière chose avant la fin de la nuit."

"Bien sûr, Tommy. Ca a l'air bien. Ils vont nettoyer ces poissons pour qu'on puisse les manger ?"

"Eh bien, tu peux les manger si tu veux", a dit Thomas en riant, "Mais je vais m'abstenir. Ils pourraient mordre en retour."

Par George Thomas S.

Thomas et Sofia marchent main dans la main, avec un Antonio souriant juste derrière. Lorsqu'ils ont atteint la suite, ils ont commandé des en-cas et des boissons tandis que Thomas demandait à Sofia de se connecter à son ordinateur portable une fois de plus.

"Que voulez-vous que je fasse maintenant ?"

"Peut-on ouvrir un compte numéroté à Grand Cayman en ligne ?"

"Oui ! Je peux. Je vais peut-être devoir appeler aussi. Pourquoi ?"

"Vois ce que tu peux trouver. Je pense qu'il est temps de vider les poches de Carlo. Je pense qu'il n'aura plus besoin de l'argent. Plus tard, on pourra en faire don à l'orphelinat."

"Ah ! Mon Thomas, tu es si créatif."

En l'espace d'une heure environ, Sofia a de nouveau exercé sa magie. Il lui a ensuite demandé de se connecter au compte de Carlo.

"Combien il en a là-dedans ?"

Sofia jette un coup d'œil à l'écran et indique : "Solde actuel, un million cinquante-quatre mille, trois cent vingt-huit dollars et douze cents. Tous en fonds américains."

"Merveilleux ! Transférez un million sur le compte à Grand Caïman."

"Pourquoi pas tous ?"

"Un transfert d'un million de dollars fera froncer suffisamment les sourcils. Nettoyer le compte complètement les ferait tous sourciller."

"Tommy, je pensais que tu allais l'utiliser pour acheter Pauly et ce de Salvo ?" Antonio a demandé.

Le Second Avènement d'Angela

"Je ne pense pas que ma sécurité puisse être achetée à ces personnages."

"Ouais ! Tu as probablement raison. Ils voudraient toujours ta peau de toute façon."

"Maintenant je dois appeler et réserver une suite pour Carlo sur cette barge flottante en bas de la rivière. Tu as toujours son numéro de carte de crédit ?"

"Bien sûr. Son solde disponible est toujours supérieur à cinq mille dollars."

Avec la carte de crédit de Carlo, Thomas a appelé et réservé la seule suite disponible. Il a eu de la chance qu'il y ait quelque chose de disponible. Il a ensuite réservé des chambres pour Pauly Sabatini et ses hommes à l'Ariau Towers. Il souriait à l'idée de les voir s'enregistrer et qu'ils ne sachent absolument pas qui il était. Il n'était toujours pas sûr de ce qu'il allait faire avec de Salvo. Il est probable qu'il le laisse à Manaus jusqu'à ce qu'il en ait besoin. Le timing est primordial pour le faire remonter la rivière. Il restait à décider du lieu de l'affrontement final. Il faudrait que ce soit bien en amont du Rio Negro, et hors de portée des yeux et des oreilles indiscrets.

Thomas se sentait un peu coupable de ce qui devait arriver. Il n'avait jamais pensé qu'il serait impliqué dans l'orchestration de la mort de quelqu'un. Il a essayé d'atténuer les sentiments de culpabilité en se rappelant ce qu'ils feraient à lui, Sofia et Antonio. C'était une simple question de tuer ou d'être tué. Il considérait également le fait que ces trois hommes, et leurs équipages, avaient sans aucun doute été responsables de la mort de nombreux innocents au fil des ans. Pourtant, il ne se considérait pas comme un juge. Il était simplement un homme qui essayait de rester en vie et de protéger ceux qu'il aimait et dont il se souciait. Il savait très bien que le carnage qui en résulterait, s'il ne parvenait pas à accomplir cette tâche déplaisante, se propagerait au-delà des trois personnes présentes ici. Il trouverait son chemin vers le Canada et vers Angela et ses filles. C'était quelque chose qu'il ne pouvait pas laisser se produire.

268

Par George Thomas S.

Une fois la réservation faite, il était temps d'appeler Carlo et de lui donner les instructions. Cela a pris plus de temps que d'habitude, au moins quatre sonneries avant qu'il ne réponde. Il n'y a pas beaucoup d'enthousiasme dans sa voix.

"Bonjour", a-t-il répondu d'un ton monocorde et maussade.

"Carlo ! Tu as l'air déprimé."

"Tommy ! Je n'arrive pas à croire ce qui est arrivé à Rico. Je ne savais pas que tu étais capable de faire quelque chose comme ça."

Ne voulant pas laisser entendre qu'Antonio était à Manaus, Thomas a simplement répondu : "Eh bien, que puis-je dire ? Vous ne pensiez tout de même pas que j'allais le laisser nous tuer sans résistance !"

"Je suppose que non. Mais je ne m'y attendais toujours pas. L'abruti était censé m'appeler avant de faire quoi que ce soit. Si on avait été là tous les quatre, tu ne te serais pas échappé. Ça, tu peux en être sûr."

"Sans aucun doute. Mais, comme on dit, si, est un très grand mot."

"Cet appel était-il seulement pour partager des expressions ringardes ? Ou aviez-vous quelque chose d'important à dire ?"

"En fait, j'ai fait une réservation pour vous. À huit heures du matin, on viendra vous chercher au quai pour vous emmener à l'hôtel flottant Jungle Orthon. C'est à environ 30 miles en amont de la rivière. De là, au moment opportun, nous nous rendrons à un lieu de rencontre. Nous avons des affaires à régler."

"Alors c'est là que tu seras ?"

"Je n'ai pas dit ça." Thomas a rigolé, "Ce serait trop facile pour toi."

"Cela devient un peu fatigant, Tommy. J'espère que vous ne vous attendez pas à ce que je laisse mes hommes à Manaus. Je ne le ferai pas. Je ne vais nulle part sans eux."

"Pas de problème. Il n'y avait qu'une seule suite de libre, alors vous devrez la partager. Je sais que vous allez détester ça, mais ce n'est qu'une nuit et je suis sûr qu'elles ne sentent pas si mauvais que ça."

"Vous n'en avez aucune idée ! A quelle heure seras-tu en contact demain ?"

"Pas sûr. Pas avant l'après-midi, au moins. Alors, reposez-vous bien. Tu pourrais en avoir besoin."

"Réponds-moi d'abord à une question, Tommy."

"Ça dépend de ce que vous voulez savoir."

"Pourquoi diable n'avez-vous pas quitté le Brésil ? Vous devez savoir que je suis au courant de ce qu'il y a dans ces conteneurs. Vous avez joué votre petit jeu. Pourquoi rester dans le coin et continuer ce truc ? Pourquoi ne pas aller dans un endroit sûr ?"

"Carlo, toi et moi savons tous deux que rien n'est sûr. Tu n'aurais jamais eu de repos avant de m'avoir trouvé. Autant en finir avec tout ça. Quelle que soit la façon dont ça se termine."

"Vous avez raison. Je ne suis pas une personne très indulgente."

"J'en suis sûr ! Au fait, il ne vous reste plus que 50 000 dollars environ. J'ai pensé que vous aimeriez le savoir."

Par George Thomas S.

"Quoi ? De quoi tu parles ?"

"J'ai vidé la plupart de votre compte en banque. Juste une petite monnaie d'échange. L'argent est en sécurité. Vous ne pouvez juste pas mettre la main dessus."

"Tommy, tu me fais de plus en plus chier."

"C'est le but. Il n'y aurait pas le même degré de plaisir dans tout ça si je ne le faisais pas."

Thomas raccrocha le téléphone et se mit à caresser un mignon petit singe hurleur qui l'avait fixé tout au long de sa conversation. Tout en caressant la fourrure du singe et en l'écoutant bavarder, il pensa à la nécessité d'appeler Pauly Sabatini pour lui donner les instructions qui le mèneraient aux tours Ariau. Il l'appellerait le matin, juste avant l'atterrissage de l'avion, et le dirigerait vers le quai pour prendre le bateau en amont. Il a même envisagé d'être sur le quai de l'hôtel pour leur arrivée. Ce n'était pas vraiment une décision audacieuse. Ils n'auraient aucun indice qu'il était quelqu'un d'autre qu'un touriste. C'était peut-être une bonne idée.

La suite de Thomas était dans un autre nom de société que Sofia avait dans son petit sac à malices. Il aurait été peu judicieux d'utiliser celle que Carlo connaissait déjà. De toute façon, Pauly n'aurait aucun moyen de savoir qui ils étaient, ni qu'ils étaient dans le même hôtel. Il était logique pour lui de penser qu'il pourrait aussi bien se rapprocher le plus possible. Il serait plus facile d'évaluer ce rival et toute menace potentielle qu'il n'aurait pas anticipée.

C'est le début de la soirée et l'obscurité commence à s'installer. Antonio s'était écroulé sur le canapé et ronflait assez bruyamment, au grand dam des deux singes perchés sur les accoudoirs. Après quelques couinements, ils semblent décider qu'ils préfèrent retourner dans les arbres où c'est plus calme et se dirigent vers la fenêtre la plus proche.

Thomas et Sofia étaient assis dehors sur la passerelle et regardaient les étoiles qui commençaient à apparaître dans le ciel nocturne. Alors qu'ils étaient assis là, côte à côte, et main dans la main, il semblait à Sofia que Thomas était encore plus perdu dans ses pensées qu'elle ne l'avait jamais vu. Elle a finalement dû rompre le silence.

"Thomas ? Je vois que tu as beaucoup de choses en tête.
Thomas a serré sa main doucement et l'a regardée dans les yeux.

"Je pensais justement au changement radical qu'a connu ma vie ces dernières semaines. Bien sûr, un changement majeur est le fait que j'ai trouvé, en toi, un amour qui est tout ce que je pouvais espérer. C'est un très bon changement, et je t'en suis reconnaissant."

"Et les autres ?"

"Arrêtez-vous et pensez-y. Il y a moins de deux semaines, j'étais juste un gars qui travaillait, qui s'occupait de ses enfants, qui faisait son travail et qui rentrait chez lui fatigué tous les soirs. Depuis, j'ai découvert qu'une personne que je croyais morte depuis cinq ans avait en fait été kidnappée. Puis j'ai trouvé une femme avec qui je veux passer le reste de ma vie. J'ai fait deux allers-retours au Brésil, j'ai volé l'identité d'un mort, j'ai arnaqué un criminel d'un quart de million, j'ai impliqué les douanes canadiennes dans une escroquerie, j'ai été retenu prisonnier, je me suis échappé, j'ai été en fuite dans tout le Brésil avec une longueur d'avance sur un homme qui veut ma mort, et je me suis retrouvé sur la liste des cibles de deux autres criminels. Ajoutez à cela le fait que vous et moi étions dans la même pièce quand un homme, en train de m'étrangler, s'est fait tirer dessus environ sept fois. Puis j'ai vidé le compte bancaire de Carlo d'un million de dollars. Oh, et n'oublions pas de réunir Paola avec son fils. Et pour demain ? Eh bien, demain je pourrais avoir le sang de beaucoup de gens sur les mains. Ou je pourrais mourir. J'appellerais ça un petit changement de style de vie en si peu de temps."

"Je vois ce que vous voulez dire. Mais vous n'êtes pas seul. C'est la même chose pour moi. Vous vous sentez mal à cause de tout ça ?"

"Je déteste l'admettre, mais la vérité est que je trouve ça totalement excitant. La vie, à part être avec toi, va être un peu ennuyeuse quand tout ça sera fini."

"C'est étrange, l'excitation et le danger vont aussi me manquer. Mais j'essaierai de faire en sorte que la vie reste agréable et épicée pour nous quand tout sera terminé", a dit Sofia en mordillant le lobe de son oreille.

"Je ne doute pas que vous puissiez, sans aucun problème. En fait, vous le faites déjà. Je suis si heureuse de vous avoir trouvé."

"Alors nous sommes quittes. Je suis aussi heureux que tu m'aies trouvé. Alors, quand tout ça sera fini, on ira à La Serena."

La nuit était maintenant noire. Des nuages avaient envahi le couvert forestier et masqué les millions d'étoiles qui remplissaient le ciel. Nul doute qu'il allait bientôt pleuvoir. Thomas et Sofia se sont retirés au lit, incapables de s'engager dans une quelconque activité romantique car Antonio dormait sur le canapé. Son ronflement s'était calmé, et on n'entendait plus que les bruits occasionnels de la jungle. Thomas et Sofia s'endorment dans les bras l'un de l'autre, chacun sentant les battements du cœur de l'autre contre son corps. C'était la façon dont ils espéraient passer chaque nuit pour le reste de leur vie. Demain déterminerait si cela serait possible.

Le Second Avènement d'Angela

De retour à Manaus, Carlo est incapable de dormir. Il avait informé ses deux hommes restants qu'ils partiraient demain matin pour remonter la rivière. Sa précédente conversation téléphonique avec Thomas résonnait dans ses oreilles. Si Thomas avait vraiment réussi à vider son compte en banque d'un million de dollars, les choses allaient devenir très inconfortables pour lui. Il ne pouvait qu'espérer qu'il restait assez d'argent pour lui permettre de quitter le pays et de s'installer temporairement ailleurs. Il faisait constamment l'aller-retour entre le fait d'avoir des doutes sur cette confrontation et le fait de la vouloir plus que tout.

Carlo était sûr que de Salvo était en route pour Manaus. Le problème, c'est qu'il n'arrivait pas à s'avouer vaincu et à faire demi-tour. Il n'avait jamais fui quoi que ce soit dans sa vie. A l'exception, bien sûr, de Pauly Sabatini ! Pour cela, cependant, il avait dix millions de raisons. Cette fois, c'est la simple vengeance qui le retenait ici. De temps en temps, il se surprenait à croire que s'il en finissait avec Thomas, tout rentrerait dans l'ordre. Il était dans un état quelque peu délirant.

Les hommes de Carlo avaient réussi à acquérir une demi-douzaine de pistolets de neuf millimètres et de nombreuses munitions sur le marché noir de Manaus. Le pire scénario, dans l'esprit de Carlo, était que de Salvo se montre et qu'il juge nécessaire de le tuer également. Il devait penser en ces termes. Il a même commencé à se convaincre que ce serait le meilleur scénario et non le pire. Après tout, une fois de Salvo éliminé, Carlo pourrait simplement s'installer chez ses relations et reprendre ses activités habituelles.

Alors qu'il arpentait le sol sans fin, il parlait à haute voix de toutes les issues possibles. Il ne parlait qu'à lui-même, mais cela n'avait pas d'importance. C'était un homme possédé à la fois par le tourment de l'échec et les visions de la réussite. Thomas aurait eu l'intention de secouer la cage de Carlo, et pourtant il n'aurait jamais imaginé qu'il aurait autant de succès. Il aurait probablement supposé qu'il deviendrait au moins un peu désespéré, un peu détraqué, diminuant ainsi sa capacité à fonctionner de manière totalement rationnelle. Cependant,

Par George Thomas S.

comment aurait-il pu prévoir que son rival finirait par être un cas désespéré ? Thomas ne se doutait pas que pendant que lui-même dormait, Carlo faisait les cent pas dans sa chambre et se marmonnait à lui-même, de façon presque incohérente. Il aurait aimé avoir cette vision.

Le Second Avènement d'Angela

CHAPITRE 22

VÉRIFIEZ VOTRE PLANNING, S'IL VOUS PLAÎT !

Alors que Thomas commençait à se réveiller lentement le lendemain matin, il était vaguement conscient d'une sensation de chatouillement sur son visage, accompagnée d'une odeur quelque peu désagréable. En ouvrant les yeux, il a été confronté au derrière d'un jeune singe-araignée qui était confortablement assis sur son menton. Il se redressa brusquement dans son lit, envoyant le singe se précipiter à l'autre bout de la pièce, en poussant des cris stridents.

"Awwwww, c'est dégoûtant", a-t-il dit en commençant à s'essuyer le visage avec la manche de son t-shirt. Il s'est dirigé vers la salle de bain et, avec une détermination sérieuse, s'est immédiatement lavé le visage.

"Bon sang, c'est affreux. J'espère que ce n'est pas un signe de la façon dont la journée va se dérouler. Aïe !"

La veille au soir, il avait pensé à la nécessité d'empêcher les bestioles d'entrer pendant la nuit et s'était assuré que toutes les fenêtres et les portes étaient fermées avant d'aller se coucher. Il a supposé que ce petit bonhomme s'était caché dans la suite et s'y était enfermé. Alors qu'il crachait continuellement dans l'évier, il regrettait de ne pas avoir été plus prudent.

Sofia, entendant le vacarme, se redressa à temps pour voir le singe s'enfuir et Thomas jurer et s'essuyer le visage.

"Que s'est-il passé ?" a-t-elle demandé lorsque Thomas est revenu de la salle de bain.

Par George Thomas S.

"Si je te le dis, tu ne m'embrasseras plus jamais", dit-il en riant.

"Mmmmm ! Rien ne pourrait m'empêcher de faire ça."

"Oui, eh bien, ce petit singe avait ses fesses garées sur mon visage", grimace-t-il, alors que Sofia éclate de rire.

"Eh bien, alors peut-être que je ne devrais pas t'embrasser avant au moins ce soir. Après que tu te sois lavé le visage au moins cinq fois de plus." Sofia fit un clin d'œil et mordilla l'oreille de Thomas de cette manière destinée à lui donner la chair de poule.

"Écoute, si tu promets de m'embrasser l'oreille comme ça à la place, alors je peux attendre sans problème", dit-il en l'entourant de ses bras et en la tirant sur le lit, "tu sais vraiment comment m'exciter".

Dans un état de désir total, ils ont presque négligé le fait qu'Antonio était endormi sur le canapé. Un fort bâillement, qui résonnait dans le salon, les a ramenés à la réalité.

"Je suppose que nous devons attendre, mon amour," Sofia a fait la moue.

"Il semble que oui. Oh et bien, pense juste à la merveilleuse sensation que nous allons avoir lorsque nous serons à nouveau seuls. Maintenant, cependant, je dois appeler Carlo."

Thomas composa le numéro de portable de Carlo, alluma une cigarette et s'assit à la table de la cuisine. À la seconde même où il entendit la voix de Carlo, il sut que le niveau de frustration de son adversaire était à son comble.

"Carlo ! Tu as l'air un peu stressé."

"Sans déconner ! Tu penses que peut-être ?"

Le Second Avènement d'Angela

"Comment trouvez-vous votre logement ?"

"C'est important ? Qu'y a-t-il au programme aujourd'hui, petit malin ?"

"Eh bien, je voulais juste m'assurer que vous étiez bien arrivé à l'Orthon. Je vous recontacterai dans la journée. Tout sera terminé plus tôt que vous ne le pensez."

"Heureux de l'entendre. J'attendrai cet appel."

Thomas a raccroché et a regardé sa montre. Il est un peu plus de neuf heures et il lui reste quelques heures avant de devoir appeler Pauly. Il devait encore se débattre avec la question de savoir où aurait lieu la confrontation finale. Il a décidé d'envoyer Sofia se renseigner auprès des dockers sur ce qui pourrait se trouver en amont. Elle suggéra qu'ils voudraient un bateau qu'ils pourraient piloter eux-mêmes pour faire du tourisme fluvial. Pendant que Sofia s'acquittait de cette tâche, Thomas s'arrangeait pour fournir des bateaux à de Salvo, Pauly et Carlo. En supposant que Sofia revienne avec des informations sur un bon emplacement, il fournirait à chaque bateau une enveloppe contenant une carte de leur destination finale. Antonio et lui s'assureraient d'arriver les premiers et de trouver une position bien camouflée d'où ils pourraient observer l'action et, si nécessaire, finir le travail. Même si cela le troublait moralement, Thomas savait qu'aucun d'entre eux ne pouvait être autorisé à partir vivant.

Sofia est revenue environ quarante-cinq minutes plus tard. Elle avait un air satisfait en partageant ce qu'elle avait découvert.

"Thomas, il y a un endroit parfait à une vingtaine de kilomètres en amont de la rivière."

"Vraiment ! Il faudra un certain temps pour y arriver, mais ça ne fait rien."

"Oui ! Il y a un coude dans la rivière à cet endroit, et juste après le coude se trouve un village indigène abandonné. Il y avait un petit groupe d'Indiens nomades qui vivaient là il y a

278

environ un an. Ils ont déménagé et l'endroit a recommencé à être envahi par la végétation. Le vieil homme au quai m'a dit qu'il reste quelques huttes et qu'il y a une zone peu profonde pour échouer un bateau."

"Cela semble parfait. C'est malheureux que quelqu'un doive savoir que nous allons là-bas, mais je ne peux pas y faire grand-chose. Je préférerais le secret total."

"Non ! Ce n'est pas un problème. Je l'ai écouté parler de l'endroit, mais j'ai dit que nous ne serions pas intéressés à nous y arrêter. Je lui ai donc demandé de me parler de ce qui se trouvait plus loin sur la rivière. Je lui ai dit que nous allions juste faire une croisière en bateau et que nous ne voulions pas avoir de problèmes en eau agitée ou avec des pirates de rivière."

"Bon travail, Sofia ! Tu es plutôt douée pour ce genre de choses", dit Thomas en riant. "On pourrait faire une bonne paire d'espions."

"Peut-être, mais je serai tout aussi heureux quand tout cela sera terminé. Je pense que c'est assez d'excitation pour un moment."

"Aucun doute là-dessus. As-tu demandé au vieil homme de faire une carte ?"

" Oui, il a indiqué où se trouve le village et où il pourrait y avoir des problèmes bien plus loin en amont avec des Indiens peu amicaux. Il a aussi dit que nous ne devrions même pas mettre nos mains dans l'eau. Pirahna ! Il a dit qu'ils sont très actifs dans cette région. Pas comme les quelques uns que nous avons trouvés quand nous sommes allés pêcher. Là où nous allons, m'a-t-il dit, ils sont assez nombreux."

"Bon à savoir. Bien alors, je pense que nous avons notre emplacement. Antonio ? Avez-vous entendu cela ? "

Antonio venait de terminer la vaisselle et est venu s'asseoir à la table.

"Ouais, Tommy ? Ca a l'air bien."

"Nous avons l'endroit, maintenant quelle est la situation en ce qui concerne les armes ? J'ai un peu oublié ce détail."

"Pas de panique ! J'ai le pistolet que j'ai utilisé sur Rico, et un autre que j'ai apporté avec. J'ai pris l'arme de Rico, aussi. Les munitions, j'ai au moins une centaine de cartouches. On devrait s'en sortir. Sauf si l'armée brésilienne se montre, Tommy. Alors on serait Butch et Sundance."

"Ne plaisantez pas avec ça", dit Thomas en donnant une tape dans le dos d'Antonio. "La police pourrait être un problème cependant. Je n'ai aucune idée de qui, si quelqu'un, patrouille dans cette zone."

Sofia a proposé de se renseigner à ce sujet.

"Je pense qu'ils ne sortent que s'il y a un problème. Mais je ne sais pas. Je sais que le vieil homme m'a dit que nous serions livrés à nous-mêmes si loin en amont de la rivière. Il semblait dire qu'il n'y aurait personne pour nous aider si nous avions des problèmes. Je peux y aller et demander plus si vous voulez ?"

"Non. Ça ne ferait que le rendre suspicieux. Nous devrons juste supposer qu'il a raison. Il n'y aura personne autour. Je ne pense pas que les excursions qu'ils organisent s'éloignent autant de l'hôtel."

"Tu sais comment tirer avec un pistolet, Tommy ?" Antonio a demandé avec une certaine inquiétude.

"Bien sûr. J'étais dans l'armée. Qu'est-ce que tu as à part le Beretta neuf millimètres que tu as utilisé sur Rico ?"

Par George Thomas S.

"J'ai un quarante-cinq automatique. Pas les vieux de l'armée avec les canons bâclés qui peuvent rater à trois mètres. Celui-là est précis. Puis j'ai le Glock neuf millimètres de Rico. J'ai environ quarante cartouches pour le quarante-cinq et plus de soixante pour le neuf millimètres."

"Ça a l'air bien. Autant tout préparer. Je prends le quarante-cinq et tu gardes ton Beretta."

"Et le Glock ?"

"Eh bien, nous ne pouvons pas laisser notre bateau échoué là. Cela gâcherait un peu la surprise. Sofia, si elle est d'accord, devra attendre un peu en amont de la rivière avec le bateau. Hors de vue. Elle pourra venir nous chercher quand tout sera fini. Je veux qu'elle ait une arme juste au cas où."

Sofia a pris un air ahuri, "Mais, Thomas, je n'ai jamais utilisé d'arme à feu."

"Ce n'est pas si difficile. Je t'apprendrai en cinq minutes."

"Oui, mais je ne sais pas si je pourrais un jour tirer sur quelqu'un."

"Si le besoin s'en fait sentir, pensez simplement à votre famille et à votre survie. Pensez à ne plus jamais revoir votre famille. Tu tireras ! Croyez-moi !"

"Je n'en suis pas si sûr, mais je vais quand même prendre l'arme. Comment saurai-je quand je pourrai venir vous chercher ?"

"Quand tu as vidé ton sac à main à la recherche de rouge à lèvres l'autre soir, j'ai remarqué que tu avais un sifflet."

Le Second Avènement d'Angela

"Oui ! Je l'ai sur moi quand je dois marcher la nuit dans les villes. Si j'ai des problèmes, je souffle très fort et je prie pour que quelqu'un vienne m'aider."

"Je vais prendre le sifflet avec moi. Quand ce sera sûr, je soufflerai dessus trois fois. Un long, un court, et un autre long. Comme ça tu sauras que c'est moi ou Antonio et pas quelqu'un d'autre qui t'appelle. Tu comprends ?

"Oui ! C'est une très bonne idée. Tiens, prends-le maintenant."

Thomas rangea le sifflet dans sa poche et jeta un coup d'œil à sa montre.

"J'ai réservé trois bateaux à moteur. Un pour chaque équipage ! Nous devons faire des cartes pour que tout le monde trouve son chemin vers ce village. Sofia, je veux que tu demandes au vieil homme d'aller à Manaus et de remettre quatre enveloppes à l'agent qui a loué les bateaux. Une enveloppe est destinée à l'agent et lui indique où livrer les bateaux. Les trois autres doivent être placées dans les bateaux pour de Salvo, Pauly, et Carlo. Proposez au vieil homme cent dollars pour le faire. Je pense qu'il sautera sur l'occasion pour une telle somme."

"Je suis sûr. Est-ce que ça suffit ?" Sofia avait tracé trois cartes et les avait étalées devant Thomas.

"Oui ! Parfait. Il suffit d'adresser les enveloppes et nous allons les mettre en route."

"Ecoute, Tommy, j'ai deux chargeurs supplémentaires pour le 45. On va tous les charger et tu auras une quinzaine de cartouches de rechange que tu pourras porter. J'ai trois chargeurs pour le mien mais seulement un pour celui de Rico."

"C'est bon. Remplissez le chargeur pour Rico et nous en chargerons un dans la chambre plus tard."

Par George Thomas S.

Antonio est allé dans la salle de bain, hors de la vue de tout personnel qui pourrait se promener dans la suite, pour commencer à préparer les armes. Thomas a demandé à Sofia de demander une glacière à l'hôtel. Ils y cacheraient les armes et les couvriraient avec le déjeuner qu'ils feraient préparer par le restaurant pour leur excursion. Après tout, ce n'était pas comme s'ils pouvaient se rendre sur le quai avec des pistolets à la ceinture.

"Il est temps d'appeler Pauly", dit Thomas en se levant de table. Pauly a répondu de sa manière habituelle et bourrue.

"Alors, quoi maintenant, Tommy ? Est-ce que tu as la moindre idée de combien je suis fatigué ? Tu m'épuises, espèce d'idiot."

"Maintenant, Pauly. C'est une façon de parler ? J'ai une friandise pour toi."

"Et qu'est-ce que ça peut être ?"

"Je vous ai réservé une chambre dans un endroit où j'ai séjourné il y a quelques années. Tu vas l'adorer. Peut-être ! Ça s'appelle les Tours Ariau. Quand vous descendrez de l'avion, prenez un taxi jusqu'au quai. Vous verrez un bateau-taxi de l'hôtel qui attendra pour vous emmener en amont."

"Upriver ? Mais de quoi parlez-vous ?"

"L'hôtel est construit dans les arbres à environ trente-cinq miles en amont de la rivière de Manaus."

"Tu te fous de moi ! Je dois rester dans une putain de cabane dans les arbres ?"

Le Second Avènement d'Angela

Thomas rit de bon cœur en répondant : " Détendez-vous ! Tout va bien se passer. Prends juste le bateau. Ne sois pas en retard. Je t'appellerai demain. Tu as une chance d'avoir une bonne nuit de sommeil. Je pense que tu en as besoin"

"Ouais", a grogné Pauly au téléphone, puis a raccroché brusquement.

Thomas s'est rassis à la table. "Je crois qu'il s'énerve un peu. C'est bien."

Sofia était curieuse de savoir pourquoi cela plaisait tant à Thomas de savoir que Pauly était si hostile.

"Thomas ? Pourquoi est-ce si bien que tous ces gens soient en colère contre vous ? Cela les rend seulement plus intéressés à vous tuer."

"Il y a un certain nombre de choses qui peuvent perturber l'animal humain jusqu'à l'imprudence et le mauvais jugement. Dans ce cas, nous pouvons exclure la luxure, l'amour irrationnel, et quelques autres déclencheurs émotionnels. Dans cette situation, nous avons la haine. Ils me détestent certainement tous. C'est une double peine pour Sabatini et de Salvo car ils détestent aussi Carlo. Ensuite, il y a la colère et, dans ce sens, la même répartition s'applique. Bien sûr, nous avons l'avidité, et chacun d'entre eux en est coupable. Ajoutez à cela l'épuisement, dont souffrent au moins Pauly et Carlo, et vous obtenez un groupe d'hommes prêts à faire des erreurs. Notre ami de Salvo est le seul qui n'a pas été à la chasse assez longtemps pour souffrir de ce problème."

"C'est une théorie très intéressante. Espérons qu'elle soit correcte."

"Eh bien, il y a un autre as dans le trou."

"Qu'est-ce que c'est ?"

284

"La confusion ! Carlo attend peut-être que de Salvo vienne à Manaus, mais il espère certainement être parti avant qu'il n'arrive ici. Il n'attend certainement pas Sabatini. Sabatini n'attend pas de Salvo et de Salvo n'attend pas Sabatini. C'est la confusion ! Avec un peu de chance, au moment où ils découvriront cette nouveauté, ils oublieront, au moins pour l'instant, que j'existe. Chacun se préoccupera de sa propre situation et de son propre intérêt."

"Tout cela semble très logique. Comme je l'ai dit, j'espère que c'est correct."

Soudain, Thomas a tapé du poing sur la table et a craché une bouche pleine d'obscénités. Cela a pris Sofia et Antonio par surprise.

"Tommy ! Qu'est-ce qui ne va pas ?"

"J'ai oublié une autre chose qui peut fausser le bon sens d'un homme."

"Qu'est-ce que c'est, Thomas ? Et pourquoi ça te fait autant jurer ?"

"Ego, Sofia. J'ai laissé mon ego et mon envie de me pavaner devant Pauly Sabatini prendre le pas sur mon bon jugement."

"Tommy, de quoi tu parles ?"

" Je me suis donné beaucoup de mal pour éloigner de Salvo des tours Ariau, car il te reconnaîtrait, Antonio. Et pourtant, par mon désir stupide de me mettre à dos Sabatini, je l'amène ici. Il te reconnaîtrait aussi vite que de Salvo."

"C'est tout ? Pas de problème ! Je peux rester ici dans la suite jusqu'à ce qu'on prenne le bateau. Pas de problème. Ne te mets pas dans tous tes états pour ça. Tu dois rester calme."

"Ce n'était tout simplement pas intelligent. Maintenant, je me demande ce que j'ai pu manquer d'autre."

285

Le Second Avènement d'Angela

"Vous n'avez rien manqué d'autre. Je dois admettre que je suis vraiment impressionné par la façon dont tu as arrangé tout ça. Ca va bien se passer."

"Vous pouvez avoir plus de foi en moi que je n'en ai en moi-même."

"Nah ! Tu as juste les nerfs en pelote. C'est normal. Mais tu dois t'en remettre et garder la tête froide. Demain, tout l'enfer va se déchaîner, et tu dois être prêt."

"Antonio a raison. Tu as si bien réussi à tout organiser. Tu ne peux pas commencer à douter de toi maintenant."

"Eh bien, je sais une chose, sans vous deux, je serais un cas désespéré en ce moment. Bref, vous avez raison. Je dois retrouver une attitude positive. Je pense que je vais commencer par appeler de Salvo. Il devrait être enregistré quelque part à l'heure qu'il est."

Thomas a composé le numéro de téléphone de Luiz de Salvo et a allumé une autre cigarette. Il s'habituait beaucoup trop à avoir une cigarette dans la bouche.

"Luiz ? Comment ça se passe ?"

"Je suis d'humeur à vous rencontrer, mon ami. Où es-tu ?"

"Ahh, c'est mon petit secret. Demain est le jour J, Luiz."

"Demain ? Et où nous rencontrerons-nous ?"

"J'ai fait en sorte qu'un bateau vous attende au quai demain matin à 7 h 15. Vous et vos hommes naviguerez sur le bateau jusqu'à un endroit en amont de la rivière à environ soixante-dix miles. Il y aura une carte pour vous guider. Suivez-la et vous trouverez Carlo. Qui sait, vous pourriez même me trouver."

"Vous êtes en train de me dire que nous devons faire soixante-dix miles en amont de la rivière ? Je n'aime pas trop cette idée."

Par George Thomas S.

"Quoi ? Vous n'aimez pas la jungle ? Vous préférez avoir une confrontation à Manaus où la police pourrait s'impliquer ? Ça me semble un peu irrationnel."

"Je suppose que ce que je pense n'a pas d'importance. Tu as le contrôle pour l'instant. Plus tard, ce sera une autre équation."

"Content que tu réalises au moins qui a les cartes en main en ce moment. Soyez sur le quai à 19h15. Pas plus tôt. Il vous faudra environ deux heures et demie pour arriver là où vous allez. Essayez juste de ne pas tomber dans l'eau. De vilaines choses vivent dans cette rivière."

"Oui. Le Brésil est mon pays. Je pense que je connais ce genre de choses. Je serai là demain." Thomas a raccroché le téléphone et a regardé Antonio.

"Il est important que Carlo arrive au village en premier. Il serait effrayé s'il arrivait et voyait deux bateaux là. Celui des deux autres qui arriverait en dernier supposerait probablement que l'un est le mien et l'autre celui de Carlo. Je dois m'assurer qu'ils sont répartis sur une certaine distance. Je ne peux pas risquer qu'ils se croisent sur la rivière."

"Ouais, mais Tommy, Carlo doit passer devant cet endroit. Un des hommes de Sabatini pourrait le voir."

"Non ! Je vais envoyer Carlo assez tôt. Je pense qu'il a environ quarante miles à couvrir. L'homme qui m'a fourni les bateaux dit qu'ils font environ 30 miles par heure avec une pleine charge. Cela signifie qu'il y sera en une heure et vingt minutes.

Luiz a environ soixante-dix ou soixante-quinze kilomètres à parcourir. Il aura besoin d'environ deux heures et vingt minutes. Pauly, il est le plus proche et n'aura besoin que d'une heure environ."

"Alors comment tu vas les faire jouir au bon moment ?
287

Le Second Avènement d'Angela

"Je dois espérer qu'ils livrent les bateaux comme je l'ai demandé. Ni plus tôt, ni plus tard. J'ai payé suffisamment pour ça."

"Alors à quelle heure ils se déclenchent ?"

"Si Carlo part à huit heures, il arrive à neuf heures vingt environ. Luiz doit partir à sept heures quinze pour arriver à neuf heures trente-cinq, plus ou moins. Pauly ? On le fait partir à huit heures quarante-cinq pour qu'il arrive à neuf heures quarante-cinq. Ça devrait marcher. J'espère."

"Merde ! Ça a l'air plus compliqué que les horaires de bus dans le Queens", a gloussé Antonio, "Mais ça devrait marcher, je suppose. Et pour nous ? A quelle heure on part ?"

"Nous devons être sur la rivière au plus tard à 7h30. Cela devrait nous donner le temps de nous installer."

"Ça a l'air bien."

"Eh bien, maintenant je pense que je vais descendre sur le quai et attendre Pauly", Thomas a souri à cette pensée. "Peut-être que nous aurons une conversation agréable autour d'un verre ou deux."

"Thomas", dit Sofia d'un ton inquiet, "Tu ne peux pas lui parler."

"Je vais y réfléchir. Quoi qu'il en soit, je vais descendre sur le quai pour traîner. Vous deux, restez hors de vue. OK ?"

"Ouais, Tommy. Pas de problème. Fais juste attention. Regarde si tu peux entendre des noms pour que je sache s'il a amené quelqu'un dont il faut s'inquiéter."

"Je le ferai. Je reviens bientôt." Thomas a répondu en sortant sur la passerelle et en descendant les escaliers vers le quai de réception.

Par George Thomas S.

CHAPITRE 23

DIS BONJOUR, PAULY !

Thomas se tenait debout, appuyé sur la balustrade, à une dizaine de mètres à peine du quai de réception. Il voit clairement le bateau-taxi qui remonte la rivière. Dans cinq minutes, il s'amarrera, et Thomas aura son premier aperçu de Pauly Sabatini. Il sent une petite poussée d'adrénaline qui provoque une légère augmentation de son rythme cardiaque. La question qui revenait sans cesse dans son esprit était de savoir s'il trouverait le courage, ou la témérité, de lui parler. Il connaîtra bientôt la réponse.

Il n'était pas difficile de déterminer lequel des quatre hommes dans le bateau était Pauly. On ne pouvait pas se tromper sur le port et le comportement de quelqu'un qui se prenait pour un petit César, en quelque sorte. Alors que le bateau-taxi s'amarrait au quai, Thomas était stupéfait de la taille apparente de l'homme. Il semblait, du moins dans sa position assise, être plus qu'un peu obèse.

Dès qu'il a été arrimé au quai, trois hommes, tous vêtus de chemises en soie italienne, de pantalons à deux cents dollars et de chaussures Gucci, sont descendus du bateau. Puis, à l'amusement de Thomas, il a fallu l'effort de tous les trois pour littéralement hisser Pauly sur le quai. La taille excessive de son corps, qui n'était pas si grand, rendait ses mouvements laborieux et épuisants. Son visage était cramoisi et perlé de sueur. Thomas ne pouvait s'empêcher d'être peu impressionné par cette vision. Il savait qu'il ne devait pas juger un livre à sa couverture, mais Thomas trouvait facile de considérer que Pauly n'était rien de plus qu'un individu négligé qui était tellement en dehors de son environnement qu'il en devenait insignifiant.

Pendant que le portier de l'hôtel transportait leurs sacs vers leurs chambres, Pauly et ses hommes se sont dirigés directement vers le bar. La chaleur de la journée les atteignait déjà, et ils avaient désespérément besoin d'un verre. Thomas y a vu son signal et les a suivis. Il regarda attentivement chacun d'entre eux, prenant la mesure de ses rivaux. Tous semblaient sérieusement alourdis par la chaleur et l'humidité. Ces chemises italiennes coûteuses étaient trempées de sueur et des cercles géants de transpiration englobaient chaque aisselle. Ce sont des individus fatigués. Alors qu'ils s'installaient tous les quatre à une table près de la balustrade, Thomas décida de ne pas prendre le risque de leur parler.

Peu après, Pauly a fini son verre et était prêt à aller dans sa chambre. Il a parlé à l'un des hommes qu'il a appelé Gino. Presque immédiatement, Gino et les deux autres ont suivi Pauly hors du bar. Thomas a attendu un moment et, lorsqu'il a été sûr qu'ils étaient hors de vue, il est retourné dans la suite.

"Putain de merde, Antonio ! Pauly est une baleine", a chuchoté Thomas avec un rire insultant. "Je suis sûr d'avoir vu des ballons de plage qui n'étaient pas aussi ronds."

"Ouais, Pauly a toujours été du côté des potelés."

"Joufflu" ? Je suppose que ça fait un moment que tu ne l'as pas vu. Chubby n'est même pas proche. Il a fallu trois hommes pour le sortir du bateau. Pendant une minute, j'ai cru qu'ils allaient le jeter à l'eau."

"Alors, tu leur as parlé ?" Sofia a demandé avec un regard inquiet sur son visage.

"J'ai décidé de suivre ton conseil, donc non, je ne l'ai pas fait."

"Je suis très heureux que vous m'ayez écouté."

Par George Thomas S.

"As-tu découvert qui est avec lui, Tommy ?"

"Le seul nom que j'ai entendu est celui d'un type qui s'appelle Gino. Vous le connaissez ?"

Antonio a légèrement ri, "Ouais ! Il n'est rien. C'est le neveu de Pauly, en fait. S'il n'y avait pas eu Pauly, on l'aurait mis à la décharge il y a longtemps. Inutile !"

"Alors il n'a pas apporté la crème de la crème ?"

"J'en doute. Si Gino est là, c'est le plus ancien. Et les autres ?"

"Les deux autres sont jeunes. Peut-être une vingtaine d'années. Ils n'ont jamais dit un mot. Je suis sûr qu'ils n'étaient que des enfants quand vous avez quitté le Queens."

"C'est une bonne chose. Les jeunes sont tous pleins de conneries et d'insouciance. Ils veulent tous devenir des hommes faits. Ils veulent devenir intouchables. Alors ils prennent des risques stupides. Je doute qu'ils aient beaucoup d'expérience dans les choses difficiles. Sauf peut-être en frappant les gens qui ne paient pas à temps. Pauly a de bien meilleurs hommes à utiliser. Je suis surpris qu'il ne les ait pas ici."

"Eh bien, il ne fait aucun doute que ses meilleurs hommes ont de sérieux casiers judiciaires qui auraient créé de gros problèmes pour obtenir des visas pour eux."

"Ouais ! Ça pourrait expliquer pourquoi les plus fiables ne sont pas là. C'est mieux pour nous. Les gars plus âgés et plus expérimentés sont beaucoup plus prudents. C'est mieux qu'ils ne soient pas là."

"Le mieux, c'est qu'ils ont tous une sale gueule. C'est facile de voir que la chaleur les atteint. C'est bon signe. Ils se traînent déjà le cul. Imaginez ce qu'ils seront demain en amont de la rivière !"

Le Second Avènement d'Angela

-

"Ouais ! Je suis au Brésil depuis assez longtemps pour que ça ne me dérange pas trop. Mais c'est bien pire ici qu'à São Paulo."

"Je pense que nous le ressentons tous un peu, mais nous sommes mieux lotis qu'eux". Sofia ? Tu es plutôt silencieuse."

"J'écoute juste. Je pense à demain. Je ne peux pas m'en empêcher."

"Je sais. Tu n'es pas seul. De toute façon, demain viendra bien assez tôt. Concentrons-nous sur aujourd'hui. On va se détendre et garder notre énergie pour le moment où on en aura le plus besoin."

Toutes les parties concernées étant au courant de leur heure de départ le matin, Thomas et sa compagnie n'avaient rien d'autre à faire que d'attendre. Ils feraient livrer le dîner dans la suite et resteraient hors de vue, sauf pour Thomas, jusqu'au matin. Il y avait un point de curiosité sur lequel il voulait l'avis d'Antonio.

"Que se passera-t-il dans le Queens quand ils sauront pour Pauly ?"

"Il y aura quelqu'un qui attendra pour prendre sa place. Ils se soucieront moins de savoir qui l'a tué et plus de savoir qui aura sa part du gâteau. Quelqu'un fera la queue pour ça. Ça pourrait être une petite guerre, mais j'en doute. Ces choses se règlent d'une manière ou d'une autre. S'il a mordu la balle dans le Queens, c'est une autre histoire. Ils chercheraient durement le coupable. Mais ici ? Qui va s'en soucier. C'est un territoire étranger."

"C'est rassurant. Je n'ai pas besoin que quelqu'un d'autre nous cherche."

"Nah ! Je suis sûr qu'il n'y a pas de quoi s'inquiéter."

Vers neuf heures, le service de chambre a livré le dîner dans la suite. Ils ont tous choisi de ne pas manger très copieusement. Par cette chaleur, la nourriture ne se digère pas toujours

292

Par George Thomas S.

très bien et aucun d'entre eux ne voulait avoir une indigestion, ou pire, le lendemain. Thomas avait fait une petite promenade le long de la passerelle juste avant l'arrivée du repas.

"On dirait que Pauly et les garçons sont allés se coucher. Je ne les vois nulle part. Sans air conditionné, je suis sûr qu'ils ont un mal fou à dormir. C'est mieux pour demain ! J'espère qu'ils seront bien fatigués le moment venu."

"On doit se lever tôt, Tommy. Ça ne nous fera pas de mal de dormir un peu après le dîner."

"Je suis sûr qu'à dix heures, nous serons tous prêts à nous évanouir. Une chose est sûre, je vais passer cet endroit au peigne fin pour trouver des singes avant d'aller me coucher", plaisante Thomas en faisant un clin d'œil à Sofia.

"Des singes ?" Antonio a demandé. Il était encore endormi et avait manqué le divertissement du matin.

"Ouais ! Je me suis réveillé avec un assis sur mon visage ce matin. C'était un peu une situation puante."

Antonio a éclaté d'un rire franc et a proposé : "Je vais aider à la recherche. Je ne veux pas me réveiller avec une personne garée sur ma bouche."

Avec la porte verrouillée et les moustiquaires des fenêtres fermées, ils avaient pu manger en paix. Quelques singes-araignées ont jeté un coup d'œil par les fenêtres, bavardant comme s'ils voulaient être invités à entrer, mais aucun n'est parvenu jusqu'à la table du dîner. Finalement, sans doute frustrés, ils se sont remis à errer autour de la passerelle à la recherche d'hôtes plus hospitaliers. Ils ont sans doute trouvé quelqu'un qui était prêt à leur offrir ce qu'ils désiraient et n'ont jamais eu besoin de revenir à ce qui avait été un effort de mendicité infructueux. À l'exception d'un bavardage occasionnel et lointain, tout était calme. Thomas a rompu le silence avec un commentaire à Sofia. "Je pense que tu devrais appeler pour des vols vers le Chili. Nous devons d'abord aller à Brasilia, mais nous devrions nous renseigner sur les correspondances. Nous devons mettre en place notre plan d'évasion."

"Oui ! C'est peut-être une bonne idée. Je n'ai aucune idée des vols pour le Chili depuis Brasilia."

Sofia a appelé la compagnie aérienne et, après une longue discussion avec le bureau des réservations, a partagé ce qu'elle avait appris avec Thomas et Antonio.

"Nous pouvons prendre un vol de Manaus à Brasilia demain soir. Je nous ai réservé une place sur le vol de 9 heures. Thomas, toi et moi devrons prendre un vol de Brasilia à São Paulo, puis à Santiago pour une correspondance à La Serena. Nous pourrons quitter Brasilia, et être en route, à six heures du soir, après-demain."

"Parfait, ma chérie. Nous serons à La Serena dans deux jours."

"Oui, et je peux voir ma famille. Ils me manquent tellement."

"Je sais que tu le fais. Je suis sûr que tu leur manques tout autant. Bien sûr, ce sera bien de passer au moins une journée avec Antonio et Paola avant notre départ. J'ai tellement hâte de voir comment tout cela va se passer. Cela devrait être très émouvant."

"Oh oui ! Nous devrions prendre beaucoup de Kleenex. Je pense que nous en aurons besoin."

Thomas a regardé Antonio. "Qu'en penses-tu, mon ami ? Beaucoup de Kleenex ?"

"Ouais ! Je pense beaucoup, c'est sûr. Je suis un peu nerveux, Tommy. Tu es sûr que Paola voudra que je sois là ?"

"Je suis aussi sûr de ça que je pourrais l'être de n'importe quoi. Je pense que je sais ce qu'il y a dans son coeur."

"Et mon fils ? Il me ressemble vraiment ?"

"Eh bien, il est beaucoup plus mignon, mais oui, il ressemble à son père, c'est sûr", plaisante Thomas en tapotant l'épaule d'Antonio.

"Je ne peux pas attendre de le voir. Je ne sais pas ce que je ferai quand je le verrai pour la première fois."

"Tu vas pleurer, Antonio. Crois-moi, tu vas pleurer. Ce genre de bonheur peut provoquer un torrent de larmes. Tu vas être un papa très heureux. Et un bon papa."

"Je l'espère. C'est une grosse responsabilité. J'espère que je pourrai la gérer."

"Tu peux. En plus, tu auras Paola pour te guider. Écoute-la. Toujours ! C'est une femme bien. Tu le sais bien."

"Ouais ! Une vraie bonne femme. Mieux que je ne le mérite."

"C'est la même chose pour moi. Cette femme merveilleuse ici," dit Thomas en passant son bras autour de Sofia et en la tirant près de son épaule, "est plus que je ne pourrais jamais mériter. Je suis juste reconnaissant qu'elle soit trop aveugle pour le voir."

"Arrête, Thomas. Je ne suis pas trop bien pour toi. Tu vas me rendre vaniteuse."

"Eh bien, nous ne voulons pas ça. Je vous aime juste un peu humble."

Thomas déposa un tendre baiser sur la joue de Sofia alors qu'elle ronronnait d'une manière qui l'excitait toujours.

Le Second Avènement d'Angela

"Je pense que nous devrions tous aller dormir maintenant, Thomas. Nous devons nous lever et nous préparer pour six heures et demie."

Antonio s'est pelotonné sur le canapé pendant que Thomas et Sofia se dirigeaient vers la chambre. Depuis qu'ils étaient à Manaus, ils avaient pris deux douches, et pas ensemble. Ce soir, ils ont décidé qu'ils ne pouvaient pas laisser passer l'occasion. Thomas a fermé la porte de la chambre et a suivi Sofia dans la salle de bains. En quelques minutes, ils se sont retrouvés dans une étreinte passionnée sous l'eau qui coulait. Toute leur séance d'amour s'est déroulée sous la douche pour éviter d'être entendus par Antonio. Sachant qu'il était possible qu'ils n'en aient plus jamais l'occasion, ils ont fait en sorte qu'elle soit tendre, sensuelle, passionnée et durable. Lorsque leurs émotions et leur passion ont finalement été entièrement dépensées, ils n'étaient pas sûrs d'avoir réussi à être aussi silencieux qu'ils l'avaient prévu. Alors qu'ils riaient tous les deux comme de vilains adolescents, ils se sont mis au lit et, malgré leurs inquiétudes quant à ce qui pourrait se passer le lendemain, ils se sont endormis avec bonheur dans les bras l'un de l'autre.

CHAPITRE 24

Abattage sur le Rio Negro

Thomas était debout, et prêt à partir, à six heures du matin. Il se versa un jus de mangue frais et alluma une cigarette. Il laissait Sofia et Antonio dormir encore un peu pendant qu'il réfléchissait à la complexité du programme des bateaux qu'il avait élaboré. Thomas avait payé les bateaux avec le numéro de carte de crédit de Carlo et ne s'inquiétait pas de la possibilité qu'on puisse remonter jusqu'à lui. Ce qui le préoccupait, c'était les quelques détails qui pouvaient désynchroniser l'ensemble du programme.

D'une part, il suffisait que l'un des bateaux soit livré en retard. Cette possibilité n'était pas du tout improbable étant donné l'attitude décontractée de nombreux Brésiliens de cette région en matière de ponctualité. Thomas avait offert une prime de cent dollars pour une livraison dans les temps et espérait que cela suffirait à garantir au moins un certain dévouement à cette obligation.

L'autre sujet de préoccupation concernait la vitesse à laquelle ils remontaient le fleuve. S'ils atteignaient la vitesse estimée de 30 miles par heure, tout fonctionnerait comme sur des roulettes. Un mile ou deux ici ou là ne créerait pas de difficulté sérieuse, mais un bateau nettement plus lent, ou un conducteur plus lent, pourrait tout gâcher. Tout ce que Thomas pouvait faire était de croiser les doigts, de prier et d'espérer que tout se passe bien.

Le Second Avènement d'Angela

Alors qu'il éteignait sa cigarette et se versait un autre verre de jus, Sofia est venue s'asseoir à côté de lui.

"C'est le grand jour, Thomas. Je suis un peu nerveux."

"On est donc deux. Inutile de prétendre qu'il n'y a pas lieu de s'inquiéter. Tout ce qu'on peut faire, c'est suivre le plan et espérer que tout se passe comme on le souhaite."

"Et priez. N'oublie pas la prière, Thomas."

"J'en ai déjà dit une douzaine, je crois", répondit Thomas en souriant et en embrassant Sofia doucement. "Je ne peux pas accepter la possibilité que tu sois entrée dans ma vie juste pour que tout cela finisse mal. Ce n'est pas acceptable. Je dois croire que nous sommes venus l'un à l'autre pour un meilleur but que cela."

"J'en suis sûr."

Le bâillement semblable à celui d'un ours provenant du canapé annonça qu'Antonio était réveillé. Tout en frottant le sommeil de ses yeux, il se traîne, plutôt lourdement, jusqu'à la table et prend place.

"C'est l'heure du spectacle, Tommy. Tu es prêt pour ça ?"

"Ai-je le choix, mon ami ?" Thomas a tapé sur l'épaule d'Antonio et a souri. "Je vous ai de mon côté. Cela fait toute la différence. Je sais que je ne pourrais jamais réussir sans toi."

"Je n'en suis pas si sûr. Mais bon," Antonio a fait un rire franc, "on ne sait jamais."

On frappa à la porte et Thomas se leva pour aller répondre. C'était un groom qui livrait le déjeuner que la cuisine avait préparé pour leur excursion. Une fois qu'ils furent de nouveau seuls, Antonio entreprit d'emballer les armes dans un sac en plastique, de les recouvrir de glace, puis de la nourriture qui avait été fournie. Une fois la glacière bien emballée, ils ont tous

Par George Thomas S.

commencé à s'habiller convenablement pour la journée. Pour Thomas, cela signifiait un long pantalon kaki en coton, une chemise en coton à manches longues et de bonnes chaussures de randonnée. Malgré la chaleur, il préférait que sa peau soit couverte autant que possible. Si quelque chose avait l'intention de ramper sur lui, il fallait d'abord qu'elle traverse ses vêtements.

Sofia resterait avec le bateau et n'avait pas besoin de se préoccuper des araignées et autres choses du genre qui peuplent la jungle. Elle a choisi un short et un t-shirt. Antonio, prenant exemple sur Thomas, s'est assuré qu'il était bien couvert. À sept heures, ils étaient dans le bateau et remontaient la rivière.

Le voyage s'est déroulé dans le calme. Il n'y a pas eu de conversation, tout le monde s'est assis, a réfléchi et a admiré les paysages le long du Rio Negro. Ils ont aperçu de temps en temps un alligator qui prenait le soleil sur la rive, ce qui leur a rappelé qu'ils n'avaient pas envie d'être dans l'eau. Presque exactement une heure après leur départ des tours Ariau, ils arrivent au coude du fleuve, juste en aval de l'endroit où ils vont mettre pied à terre. Thomas, à la barre, ralentit le bateau au ralenti tandis qu'ils cherchaient sur la rive des signes du village abandonné.

"Là, Thomas !" Sofia a appelé. "Je le vois là. Peut-être 15 mètres plus loin sur la rivière."

"Bons yeux, Sofia. Maintenant voyons à quelle distance nous pouvons approcher cette chose de la côte."

Thomas a dirigé l'embarcation de dix-sept pieds de long vers une zone qui semblait offrir la possibilité d'échouer sur la proue du bateau. Il a visé juste, et la proue a glissé gentiment

299

d'environ deux pieds sur le sol un peu boueux, tout en laissant le moteur dans une eau suffisamment profonde.

Pendant le trajet depuis l'hôtel, Thomas avait pris le temps de montrer à Sofia comment utiliser l'embarcation. Elle apprenait vite, et il ne voyait aucune difficulté pour elle à remonter la rivière, à jeter l'ancre, puis à revenir les chercher, lui et Antonio. Alors qu'il donnait à Sofia ses dernières instructions, Antonio déballait les armes et tendait à Sofia le Glock. Thomas lui a rappelé comment s'en servir, s'est assuré que la sécurité était enclenchée et qu'elle savait comment la désengager si la situation l'exigeait. Elle semblait prête, et Thomas et Antonio ont poussé le bateau dans l'eau et l'ont envoyé en amont.

Avant qu'ils ne se mettent à explorer la zone et à choisir une bonne cachette, Thomas a attiré l'attention d'Antonio sur un endroit de la rive boueuse. "Vous voyez ça ?"

"Quoi ? Cette grosse tache ?"

"C'est une marque de glissement. Vous voyez les empreintes de pas ? Il y avait un alligator ici. Au moins j'espère que c'est un cas de 'était ici' et non 'est ici'. Garde les yeux ouverts."

"Merde ! Je vais les garder grandes ouvertes."

"Aplanissons cette boue avec des branches. Nous devons effacer nos empreintes de pas et ensuite nous trouverons un endroit pour nous installer. Nous avons besoin d'un bon couvert avec une bonne vue sur cette zone. Je vois des huttes par là. Nous allons d'abord les vérifier."

Après avoir essuyé les traces de leur arrivée, ils inspectèrent les trois huttes délabrées qui étaient encore debout. Faites de branches, de brindilles et de feuilles, elles n'étaient pas les plus solides des structures. Finalement, après une bonne promenade, ils se sont installés au milieu d'une grande zone de flore à feuilles larges, légèrement derrière les

Par George Thomas S.

cabanes et avec une vue dégagée sur toute la zone. Il fallut un peu de persuasion pour qu'Antonio s'allonge dans ce fouillis de broussailles, mais finalement, ils étaient tous deux bien installés et bien camouflés. Maintenant, ils n'avaient plus qu'à attendre ce qui pourrait être aussi peu que cinq minutes pour leurs premiers visiteurs. Ce serait Carlo et ses gars si tout se passait comme prévu. Si le programme se tenait, il n'y aurait pas plus de quinze minutes d'intervalle entre les arrivées. Thomas était légèrement sur les nerfs. Ce qu'il entend ensuite n'arrange pas les choses.

"Hé, Tommy. Je pense que je suis halucinant."

"Quoi ? Qu'est-ce que tu veux dire ?"

"Je suis sûr que je viens de voir cette grosse bûche bouger."

"Une grosse bûche ?" Les yeux de Thomas étaient si grands ouverts qu'ils ressemblaient à des soucoupes. "Quelle bûche ?"

"Juste à côté de vous, là. Peut-être un mètre cinquante à votre droite."

Thomas a lentement tourné la tête alors qu'il sentait son cœur battre la chamade. S'il y a une chose telle que d'être préparé à ce que vous allez voir, et pourtant pas préparé, c'était ça. Thomas s'attendait à savoir ce qui se trouverait là, mais il espérait qu'Antonio était en train d'halluciner. Il ne l'était pas.

À moins de deux mètres sur sa droite, Thomas a vu la forme du redoutable Anaconda. Il était sûr qu'il faisait au moins vingt pieds de long. Le serpent était partiellement enroulé, et son énorme tête pointait directement vers Thomas, ses yeux le regardant, sa langue remuant rapidement tandis qu'elle prenait la mesure de Thomas.

Le Second Avènement d'Angela

"Antonio," chuchote-t-il doucement en regardant directement dans les yeux du serpent, "as-tu mis ton silencieux ?".

"Ouais. Quoi de neuf ?"

"Ce n'est pas une bûche. C'est un Anaconda. S'il bouge pour moi, tirez dessus. Et s'il vous plaît, ne le ratez pas. En plein dans la tête ! Tout autre endroit est un gaspillage de balle."

"Pas de problème. Je l'ai repéré. Pourquoi ne pas juste l'achever maintenant ?"

"Je n'ai pas envie de le tuer, sauf si c'est pour sauver mes fesses. C'est son territoire. Nous sommes les intrus. Les anacondas ne se nourrissent que toutes les quelques semaines. J'espère bien que ce grand garçon a mangé récemment."

Alors que Thomas et l'anaconda continuaient à se regarder fixement, il entendait le bruit d'un bateau qui approchait. Il était temps de prendre une décision concernant cette menace inattendue. Il ne fallait pas que cette chose se cache à proximité, attendant une occasion de frapper. Au moment où Thomas se préparait à dire à Antonio de l'abattre, le serpent a vu son attention attirée vers le bord de l'eau où le bateau de Carlo était échoué. Lentement, il a commencé à s'éloigner en direction de la cabane la plus proche. Thomas regarda son énorme corps se glisser dans la hutte à travers un trou dans les branches et les feuilles qui constituaient le mur extérieur. Il semblait que le serpent était plus intéressé à éviter ces nouveaux intrus.

"Merde, c'était proche, Tommy."

"Ouais ! J'espère qu'il n'y en a pas d'autres dans le coin. On va avoir du pain sur la planche. Je suis content qu'on n'ait pas eu à le tuer."

Les hommes de Carlo avaient traîné leur bateau sur la rive du fleuve. Lentement, ils se dirigeaient vers la clairière au centre des huttes. Ils étaient encore trop loin pour que Thomas puisse entendre ce qui se disait, mais il y avait beaucoup de conversations en cours. La plupart venaient de Carlo.

"Putain, Tommy ! Carlo ressemble à une merde."

"Il a l'air assez mal en point. Il va avoir l'air bien pire dans peu de temps, je pense."

Carlo était maintenant assez proche pour que Thomas puisse entendre certaines de ses divagations.

"Fils de pute ! Où est ce bâtard ? Si c'est encore une de ses petites blagues, je vais passer une semaine à le tuer."

"Peut-être qu'il est juste un peu en retard sur son patron", a ajouté l'un des habitants de la favela de Carlo.

"Ouais. En retard. Peut-être. Regardons un peu autour. Trouvez un bon endroit pour vous cacher tous les deux. Laissons-lui croire que je suis seul."

Carlo et ses hommes ont commencé à inspecter la cabane la plus éloignée de Thomas et Antonio. Ils regardèrent derrière elle, autour d'elle, à l'intérieur, puis, satisfaits en quelque sorte, passèrent à la deuxième. Ayant terminé cet examen, ils s'approchaient de la troisième cabane lorsqu'ils entendirent tous les trois le bruit d'un autre bateau. Carlo était plus que légèrement animé alors qu'il dirigeait ses hommes,

"Ça doit être lui. On va se cacher ici jusqu'à ce qu'il débarque."

Tous les trois sont rapidement entrés dans la hutte pour attendre.

"Putain de merde, Tommy ! Est-ce qu'ils viennent d'entrer là-dedans avec ce putain de gros serpent ?"

"Je pense qu'ils l'ont fait. Ça devrait être intéressant."

"Comment se fait-il qu'ils ne soient pas encore sortis en courant ? Peut-être que le serpent les a eus. Tu penses que c'est le cas ?

"Il ne pouvait en avoir qu'un à la fois. Les autres couraient comme des fous. Ou tireraient ! Cet anaconda pourrait s'être faufilé de l'autre côté de la hutte ou se cacher dans le tas de feuilles qu'on a vu à l'intérieur. On ne peut pas en être sûrs ! On saura bien assez tôt s'il est là-dedans."

"Hé, Tommy ! Voilà de Salvo et ses hommes !"

Thomas regarda vers le bord de la rivière pour voir trois hommes s'approcher de la clairière. Une fois encore, il n'était pas difficile de dire lequel des trois était au sommet de la chaîne alimentaire. Alors que Pauly ressemblait à un empereur romain en surpoids, Luiz de Salvo était grand, élégant et en bonne santé. Les deux hommes qui l'accompagnaient avaient l'air aussi méchants qu'on puisse l'être. Chacun avait au moins la taille d'Antonio. Peut-être même plus grand !

"Le spectacle devrait bientôt commencer. Carlo doit être en train de pisser dans son pantalon."

Thomas n'avait pas tout à fait tort. Dans la cabane, Carlo était mort d'angoisse. "Merde ! Qu'est-ce que de Salvo fout ici ? Ce salaud de Thomas m'a piégé. Ce sale fils de pute."

Au fond de son esprit, Carlo savait qu'il s'était attaqué à la mauvaise personne. Il savait qu'il aurait dû se débarrasser d'Angela et en finir avec ça. Trop tard maintenant ! Sa vie était dans une spirale descendante et il n'y avait pas d'issue sans en finir avec de Salvo et ses hommes.

Par George Thomas S.

"Nous devons les éliminer. Je m'occupe de de Salvo, tu t'occupes de celui qui est à sa droite et toi de celui qui est à sa gauche ", lança précipitamment Carlo en donnant ses instructions.

Avant même que quiconque puisse viser, on entend le son du dernier bateau qui s'approche. Carlo a instantanément changé son commandement. "Attendez ! Ça doit être ça, l'emmerdeur, Thomas. On va tous les avoir en même temps. Pas la peine de l'effrayer avec des coups de feu."

Dans les broussailles, Thomas et Antonio attendaient leur heure. Avec un peu de chance, ils n'auraient jamais à tirer un coup de feu. Peu probable, mais c'était un espoir, de toute façon.

"Ça doit être Pauly. Ça ne devrait pas leur prendre plus d'une demi-heure pour sortir son gros cul du bateau", plaisante Thomas.

"Tu es un homme cruel, Tommy", a gloussé Antonio avec admiration.

"Non. Juste sincère."

Luiz de Salvo et ses hommes se promenaient dans la clairière en parlant en portugais lorsqu'ils ont entendu le bateau arriver. Thomas n'avait aucune idée de ce qu'ils disaient, mais il soupçonnait qu'ils supposaient que le bateau allait amener Carlo au rassemblement. Lorsque Pauly, Gino et les deux autres Queens hoods sont entrés dans la clairière, il y a eu plus d'un moment de silence gênant. A l'intérieur de la cabane, Carlo était en pleine crise.

"Jésus ! Sabatini est ici ? Putain de merde. Putain ! Thomas, salaud ! Espèce de bâtard intelligent et sadique. Si je m'en sors, il n'y a aucun endroit où tu pourras te cacher."

Le Second Avènement d'Angela

Carlo et ses hommes ont décidé de rester hors de vue et de voir ce qui se passait entre de Salvo et Sabatini. Avec un peu de chance, il pensait qu'ils allaient s'entretuer.

Après une période de silence, Pauly est le premier à prendre la parole.

"Vous êtes qui, les gars ?", a-t-il demandé.

Luiz de Salvo n'en a pas tenu compte.

"C'est le Brésil, mon pays, donc c'est moi qui pose les questions. Qui êtes-vous, bon sang ?"

"Je suis Pauly Sabatini. Je suis censé rencontrer un type ici."

Luiz a lancé un regard effrayant.

"Je suis censé rencontrer quelqu'un ici aussi. Quel est le nom de l'homme que vous devez rencontrer ?"

"Qui demande, bon sang ?" Pauly a demandé comme s'il pensait être encore dans le Queens et tout-puissant.

Luiz n'a pas vu d'inconvénient à répondre : "Je suis de Salvo. Maintenant, qui rencontrez-vous ici ?"

"Une miette du nom de Carlo."

"Carlo ? Tu vas rencontrer Carlo ?"

"Ouais ! Tu le connais ?"

Luiz a ri de façon dérisoire, "Ne me dites pas ! Tu es l'imbécile qui a laissé Carlo te voler ton argent ? Tes dix millions de dollars ?" Luiz était maintenant en train de rire de façon hystérique.

Par George Thomas S.

Pauly perdait son sang-froid. Chaud, en sueur et au bord de l'effondrement, il n'était pas d'humeur à ça.

"Tu trouves ça drôle ? C'est une grosse blague pour toi ?"

"Ce que je trouve drôle, c'est que ce Thomas, qui qu'il soit, a réussi un sacré tour de passe-passe. Il nous a tous réunis. Il sait que nous voulons tous les deux la tête de Carlo. Alors, autant travailler ensemble."

Pauly réfléchissait à cette proposition pendant que Thomas et Antonio discutaient de leur perception de ce qui se passait.

"Je ne sais pas, Antonio. Ils ont l'air de bien s'entendre là-bas. Ce n'est pas bon signe. Il faudrait que quelque chose se passe bientôt."

"Alors pourquoi ne pas faire en sorte que quelque chose se passe ?"
"Qu'avez-vous en tête ?"

"Quelqu'un doit commencer la fusillade", a répondu Antonio en visant avec son Beretta.

Il y eut un léger éclair, le "phooot" presque inaudible du silencieux et une balle de neuf millimètres pénétra le crâne d'un des hommes de Salvo. Antonio avait commencé l'action pour eux.

Au moment où l'homme de Salvo a touché le sol, tous ceux qui étaient encore debout avaient dégainé leurs armes. Ne sachant pas s'il fallait les pointer les uns sur les autres ou commencer à arroser les environs d'une grêle de balles, ils sont restés silencieux et presque immobiles. Leurs yeux se sont d'abord scrutés les uns les autres, puis les alentours, à la recherche du moindre signe de mouvement.

Le Second Avènement d'Angela

Dans la cabane qui servait de cachette à Carlo, l'anaconda était à l'affût sous un gros tas de feuilles. Thomas avait eu tort à propos de ce serpent. Il n'avait certainement pas mangé depuis un moment et était plus qu'affamé. D'un seul coup, il a attrapé la tête d'un des hommes de Carlo, son corps commençant déjà à s'enrouler autour de sa nouvelle victime. Carlo et son tireur restant n'avaient qu'un seul choix. Ils sont sortis de la hutte en tirant des coups de feu dans l'espoir de surprendre de Salvo et Pauly et d'achever tout le monde en un rien de temps.

Jusqu'à ce que les coups de feu commencent, Sofia était préoccupée par un alligator qui se promenait près du bateau. Ses yeux étaient comme des petites boules flottant à la surface de l'eau tandis que son corps était tapi en dessous. Il regardait ce repas potentiel et attendait son heure. La salve de coups de feu a donné des frissons à Sofia et l'alligator est devenu un souvenir. A moins d'un quart de mile en amont de la rivière, elle pouvait entendre chaque coup de feu. Elle priait pour qu'aucune de ces balles n'ait atteint Thomas ou Antonio. Ses oreilles se tendaient, attendant le son du sifflet qui lui ferait savoir qu'au moins l'un d'entre eux allait bien.

Le premier à tomber dans la fusillade était Gino. Peu après qu'il l'ait acheté, Pauly et ses deux autres hommes de main ont été abattus. Luiz de Salvo et son dernier homme tiraient dans toutes les directions alors que Carlo se dirigeait vers la rivière. Depuis leur cachette, Antonio et Thomas ont ouvert le feu sur la seule capuche restante de Carlo, qui s'est écroulé sur le sol en un tas.

Luiz, réalisant maintenant qu'on leur tirait dessus depuis une autre direction, a porté son attention sur la zone où Thomas et Antonio se cachaient. Lui et son partenaire encore debout ont oublié Carlo et ont ouvert le feu sur les broussailles. Dans la grêle de balles qui se propageait dans les deux directions, de Salvo et son homme sont finalement tombés. Thomas avait pris une balle dans l'épaule et grimaçait de douleur.

"Tommy ! Tu vas bien ?"

Par George Thomas S.

"Ouais. Il m'a juste effleuré, je pense. Pas d'entrée. Va chercher Carlo. Je vais m'en sortir. On ne peut pas le laisser s'échapper."

"Il ne le fera pas", lui a assuré Antonio en commençant à courir vers la rivière.

Il pouvait entendre Carlo essayer de démarrer le bateau.

Quand Antonio a atteint la rive de la rivière, Carlo lui tournait le dos en luttant avec le moteur.

"Tu n'iras nulle part, Carlo", Antonio a lancé les mots comme des poignards.

Carlo s'est lentement retourné pour lui faire face.

"Antonio" ? Dieu merci ! Ecoute ! Il faut qu'on sorte d'ici. Essayons l'autre bateau."

"Je n'irai nulle part avec toi."

"Hé, Antonio ! Viens. Ecoute, si c'est à propos de toi aidant Thomas à s'échapper, oublie ça. Ce n'est pas grave. Nous faisons tous des erreurs. Je te pardonne. J'ai besoin de toi. Nous sommes du même sang ! Tu te souviens ?"

"On n'est pas du sang, Carlo."

"De quoi tu parles ? On est cousins pour l'amour de Dieu ! C'est de la famille de sang." Pendant qu'il prononçait ces paroles rassurantes à Antonio, Carlo récupérait lentement son pistolet dans sa poche arrière.

"On n'est pas cousins."

"De quoi parlez-vous ? Bien sûr, nous le sommes."

"Nope ! J'ai été adopté. Donc tu vois, pas de sang. Pas de sang du tout entre nous."

Le Second Avènement d'Angela

Carlo a sorti le pistolet de sa poche et l'a balancé vers Antonio. Avant qu'il ne puisse appuyer sur la gâchette, Antonio lui a logé une balle dans la poitrine, le faisant tomber à la renverse hors du bateau et dans l'eau. Carlo a lutté pour garder la tête hors de l'eau tandis que le courant l'emportait et le tirait vers l'aval. Antonio a tiré quatre autres balles alors que le corps approchait du coude de la rivière. Carlo était parti.

De retour dans la clairière, Thomas vérifiait les corps pour voir qui, le cas échéant, était encore en vie. Personne ne l'était. C'est Antonio qui lui a dit qu'il leur manquait un corps.

"Un des gars de Carlo n'est pas là. On ferait mieux de le chercher avant de partir."

"Ouais ! Je suppose qu'on devrait. Je ne me souviens pas l'avoir vu sortir de la hutte."

"Moi non plus. Je suppose qu'on va aller jeter un coup d'oeil."

Ils se sont approchés de l'entrée très prudemment, Antonio prenant un côté et Thomas l'autre. Ils ont tous deux jeté un coup d'œil au coin de la rue en même temps.

"Oh, mec, c'est dégoûtant."

Là, partiellement étendu sur le sol, essayant toujours d'avaler sa proie, se trouvait l'anaconda. On ne pouvait voir l'homme de Carlo qu'à partir des genoux. Le reste était en bonne voie vers le tube digestif.

Ensemble, ils retournèrent sur la plage, riant et pleurant à la fois. Thomas sortit le sifflet et donna le signal pour que Sofia les prenne. Ces trois sons étaient les plus doux que les oreilles de Sofia aient jamais entendus. Elle démarra le moteur et commença à descendre le courant pour récupérer son homme.

Par George Thomas S.

CHAPITRE 25

PARTIR POURRAIT ÊTRE SAGE

Avec trois autres bateaux serrés les uns contre les autres sur le rivage, Sofia n'avait pas d'autre choix que de tirer parallèlement à leur poupe pour qu'Antonio et Thomas puissent monter à bord de l'un d'eux.

Une fois qu'ils furent installés, Thomas prit la barre et ouvrit les gaz à fond. Immédiatement, Sofia a remarqué le sang sur sa chemise.

"Oh mon Dieu ! Thomas, on t'a tiré dessus ?"

"C'est bon, chérie. Juste une éraflure ! Ca va aller."

"Ouais, Sofia ! Tu aurais dû voir ton homme. C'était quelque chose d'autre. Et ce serpent !"

"Serpent" ? Je ne veux pas entendre. Vous êtes tous les deux en vie. C'est tout ce qui m'importe."

"Hey, Tommy, on doit garder un oeil sur le corps de Carlo."

"Eh bien, maintenant, vous feriez mieux de vous débarrasser des armes. Jette-les dans la rivière. On ne les reverra plus jamais."

"Je vais lancer le tien et celui de Sofia", et d'un coup sec, le Colt quarante-cinq et le Glock se sont retrouvés au fond du Rio Negro.

"Je vais jeter le mien dans un moment. Je dois juste être sûr pour Carlo."

Le Second Avènement d'Angela

"Antonio, on ne l'a pas encore vu. Il y a de fortes chances qu'un alligator l'ait eu. Ou une Pirahna ! Il n'aurait jamais pu survivre dans cette eau. Certainement pas avec une balle dans la poitrine."

"Ouais ! Tu as raison", a répondu Antonio en jetant son Beretta dans l'eau tandis que Thomas exprimait une autre inquiétude.

"Je dois croire que quelqu'un en bas de la rivière a pu entendre tous ces tirs. Le son se propage plutôt bien sur l'eau."

"Je suppose qu'on doit trouver une histoire. Juste au cas où."

"Que dites-vous de ça ? Nous profitons de notre petite promenade en bateau quand nous entendons des coups de feu juste au moment où nous approchons du coude de la rivière. Nous voyons quelques bateaux et devinons que ce sont peut-être des braconniers ou, pire encore, des pirates de rivière. Au moment où nous passons, une balle perdue me touche à l'épaule. On est mort de peur et on s'enfuit par la rivière. Ça vous va ?"

"Ouais, Tommy ! C'est parfait. Juste à temps, aussi. Regarde !"

En remontant la rivière, directement vers eux, se trouvait ce qui semblait être un bateau de patrouille de la police ou de l'armée. À la proue se trouvent deux hommes en uniforme et lourdement armés. Sofia a immédiatement décidé de jouer le rôle de la touriste terrifiée. Elle se lève et agite frénétiquement les bras tandis que Thomas fait ralentir le bateau, puis l'arrête net dans l'eau. Lorsque le bateau de patrouille s'est approché, avec ses cinq soldats armés de fusils automatiques, Sofia a réussi à faire couler un torrent de larmes pour accompagner la frénésie des Portugais. Les soldats écoutent attentivement Sofia leur raconter l'histoire. Elle explique que Thomas et Antonio ne parlent pas portugais et qu'ils font leur premier voyage en Amazonie.

Par George Thomas S.

L'un des soldats, un officier, a commencé à parler à Thomas en anglais. "Vous me dites ce qui s'est passé ici ?"

Thomas répéta l'histoire sur laquelle ils s'étaient mis d'accord, celle que Sofia avait sans doute déjà racontée en portugais. C'était juste une façon pour l'officier de vérifier la vérité et d'être sûr que les histoires correspondaient. Une fois satisfait, il a demandé si Thomas avait besoin de soins médicaux. Thomas a répondu qu'il allait bien et qu'il se ferait panser à l'hôtel. En l'espace de cinq minutes, le bateau de patrouille et ses occupants bien armés remontent la rivière pour vérifier la situation.

Pendant que Thomas redémarre le moteur et lui donne plein gaz, Sofia utilise un peu d'eau de la glacière pour nettoyer sa blessure.

"Je n'aime pas ça. Tu pourrais attraper une mauvaise infection."

"Ne vous inquiétez pas. Vérifiez le compartiment de stockage. Il peut y avoir quelque chose d'utile là-dedans." Sofia a ouvert le compartiment et en a sorti une grande trousse de premiers soins.

"Merveilleux ! Il y a du peroxyde et de l'iode ici. Je peux très bien la nettoyer maintenant." À l'aide de cotons-tiges, elle a imbibé la plaie de peroxyde, laissant celui-ci bouillonner complètement avant de le tamponner pour le sécher et d'en remettre. Lorsqu'elle s'est assurée que l'eau oxygénée avait fait son travail en tuant tous les germes présents dans la plaie, elle a appliqué une couche généreuse d'iode et l'a recouverte d'un bandage de gaze.

"Voilà ! Maintenant ça va aller. Je suis si heureux que ce n'était que ce que vous appelez un pâturage. L'anglais est une langue si étrange. J'ai toujours pensé que brouter était quelque chose que les vaches faisaient."

Le Second Avènement d'Angela

Thomas n'a pas pu s'empêcher de rire.

"Vous avez raison. Dans les deux sens. C'est quelque chose que font les vaches, et les chèvres et les chevaux, mais cela a aussi un sens différent. Et oui, l'anglais peut être une langue très étrange."

Le retour en aval a été beaucoup plus rapide. En suivant le courant, ils ont pu faire le voyage de retour en moins de quarante-cinq minutes. Quand ils se sont arrêtés au quai, il y avait une foule de curieux rassemblés. Un pêcheur avait descendu la rivière et les avait régalés d'un récit sur une fusillade qu'il avait entendue. Sofia raconte leur histoire en portugais tandis que Thomas présente la version anglaise aux invités. Après quinze minutes de questions, ils se sont excusés et sont allés dans leur suite pour faire leurs bagages.

Thomas a appelé le bureau d'enregistrement et a informé l'employé que, après leur expérience pénible, ils ressentaient le besoin de retourner à Manaus et qu'il pouvait organiser le transport dans une heure. Après s'être excusé de leur situation, le réceptionniste leur a proposé de passer une autre nuit gratuitement. Thomas le remercie, décline poliment l'offre et se met à faire ses bagages. Ils sont en route pour Brasilia et la première rencontre d'Antonio avec son fils.

Antonio était dans la salle de bain en train de se laver quand il a appelé Sofia. "Hey, Sofia ! Tu as du dissolvant pour vernis à ongles ?"

"Oui. Pourquoi ?"

"Thomas et moi devrions nous laver les mains avec ça". Résidu de tir. Juste au cas où. Je n'ai pas besoin d'être dans une prison brésilienne. Ce ne serait pas mon idée de l'amusement."

"Bonne idée, Antonio ! Tu vois, Sofia ? Il est indispensable."

314

Par George Thomas S.

"Oui, il l'est ! Nous lui devons tout. Absolument tout."

"Oui, nous le faisons ! Nous ne devons jamais l'oublier. Si jamais il a des problèmes, ou s'il est dans le besoin, nous devons faire tout ce que nous pouvons pour lui."

"Je suis d'accord. Nous devons prendre soin de lui comme il l'a fait pour nous."

Ayant entendu la conversation, Antonio s'est écrié depuis la salle de bain : " Vous allez arrêter ça tous les deux ? Vous ne me devez rien ! Si tu n'étais pas là, Carlo m'aurait achevé tôt ou tard. Donc, nous sommes quittes."

"OK, mon grand. On est à égalité", a répondu Thomas en criant. Puis il s'est penché vers Sofia et a murmuré, "Pas moyen qu'on soit à égalité ! Pas vrai, bébé ?"

"Même pas proche. Nous lui sommes redevables pour toujours."

"C'est ma fille", chuchota Thomas en prenant Sofia dans ses bras et en pressant doucement ses lèvres contre les siennes. Il aimait ses lèvres, si pleines, si douces et chaudes. Il pourrait l'embrasser pendant des heures. À moins qu'Antonio n'ait d'autres idées !

"Hé ! Vous voulez arrêter de vous faire la belle et vous préparer à partir ? Je dois voir mon fils, tu sais", grogna-t-il en guise de taquinerie. "En plus, ça me fait penser à Paola et je n'ai pas envie de m'attendrir."

"J'ai bien peur qu'il ait raison, Sofia. Nous devons nous préparer à partir. En plus, le regarder devenir tout mou ne serait pas un beau spectacle."

Dans l'heure qui leur était impartie, ils ont fini de faire leurs bagages, ont fait leurs adieux à quelques singes qui fréquentaient leur suite et se sont dirigés vers le quai. Une fois à bord, le bateau-taxi a quitté son poste d'amarrage et a commencé à descendre le fleuve. Alors qu'il atteint le Rio Negro, ils remarquent le bateau de patrouille qui fait son retour. Deux des trois bateaux laissés sur le débarcadère suivaient de près avec des soldats à la barre. Dans le ventre du bateau de tête se trouve une pile de cadavres en route vers Manaus, probablement pour une identification finale. Les soldats ont salué en passant. Il était clair maintenant qu'il n'y aurait pas de problème avec la police. S'ils avaient voulu les interroger pour en savoir plus, ils les auraient arrêtés sur le champ.

À l'arrivée au quai de Manaus, Thomas a hélé un taxi, et ils étaient en route pour l'aéroport. Ils allaient devoir attendre quelques heures, mais pas de problème. C'était l'occasion pour eux de réfléchir aux événements de la journée. Thomas n'avait aucun moyen de savoir s'il avait réellement tué quelqu'un ce jour-là. Il savait seulement qu'il avait vidé un chargeur de munitions en direction de trois hommes. Ils ont pu être victimes de ses balles, ou de celles d'Antonio. Quoi qu'il en soit, il fallait quand même gérer le fait qu'il avait du sang sur les mains. Ce ne serait pas une chose facile à vivre, quelles que soient les circonstances. Il ne pouvait qu'espérer que tout cela finirait par s'effacer dans les recoins les plus sombres de sa mémoire.

Une fois à bord de l'avion, il y a eu très peu de conversation. Il était plus de neuf heures et ils étaient tous très fatigués. En peu de temps, chacun s'est endormi. Ils ne sont sortis de leur torpeur que lorsque l'hôtesse de l'air leur a tapé sur l'épaule et leur a conseillé d'attacher leur ceinture pour l'atterrissage. Ils arrivaient déjà à Brasilia.

Lorsque l'avion s'est finalement garé à la porte d'arrivée, Antonio était si impatient de débarquer qu'il a été le premier à se présenter à la porte. C'était tout ce que Thomas et Sofia pouvaient faire pour le suivre. À l'extérieur du terminal, ils ont hélé un taxi et Sofia a donné au chauffeur l'adresse de Paola. Ils feront une réservation d'hôtel lorsqu'ils arriveront à son appartement. À ce moment-là, la seule pensée de chacun était de ramener Antonio à son fils.

Par George Thomas S.

Lorsque le taxi s'est arrêté devant l'immeuble, Antonio a commencé à trembler. Thomas n'a pas pu s'empêcher de le remarquer.

"Hé, mon pote. T'es nerveux ?"

"Oui, Tommy. Je n'ai jamais été aussi nerveux. Regarde-moi, pour l'amour de Dieu. Je tremble comme un petit enfant effrayé."

"Eh bien, je tremblerais aussi si j'étais à votre place. Mais tout va bien se passer. Tu verras."

Alors qu'ils entraient dans le bâtiment, Thomas a composé le numéro de Paola. Heureusement, c'est elle qui a répondu et non un autre membre de la famille. Dans ce cas, il aurait dû passer le téléphone à Sofia pour qu'elle puisse s'occuper de la partie portugaise de la conversation.

"Allô ?"

"Paola ? C'est Thomas."

"Oh, Thomas ! Tout va bien ? Vous êtes toujours au Brésil ?"

"Oui, nous sommes toujours au Brésil."

"Thomas, as-tu parlé à Antonio ? Tu as dit ce que je t'ai dit ?"

Ils sont maintenant tous les trois debout devant la porte de l'appartement.

"Oui. Je lui ai parlé."

"Oui ? Vraiment oui ? Qu'est-ce qu'il a dit ?"

"Il a dit que vous devriez ouvrir votre porte d'entrée."

317

"Quoi ? Et ma porte ?"

"Paola, ouvre la porte d'entrée. S'il te plaît ! Il y a une surprise pour toi. Je pense que tu vas être très heureuse."

Thomas pouvait entendre beaucoup de bavardages en portugais tandis que les pas de Paola se dirigeaient vers la porte. Quand elle l'a ouverte et a vu Antonio debout, elle a lâché le téléphone et l'a regardé dans les yeux en se mettant à pleurer. En quelques secondes, Antonio l'a prise dans ses bras. Paola faisait la moitié de la taille d'Antonio et elle a presque disparu dans ses bras.

"Nous avons un fils, Paola ? C'est vrai qu'il est de moi ?"

"Oui, Antonio ! Je n'ai jamais pu te le dire. Je regrette tellement de ne pas te l'avoir dit. Me pardonneras-tu ?"

"Il n'y a rien à pardonner. Je peux le voir ?"

"Oh oui, mon Antonio ! Bien sûr, tu peux voir ton fils."

Tous les membres de la famille regardaient par la porte cette scène tendre et chuchotaient entre eux. Il y avait des rires, des sourires et des larmes de chacun. Antonio réalisait qu'il était chez lui. Il commençait tout juste à comprendre que c'était sa famille. Alors qu'ils se dirigent vers le salon, tout le monde veut un câlin et un baiser de cette montagne sentimentale qu'est l'homme. Il y avait un flux constant de larmes qui coulait sur son visage.

"Antonio, Victor dort. C'est son nom. Victor ! Tu aimes ?"

"Oui. C'est très joli."

"Bien. Maintenant, nous devons le réveiller pour qu'il puisse voir son papa."

Par George Thomas S.

Victor était étalé sur le lit de Paola. Elle lui roucoule doucement dans l'oreille et lui caresse les cheveux jusqu'à ce qu'il se réveille. Il s'est assis, les yeux ensommeillés, et a écouté Paola parler. Puis il a regardé Antonio. C'est comme s'il y avait eu une reconnaissance instantanée. Victor s'est levé sur le lit, sur des jambes vacillantes, et a tendu les bras vers son père. Antonio se baisse et le soulève avec précaution. Ils ont tous deux souri. Victor lui a donné un baiser sur la joue, puis a reposé doucement sa tête sur l'épaule d'Antonio. "Tu avais raison, Tommy. Il me ressemble, mais en mieux."

"Oui, eh bien, peut-être que Paola lui a donné le côté "plus beau"", a dit Thomas.

"Ouais. Probablement. Elle est belle. N'est-elle pas magnifique, Tommy ? Ma Paola n'est-elle pas magnifique ?"

"Oui, elle l'est, Antonio. Tu es un homme chanceux. Vous avez une belle femme qui vous aime, un beau fils qui vous adorera et une famille de parents qui vous traiteront comme un roi. Tu es paré, mon ami."

"Ouais ! Parfois, la vie est belle."

La mère de Paola avait préparé un bon café brésilien et faisait bouillir du lait. Thomas aimait la façon dont certains Brésiliens ajoutent le lait à leur café, en le faisant d'abord bouillir pour que tout reste chaud. Il a toujours trouvé que cela faisait une merveilleuse différence dans le goût.

Maintenant, tout le monde se presse autour de la table de la cuisine pour entendre tout ce qui se passe à Manaus. Les exclamations de surprise et d'horreur face à ce qu'ils entendaient étaient presque constantes. Tout le monde voulait en savoir plus sur la blessure de Thomas et le réconforter. Le moment le plus fort de la conversation a été lorsqu'Antonio a raconté l'histoire de l'anaconda et de son repas. Lorsqu'il est arrivé à la partie où les pattes sortent de la bouche du serpent, la jeune sœur de Paola s'est précipitée vers la salle de bain en s'étouffant. Tout le monde a bien ri à ses dépens avant qu'elle ne revienne avec un regard aigre sur son visage.

Après une autre brève période de conversation, Thomas et Sofia ont fait leurs adieux à tout le monde. Ils ont promis qu'à leur arrivée au Chili, ils appelleraient Paola et Antonio. Tous les quatre savaient qu'il y avait un lien entre eux qui ne pourrait jamais être brisé. C'était un lien aussi fort qu'une famille. Il vivrait aussi longtemps qu'eux. Après une avalanche d'embrassades et de baisers, Thomas et Sofia sont en route.

Thomas avait appelé et réservé une chambre dans le même hôtel que celui qu'il avait utilisé lors de son dernier voyage à Brasilia. Il ne pouvait plus utiliser la carte de crédit de Carlo, cependant. Ce ne serait pas bien conseillé. Les autorités chercheraient durement quelqu'un utilisant les cartes de crédit d'un mort.

Une fois dans leur suite, Thomas et Sofia se sont précipités vers la douche. Il était tout à fait possible que cela se transforme en une affaire de toute une nuit. Ils n'avaient eu qu'une seule occasion de profiter de la passion de l'autre aux Tours Ariau, et ils étaient déterminés à rattraper le temps perdu. Si l'occasion précédente avait été marquée par la prise de conscience que cela aurait pu être leur dernière, celle-ci était remplie de la joie de savoir qu'il y avait beaucoup plus de nuits de passion à venir.

Après une séance hautement sensuelle et romantique, ils se sont assis sur le canapé et ont raconté les événements de la journée et la chance qu'ils avaient eue de survivre. Il y avait un peu, pas beaucoup, mais un certain regret pour la perte de vie de la part de ceux qui avaient l'intention de tuer non seulement Thomas mais sûrement Angela et Sofia aussi. Il devait admettre que sa conscience aurait beaucoup moins souffert si ces criminels avaient été envoyés en prison pour le reste de leur vie au lieu d'être abattus au milieu de l'Amazonie. Il se consolait en se disant qu'avec les relations de Salvo et de Carlo, ce scénario aurait été très improbable. Finalement, après trois heures du matin, ils se sont endormis.

Après une courte nuit de repos, ils ont fait livrer par le room service ce qui s'est avéré être un merveilleux petit-déjeuner. Assis sur le balcon pendant qu'ils mangeaient, Thomas a exprimé ses inquiétudes concernant la visite au Chili.

"Comment pensez-vous que votre famille va réagir à mon égard ?"

"Je pense qu'ils vous apprécieront beaucoup. En fait, pour ma mère, ce sera une toute autre affaire."

Sofia rit à l'idée que le pauvre Thomas subisse l'inspection de sa mère.

"C'est une dure à cuire, hein ?"

"Vous verrez. C'est une mère merveilleuse, et je l'aime, mais elle peut être très difficile parfois. Je suis sûr qu'elle ne sera pas contente que j'aie pris un tel risque avec ma vie pour être avec toi."

"Eh bien, alors peut-être que nous ne devrions pas lui dire cette partie", a dit Thomas en se penchant pour embrasser l'oreille de Sofia.

"Tu penses que tu plaisantes, mais ce n'est pas le cas. Je pense qu'il est préférable de ne rien lui dire à ce sujet. Du moins, pas encore."

"Croyez-moi, je n'ai aucune envie de lui parler de tout ça. Il sera assez difficile de gagner son approbation sans divulguer cette information."

Le Second Avènement d'Angela

Une fois leur petit-déjeuner avalé et leurs sacs enfin bouclés, ils se sont dirigés vers l'aéroport et un vol pour La Serena via São Paulo et Santiago. Demain, ils avaient prévu d'être sur la plage de La Serena, pour profiter du soleil et du surf.

Par George Thomas S.

CHAPITRE 26

La Cité des clochers

Le voyage de Santiago à La Serena, sur un vol LATAM, a duré moins d'une heure. Thomas a passé une grande partie du temps à regarder par le hublot le spectacle des Andes. Il lui semble que l'avion n'atteint jamais une altitude supérieure à celle des montagnes elles-mêmes. Les rochers escarpés du flanc de la montagne étaient d'un gris si sombre qu'ils étaient presque noirs. Il ne pouvait s'empêcher de penser à ce que ce serait d'être bloqué là. Le film "Alive", et son histoire vraie de joueurs de football bloqués dans ces montagnes après un accident d'avion, lui revient en mémoire.

"Thomas, je dois te dire quelque chose. Ça m'inquiète parce que j'aurais dû te le dire avant. Mais j'avais peur de ta réaction."

"Sofia, je ne peux rien imaginer qui puisse me poser un problème ou changer mes sentiments. Donc, il est préférable que tu me fasses confiance et que tu me le dises."

En prenant sa main dans la sienne, Thomas l'a regardé dans les yeux et lui a dit :

"J'ai une fille."

Thomas s'est un peu penché en arrière, un air sérieux sur le visage, et a dit :

"Tu es en train de me dire que non seulement j'ai maintenant, dans ma vie, l'amour de la femme la plus belle et la plus merveilleuse que j'aie jamais connue, mais que j'ai aussi une

323

autre fille à serrer dans mon coeur ? La meilleure surprise de tous les temps, Sofia. Je suis impatient de la rencontrer."

Les larmes coulaient sur le visage de Sofia qui demandait : "Ça te rend heureux ?".

"C'est sûr, Sofia. Je ne pourrais pas être plus heureux. Quel est son nom ?"

"Elle s'appelle Maria. Est-ce que tu l'aimes ?"

"Je le fais. C'était le nom de ma grand-mère maternelle, alors c'est spécial."

Sofia, soulagée et très heureuse, s'est blottie dans ses bras pour le bref reste du vol.

Peu après, l'avion a commencé sa descente vers La Serena. Sa trajectoire de vol s'approchait maintenant de l'océan Pacifique et d'une vue côtière beaucoup plus à son goût. Bientôt, il pouvait voir la ville, s'étendant du rivage vers les montagnes qui étaient maintenant à une courte distance en arrière-plan. Ce qu'il pouvait voir du haut des airs était agréable à l'œil.

"La Serena est souvent appelée la ville des clochers, Thomas. Elle a été fondée par l'Espagnol Pedro de Valivia, en quinze quarante-trois. C'est la deuxième ville la plus ancienne du Chili, après Santiago.

"Ça a l'air d'être un bel endroit. Pas très vert cependant."

"La zone nord du Chili est assez aride et reçoit très peu de précipitations. Contrairement aux régions du sud du pays, La Serena a un climat de désert côtier. On y trouve des caractéristiques typiques du désert, notamment des cactus et des broussailles. Nous pouvons faire un court trajet en voiture pour nous rendre dans des zones plus fertiles. Le raisin chilien, mondialement connu, y est cultivé. Les vignobles s'étendent sur des kilomètres. Ils sont si symétriques. Des rangées si nettes de vignes soigneusement plantées. C'est quelque chose à voir."

Par George Thomas S.

Alors que l'avion se posait sur la piste, Sofia s'est penchée et a embrassé Thomas sur la joue.

"Je suis à la maison maintenant, et je suis si heureuse que tu sois là avec moi."

"Moi aussi. J'ai hâte de passer des moments plus paisibles ensemble."

"Nous devons vous installer quelque part et ensuite je vais aller voir ma Maria."

"Un endroit simple cette fois. Je pense que je ne suis plus en mode luxe", a plaisanté Thomas alors qu'ils descendaient les escaliers vers la piste.

"Il y a un endroit simple avec quelques cabanes. C'est près de la plage. Je pense que ça vous conviendra."

"Ça a l'air bien. On devrait sortir dîner après que je me sois installé. Toi, Maria et moi ! J'adorerais ça."

"Je suppose que nous verrons ce que Maria pense de toi", a dit Sofia en lui donnant une pincée.

Le trajet en taxi jusqu'à l'auberge Cabanas del Mar ne prend pas plus de quinze minutes. Sofia avait raison, c'était un endroit simple, mais agréable, et le prix était de trente-deux dollars américains par nuit. Cela correspondait plus au budget normal de Thomas. Sofia l'a accompagné à son appartement et l'a aidé à s'installer. C'était un petit endroit décent avec un salon, une petite kitchenette, une chambre et une salle de bain. Il y avait un balcon qui donnait sur une petite cour entre le bâtiment et la clôture qui le séparait de la rue. Cela lui convenait parfaitement.

Le Second Avènement d'Angela

"OK ! Thomas, je dois rentrer à la maison maintenant. Je t'appellerai quand Maria et moi partirons pour venir te chercher. Il y a un bon petit restaurant sur la plage. Il s'appelle La Table. Je pense que tu vas l'aimer."

"N'importe quel endroit où nous sommes ensemble est bien. Je vais me promener sur la plage, mais je serai de retour à temps."

"OK. Je dois me doucher, changer de vêtements et préparer Maria. Donc, ce sera plus de deux heures, j'en suis sûr."

"Pas de problème. Après ma promenade, je vais faire une sieste jusqu'à ce que tu appelles. Je suis encore un peu fatigué de tous ces voyages."

Après de nombreux baisers et de tendres démonstrations d'affection, Sofia est partie chez elle. Thomas a pris une douche rapide, s'est habillé et s'est dirigé vers la plage. Les vagues de l'océan Pacifique étaient assez vives cet après-midi. Il y avait quelque chose de très relaxant dans le bruit qu'elles faisaient en s'écrasant sur le rivage. Thomas est entré dans un petit magasin situé sur la plage, a acheté un paquet de cigarettes, puis s'est assis sur l'un des nombreux bancs qui parsèment le trottoir le long de la plage. Ce que Thomas a trouvé étonnant, c'est le fait qu'aucun hôtel ou résidence n'ait été autorisé à être construit sur la plage. Il y avait bien quelques magasins et restaurants, mais rien d'autre. La plage appartient au peuple et ne doit pas être accaparée par une poignée de riches individus qui priveraient les masses de son usage.

Une petite île se trouvait à quelques kilomètres au large. Sofia lui avait dit qu'on pouvait y faire des excursions en bateau pour observer les dauphins ainsi que les pingouins qui habitent l'endroit. Il était impatient d'y aller.

Une heure s'est écoulée depuis que Thomas a quitté sa cabane et il a commencé à retourner à l'Hostel del Mar. Le personnel s'est montré plus que gentil et très amical. Bien que presque personne ne parle anglais, ils communiquent très bien. Les femmes qui s'occupaient des tâches ménagères étaient toutes souriantes et courtoises. Thomas appréciait l'idée de ce mode de vie plus simple et moins grandiose. C'était plus son style.

Peu après, Sofia a appelé pour dire qu'elle était en route pour aller le chercher. Maria, dit-elle, était assez enthousiaste à propos de tout ça.

"Je suis tellement surpris, Thomas. Maria semble excitée à l'idée de vous rencontrer. Ça ne lui ressemble pas du tout."

"Eh bien, c'est un bon signe. Je suis tout aussi excité à l'idée de la rencontrer. Ça devrait être intéressant. Surtout qu'elle ne parle pas anglais."

Thomas rit un peu à l'idée d'essayer de communiquer avec un enfant de dix ans dont il ne parle pas la langue.

"Ne vous inquiétez pas. Je vais traduire pour vous. Ce sera amusant, j'en suis sûr."

Thomas entreprit de se préparer. Après s'être nettoyé et habillé, il s'est assis à la table et s'est servi un verre de Pepsi. Quelques minutes plus tard, on frappe à la porte. Lorsqu'elle s'ouvre, Sofia entre, suivie d'une petite fille un peu timide. Pendant quelques instants, Maria s'est presque cachée derrière sa mère. Thomas a été frappé par la beauté de cette enfant. Elle avait de longs cheveux qui descendaient bien en dessous de ses épaules. Ses yeux étaient grands et beaux, et comme ceux de sa mère, ils étaient d'un brun très profond. Maria se mit à sourire en surmontant un peu de sa timidité. Une fois qu'ils furent présentés l'un à l'autre, elle se précipita vers Thomas, le serra dans ses bras et l'embrassa, puis retourna auprès de sa mère.

"Je n'y crois pas ! Je ne l'ai jamais vue faire ça. Je crois qu'elle t'aime déjà."

"Elle est merveilleuse. Une si belle enfant ! Il n'est pas difficile de voir dans ses yeux qu'elle est une personne sensible et attentionnée."

"Oui ! Elle l'est. Parfois un peu égoïste, mais quand même, elle a un très bon coeur."

"Je n'ai aucun doute sur le fait que c'est une enfant merveilleuse."

Alors qu'ils quittaient la cabane de Thomas, la soirée commençait à se diriger vers l'obscurité. La marche jusqu'à La Table ne dura que cinq minutes et ils furent bientôt assis à leur table et passèrent leur commande. Maria s'est assise en face de Thomas. Il n'a pas fallu longtemps pour qu'ils se mettent à discuter, Sofia traduisant. Thomas lui demande des nouvelles de ses chats, de l'école et de tout ce qui lui vient à l'esprit. Maria voulait en savoir plus sur le Canada et ses filles. C'était un moment très doux et touchant. Cette merveilleuse enfant, qui ne savait pas ce que c'était que d'avoir un père, et un homme qui savait tout sur le fait d'avoir des filles, se sont rencontrés malgré la barrière de la langue.

La soirée s'est tellement bien passée que Thomas et Sofia ont été surpris. Ils ne s'attendaient pas à ce que Maria soit si réceptive. Quoi que Maria ait vu en Thomas, elle semblait très à l'aise dans cette situation. Elle a semblé s'attacher à lui instantanément et a fait preuve d'une affection sincère. C'est un soulagement pour Thomas et Sofia.

Trop tôt, il était temps pour Sofia de la ramener à la maison. Ils firent leurs adieux, et Maria embrassa à nouveau Thomas. Il sait sans hésiter qu'il aimera cette enfant comme si elle était la sienne. Il ressentait déjà pour elle un intense attachement paternel. Il ne lui venait jamais à l'esprit de la considérer comme la fille d'un autre. Au contraire, il regrettait d'avoir manqué les dix premières années de sa vie. Il pensait à être un bon père pour elle pendant de nombreuses années à venir. Bien sûr, cela supposait que Sofia consente à l'épouser. Il n'avait pas encore posé cette question cruciale. Maintenant, ici à La Serena, il va découvrir la réponse.

Par George Thomas S.

Une fois qu'elle est rentrée chez elle et qu'elle a préparé Maria pour le coucher, Sofia appelle Thomas pour lui dire à quel point elle pense que la soirée s'est bien passée. Elle lui assure que Maria l'a apprécié et qu'elle a hâte de le revoir. Elle considérait que c'était un grand pas pour sa fille de trouver un attachement à un homme dans la vie de sa mère. Thomas ne peut retenir ses larmes de bonheur. Il savait que Maria était le cœur de sa mère. Si elle l'avait pris en grippe, leur relation aurait pu avoir du mal à survivre. Il s'attendait à ce que Sofia veuille placer le bien-être de Maria au-dessus de tout, et il l'approuvait.

Une fois la conversation avec Sofia terminée, Thomas a décidé que ce serait une bonne idée d'appeler Angela pour lui faire savoir que tout s'était bien passé. Elle était plus qu'heureuse d'avoir de ses nouvelles.

"Thomas ! J'étais tellement inquiète. Tu es toujours au Brésil ?"

"Non. Nous avons quitté le Brésil hier."

"Nous ?"

"Oui ! Sofia et moi."

"Ahhh, donc c'est son nom. Comment vont les choses entre vous deux ?"

"Merveilleux ! Ça ne pourrait pas être mieux. J'ai rencontré sa fille ce soir. C'est une enfant adorable. Tout est parfait."

"Je suis heureuse pour toi, Thomas. Je me souviens de tout maintenant, et je sais que ce que tu m'as dit à São Paulo était vrai. Nous devons chacun continuer notre vie."

"Nous le ferons. Chacun à notre manière."

"Et Carlo ?"

Le Second Avènement d'Angela

"Il est mort !"

"Mort ? Il l'est vraiment ? Je déteste paraître si enthousiaste, mais il l'a certainement mérité."

"Il l'a fait pour sûr. Il y a eu pas mal de carnage en fait."

"Qu'est-ce que tu veux dire ?"

"Beaucoup d'hommes sont morts sur le Rio Negro. Je n'en suis pas très fier, mais c'était nécessaire si nous voulions survivre sans menaces futures."

"Combien, Thomas ?"

"Il y avait de Salvo et deux de ses hommes, Carlo et deux animaux des favelas, Pauly Sabatini et trois autres du Queens. Oh, et Rico a été tué le jour avant eux."

"Mon Dieu ! Comment as-tu pu survivre à tout ça ?"

"Je n'aurais même pas survécu à Rico si Antonio n'avait pas été là."

"Antonio ? Il vous a aidé ?"

"Oui ! Le grand type était parti en Italie avec une Brésilienne, mais ça n'a pas marché. Il savait que j'allais à Manaus et m'a retrouvé. Juste à temps, en plus ! Rico me tenait littéralement à la gorge, Sofia était inconsciente sur le sol, et la fin était certainement proche."

"Oh mon Dieu ! Mais vous savez, j'ai toujours pensé qu'Antonio était un type décent à bien des égards. Il n'est jamais passé pour un mauvais garçon."

"C'est un type formidable. Nous serons amis pour la vie maintenant."

"Eh bien, je suis si heureuse que tu ailles bien. Dites à Antonio que je le remercie d'avoir gardé le père de mes enfants en vie pour eux."

Par George Thomas S.

"Je le ferai. En parlant d'enfants, saviez-vous que Paola a eu un bébé il y a trois ans ?"

"Oui ! Carlo l'a fait renoncer."

"Eh bien, tu sais à qui c'était ?"

"Je n'en avais aucune idée. On n'en parlait jamais."

"C'était celui d'Antonio."

"Sortez ! Tu rigoles ! Vraiment ? Ouah ! Est-ce qu'il le sait ?"

"Il ne l'a pas fait, mais il le fait maintenant. Il est à Brasilia avec Paola, il commence une nouvelle vie avec elle et son beau petit garçon. Vous devez voir cet enfant. Le portrait craché de son père et aussi gentil que possible."

"C'est génial ! Je suis heureux pour lui. Il le mérite pour t'avoir gardé en vie. Maintenant, quand rentres-tu à la maison ?"

"Je dirais environ une semaine. Je dois passer du temps avec Sofia et Maria, profiter d'une période de récupération, puis je rentrerai à la maison. Dites aux filles que je les aime et qu'elles me manquent. Je pense que vous pouvez leur raconter toute l'histoire maintenant, mais laissez de côté la partie sur la mort des gens. Ce ne serait pas bon que l'on parle de cette information dans toute la ville."

"Oui, je pense qu'il est temps qu'ils connaissent juste les bases. Je leur transmettrai ton amour. Prends soin de toi !"

Thomas se glissa dans son lit, épuisé par les événements de la semaine passée, et s'endormit immédiatement. Il ne s'est pas réveillé avant qu'un des employés de la chambre ne frappe à la porte d'entrée avec son petit-déjeuner. Alors qu'il était assis en train de déguster son café, son jus de fruit et son pain de maïs, une femme très polie et amicale s'est mise à nettoyer son appartement. Il savait qu'il allait apprécier son séjour ici.

Au cours de la semaine suivante, il a pu passer du temps avec Sofia tous les jours. À au moins quatre occasions, elle a amené Maria avec elle. Quand ils étaient ensemble, ils allaient à la plage, ou faisaient du shopping. Quand ils restaient à l'Hostel del Mar, Thomas poussait Maria sur la balançoire à côté de sa cabane, allait nager dans la piscine ou jouait au ping-pong avec elle.

Ils développent définitivement un attachement l'un à l'autre. Peut-être Maria était-elle enfin prête à accepter un père dans sa vie. Au cours de la semaine, Thomas avait évoqué la possibilité d'un mariage avec Sofia. Celle-ci avait indiqué qu'elle y réfléchissait, mais que ce n'était pas une décision qu'elle avait pensé devoir prendre. Elle réfléchissait donc encore. Puis, un après-midi, alors qu'ils étaient assis sur le canapé de la cabane de Thomas et qu'ils mangeaient une pizza, Sofia, d'une manière très timide, a simplement dit "Je veux t'épouser !" en prenant une bouchée de sa pizza. C'est sorti tout seul, comme ça ! Sa décision était prise, et Thomas a été pris par surprise.

"Sofia ? Est-ce que je t'ai bien entendu ? Acceptes-tu de m'épouser ?"

"Oui ! J'ai pris ma décision. Je veux t'épouser. Je suis sûr que c'était censé être."

"Oh, Sofia ! Tu viens de faire de moi l'homme le plus heureux du monde. Je vais avoir une femme formidable, et une nouvelle fille merveilleuse. Je suis tellement heureux."

Il a été décidé que Thomas retournerait au Canada et qu'ils prévoiraient de se marier vers la fin de l'année.

La dernière nuit de Thomas à La Serena, ils sont sortis tous les trois pour un dîner tardif. Quand Sofia et Maria sont arrivées à la cabane de Thomas, Maria lui a offert un de ses

Par George Thomas S.

petits ours en peluche préférés pour qu'il l'emporte chez lui. Elle voulait qu'il ait quelque chose de spécial pour se souvenir d'elle. À La Table, alors qu'ils dînent, Thomas dit à Maria combien elle lui manquera. Dès que Sofia traduit les mots, Maria s'affale sur sa chaise et se met à pleurer doucement. Ses grands yeux bruns, remplis de larmes, pouvaient briser n'importe quel cœur. Thomas s'est agenouillé à côté de sa chaise et l'a prise dans ses bras en essayant de la rassurer et de soulager sa douleur. Lorsqu'il lui a dit qu'il reviendrait, elle l'a regardé avec ses yeux tristes et a simplement demandé : "Promisito ?". Il l'a rassurée en lui disant que c'était une promesse.

Alors qu'elles marchent vers le coin de la rue pour que Sofia et Maria puissent prendre un taxi, Maria se place entre elles et leur tient la main. Sofia est surprise, une fois de plus. "Thomas, je ne l'ai jamais vue faire ça. Jamais ! Elle t'a donné son cœur, c'est sûr."

"Je pense qu'elle est assez intelligente pour savoir que je ne suis pas là pour lui enlever sa mère. Je suis ici pour faire de nous une famille et pour l'aimer comme ma propre fille."

"Je pense que vous avez raison. Elle comprend que vous êtes réel."

Lorsqu'ils arrivèrent au coin de la rue, avant de monter dans le taxi, Maria se jeta dans les bras de Thomas, le serrant très fort et sanglotant lourdement dans sa poitrine. Elle lui brisait le cœur. Après quelques instants, Maria s'éloigne, prend Thomas dans une main, Sofia dans l'autre, et les pousse l'un vers l'autre. Elle prend ensuite du recul et les regarde vivre leur propre moment de tendresse. C'est un autre grand pas pour elle. Dans le passé, elle était bien plus encline à se mettre entre sa mère et quiconque tentait de l'approcher. Thomas avait toujours respecté la présence de Maria et n'avait jamais été aussi physique avec sa mère quand elle était là. Maintenant, Maria dit que c'est bon.

Le Second Avènement d'Angela

Le lendemain matin, Thomas s'est préparé pour son vol de retour. Sofia viendrait déjeuner avec lui, mais ne se rendrait pas à l'aéroport. Elle était sûre qu'elle ne serait pas capable de le supporter. Ce serait trop douloureux. Thomas accepta, car il savait que ce serait difficile pour tous les deux. Après le déjeuner, Thomas passa l'après-midi à se promener près de la plage. À trois heures et demie, il prend un taxi pour l'aéroport et, à cinq heures, il entame un voyage de quatorze heures pour rentrer chez lui. Son aventure au Brésil est terminée. Il retournera à La Serena vers la fin de l'année, épousera Sofia et ils vivront tous une vie très heureuse au Canada.

Par George Thomas S.

CHAPITRE 27

VOUS VOULEZ UN REBONDISSEMENT ?

C'est le début de la soirée sur le Rio Negro, à trente miles en amont des Tours d'Ariau. Les autorités brésiliennes avaient, plus tôt dans la journée, récupéré les corps dans la clairière sur la rive sud du fleuve. Elles avaient également récupéré deux des trois bateaux qui s'étaient échoués là. Antonio avait raconté à Thomas les difficultés rencontrées par Carlo pour faire démarrer l'un des bateaux et, selon Thomas, c'était la raison pour laquelle ils n'avaient pas vu trois bateaux revenir avec les autorités. La vérité est que lorsque les autorités sont arrivées, un troisième bateau était introuvable. Pour autant qu'ils le sachent, il n'y en avait que deux à ramener à Manaus.

Au moment même où Thomas, Antonio et Sofia embarquaient dans un avion pour Brasilia, un petit groupe de quatre Indiens d'Amazonie s'approchait prudemment d'un bateau qui avait dérivé dans des arbres tombés le long de la rive, en amont des tours Ariau.

Lances à portée de main, toujours silencieux et plus que curieux, les quatre indigènes jetèrent un coup d'œil prudent dans l'embarcation enchevêtrée. Ce qu'ils ont vu était un homme de petite taille, pas beaucoup plus grand qu'eux, et vraisemblablement mort. L'un des indigènes a doucement poussé le corps avec la pointe de sa lance. A sa surprise, il a bougé. Les quatre hommes ont sauté en arrière du bateau et ont discuté entre eux, comme s'ils essayaient de décider ce qu'ils allaient faire de cette découverte.

Le Second Avènement d'Angela

Il semblait que la seule décision qu'ils avaient prise était de sonder le corps une fois de plus. Encore une fois, le même résultat, suivi d'une autre conversation. Finalement, quelqu'un a pris une décision. L'homme a été traîné sans cérémonie sur le rivage. Les Indiens ont enlevé quelques grosses sangsues qui étaient attachées au corps. Ces petites sangsues, trois par trois, pouvaient vider un homme d'une pinte de sang en une heure. Une douzaine d'entre elles pouvaient vider le corps d'un homme de tout son sang en un laps de temps presque équivalent.

Les Indiens ont rassemblé à la hâte quelques branches d'arbres, reliées à des feuilles et des lianes, pour en faire une litière. Celle-ci servait de moyen pour ramener au village l'intrus, quel qu'il soit. Le chef de la tribu déciderait de la marche à suivre. Le village se trouvait à quelques kilomètres de l'eau, à l'intérieur des terres, et la randonnée se faisait à travers une jungle épaisse qui nécessitait l'utilisation fréquente d'une machette. Près d'une heure plus tard, les Indiens et leur trophée sont entrés dans une clairière contenant six ou sept huttes grossières comme celles qui se trouvaient en aval.

Il y a eu un rassemblement immédiat d'hommes et de femmes indigènes, qui étaient tous, pour la plupart, nus. Les hommes avaient tous des visages farouchement peints, portaient des anneaux dans le nez et des lances. Les femmes n'avaient pas d'ornements et ne portaient que de simples pagnes. Quelques-unes d'entre elles tenaient de petits enfants sur leurs seins nus. De jeunes enfants, aussi curieux que n'importe quel autre enfant, courent d'avant en arrière, vers et depuis la litière qui vient d'être déposée sur le sol avec un bruit sourd.

En quelques minutes, il y avait au moins deux douzaines d'hommes et de femmes debout, ou accroupis, tout autour de cet étranger inconscient. Il y avait une cacophonie de bruits, de disputes, et on fumait des feuilles roulées. C'était un dilemme inattendu pour eux, et ils ne savaient pas quoi faire. Quelques heures de cette indécision se sont écoulées avant que le chef de la tribu ne donne l'ordre de traiter cet individu, du moins pour le moment, comme un

336

Par George Thomas S.

invité. Dès que cette décision a été exprimée, les femmes ont déplacé la litière dans l'une des huttes et l'ont placée sur un lit de feuilles.

Là, dans la simple structure de branches et de brindilles, ils entreprirent de nettoyer le corps de la boue accumulée lors de son séjour dans la rivière. Ils n'ont pas tardé à découvrir un trou qui traversait la poitrine de l'homme et ressortait par le dos. À l'aide de plantes et d'herbes traditionnelles, ils lui ont prodigué les soins qu'ils ont pu et sont repartis.

Comment la balle qu'Antonio avait logée dans la poitrine de Carlo avait réussi à rater son poumon et toute autre zone vitale était un mystère. Il semblait que, au moins jusqu'à ce point, Carlo avait survécu. Le fait qu'il soit entre les mains d'une tribu amazonienne sauvage, dans un état de santé grave et fiévreux, et à plus de cent miles de l'hôpital le plus proche, rendait certainement son avenir plus que sombre. Si Thomas avait été conscient de cette circonstance, il aurait sûrement prié pour que son avenir soit inexistant. Mais cela, comme on dit, est une toute autre histoire.

Made in the USA
Middletown, DE
20 June 2022

67334945R00201